UNE ROSE EN PLEIN VOL

CHRONIQUE DES HUIT ROYAUMES
TOME 1

UNE ROSE EN PLEIN VOL

CHRONIQUE DES HUIT ROYAUMES
TOME 1

ADRIEN CHOUQUET

© 2023, Adrien Chouquet
ISBN : 9798850317058
Auto-édition – Impression à la demande

Couverture : Quentin Lamiral (Shin-san)
Mise en page et couverture : Anne Guervel

PROLOGUE

L'Étranger traversait les différents salons d'un pas nonchalant. Le garde qui lui avait été attribué le suivait à distance, s'efforçant de ne pas le déranger par sa présence. Deux scribes accoururent dans sa direction, les bras chargés de parchemins et de cartes. Il s'écarta pour les laisser passer et se retint de leur adresser un quelconque geste de salutation.

Dans ces contrées, les règles régissant le bon comportement en société différaient grandement de celles qu'il avait connues. Son adaptation avait été plus délicate qu'il ne l'avait escompté. Le garde avait d'ailleurs pu, tout au long de la journée, témoigner de ses différents moments de gêne. L'Étranger avait vite compris que l'homme d'armes était plus chargé de protéger la bienséance de ses manières exotiques que lui-même d'un quelconque danger.

Le palais d'été, dans lequel il évoluait, abritait plusieurs délégations qui s'activaient vigoureusement. Serviteurs et scribes arpentaient les vastes couloirs sans se soucier de lui. Trois Rois négociaient ici une paix fragile, entourés de leurs cours et de leurs conseillers. Un rassemblement atypique et historique pour lequel il avait pu obtenir deux jours de présence en dépensant ses dernières ressources.

Il avait été présenté, étudié et jugé en une poignée de secondes, puis convié à passer le reste de sa journée éloigné des « affaires importantes qui étaient traitées en ces lieux ».

Les jardins apparurent face à lui. Ces derniers faisaient écho au palais par leur taille et la précision de leurs arrangements. L'Étranger ne voyait cependant pas en eux la beauté qu'on lui avait assuré de contempler, la main de l'homme avait pour lui, ici, bien trop remplacé celle de la nature.

Il continua d'avancer, escorté par son chaperon. Ils croisèrent plusieurs groupes de courtisans installés dans les différents espaces dégagés au sein de la végétation. Les mets et boissons y étaient servis en quantité. L'Étranger ignora chacun d'eux et poursuivit son chemin. Il ne lui fallut qu'une vingtaine de minutes pour trouver ce qu'il était venu chercher.

L'endroit était coupé du monde par une haie haute et finement taillée, elle-même entourée d'arbres épais et feuillus dont l'Étranger devina rapidement l'effet insonorisant. Nul doute n'était possible sur la volonté des jardiniers de faire de cet endroit un lieu d'isolement comme de protection, habilement dissimulé.

Un arbre plus massif et plus ancien que les autres trônait en son centre et recouvrait à moitié l'espace de son ombre. Un parterre de pierres blanches avait été aménagé non loin de son tronc, assez grand pour accueillir une table et plusieurs sièges. L'herbe y était taillée courte et laissait apparaître un chemin de terre reliant «l'entrée» et l'espace aménagé.

Pour l'Étranger, ce cloître naturel manquait d'eau et de couleur. Le soleil avait peu de matière à mettre en valeur, mais la simplicité était ici recherchée, laissant place nette aux occupants potentiels et à leurs activités.

Quatre soldats provenant de deux royaumes clairement distincts gardaient l'entrée. Une protection aussi forte en un lieu de pacte et de trêve en disait long sur le fonctionnement de ces royaumes… et sur l'importance de cette trêve. Deux jeunes adolescents étaient assis de chaque côté de la table. Ils disputaient une partie d'échecs, un jeu de plateau qui semblait fort populaire parmi les noblesses de tous ces royaumes.

L'Étranger s'approcha de l'entrée. Les gardes le suivirent du regard, prêts à intervenir. Son chaperon vint à ses côtés et l'interpella en articulant lentement, ne connaissant pas sa propre maîtrise de la langue de ce royaume :

— Messire, ils ne souhaitent probablement pas être dérangés.

— Cela, soldat, ce n'est pas à vous d'en juger. (Le garde hésita.) J'ai été invité à visiter ces jardins sans aucune restriction et vous avez été chargé de vous en assurer. Annoncez-moi, je vous prie, à moins que vous préfériez que je fasse cela seul, spéculant sur la bonne démarche à suivre.

Le rouge monta aux joues du soldat qui ne tarda pas à s'incliner. Il se dirigea vers les quatre gardes et entama une discussion discrète. Ils le laissèrent passer à contrecœur après une bonne minute de palabres.

L'Étranger observa les deux adolescents de loin. L'un provenait d'un royaume plus au sud, sa peau possédait un teint hâlé, ses cheveux longs et noirs couraient sur ses épaules. Son visage semblait construit autour de son sourire dont il semblait ne jamais se départir. Ses yeux sombres brillaient d'une malice qu'il peinait à contenir, là où son adversaire laissait volontiers couler la colère et la détermination dans les siens. Celui-ci était plus large physiquement, ses cheveux blonds coupés court accentuaient les traits forts de son visage. Il parcourait du regard le plateau sous lui, s'évertuant à trouver une solution qui ne semblait pas venir. Une énergie pure et forte se dégageait de lui, une puissance dirigée vers l'extérieur qu'on ne pouvait ignorer.

Le garde s'approcha de la table et hésita plusieurs secondes avant de se lancer. Le premier des deux jeunes hommes l'écouta et se tourna vers l'Étranger, le second restant concentré sur son jeu. Il lui fit signe d'approcher d'un geste de la main.

Le garde déplaça alors l'un des sièges en bois à côté de la table et se positionna légèrement en retrait. L'Étranger s'arrêta à son niveau.

— Laissez-nous, soldat.

De nouveau l'hésitation, et de nouveau la résignation. L'Étranger l'accompagna du regard puis se présenta officiellement.

Il s'assit à l'invitation du garçon aux cheveux sombres alors que l'autre jeune homme se redressait soudainement en faisant rouler l'une de ses pièces sur le plateau d'un geste brusque. Il quitta sa chaise et fit quelques pas, dos à la table. Celui resté assis remit les pièces en place pour une nouvelle partie et s'adressa à l'Étranger.

— Voilà deux jours que nous jouons et j'ai remporté chacun de nos affrontements, chose qu'il apprécie de moins en moins, qui plus est devant un nouveau public.

L'accent mélodieux avec lequel il s'exprimait indiquait que la langue de ce royaume n'était pas la sienne, néanmoins il la maîtrisait mieux que l'Étranger ne le faisait. Ce dernier partagea le sourire de l'adolescent sans le quitter des yeux. La force en lui était plus subtile, mieux dissimulée. Il s'efforça de parler plus bas en lui répondant afin de ne pas ajouter à la colère de celui qui s'était levé.

— Pourquoi, alors, continuez-vous à l'affronter ? N'y a-t-il pas meilleur joueur parmi tous les convives présents ici ?

— Si, mais aucun dont l'envie de vaincre est si puissante. Ce jeu contient plusieurs types d'opposition entre les adversaires, celle du calcul n'est pas ma préférée. Je me plais à admirer la force de sa volonté.

— Ne va-t-il pas finir par vous battre ?

L'adolescent allait répondre, mais celui qui s'était levé revint à la table et le fit à sa place :

— Oui... (il se rassit et entreprit de remettre à leur place les pièces blanches que son adversaire avait glissées vers lui), mais le chemin est très long.

L'Étranger acquiesça et le jeune homme, sitôt sa dernière pièce rangée, joua son premier coup. Celui au teint hâlé lui répondit aussitôt en poussant l'un de ses pions puis se tourna vers leur spectateur.

— Que faites-vous ici, messire, dans ce palais d'été ?

Le ton avait changé, direct et déstabilisant, destiné à obtenir une réponse moins préparée. L'Étranger appréciait à sa juste valeur l'art de rythmer ainsi les mots, d'autant plus chez un si jeune interlocuteur.

— Je suis venu informer. (Les deux garçons continuaient à jouer, mais il n'en ressentait aucun malaise, ils lui accordaient une réelle attention.) Je viens de contrées si lointaines que vous n'en connaissez pas l'existence, j'ai voyagé jusqu'à vos royaumes afin d'informer... et de prévenir.

— Et avez-vous réussi dans votre quête ?

— Pas encore.

L'adolescent prit l'un des verres posés sur le bord de la table après avoir répondu à un nouveau coup.

— Pas encore ?

— Pas encore, non. Les Rois ici présents sont de bons rois, entièrement impliqués dans la gestion des affaires et de leurs intérêts. Leurs esprits sont déjà pleins et ils ne sauraient prêter une écoute sérieuse et investie aux histoires excentriques d'un étranger tel que moi. Nul ne pourrait les blâmer de leur comportement au vu du bon état de leurs royaumes.

L'autre jeune homme se tourna vers lui après avoir déplacé une pièce.

— Ce qui nous amène à une autre interrogation. Que faites-vous ici, messire, autour de cette table ?

L'Étranger laissa échapper un sourire.

— C'est à vous que je suis venu m'adresser.

Aucun des deux ne fut surpris. De la jeunesse, ils n'avaient plus que l'âge, l'esprit était déjà trop aiguisé.

— Pourquoi nous ? Et pourquoi pensez-vous que nous vous prêterons une meilleure oreille ?

Il inspira profondément et inclina la tête, cherchant les mots dans cette langue encore complexe pour lui. Les deux jeunes hommes le regardèrent, intrigués par cette hésitation.

— Parce que c'est à l'époque à laquelle vous allez régner, vous deux, que se décidera le devenir de ce continent.

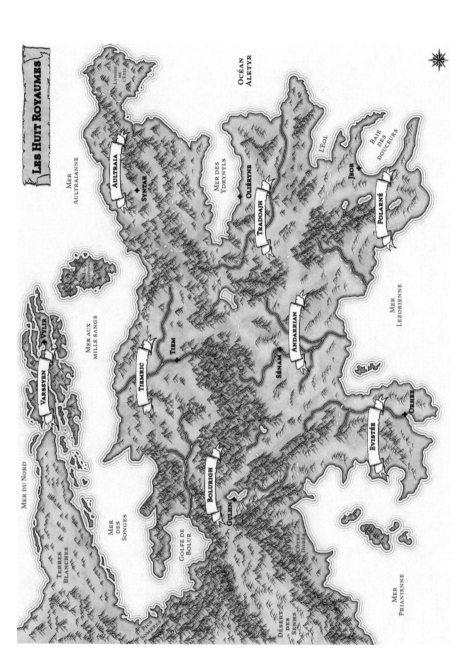

LES HUIT ROYAUMES

PREMIÈRE PARTIE

CHAPITRE I

L'éclair. Puis le tonnerre. Et la pluie, qui ne faiblit pas. Barit grommela et se blottit contre la porte. Le porche n'était pas celui des nouvelles demeures à la mode qui poussaient aux alentours de Tiem, c'était celui d'un vieux château qui n'avait que faire de le protéger de cette maudite pluie.

De nouveau, un éclair dévoila le paysage l'espace d'une seconde. Ce paysage, Barit le connaissait par cœur après onze années de garde au service du comte.

Le territoire du comte Frédérick de Radenks s'étendait sur plusieurs milliers d'hectares. C'était une terre riche que le comte avait su faire prospérer depuis qu'il en avait pris le pouvoir. Il ne l'aurait pas laissé dehors sous ce temps-là, le comte ! Mais il n'était pas là, il était parti à Tiem demander au Grand Roi plus de vivres pour ses gens. L'hiver s'annonçait rude et les greniers tardaient à se remplir. Gélon, le maître d'armes, avait le commandement du corps de garde des dix soldats en son absence et Barit doutait qu'il ne prenne du plaisir à envoyer ses hommes ainsi sous la pluie.

Le château des Radenks était une bâtisse lourdement fortifiée, entièrement rénovée de l'intérieur afin de la rendre habitable. Dans cette région reculée, son important système de défense n'était plus d'aucune utilité depuis bien longtemps. Elle restait la dernière habitation de ce type au cœur du royaume du Tiemric. Le surnom de « palais chancelant » lui avait été attribué à la suite d'un éboulement survenu dans l'aile est, et en raison des nombreuses couronnes d'or que le comte investissait pour le maintenir en état.

Pourtant la forteresse se dressait fièrement au sommet d'une colline au-dessus de tous et en cette nuit orageuse où la lune accordait quelques reflets argentés sur ses parois vieillies, elle paraissait un fantôme d'une autre époque refusant avec obstination de quitter ce monde.

*

Barit se moquait bien du spectacle qu'offrait la demeure de son seigneur. L'eau commençait à s'infiltrer dans ses vêtements et sa cotte de mailles lui rongeait la chair. Il entendit les autres jouer aux dés à l'intérieur entre deux coups de tonnerre. Ils étaient au chaud...

Quelle idée de faire garder la porte d'une forteresse en plein cœur du Royaume et sous un tel orage ! D'autant plus quand la pluie et l'obscurité empêchaient de voir à plus d'une dizaine de mètres.

Un vent froid vint lui fouetter les joues, il tira plus encore sur les pans de son manteau et sentit le pommeau de son épée s'enfoncer dans sa peau gelée. Il jura bruyamment et maudit longuement le vieux Gélon. Puis il s'en prit aux êtres divins, là-haut, qui envoyaient toute cette pluie dans le fond de ses bottes.

— Même un fou ne sortirait pas sous ce temps-là, alors venir jusqu'au château...

Un éclair déchira de nouveau le ciel et illumina les plaines. Barit aperçut distinctement un cavalier avancer au pas sur le chemin menant au château. Le milicien leva au ciel des yeux pleins de reproches. Les dieux étaient rieurs ce soir...

Il donna deux grands coups dans la porte en bois derrière lui. Une petite trappe glissa à hauteur de tête, et un visage marqué par l'alcool apparut.

— Laisse tomber, Barit, j'échangerai pas ma place...

— Tais-toi, imbécile ! Un cavalier arrive.

— ... Tu t'fous d'moi ?

— Non. Va chercher l'vieux Gélon et range cette bouteille si tu n'veux pas finir à mon poste tout l'hiver.

L'homme derrière la porte poussa un juron et referma la trappe.

*

Barit se frotta les bras en grelottant et attendit le nouvel arrivant. Lorsque sa silhouette apparut à travers le rideau de pluie, le milicien plissa les yeux pour mieux voir.

Le cavalier se laissait doucement ballotter par la marche de sa monture. Il revêtait un long manteau noir à capuche qui le couvrait entièrement. Négligemment penché en arrière, il ne semblait pas pressé ni dérangé par les intempéries.

Le milicien resta un moment à l'observer puis cria pour se faire entendre à travers l'orage :

— Holà cavalier ! Annoncez-vous !

L'homme fit avancer sa monture jusqu'à la porte. Barit préféra penser qu'il ne s'était pas fait entendre et attendit que le nouveau venu s'arrête devant lui. Il réitéra plus doucement sa demande en laissant traîner son regard sur le long fourreau qui ressortait des bagages attachés au cheval.

Le cavalier releva sa capuche d'un lent mouvement de la main. Il ne répondit toujours pas. Une barbe noire grisonnante naissait sur les traits durs, mais harmonieux de son visage. Le garde voulut lui sourire, mais il croisa son regard bleu pâle, froid et trop calme. L'espace d'un instant, Barit se sentit très seul derrière cette porte.

*

Le bruit sec du mécanisme d'ouverture de la porte soulagea Barit. Gélon apparut dans un manteau de fourrure blanc, deux miliciens à ses côtés. Le vieux maître d'armes jeta un bref coup d'œil à son soldat puis posa avec dédain ses yeux noirs perçants sur le nouvel arrivant. Il resta un moment à l'observer.

— Nous n'acceptons ni les vagabonds ni les visites surprises, et encore moins le colportage.

Le cavalier descendit habilement de sa monture en ignorant l'avertissement et s'approcha de Gélon en tirant un vieux parchemin des replis de son manteau.

Il paraissait plus grand que sur son cheval. Il n'avait pas un physique particulier, mais sa façon de se tenir et de se déplacer mettait les miliciens présents mal à l'aise. Ils se raidirent tous quand l'inconnu tendit le parchemin au maître d'armes. Ce dernier s'en saisit et le déplia prestement, son regard se portant aussitôt sur la signature.

L'homme tira les rênes de son cheval pour le mettre à l'abri et enleva entièrement sa capuche. Son regard imperturbable n'arrangeait rien à la nervosité ambiante.

Gélon releva la tête et observa brièvement ses soldats. Il se retourna après avoir fait signe de refermer les portes :

— Suivez-moi.

L'homme s'exécuta en tirant son cheval derrière lui. Arrivé dans la cour, le maître d'armes lui fit signe de s'arrêter.

— Attendez ici, ce ne sera pas long.

Le cavalier acquiesça brièvement en observant distraitement les parois intérieures du château.

*

Le grand salon était la pièce habitable la plus vaste du château. Éclairé par une dizaine de lanternes fixées sur les murs, il était confortablement meublé et centré autour d'une grande cheminée de pierre blanche abritant un feu vigoureux qui réchauffait l'ensemble de la salle. C'est ici que chaque soir, après le dîner, les nobles habitants de la demeure venaient passer la fin de soirée.

En cette nuit froide, les trois dames du château se délectaient de chaudes tisanes en palabrant sur les activités du lendemain. De l'autre côté du salon, deux hommes âgés discutaient en compagnie d'un jeune adulte attentif à leurs propos.

Deux serviteurs s'agitaient ici et là pour attiser le feu et remplir les verres.

Gélon vint troubler cette paisible ambiance en apparaissant sur le pas de la porte. Les femmes se levèrent et les hommes hochèrent la tête en guise de salut. Le maître d'armes avait l'air étonnamment nerveux. Il rendit rapidement le salut et s'adressa à la plus âgée des trois dames.

Celle-ci se tenait droite dans une longue robe noire aux reflets argentés dont le fin découpage de tissu autour des épaules et du cou rappelait la dernière mode de la cour royale Tiemrine. Elle était grande et mince, son visage pâle arborait de nobles traits qui lui concédaient la beauté gracieuse et forte d'une femme accomplie de la cour. Le bleu sombre de ses yeux renvoyait cette impression, ils s'imprégnaient d'un regard intelligent et calculateur qui ne semblait jamais s'apaiser. Ses cheveux noirs étaient tirés en arrière et impeccablement maintenus par un complexe chignon.

— Madame, pardonnez mon intrusion à une heure aussi tardive, mais nous avons là une affaire qui requiert votre attention. Si vous voulez bien me suivre.

La comtesse de Radenks hocha la tête et sourit poliment à ses compagnons avant de suivre le maître d'armes dans le couloir.

Ils marchèrent tous deux quelques mètres afin de s'assurer de ne point être entendus.

— Qu'y a-t-il, Gélon ?

— Madame, un homme vient de se présenter aux portes du château…

— Par ce temps ?

— … Oui Madame… il détenait ce parchemin.

La comtesse tendit la main d'un geste agacé en ajoutant d'un ton sec :

—Si c'est une perte de temps, renvoyez cet homme sous l'orage sans ménagement.

Gélon donna le parchemin à la comtesse qui le déplia négligemment. La contrariété sur son visage disparut au fur et à mesure de la lecture et laissa place à un intérêt non feint. La maîtresse des lieux finit par relever la tête, une expression curieuse sur le visage.

—Le parchemin date de plusieurs dizaines d'années, Madame, mais la signature est bien celle de Monsieur le Comte, aucun doute là-dessus.

La comtesse vérifia à nouveau. Le jeune homme arriva du salon.

—Mère, que se passe-t-il?

—Rien d'important, Hadaron, retourne au salon.

Le nouveau venu sembla hésiter, mais le regard autoritaire de sa mère coupa court à toute discussion.

La comtesse attendit que son fils aille se rasseoir pour se retourner vers le maître d'armes.

—Amenez-le dans le hall.

*

Dalarisse se retrouva seul dans la cour intérieure, protégé de la pluie par les hauts murs de celle-ci. Le voyage l'avait éreinté plus qu'il ne l'aurait imaginé et le terrible orage semblait avoir eu raison des dernières forces de sa monture.

La fatigue pesait sur ses muscles et le froid commençait à engourdir ses articulations. Il saisit une flasque à sa ceinture et but quelques gorgées d'alcool. Il accueillit la chaleur revigorante et s'essuya la bouche du revers de la manche en laissant traîner son regard sur les parois humides de la demeure. Son esprit mémorisa spontanément le nombre d'étages, de fenêtres, ainsi que les fissures et les irrégularités dans la pierre, susceptibles de constituer des prises pour une escalade. Cependant, ses pensées s'attardèrent sur le château, sa taille et son allure. *Est-ce là ta réussite, Frédérick?*

*

Les portes s'ouvrirent au bout de quelques minutes, le maître d'armes réapparut, accompagné de nouveau par deux de ses hommes. Ces derniers tenaient nerveusement le pommeau de leur épée. Gélon vint se planter devant le cavalier qui continuait d'observer la bâtisse. Le visage du vieil homme ne dissimula pas son irritation.

— On va vous recevoir. Avant cela, confiez-moi les armes que vous avez sur vous.

— Je n'ai pas le temps pour cela. Plus vite je serai rentré plus vite je ressortirai.

L'homme parlait d'une voix maîtrisée, suffisamment puissante pour s'entendre à travers l'orage sans qu'il n'ait à hausser le ton.

Le rouge monta immédiatement aux joues du vieil homme. Il jeta de brefs regards à ses soldats qui observaient sa réaction. Gélon prit une profonde inspiration et s'approcha du voyageur. Ce dernier plongea les yeux dans les siens.

— C'est moi qui décide ici, de ce que vous devez faire et de ce que vous pouvez faire. Donnez-moi vos armes où je dégaine mon épée, je vous abats ici même et je fais jeter votre corps dans une fosse à purin.

— Non, tu n'en feras rien. Mène-moi à ceux qui veulent me recevoir.

Le maître d'armes resta interdit. Il défia du regard l'homme qui lui faisait face et s'efforça progressivement d'afficher un sourire alors que ce dernier demeurait imperturbable. Gélon finit par reculer et hocha la tête.

— Vous avez du cran... (Il s'adressa aux deux soldats derrière lui.) Amenez le cheval à l'écurie et traitez-le comme il se doit.

Gélon faillit exploser de rage quand il vit les deux hommes hésiter ; ils s'exécutèrent, finalement.

— Venez avec moi.

Le maître d'armes s'en retourna et se surprit à être soulagé d'entendre l'inconnu le suivre.

*

La comtesse Katerine Radenks attendait en haut des marches du grand hall. Elle parcourait le parchemin de long en large, une légère excitation dans le regard. Ce n'était pas l'ancienneté du document qui attisait sa curiosité, mais son contenu. Son mari, le comte, indiquait que le propriétaire de ce parchemin avait droit d'aller et venir sur ses terres comme bon lui semblait, ainsi que le statut de maître d'armes et d'éducateur de sa progéniture. Or, vu l'état du papier, le comte devait l'avoir écrit à un âge où il ne possédait ni terres ni descendance.

La porte du hall s'ouvrit et la comtesse se précipita habilement derrière une colonne, un réflexe acquis à la cour royale. Les deux hommes entrèrent en silence. Elle glissa un œil pour les observer.

Les pas lourds et hâtifs du maître d'armes contrastaient avec la sobriété des mouvements du visiteur. La dame de Radenks le scruta. Il était svelte et légèrement plus grand que la moyenne. Ses habits étaient de bonne facture, peut-être même élégants dans un autre état. L'homme releva la tête pour embrasser rapidement la salle du regard. Elle put distinguer ses traits. Il était beau. Pas la beauté délicate et raffinée de la noblesse, mais cette beauté brute et sauvage qui s'impose à vous naturellement. Il éclipsait totalement le maître d'armes.

La Dame de Radenks se replia derrière la colonne.

*

Dalarisse balaya rapidement la salle des yeux. Le comte n'était pas au château. S'il l'avait été, il se serait tenu en haut des marches, seul et bien en vue, or il n'y avait là-haut que cette femme cachée derrière la colonne. Le maître d'armes la cherchait du regard. Ce devait être la personne faisant autorité en l'absence du comte, la comtesse probablement. Une telle dame ne souhaite pas sortir d'une cachette devant ses invités. Dalarisse se tourna donc légèrement pour observer distraitement la porte se refermer et laisser le temps à celle-ci d'apparaître comme elle le souhaitait.

Gélon tourna la tête et se raidit pour annoncer d'une voix forte :

— La comtesse, Madame Katerine de Radenks !

La maîtresse des lieux descendit les marches avec grâce. Dalarisse se retourna pour la regarder et s'inclina légèrement en avant :

— Madame la Comtesse, je me nomme Dalarisse Delarma.

Katerine Radenks conserva une apparence de marbre, mais sa voix était accueillante :

— Enchantée, Monsieur Delarma. Cette visite est étonnante, d'autant plus que je n'ai jamais entendu parler de vous. Néanmoins, si je m'en tiens à ce parchemin, le comte semble vous tenir en haute estime et vous offre l'hospitalité tant que vous la désirerez. Vous êtes donc le bienvenu. (Elle s'adressa au maître d'armes.) Que Jerna prépare la chambre d'honneur.

— Madame, c'est la nuit de repos de Jerna et...

— Réveillez-la et dites-lui de se presser, notre hôte semble avoir eu un voyage épuisant.

Gélon salua et partit en direction d'une porte étroite sur le côté. Dalarisse s'inclina avec respect devant la comtesse.

— Je vous remercie.

— C'est bien normal. Suivez Gélon, il vous y conduira. Nous vous verrons demain au déjeuner.

*

Dalarisse était adossé contre le mur en face de la chambre qui lui était attribuée. Gélon attendait de l'autre côté du couloir, face à lui. Ils pouvaient tous deux entendre la jeune servante pester contre la comtesse.

Le maître d'armes frappa violemment sur la porte.

— Surveille ton langage, Jerna, où tu passeras le reste de la nuit sous l'orage !

Un bref grognement en guise de réponse se fit entendre. Gélon se tourna vers Dalarisse et l'observa minutieusement de la tête aux pieds.

— C'est prêt ! (Une jeune fille blonde aux nombreuses taches de rousseur surgit de la pièce et remarqua la présence de Dalarisse. Elle reprit plus doucement) la chambre est prête... Monsieur.

Gélon la congédia d'un geste de la main.

— Laisse-nous !

La servante salua et tourna les talons. Dalarisse laissa le maître d'armes sur le pas de la porte et pénétra dans la vaste chambre luxueuse. Il lui fallait réfléchir, désormais.

CHAPITRE 2

Le lendemain, le château entier parlait des évènements de la nuit. Toutes les rumeurs couraient déjà sur l'inconnu que le comte hébergeait, mais c'est sans nul doute dans la salle à manger que les plus improbables suppositions étaient faites. Cette grande salle abritait une lourde table taillée dans le bois autour de laquelle des serviteurs s'activaient pour préparer le déjeuner en jasant sur la présence du nouveau venu.

Les nobles vinrent s'installer sur l'heure de midi et constatèrent sans surprise qu'un couvert avait été ajouté.

Dalarisse se présenta quelques minutes après dans une tenue noire des plus simples. Sa venue fut accueillie par un bref silence, toutes les têtes se tournant vers lui. La comtesse se leva et l'annonça comme un vieil ami du comte, puis elle fit les présentations.

Il y avait là un vieux couple d'amis des Radenks. La femme était le fruit parfait de la nouvelle aristocratie du Tiemric ; élégante et confiante, elle affichait un sourire de façade constant. Le contraste avec son mari était étonnant. Il mesurait près de deux mètres, ses grosses mains et son visage rond le désignaient comme un roturier, probablement issu d'une famille de commerçants ayant réussi. La Dame de Radenks présenta ensuite son frère Wilfried Wolshein, dont la ressemblance avec la comtesse était indiscutable, et sa femme Ema. Plus jeune que son mari et naturellement en retrait, elle se contenta d'un timide salut. Il y avait également le maître d'armes Gélon qui hocha brièvement la tête, ainsi qu'un jeune homme à peine sorti de l'adolescence, que la comtesse présenta comme le fils aîné du comte, Hadaron. Vint ensuite le tour des trois autres enfants du couple, moins âgés, qui saluèrent tous respectueusement Dalarisse.

Les discussions tournèrent rapidement autour de ce dernier. Il répondit courtoisement aux différentes questions qui lui furent posées, racontant vaguement qu'il avait été soldat pour le Grand Roi et qu'il avait rencontré le comte au cours de la campagne contre le royaume d'Andarrian. Wilfried Wolshein s'enorgueillit alors d'avoir participé activement à la chute du plus grand ennemi du Tiemric et entama le récit de sa jeunesse militaire.

La conversation s'éloigna donc de lui, mais des regards furtifs continuèrent d'observer ses moindres faits et gestes.

À la fin du repas, les nobles se levèrent et se dirigèrent vers le grand salon. Dalarisse leur emboîta poliment le pas, mais le premier homme qui lui fut présenté, le roturier au physique imposant, se dressa devant lui, armé d'un grand sourire.

— Monsieur Delarma, je pourrais vous faire visiter le château si vous le désirez ! On a vite fait de se perdre, dans ce labyrinthe.

Dalarisse accepta l'invitation d'un signe de tête et les deux hommes partirent ensemble.

Son guide parlait beaucoup et avec entrain. Le grand homme n'évoquait certes que des banalités dans la visite du château, mais il le faisait sans que cela soit déplaisant. Il parlait également de lui-même et de sa vie avec une franchise étonnante. Cet homme-là n'appartenait décidément pas à la noblesse. Il employait certes le même langage et les mêmes expressions, mais on pouvait déceler ici et là quelques mots d'argot retenus. Le détail le plus flagrant, cependant, était la façon dont il s'adressait à Dalarisse, sans retenue dans la parole ou les gestes. Un passant aurait pu penser qu'ils étaient tous deux amis de longue date.

Dalarisse écoutait en silence. Il mémorisait les couloirs et les chambres ainsi que les zones d'ombre, les pièces abandonnées, le placement des fenêtres et les lieux de vie de chaque personne du château.

Ils passèrent devant un escalier en colimaçon dont les marches étaient recouvertes d'un mince tapis rouge.

— Cet escalier mène aux appartements du comte et de la comtesse, je ne peux vous les faire visiter.

Dalarisse se remémorera le nom qui lui avait été mentionné lors des présentations.

— Bien entendu, Edôme. Outre le respect de l'intimité de Madame la Comtesse, il me serait déplaisant de pénétrer dans le bureau du comte sans son accord.

Le grand homme gloussa bruyamment et reprit de sa voix grave et puissante :

— Oh ne vous inquiétez pas pour cela, le bureau du comte ne se trouve pas dans cette partie du château. Frédérick aime être isolé pour traiter ses affaires, il l'a fait transférer dans l'aile est juste après sa rénovation.

— Loin des tracas quotidiens de la vie du château. Monsieur le Comte semble être un gérant appliqué.

— En effet. Je le connais depuis longtemps, c'est un homme d'affaires malin et il sait gérer ses terres.

— Je veux bien le croire.

— Cependant, Dalarisse, je ne pourrai pas vous montrer son bureau, il est seul à en posséder la clé. L'aile Est est quasiment réservée à son usage personnel, la milice ne se donne même plus la peine d'y passer, il n'y a là-bas plus que le bureau et la salle d'armes du comte. Saviez-vous que le comte avait reçu du Grand Roi l'armure du Chevalier pour ses faits d'armes à la guerre contre Andarrian ?

— Je l'ignorais. Ces armures sont rares.

— Elles le sont en effet. Le comte a fait installer la sienne dans la salle d'armes, elle est magnifique.

—C'est ce qu'on dit, oui, je n'ai jamais eu l'occasion d'en voir une de mes propres yeux.

Edôme s'arrêta, un grand sourire aux lèvres.

—Souhaiteriez-vous la voir ? Je possède la clé pour accéder à celle-ci.

Le grand homme sortit un trousseau de sa poche. Dalarisse haussa légèrement les sourcils.

—Volontiers.

*

La salle d'armes était une pièce vaste particulièrement bien entretenue. Dalarisse pénétra le premier à l'invitation de son compagnon et tourna autour de l'estrade en observant distraitement l'armure. Edôme se positionna à l'entrée et suivit le visiteur des yeux.

L'armure était allongée au centre sur une estrade recouverte de velours rouge. Il s'agissait en apparence d'une armure de plaque intégrale couleur argent, le symbole du Tiemric gravé en or sur les épaulettes et le plastron. L'ensemble pouvait sembler impressionnant, mais un connaisseur devinait qu'elle n'était nullement faite pour le combat, mais plutôt pour les parades et les représentations.

Dalarisse s'intéressa ensuite aux présentoirs incrustés dans les quatre murs. Ils étaient également recouverts d'un velours rouge sombre. Il y avait là des dizaines d'armes de toutes sortes, des grandes armes de bataille aux différents poignards en passant par les boucliers et autres arcs et arbalètes. Une collection impressionnante, d'autant plus que ces armes étaient pour beaucoup des armes de décoration sur lesquelles on pouvait apercevoir ici et là des pierres précieuses incrustées et des fils d'or et d'argent recouvrant manches et gardes. Il y avait une autre porte en plus de celle par laquelle ils étaient entrés. Dalarisse estima qu'elle menait directement au bureau du comte.

De nombreuses armoiries étaient représentées et plusieurs symboles de guildes avaient leurs places sur les étals. Le visiteur entama une inspection minutieuse de certaines zones.

— C'est une collection impressionnante.

Le sourire d'Edôme s'élargit.

— Je suis moins naïf qu'il n'y paraît, Dalarisse.

Le visiteur continua son observation sans se départir du calme froid dans sa voix :

— Je n'en doute pas.

— Ne vous méprenez donc pas sur moi. Il m'a suffi de croiser votre regard pour comprendre que vous n'êtes pas comme nous. Et quand vous êtes entré dans cette salle… un soldat normal ne pourrait feindre l'indifférence comme vous le faites en voyant un tel spectacle. (Dalarisse continuait d'inspecter les armes.) À vrai dire je n'ai aucune idée de qui vous pouvez être, mais je suis assez prudent pour ne pas tenter d'en savoir plus. Néanmoins, je tenais à vous prévenir loin des oreilles indiscrètes, que s'il arrivait un quelconque malheur à ma femme, Mauriane, je vous briserais le cou de mes mains qui que vous soyez.

Edôme souriait encore, mais le ton de sa voix indiquait qu'il ne plaisantait pas. La réponse fut donnée sur le même ton nonchalant que la précédente.

— N'ayez pas d'inquiétude Edôme, je ne vous ferai rien ni à vous ni à votre femme.

Il poursuivit son tour de la salle sans guetter la réaction de son interlocuteur et s'arrêta devant un étalage. Il se pencha pour regarder et la vit… dissimulé entre deux longs couteaux de cérémonie, légèrement en retrait, un poignard sombre sans pommeau. Il possédait une garde noire, au centre de laquelle était sculpté un cercle contenant une image peinte, celle d'un corbeau noir sur un fond bleu sombre.

Dalarisse ferma les yeux.

*

Il avait cinq ans lorsque le symbole lui était apparu pour la première fois, au sein d'un orphelinat dans les quartiers Est de Tiem. Un lieu de survie plus que de vie.

Des dizaines d'enfants abandonnés venaient s'accumuler chaque soir dans un entrepôt insalubre, mangeant à peine le nécessaire et dormant les uns sur les autres. Les plus jeunes comme Dalarisse devaient mendier, les autres se prostituaient et rapportaient plus d'argent. Les recettes revenaient intégralement au chef de l'orphelinat qui leur assurait le minimum en nourriture et protection. Les conditions d'hygiène emportaient plusieurs d'entre eux, mais il était l'un des seuls enfants à recevoir de réels soins en cas de maladie, la mort lui avait ainsi probablement été épargnée.

Ce jour-là, le chef de l'orphelinat les avait divisés en plusieurs petits groupes à l'étage de l'auberge miteuse qu'il tenait, pour les enfermer dans des chambres différentes. Ils étaient restés cloîtrés des heures durant, attendant en silence dans l'obscurité.

Au milieu de la nuit, la porte s'était ouverte et celui qui les tyrannisait depuis des années était apparu sur le seuil. Après quelques pas en chancelant, il s'était écroulé face contre terre, le manche d'un poignard ressortant dans son dos.

Un grand homme était alors entré dans la pièce, une torche à la main. Il avait dévisagé les enfants un par un et s'était arrêté en voyant Dalarisse, une grimace inquiétante sur les lèvres. Il avait posé un genou à terre pour saisir le manche du poignard et l'avait retiré d'un geste brusque, libérant une gerbe de sang amenant les enfants à se blottir contre les murs pour s'éloigner le plus possible du cadavre.

Il avait alors jeté le poignard aux pieds de Dalarisse, la lame plantée entre les planches de bois. Puis, il s'était dirigé vers la sortie et avait fermé la porte. Sa voix bourrue avait résonné à travers celle-ci :

—Je reviens dans dix minutes, il ne doit rester qu'un seul survivant. Dans le cas contraire, je vous tuerai tous.

Dalarisse avait regardé le poignard à ses pieds, il avait vu le symbole sur la garde, le corbeau au milieu de la nuit... Sa main s'était dirigée vers le manche et l'avait saisi. Une petite fille avait gémi dans un coin :

—Dalarisse... non...

*

L'homme était revenu et avait observé les corps autour de lui.

Dalarisse s'était relevé, tentant vainement de dissimuler le sang qui recouvrait ses guenilles. Il était sorti de la pièce sous la ferme injonction de celui tenant la torche et avait vu cinq autres portes de chambres ouvertes, des enfants au regard figé devant deux d'entre elles, le vide devant les autres.

L'homme s'était agenouillé à ses côtés en posant une main sur son épaule.

—Tu vas venir avec moi, mon garçon.

Dalarisse avait dû déglutir à plusieurs reprises avant de trouver le souffle pour parler, des larmes s'écoulant le long de ses joues.

—Où allons-nous ?

L'homme avait souri froidement.

—Dans les ombres.

*

Edôme s'approcha également de l'étalage.

—Qu'y a-t-il ?

Dalarisse sortit de sa torpeur et se redressa.

—Rien qui n'ait d'importance.

Le grand homme dévisagea son interlocuteur un instant avant de reprendre.

—On continue la visite ?

—Attendons encore un peu. Je n'aimerais pas prendre sur le fait ceux qui sont en train de fouiller mes affaires pendant que vous m'occupez.

Le sourire d'Edôme revint et il écarta les bras.

—Certaines traditions perdureront toujours.

—Cela ne me dérange pas, la méfiance est une bonne chose.

*

Dalarisse passa ensuite le reste de sa journée dans sa chambre. Il se présenta au dîner dans la même tenue qu'au déjeuner, ce qui ne manqua pas de susciter quelques regards en coin chez les dames du château.

Il dîna en conservant son silence habituel, répondant toujours poliment aux questions et n'intervenant jamais dans les discussions. Il attendit la fin du repas avant de s'excuser et de rejoindre sa chambre, imaginant aisément la tournure des discussions qui suivraient son départ.

Il pénétra dans sa chambre et surprit Jerna qui étalait ses vêtements devant le feu de cheminée. La jeune servante sursauta en le voyant entrer silencieusement.

—Monsieur Delarma, vous m'avez fait peur. (Elle désigna le linge.) J'les fais sécher, ils sont trempés. Monsieur Delarma, c'est pas une bonne chose de garder des vêtements trempés ! J'suis désolée que vous me trouviez ici, mais je pensais que vous resteriez dans le salon, tous les nobles restent dans le salon après le dîner. Ma mère disait toujours qu'y fallait aller se coucher juste après le dîner, ça assurait une bonne digestion. C'est pas quelques tasses de thé qui vont y changer quelque chose, enfin c'est c'que j'dis, moi. Ah oui ! J'ai laissé vos affaires comme elles étaient et… et j'ai pas changé le lit vu qu'il était encore intact. Vous dormez pas dans votre lit ? Bah c'est pas mes affaires d'toute façon, mais un lit comme celui-là, c'est dommage de pas dormir dedans. Moi, mon lit de bonne, c'est pas grand-chose par rapport aux lits des nobles. J'en ai côtoyé des lits ici, m'sieur, des invités et même du maître d'armes plusieurs fois. J'peux vous dire que ces lits-là sont vraiment agréables...

Dalarisse leva la main pour lui faire signe de se taire, la servante s'exécuta.

—Tu parles trop.

—Oui je sais, ma mère...

—Silence.

La jeune femme ouvrit la bouche pour répondre, mais son interlocuteur fit de nouveau un geste de la main.

—Jerna, c'est ça ? (Elle fit oui de la tête.) Ne parle que pour me répondre, Jerna. C'est entendu ?

Il laissa passer un silence et l'invita à répondre du regard.

—Oui, Monsieur Delarma.

Dalarisse acquiesça et alla s'asseoir sur l'unique fauteuil de la pièce. Jerna attendit debout, immobile, et rajouta :

—J'suis pas bête, Monsieur Delarma.

—Je ne dis pas que tu es bête, je dis que tu parles trop. Depuis combien de temps es-tu dans ce château ?

—Depuis cinq ans, Monsieur Delarma.

—Quel âge as-tu ?

—Dix-huit ans.

—Sais-tu pourquoi tu as été désignée comme ma domestique ?

—Oui Monsieur Delarma, c'est pour m'éloigner des autres.

—Qui ?

—Des autres domestiques, Monsieur Delarma, elles disent que j'suis une catin et me...

—Pourquoi le disent-elles ?

—Parce que je couche avec les hommes du château...

La jeune femme lui lança un regard hésitant.

—Continue.

—Au début on en riait ensemble… mais j'ai couché avec des gens plus importants et j'ai été parfois… privilégiée. Alors les autres sont devenues jalouses et elles m'ont jetée hors du dortoir. Elles ont les faveurs de Madame la Comtesse, alors j'ai rien pu faire. Ma mère elle…

—Où dors-tu maintenant ?

—À l'écurie, on…

—Tu recommences à trop parler.

Jerna baissa la tête.

—Désolée, Monsieur Delarma.

—Ta mère ?

—Oui, ma mère. (Son sourire revint.) Elle disait que dans la famille, la seule chose qu'on avait c'était la beauté, alors y fallait s'en servir pour survivre. C'est ce que j'fais. Avec l'argent que j'amasse, j'irai la retrouver dans le royaume d'Évistée, au Sud. Elle vit chez ma tante. C'est une grande commerçante, ma tante ! Ma mère m'a vendue au château pour s'payer le voyage. Dès que j'aurai assez d'argent j'la rejoindrai…

La jeune femme avait un débit rapide et Dalarisse éprouvait parfois quelques difficultés à la comprendre. Il lui fit signe de se taire à nouveau et fixa son visage, puis il observa son corps aux rondeurs prononcées, pas avec envie, mais comme un artisan regardant la qualité d'un outil. Un regard auquel Jerna ne semblait pas habituée et qui la mettait mal à l'aise.

—Avec qui forniques-tu ?

La question sembla la prendre au dépourvu, et pour la première fois depuis que Dalarisse avait pénétré dans la chambre, Jerna fit silence de son propre chef.

—Les hommes d'la milice souvent, quelques invités, mais y s'font rares en hiver. Le maître d'armes autrefois, mais la comtesse lui en a causé, il n'accepte plus mes avances.

—Ce maître d'armes ne pourrait pas t'accorder suffisamment de privilèges pour attirer une telle jalousie. Qui d'autre ?

34

La domestique hésita à nouveau.

—Je ne suis pas homme à commérer, tu peux parler sans crainte.

—Je couche parfois avec Monsieur Wolshein.

—Sa femme le sait?

—Non, elle part souvent en ville régler quelques affaires.

—Et avec Edôme?

—Non, Monsieur Kelendarf a toujours refusé poliment. C'est un homme bon, Monsieur Kelendarf.

Dalarisse ne releva pas et se pencha pour enlever ses bottes. La jeune femme attendait toujours debout, impatiente. Il lui désigna le lit de la tête.

—Tu vas dormir ici, maintenant.

—Vous voulez coucher avec moi, Monsieur Delarma?

—Non, je veux juste que tu dormes (il désigna de nouveau le lit) ici.

Jerna fronça les sourcils.

—Vous m'trouvez pas jolie?

—Si, mais là n'est pas la question, je ne coucherai pas avec toi. (Il inspira profondément.) Je veux que tu dormes ici. Je me lève chaque jour avant l'aube, tu me prépareras chaque matin de quoi manger.

La domestique accepta rapidement d'un signe de tête, apparemment ravie de sa nouvelle condition.

—De plus, je veux que tu me rapportes tout ce qui se passe au château, tout ce que tu entendras. Je veux aussi que tu soutires certaines informations aux hommes avec lesquels tu forniques.

—Je l'ferai, mais... les gens du château vont penser qu'nous couchons ensemble, Monsieur Delarma.

—Laisse-les penser. Personne ne doit être au courant de notre arrangement. Si j'apprends le contraire, tu n'auras même plus le droit aux écuries. Répète.

—Je ne dis rien de notre arrangement sinon plus d'écurie.

Dalarisse soupira et posa ses bottes à côté de lui.

—Si tout se passe bien, quand le comte reviendra, je te donnerai l'argent pour que tu ailles rejoindre ta mère.

—Merci Monsieur Delarma! Oh Merci! Je...

—Tais-toi et va dormir.

Jerna ne se fit pas prier. Elle alla éteindre les bougies et se déshabilla avant de se glisser sous les draps.

Dalarisse entendit Jerna se redresser aussitôt. Il pouvait sentir son agitation.

—Parle.

—Bonne nuitée, Monsieur Delarma.

Dalarisse ferma les yeux. *Pourquoi n'es-tu pas dans ton château, Frédérick?*

CHAPITRE 3

Karl le Grand Roi était avachi sur son trône, l'impatience gagnant peu à peu chaque trait de son visage. La salle d'audience était pleine : des artisans, des ouvriers, de grands fermiers et même quelques bourgeois. Les doléances duraient depuis deux heures déjà.

Chaque semaine, le roi accordait à ses sujets une matinée durant laquelle il tranchait certains conflits locaux, montrant ainsi l'exemple aux seigneurs de son royaume, dont il exigeait la même chose. Il accordait les privilèges et distribuait l'or, s'appliquant soigneusement à faire respecter les lois qu'il avait établies. Cependant, aujourd'hui, le Grand Roi ne prêtait qu'une oreille distraite à ses sujets, se débarrassant des affaires les unes après les autres.

Karl laissa traîner son regard sur les statues géantes sculptées sur les colonnes de la salle, pendant qu'un commerçant pleurait le pillage de son entrepôt. Ces statues représentaient ses ancêtres, il connaissait chacune d'elles comme il connaissait le moindre recoin de cet endroit. Il soupira. Depuis son couronnement, à sa dix-septième année, il avait vaincu ses ennemis les uns après les autres, portant le Tiemric à un niveau de puissance et de domination tel que les Huit Royaumes n'en avaient jamais connu. Il était devenu Karl « l'Immortel », Karl le Grand Roi, celui qui allait réunir les Huit Royaumes sous un nouvel empire. Il avait fait plus que tous ces hommes représentés en statues mais restait néanmoins assis là, à écouter un récit de pillage d'entrepôt qui ne devait d'ailleurs pas être bien rempli...

Le roturier termina sa supplique en tombant à genoux, en larmes. Ce genre de spectacle était de plus en plus courant, à croire que les doléances se transformaient en bonnes affaires pour récupérer de l'argent.

Le roi fit un geste nonchalant de la main en direction de son trésorier, un grand homme qui se tenait à sa gauche, en retrait.

—Cinq pièces d'or.

L'homme saisit une bourse sur la table devant lui et la jeta au commerçant. Ce dernier l'attrapa au vol et se perdit en remerciements. Karl le congédia et se leva. La centaine de personnes présentes dans la salle s'inclina immédiatement.

—La séance est terminée. Laissez-moi seul.

Un léger brouhaha de protestations monta de la foule, néanmoins elle quitta les lieux, accompagnée par les gardes du palais. Le Grand Roi se tourna vers son trésorier.

—Toi aussi.

L'homme salua son monarque et quitta également la salle par une autre porte que celle empruntée par le peuple.

Karl s'affaissa de nouveau sur son trône.

—Vivement la guerre.

—Je ne vous le fais pas dire, mon roi.

Une petite silhouette sortit d'un passage dissimulé derrière le trône. Il s'agissait d'un homme à l'âge bien avancé. Le crâne chauve, le nez aquilin et les yeux noirs et perçants lui donnaient l'apparence d'un rapace. Sa peau était d'une blancheur inquiétante, semblant directement collée aux os. Sirmund parcourait les longs couloirs du palais royal depuis plus d'un demi-siècle. Tout le monde l'avait déjà aperçu, mais quasiment personne ne lui avait parlé. Il avançait toujours d'un pas pressé, comme pris par une affaire urgente. Les gens l'ignoraient quand ils le croisaient et l'évitaient autant que possible. Tout le monde s'évertuait à rester le plus loin possible de cet homme.

Il était officiellement le conseiller du roi, mais représentait en réalité bien d'autres choses. La cour feignait de ne pas voir certaines choses, de ne pas connaître l'existence des cris provenant parfois des oubliettes sous le palais, mais à chaque fois qu'un « incident » venait troubler le monde parfait de la noblesse royale, le nom de Sirmund apparaissait. Un statut et une réputation avec lesquels il s'arrangeait volontiers, lui garantissant la liberté et l'autorité dont il avait besoin pour accomplir sa mission auprès de son monarque.

Le Grand Roi soupira sans retenue.

— Ces choses-là ne sont pas pour moi, Sirmund. Je me languis de la conquête… ma grandeur se perd peu à peu dans la soie et l'or de ce palais.

Le vieillard regarda son roi et sourit intérieurement. Karl avait fêté ses soixante-deux ans cette année, mais seule la teinte grisâtre de ses cheveux courts trahissait son âge. Il avait toujours sa carrure de guerrier, son visage puissant et son regard inflexible. Il était revêtu d'une longue tunique d'un rouge royal, et la couronne en or du Tiemric était posée sur sa tête. *Tu ne perdras jamais ta grandeur, Grand Roi.*

— La guerre approche mon roi… la dernière, et avec elle la gloire éternelle. Je venais justement vous informer que votre fils a accéléré ses manœuvres aux frontières du royaume d'Évisté.

Le Grand Roi fit un geste dédaigneux de la main.

— Karl II pourrait perdre une bataille face à des éclaireurs.

— Certes majesté, mais vous l'y avez vous-même envoyé pour qu'il gagne enfin les faveurs de votre peuple.

— J'ai sous-estimé son incapacité. Dis-lui de cesser d'agiter mes armées dans tous les sens, qu'il reste sur ses positions. (Le monarque secoua la tête.) Plus on me parle de mon fils et plus j'ai hâte de rejoindre nos armées au printemps.

— Vous êtes d'une humeur maussade, mon roi.

Le visage du monarque Tiemrin s'éclaira d'un large sourire.

— Tu as raison, Sirmund. Mais venir me parler de ce rejeton incompétent n'arrange pas les choses.

Sirmund resta silencieux. Il connaissait bien celui qu'il servait, et encore mieux ses sautes d'humeur. Le Grand Roi se leva et se servit du vin sur le plateau en argent posé aux abords de son trône. Il porta le calice à ses lèvres et ferma les yeux de plaisir en savourant son contenu, puis il se tourna vers son conseiller.

— Parle-moi de la lettre.

— Nous l'avons comparée avec des parchemins datant de plusieurs dizaines d'années, j'ai fait venir les meilleurs spécialistes...

— Évidemment que tu l'as fait, épargne-moi la méthode, je veux le résultat.

— C'est bien Ombre-Mort qui a écrit cette lettre... et elle ne date que de quelques semaines.

Le Grand Roi resta un instant à fixer Sirmund. Le vieil homme attendit en silence, guettant la réaction de son monarque. Karl se resservit un verre et le but rapidement.

— Dalarisse...

— Je le croyais mort, Majesté.

— Il n'est pas homme avec qui il faut croire. Que dit la lettre ?

Le conseiller toussota, prenant le temps de formuler ses mots.

— Il n'y a qu'une phrase, mon roi.

— Qui est ?

— « Le temps est venu de se rencontrer ».

Karl se retourna et reposa délicatement le verre sur le plateau. Il souriait. Sirmund fronça les sourcils. Rares étaient les sourires de son roi qu'il ne savait interpréter.

— Majesté ?

— Sors.

Le vieillard se retint d'hésiter. Il salua et repartit rapidement vers le passage derrière le trône. Il entendit derrière lui le fracas du plateau d'argent propulsé dans la salle et le bruit du verre qui explosait au sol.

CHAPITRE 4

L a comtesse était assise à une grande table positionnée temporairement dans un petit salon qui avait été vidé pour l'occasion. En l'absence du comte, elle s'occupait seule de la gestion du château et des terres des Radenks. Ne possédant pas de bureau personnel, elle avait fait aménager cet espace afin de traiter les affaires courantes chaque après-midi.

Le maître d'armes arriva dans la pièce et toussota pour signaler sa présence. La comtesse releva la tête.

—Venez, Gélon, je dois vous parler.

Il s'exécuta et vint s'asseoir face à sa maîtresse. Celle-ci déposa sa plume sur son support et saisit le parchemin que Dalarisse avait apporté la veille.

—Monsieur Delarma va vous remplacer en tant que maître d'armes et éducateur. Il prendra ses fonctions dès demain matin.

Gélon écarquilla les yeux de surprise.

—Madame... J'occupe la fonction de maître d'armes depuis douze années ! Je....

—Je vous informe, Gélon, je ne vous demande pas. (Le vieil homme ouvrit la bouche pour protester, mais la comtesse leva la main pour lui faire signe de se taire.) Mon mari, le comte, est très clair dans ce parchemin. Il attribue à Monsieur Delarma l'éducation de ses enfants, dès que celui-ci se présentera en sa possession.

—Madame, ce parchemin date de plusieurs décennies, on ne connaît rien de ce Delarma !

La comtesse reposa le papier et prit un air complaisant.

—Voyons, Gélon, cette situation ne perdurera pas. Vous restez capitaine de la milice et quand le comte sera de retour, nous arrangerons cela, ne soyez pas inquiet. Cependant, je ne puis aller à l'encontre des injonctions de mon mari.

—… J'ai servi loyalement votre famille durant douze années, j'espère ne pas essuyer une telle injustice quand le comte reviendra.

—Vous faites partie du château, Gélon, cela n'arrivera pas.

Le vieil homme resta silencieux un moment puis salua froidement et quitta la pièce.

Wilfried Wolshein sortit de derrière un rideau quand la porte se referma et vint rejoindre sa sœur.

—L'âge n'est pas tendre avec ce maître d'armes. Il devient pitoyable.

La comtesse reprit sa plume et se remit à écrire.

—Il a son utilité, suffisamment éduqué pour être à table avec nous et enseigner à mes enfants, pas assez pour comprendre les choses qu'il n'a pas à comprendre. Nous avons déjà eu ce genre de discussion, Wilfried… dites-moi ce que je veux savoir.

Le noble sourit devant l'agacement de sa sœur.

—Mon contact n'a jamais entendu parler d'un Delarma, mais il va se renseigner. La fouille de ses affaires s'est révélée, quant à elle, des plus intéressantes.

Son frère s'arrêtant volontairement comme il avait l'habitude de le faire, la comtesse soupira :

—Je vous en prie, mon frère, évitez-moi vos effets de style et dépêchez-vous, il est de grande diligence que je fasse parvenir cette lettre au comte.

—Bien bien ! (Il s'assit à la place que Gélon avait occupée) Monsieur Delarma voyage avec une dizaine d'armes différentes, de l'arbalète de poing sophistiquée au simple poignard. En plus de cette véritable armurerie ambulante, j'ai repéré plusieurs poches secrètes que je n'ai pu ouvrir sans que cela se voie, dans son paquetage.

La comtesse fronça les sourcils.

—Intéressant, en effet.

—Peut-être devrions-nous demander au comte de rentrer au plus vite, cette histoire ne me plaît guère.

—Je ne vois aucune raison de le faire pour l'instant. Gardez-le à l'œil, je vais réfléchir à la situation.

—À ce propos... je pensais utiliser la colère de Gélon pour surveiller ce Delarma. Il n'aura pas la patience d'attendre le comte et souhaitera agir. J'imaginais lui suggérer indirectement de le faire surveiller par ses miliciens, ainsi que de le pousser à engager un vrai professionnel en parallèle de cela.

—Soit, faites ainsi, mais évitons tout scandale dans la mesure du possible.

Wilfried acquiesça et sortit sans rien ajouter.

*

Le premier fils et héritier du comte, Hadaron, occupait une vaste chambre dans un coin reculé du château. À cette heure où le soleil s'annonçait timidement par une pâle clarté à l'Est, le jeune homme récupérait paisiblement de sa soirée.

Le bruit provoqué par la brusque ouverture des fenêtres ne réussit pas à le sortir de son sommeil, mais la fraîcheur matinale eut rapidement raison de ses draps fins. Hadaron se redressa en grommelant. Il reçut ses vêtements en plein visage.

—Cinq minutes pour les enfiler, cinq autres pour manger et me rejoindre dans la cour.

Le jeune homme plissa les yeux pour distinguer celui qui se permettait de telles manières. Il reconnut, dans la pénombre, la silhouette de l'invité de sa mère, un certain Monsieur Delarma. Hadaron sortit rapidement de son lit pour se placer devant l'intrus. L'homme le fixait.

—Je... on... On ne pénètre pas ainsi dans ma chambre...

— Je suis ton nouveau maître d'armes...

— Je sais cela, mais vous êtes dans ma chambre ! Il fait nuit et vous n'avez rien à faire ici !

Le jeune homme haussait la voix. Dalarisse positionna sa main droite à hauteur de son épaule gauche avant d'ajouter :

— ... et en tant que tel...

— Alors maintenant vous sortez et vous reviendrez quand...

Dalarisse gifla violemment le fils du comte du revers de la main. Celui-ci pivota sur lui-même et tomba à genoux, sous le choc.

— ... tu dois obéir à mes instructions.

Hadaron resta un moment sous le coup de la surprise, puis une colère soudaine et incontrôlée monta en lui. Il se releva, prêt à laisser exprimer sa rage. La pointe aiguisée d'une lame vint effleurer sa pomme d'Adam. Son cœur s'arrêta de battre, le feu s'était éteint aussi rapidement qu'il avait pris.

— Vous... vous... pour qui vous... pour qui vous prenez-vous ?

— Ton maître d'armes, je te l'ai déjà dit. Concentre-toi sur mes propos.

— Êtes-vous au moins homme de noblesse pour lever ainsi la main sur moi ?

— Es-tu au moins un homme ?

— Je....

— Gras, peu habile, un luxe étouffant, agissant tel un enfant, tu n'as rien d'un homme et tu ne le deviendras jamais en continuant de la sorte.

— Mais...

— Il te reste quatre minutes pour t'habiller.

Dalarisse se retourna sans ajouter un mot. Il n'y avait plus de lame visible dans sa main lorsque le jeune homme y prêta attention.

Hadaron le regarda quitter sa chambre et demeura immobile quelques instants à ressasser les évènements qui venaient de se dérouler. Il voulut poursuivre son maître d'armes dans les couloirs et regagner sa fierté, mais le souvenir encore brûlant de l'acier contre sa peau mit fin à ses brusques envies de représailles.

Quelques minutes plus tard, il rejoignit son maître d'armes dans la cour. Ce dernier était vêtu d'une tunique simple et ajustée. Hadaron avait endossé un épais manteau en fourrure.

—Enlève ce manteau.

—Je ne souhaite pas souffrir du froid.

—Il y a plein de choses dont tu ne souhaiterais pas souffrir.

Le fils du comte fixa un instant son maître d'armes puis se résigna. Il se retrouva torse nu.

—Et maintenant?

—Suis-moi.

Dalarisse partit en trottinant et sortit de l'enceinte du château.

CHAPITRE 5

Ils se sont levés très tôt ce matin et il l'a emmené dans les bois.
— — Dans les bois ?

La comtesse releva la tête, surprise. Son frère sourit, satisfait de sa réaction.

— Dans les bois, oui, pour faire des exercices m'a-t-on dit.

— Des exercices ?

— Je m'exprime mal ?

— Non Wilfried, mais avouez que cela n'a pas de sens.

La comtesse se leva pour aller à la fenêtre. Son frère resta assis face au bureau, l'air ravi.

— Quelle idée de se lever avant l'aube pour aller dans les bois.

— N'est-ce pas !

Katerine Radenks tourna la tête.

— Vous trouvez tout ceci amusant ?

— En effet.

— Je ne vois rien qui soit sujet à amusement dans cette histoire. Le premier fils du comte n'a rien à faire dans les bois et encore moins à de telles heures. Il doit y faire un froid atroce.

— En réalité, il fait plutôt bon… cependant, même si nous étions en été, cela ne changerait rien.

La comtesse soupira.

— Encore une fois je vous prierai d'aller au but, mon frère.

Wilfried Wolshein haussa les sourcils, affichant son expression malicieuse habituelle :

—Le réel problème est que vous ne savez pas comment contrôler ce maître d'armes.

—Balivernes!

Katerine de Radenks fit un geste de balayage de la main. Elle conserva le silence un moment, retrouvant son calme sous le regard appuyé de son frère. Wilfried attendit avant de reprendre:

—Bien loin de moi l'idée de vous mettre mal à l'aise.

—Je ne le suis pas. Qu'en est-il de notre affaire concernant Gélon et le professionnel?

—Je n'ai pas pu vraiment avancer en une seule journée, Katerine.

Elle lui jeta un regard noir.

—Avez-vous autre chose?

Le sourire de Wilfried Wolshein s'élargit.

—La servante, Jerna, elle a dormi avec lui.

—Avec lui?

—Dans sa chambre, oui. Connaissant la réputation de cette gueuse, je n'ose imaginer ce qui s'est passé.

—Votre trop grande imagination vous abuse, mon frère. Jamais le comte n'inviterait un fornicateur en sa demeure. Et il n'en ferait point le maître d'armes de son fils.

—Gélon est allé avec Jerna plusieurs fois...

—Et je me suis laissé dire que vous vous étiez également abaissé à ça.

Le sourire disparut du visage du noble.

—Rien que des racontars, Katerine.

—Bien entendu. Cette servante n'a cependant aucune raison de passer ses nuits dans la même pièce que Monsieur Delarma, convoquez-la rapidement.

—Ce sera fait.

La comtesse regarda à nouveau par la fenêtre, observant les bois aux alentours du château. Wilfried comprit que la discussion était terminée et quitta la pièce d'un air maussade.

*

Hadaron trébucha sur une racine et tomba face contre terre. C'était la quatrième fois qu'il chutait depuis qu'ils avaient commencé. Il tenta de se relever, en vain, ses forces l'abandonnèrent en plein effort. Il roula alors sur le dos en tentant de reprendre son souffle, ses poumons le brûlaient à chaque inspiration.

Dalarisse revint sur ses pas et se dressa au-dessus du jeune homme.

— Laisse le temps à ta respiration de redevenir normale, peu importe la douleur. Tu es faible physiquement, il va falloir travailler ça.

Hadaron voulut maudire son maître d'armes, mais il n'avait plus la force de prononcer le moindre mot. Il avait soutenu le rythme de l'homme pendant les dix premières minutes, puis il avait ralenti, ses jambes ayant commencé à le faire souffrir. Dalarisse avait alors freiné sa cadence pour rester aux côtés du jeune homme, sans montrer le moindre signe de fatigue. C'était humiliant. Hadaron l'avait vu trottiner avec légèreté alors que ses propres pas se faisaient lourds et maladroits. Il était tombé à plusieurs reprises, mais sa fierté lui criait de continuer, il voulait le dépasser. La colère lui redonna quelques forces, il déglutit et demanda de l'eau d'une voix faible.

— Il y a une rivière à une centaine de mètres d'ici, tu iras te désaltérer quand tu seras en état de te lever.

Dalarisse s'assit sur un tronc couché et observa les premiers rayons du soleil qui transperçaient peu à peu l'inquiétante obscurité de la forêt.

— Tu es en colère. Ces choses-là ne sont pas faciles à accepter. Je suis assez vieux pour être ton père et pourtant je pourrais courir cette distance deux fois encore avant d'être fatigué. Si tu es dans cet état à ton âge, dans quel état seras-tu au mien ? (Dalarisse regarda le jeune homme allongé au sol.) Il y a un choix qui se présente à toi : tu peux demander à ce que je ne sois plus ton maître d'armes, dans ce cas tu retrouves ton confort sans plus jamais devoir fournir un tel effort. Nous ne nous parlerons plus jamais et je disparaîtrai rapidement de ta vie. Ou tu te présentes demain matin dans la cour à la même heure et je t'emmènerai courir encore, et tu trébucheras encore. Tu trouveras inutiles mes exercices imposés et tu souffriras tous les jours sans qu'une remarque ou une plainte ne soit tolérée. Tu seras traité comme n'importe quel roturier, sans égard ni privilège. Tu me détesteras, tu voudras parfois me tuer, mais tu auras trop peur de moi pour cela.

Dalarisse se releva. Hadaron tourna la tête vers lui, mais l'homme repartait déjà en courant.

*

Le fils du comte arriva au château en fin de matinée. Il prit un bain et s'habilla pour déjeuner, repas pendant lequel il n'échangea pas même un regard avec son nouveau maître d'armes.

Ce dernier écoutait les discussions en mangeant. La comtesse l'interpella.

— Monsieur Delarma, notre jeune Hadaron semble bien éreinté par vos leçons matinales.

— Certes, madame, j'estime que l'exercice physique fait partie de l'éducation de tout homme.

Wilfried Wolshein saisit son verre de vin.

— Et vous avez totalement raison ! Nous autres, anciens nobles, avons tous reçu une solide éducation militaire. Même si notre Grand Roi nous assure un avenir de paix, je pense que nous devons perpétuer cette tradition.

Dalarisse lui sourit froidement en guise de réponse.

Katerine de Radenks se tourna vers Êdome.

— Qu'en est-il des roturiers ?

Le grand homme ne sembla pas prendre ombrage du ton péjoratif avec lequel la comtesse l'avait désigné.

—Nous autres avons également une éducation militaire, moins développée, cela va de soi.

—Et je suppose que l'on vous enseigne également quelques notions d'histoire et de savoir-vivre (elle s'adressa à Dalarisse.) Qu'en sera-t-il au sujet des enfants ? Gélon assurait un cours trois après-midi par semaine.

—J'assurerai également ces permanences, madame.

La comtesse lui adressa un sourire.

—Bien.

Le déjeuner se déroula ensuite sans que Dalarisse n'ajoute le moindre mot. À la fin du repas, les hommes allèrent comme à leur habitude au salon, Ombre-Mort resta par politesse avec eux.

Ema Wolshein s'éclipsa discrètement après s'être levée de table, prétextant une légère migraine. La jeune femme du frère de la comtesse quitta alors la pièce, accompagnée par les sourires de Madame de Radenks et de Madame Kelendarf. Elle semblait si fragile, certes apte à évoluer dans la noblesse au niveau des manières, mais dépourvue de la force de caractère nécessaire pour y survivre longtemps. Les deux femmes ne lui laissaient que peu de temps avant de se replier définitivement sur elle-même et de s'isoler.

Comme à son habitude, Ema Wolshein feignit maladroitement d'ignorer ces regards et se précipita dans sa chambre. Les serviteurs la croisant s'inquiétèrent de son état, ils ne reçurent en réponse que des regards noirs et dissuasifs. Une fois dans ses appartements, elle ferma la porte à clé et se défit prestement de ses bijoux. Sa servante accourut vers elle.

—Madame ?

—Cela ne fait plus aucun doute.

La servante alla chercher une carafe remplie d'eau fraîche.

—Comment en être sûres ?

Ema Wolshein agita la main nerveusement.

—Apportez-le-moi.

— Madame.

La servante salua et se précipita dans sa propre chambre. La jeune femme se servit un verre d'eau et le but entièrement. Puis elle saisit un petit bout de papier et une plume sur le bureau de son mari.

Sa bonne revint prestement en tenant dans la main une cage contenant un pigeon blanc.

— Madame, je me permets d'insister...

Ema Wolshein ratura avec la plume et saisit un nouveau bout de papier en soupirant. Sa nervosité était palpable.

— Il correspond à la description, même âgé ainsi. Par ailleurs je l'ai vu sourire, personne ne sourit ainsi.

— Que voulez-vous dire, madame?

— Il aurait aussi bien pu trancher la gorge d'un enfant et sourire de la même façon. Crois-moi, je sais qui il est.

La servante s'inclina sans réellement en être convaincue.

Une fois le message terminé, Ema Wolshein le roula et l'inséra dans un petit tube accroché à la patte du pigeon. Elle amena ensuite la cage au bord de la fenêtre et libéra son messager qui s'envola rapidement à travers le royaume.

— Qu'avez-vous écrit, madame?

— Ombre-Mort, château des Radenks.

CHAPITRE 6

Gélon pénétra fièrement dans la taverne bondée. Certaines personnes le reconnurent et le saluèrent. Il venait souvent en ville et s'arrêtait toujours ici.

La taverne de l'Aurore accueillait chaque jour de nombreux clients. Ce n'était pourtant pas pour le vin qu'elle proposait, réputé comme le plus infect de toute la région, mais pour les nombreuses prostituées de qualité qui y travaillaient. Elles allaient et venaient au milieu de la salle, animant les discussions et les parties de jeu. Seul le fond de la pièce, composé de plusieurs petites alcôves plongées dans l'obscurité, ne bénéficiait pas de leurs charmes apparents et de leurs regards langoureux. Il s'agissait du deuxième atout de l'établissement : les nombreux marchés illicites qui y étaient conclus. C'est vers l'une de ces alcôves que l'ex-maître d'armes se précipita d'un pas vif.

Un homme l'attendait à une table. Gélon s'assit face à lui. Il ne pouvait distinguer le visage de son interlocuteur, seule une main ridée posée négligemment sur la table indiquait sa présence.

Il jeta quelques coups d'œil derrière lui avant de parler.

— On m'a dit que vous étiez en ville, j'ai grand besoin de vos services.

L'homme se pencha, son visage resta masqué par l'ombre de sa grande capuche.

— Quel genre de services ?

— Assassinat.

— Cela coûtera cher.

—J'ai de l'argent.

—Quelle est la cible?

—Un voyageur qui vient d'arriver au château. J'ai avec moi de quoi vous rémunérer.

Gélon devina un sourire sur le visage sombre de son interlocuteur.

—Payez et cela sera fait dans cinq jours.

*

Dalarisse entra dans sa chambre aussitôt après le dîner. La servante avait étalé une couverture sur le fauteuil et nettoyé entièrement la pièce. Elle se tenait droite près de la fenêtre, à l'observer, dissimulant mal sa nervosité. Il ne lui adressa pas un regard et alla s'asseoir sur le fauteuil pour enlever ses bottes.

—Remets du bois dans la cheminée.

Elle s'exécuta.

—Vous avez froid, Monsieur?

—Non, mais tu as eu froid la nuit dernière.

Jerna retrouva son sourire infantile.

—Vous avez raison, Monsieur, c'est gentil de votre part.

—Si tu contractes une maladie, tu seras moins efficace.

—Oui, Monsieur.

Dalarisse leva la tête vers sa domestique, elle sourit de plus belle.

—J'ai pensé que vous auriez besoin de cette couverture.

—Je n'en ai pas besoin.

—Bien Monsieur Delarma, mais j'pense que vous...

—Tu te rappelles ce dont nous avons parlé hier soir?

—Oui, Monsieur.

Ombre-Mort scruta les grands yeux de la jeune femme qui lui rendit un regard innocent. Il replia la couverture et s'enfonça dans son fauteuil.

Le silence se fit quelques instants, puis l'écho des discussions du salon parvint à leurs oreilles, se mêlant au léger souffle qu'exerçait Jerna sur le feu naissant.

— Qu'y a-t-il?

La voix de Dalarisse fit sursauter la jeune femme.

— Le feu commence à prendre, Monsieur.

— Pourquoi es-tu si nerveuse?

— J'devrais pas vous le dire, Monsieur.

— Alors ne le dis pas.

Dalarisse ferma les yeux et le calme paisible de la nuit reprit ses droits l'espace d'un instant.

— La comtesse m'a demandé pourquoi j'partageais la même chambre que vous, j'lui ai rien dit sur notre affaire, j'lui ai juste dit que vous aviez besoin de quelqu'un pour préparer très tôt le repas, j'lui ai rien dit d'autre Monsieur Delarma, y faut me croire.

Jerna reprit son souffle, elle avait parlé à toute vitesse.

— Je te crois. Prépare deux repas supplémentaires pour demain.

— Oui, Monsieur Delarma.

La jeune servante vérifia le feu et regagna rapidement son lit, le sourire aux lèvres.

*

Barit luttait comme il pouvait contre le sommeil. Son camarade, Fran, dormait profondément depuis longtemps déjà. Il était assis en face de lui, son jeune visage adossé contre le mur de pierre, la bouche ouverte. Le vieux soldat sourit à la vision de cet adolescent qui n'avait rien à faire dans une milice.

Ils avaient tous deux été chargés par le maître d'armes de suivre l'invité partout où il allait. Barit aimait bien cette mission, ça le changeait des tâches habituelles. Ils s'en étaient bien sortis jusqu'à présent, suivant l'homme autant qu'ils pouvaient, bien qu'ils se soient fait surprendre la veille par le réveil si matinal de leur cible, les obligeant à prendre monture pour le rattraper.

Voilà pourquoi, ce matin, ils s'étaient dissimulés dans un renfoncement sombre du couloir à proximité de sa chambre, attendant qu'il se réveille.

La porte s'ouvrit soudainement. Barit donna un coup de pied au jeune homme en face de lui. Il dut s'y reprendre à deux fois pour le réveiller et lui fit signe d'écouter.

Le jeune homme bâilla en tendant l'oreille. Des bruits de pas venaient vers eux. Barit plaqua son oreille contre le mur et murmura à son acolyte.

— C'est la fille.

Ils se blottirent dans l'obscurité.

Jerna apparut au tournant. Elle marcha rapidement et s'arrêta à un mètre de leur emplacement. Elle déposa à leurs pieds deux morceaux de tissus contenant de la viande séchée, auxquels elle ajouta deux pommes et quelques fruits secs, puis elle se releva avec un sourire satisfait.

— Monsieur Delarma m'a dit que j'vous trouverais ici. Il m'a dit de vous dire… (La servante fronça les sourcils en tentant de se rappeler les paroles exactes de son maître) qu'il partait dans quelques minutes et qu'il irait courir le long de la rivière, il m'a dit aussi de vous donner ces deux repas, car vous avez passé une nuit peu agréable et vous allez avoir faim dans la matinée. Les fruits secs sont pour les chevaux.

Elle salua et repartit vers la chambre.

Barit resta interdit pendant quelques instants. Il jeta un coup d'œil à son jeune compagnon qui haussa les épaules et ramassa sa part de nourriture.

Le jeune Fran croqua la pomme à pleines dents.

*

Dalarisse attendait contre un mur de la cour, regardant autour de lui. Les parois du château lui semblèrent bien différentes de la nuit où il était arrivé. Alors que l'orage et la lune les avaient transformées en puissante et mystérieuse muraille, la pâle lumière précédant l'aube leur rendait leur apparence de vestiges d'une autre époque, fragile et dépassée.

Hadaron apparut en tenue souple. Il dévisagea son maître d'armes pour tenter de trouver de l'arrogance, du mépris ou de la moquerie... il tomba sur un visage impassible. Ses mots sortirent avec difficulté.

—Vous allez faire de moi un... homme?

—Toi seul peux faire cela. Moi je peux te montrer comment y parvenir.

Ombre-Mort partit en trottinant, suivi de près par Hadaron.

*

Les journées s'écoulèrent ainsi jusqu'au jour de repos : Dalarisse faisait travailler Hadaron toute la matinée et restait seul dans sa chambre l'après-midi, quand il ne devait pas distribuer quelques ouvrages aux enfants du comte dans la bibliothèque.

Hadaron n'avait jamais été aussi impatient d'arriver à ce jour. Son corps entier le faisait souffrir et chaque geste lui demandait un effort particulier.

La fraîcheur matinale vint le cueillir au plus profond de son sommeil. Le fils du comte pensa un moment se recroqueviller sous les draps, mais il savait que le froid n'était pas venu seul. Il releva la tête et aperçut sans surprise son maître d'armes ouvrant la deuxième fenêtre. Il soupira théâtralement.

—Ça vous est déjà arrivé de vous lever après le soleil?

Dalarisse jeta les affaires du jeune homme sur le lit et se dirigea vers la porte.

—Oui.

Hadaron se redressa.

—C'est vrai?

—Non. Dépêche-toi.

—Vous savez que c'est jour de repos aujourd'hui?

—Oui.

Omvre-Mort quitta la chambre.

*

Hadaron rejoignit son maître d'armes quelques minutes plus tard dans la cour.

—Vous avez essayé de faire de l'humour?

Dalarisse ignora la question et désigna une épée posée contre le mur.

—Tu sais t'en servir?

—Bien sûr.

Ombre-Mort se saisit d'une épée similaire.

—Voyons ça.

Les deux hommes échangèrent plusieurs passes d'armes sans réelle agressivité. Ils continuèrent ainsi quelque temps. Puis le jeune homme effectua quelques exercices ordonnés par le maître d'armes, qui s'en alla seul dans les bois, laissant Hadaron profiter enfin d'un peu de répit.

CHAPITRE 7

Dalarisse alla s'asseoir sur un tronc d'arbre. Il avait marché tout le reste de la journée et repéré tout ce qu'il souhaitait dans les environs. Il plongea sa main dans une des poches intérieures de son manteau et en sortit une flasque d'alcool dont il but lentement le contenu en contemplant la forêt autour de lui. Il ne se sentait jamais aussi bien que lorsqu'il était seul.

Il sentit un léger picotement dans la nuque. Il avait appris à faire confiance à ce genre de sensation et se releva immédiatement pour se précipiter sur le côté. Une flèche vint se planter dans sa cuisse gauche, il trébucha avant de rouler au sol.

Un homme surgit des bois, brandissant une épée. Le poignard d'Ombre-Mort apparut dans sa main alors qu'il se redressait sur un genou. L'homme leva haut son arme au-dessus de sa tête pour l'abattre. Dalarisse se releva en pivotant sur le côté et lui trancha la gorge en tournant autour de lui, laissant la lame de l'épée frapper le vide. Il le saisit dans le même mouvement par le col et se plaça dans son dos. Son agresseur laissa tomber son arme et porta désespérément ses mains à son cou.

Le maître d'armes recula en tirant le mourant avec lui puis lâcha son bouclier humain pour se précipiter derrière un arbre et s'assit dos au tronc en grimaçant de douleur.

Il plaça immédiatement le manche de son poignard entre ses dents et poussa sur la flèche, elle n'était pas dentelée. Il appuya plus fort, jusqu'à faire ressortir la pointe, puis cassa l'extrémité et la retira de sa cuisse. Il saisit sa flasque et versa un peu d'alcool sur la plaie, non sans laisser échapper plusieurs grognements, puis recracha ensuite son poignard et sortit un tissu d'une des poches de son manteau pour en faire un garrot. La manœuvre prit quelques secondes de plus, pendant lesquelles Dalarisse jeta des coups d'œil furtifs aux alentours. La colère le prit soudainement. Ces soins rudimentaires le feraient tenir le temps de l'affrontement, mais la blessure était vive, il devrait ensuite se reposer. *Dix ans plus tôt, ils n'auraient pas eu l'occasion de tirer la moindre flèche...*

Un silence de mort régnait dans la forêt. Ses agresseurs étaient des amateurs, sinon ils seraient déjà venus le traquer derrière cet arbre pour le tuer. Il sortit son arbalète de poing de sous son manteau et encocha un carreau, puis il saisit son couteau de lancer avec sa main droite et se tint immobile.

*

Malone resta plusieurs secondes à contempler le cadavre de son compagnon étendu au sol. Tout s'était passé si vite... Il avait vu Taris viser la poitrine de l'homme et il savait que Taris ne ratait pas une cible à cette distance, mais l'homme avait bougé soudainement, comme s'il savait que la flèche allait venir... Dan avait chargé aussitôt. Lui non plus n'aurait pas dû le rater... mais il n'avait pas eu le temps de frapper.

Le corps du jeune homme eut une petite série de spasmes et cessa définitivement de bouger. Malone secoua la tête comme pour se réveiller et raffermit sa prise sur le manche de son épée. Il vit Taris encocher une nouvelle flèche et viser l'arbre derrière lequel l'homme se cachait. À sa droite, Prat dégaina ses deux longs couteaux et se déplaça discrètement pour contourner leur proie.

La mort de Dan les avait tous choqués, mais ils s'étaient vite remis, à sa grande fierté. Ils étaient à trois contre un et ils comptaient bien lui faire regretter la mort de leur compagnon avant de l'achever.

Il alla rejoindre l'archer et lui murmura :

—Ne quitte pas l'arbre des yeux, il va craquer et sortira de sa cachette, sois prêt à tirer.

Taris acquiesça et se concentra sur l'arbre. Malone se positionna à deux mètres de lui et passa la tête afin de crier :

—Tu n'as aucune chance contre nous, vieillard ! Dépose tes armes et nous verrons si tu as de quoi négocier ta vie !

Aucune réponse.

Les trois assassins attendirent sans bouger. Les minutes s'écoulèrent, mais leur cible ne donnait aucun signe de vie. Malone fixait l'arbre. Il se demanda un instant ce qu'il ferait si c'était lui qui était caché là-bas. Le mercenaire gloussa. Il aurait pu fuir dès le début de l'agression, mais cet imbécile s'était précipité à l'abri en espérant que quelque chose allait le sauver.

Le temps continua de filer et le mercenaire montra les premiers signes d'inquiétude. Peut-être leur cible était-elle en train de succomber à sa blessure, et ils étaient là comme trois idiots embusqués autour d'un cadavre. Il se tourna vers Taris.

—Tu l'as bien touché ?

L'archer répondit sans détourner le regard.

—À la jambe, oui, j'en mettrais ma main au feu.

—Bon. (Malone renifla bruyamment) J'ai pas envie de rester là toute la nuit.

Il fit signe à Prat de s'avancer pour voir dans quel état était leur cible. Le jeune homme s'exécuta. Malone se tourna vers Taris.

—Tiens-toi prêt et ne quitte pas cet arbre des yeux.

—J'sais bien.

Le mercenaire se concentra de nouveau sur l'avancée de son compagnon. Ce dernier venait de se blottir contre un arbre. Il n'avait qu'à tourner la tête pour voir leur cible. Malone lui fit signe de le faire.

Prat se pencha légèrement en avant. Un couteau de lancer vint lui transpercer la joue et s'enfonça dans sa bouche. Le jeune homme laissa tomber son arme et hurla en portant les mains à son visage.

Taris se tortilla pour voir ce qui se passait, Malone se retourna vers lui :

— Ne quitte pas l'arbre... (Un carreau d'arbalète perfora la tempe de l'archer qui s'écroula au sol.)... des yeux.

Le mercenaire resta figé. Encore une fois, les choses étaient allées trop vite. Il resta ainsi plusieurs secondes à observer le regard vide de Taris et le sang couler sur son visage. Malone se redressa soudainement, furieux, et s'avança vers l'arbre, l'épée à la main.

— Sors de ta cachette et affronte-moi comme un homme ! (Il n'y eut aucune réponse.) Viens te battre !

La silhouette de l'homme apparut à droite de l'arbre, et Malone mourut, un carreau planté dans le crâne.

*

Dalarisse tomba à genou et se tint la jambe en grimaçant. Sa vue commençait à se troubler.

Trois de ses adversaires étaient morts. Il restait le jeune homme sur qui il avait lancé le couteau. Dalarisse s'approcha de lui en rampant. C'était un gamin à peine sorti de la puberté. Il tremblait de peur et des larmes coulaient le long de ses joues. Dalarisse se pencha et arracha le couteau de lancer d'un geste brusque. Le garçon poussa un cri et pleura de plus belle. Ombre-Mort s'allongea sur le dos et sortit son poignard.

— Quand on ne veut pas se faire repérer en forêt, il faut marcher sur les racines ou les pierres, elles ne font pas de bruit. Tu ne t'es concentré que sur le fait de ne pas être vu.

Dalarisse posa sa lame sur la gorge du jeune homme, sa blessure commençait à affecter ses forces, mais son geste restait sûr. Le garçon tressaillit et supplia d'une voix étouffée par le sang.

— Je... je... je veux rentrer chez moi...

— Tu n'aurais pas dû venir si près par le côté, il fallait plus de patience. Si tu avais continué un peu, tu aurais pu me repérer à travers les fougères, là-bas.

— S'il... s'il vous plaît...

Le jeune homme ramena ses mains sur le bras de Dalarisse, mais ses forces l'avaient abandonné, il ne put exercer aucune pression et gémit de désespoir. Ombre-Mort lui trancha la gorge d'un geste vif.

Ses forces semblaient le fuir alors que sa blessure le tirait violemment. Il se déplaça laborieusement vers un endroit discret et s'installa à l'abri.

Le sifflement d'un merle se fit entendre. Il sombra dans l'inconscience.

*

Edôme jeta un coup d'œil au ciel. La nuit commençait à tomber, et avec elle le froid qui annonçait déjà l'hiver. Il regarda derrière lui. La jeune Jerna traînait des pieds en tirant son cheval par les rênes. Malgré la couverture qu'elle avait mise sur ses épaules, elle se frottait constamment les bras pour se réchauffer. Le grand homme fit tourner sa monture et revint à la hauteur de la servante.

— Prends une autre couverture dans les paquetages.

— Merci, Monsieur Kelendarf.

— N'attends pas que je te le dise pour te couvrir, le froid est un ennemi redoutable.

— Oui, Monsieur Kelendarf.

Edôme soupira. Il avait insisté plusieurs minutes pour que la jeune femme reste au château, mais elle n'avait rien voulu entendre, obstinée par le devenir de ce Delarma. Quand les larmes étaient venues embrumer les grands yeux de la servante, il n'avait pas su trouver la fermeté pour la renvoyer.

Il le regrettait, à présent qu'elle grelottait dans le froid.

—Tu es fatiguée et tu trembles. Il va falloir rebrousser chemin et te ramener au château. Tu n'aurais pas dû venir !

—Non, Monsieur Kelendarf, y faut retrouver Monsieur Delarma ! Vous avez dit que le froid était dangereux pour quiconque se trouvant dans cette forêt.

Le grand homme secoua la tête de dépit. Dalarisse pouvait être n'importe où dans cette forêt, peut-être même en train de voyager vers une autre contrée sans se soucier des inquiétudes que suscitait sa disparition.

Il jeta à nouveau un coup d'œil au ciel, des étoiles faisaient leur apparition à travers les feuillages roux des arbres. Il poussa un juron et voulut se retourner vers la jeune fille pour vérifier si elle s'était couverte, mais quelque chose attira son regard dans l'obscurité naissante : à quelques mètres devant lui, un homme était étendu au sol, un carreau figé dans la tête. Son regard vidé de toute vie croisa celui du grand homme.

Edôme descendit précipitamment de sa monture.

—Jerna, laisse ce cheval et va nous chercher de l'eau à la rivière, plus bas.

—Vous l'avez trouvé, Monsieur ?

La jeune femme s'apprêtait à accourir, mais le grand homme la stoppa d'un geste de la main.

—Fais ce que je te dis et ne discute pas.

Jerna hésita un moment, mais se résigna à obéir en voyant la volonté toute nouvelle affichée sur le visage de l'homme.

*

Dalarisse se réveilla avec le crépitement des flammes sur le bois sec. On avait enlevé son manteau et ses équipements pour le recouvrir d'une épaisse couverture. Il voulut étirer ses jambes, mais une vive douleur le fit tressaillir. Les souvenirs de sa blessure et de l'affrontement ressurgirent dans sa mémoire.

Il ouvrit les yeux. Edôme Kelendarf était assis en face de lui, séparé par un grand feu de bois. Dalarisse tourna la tête et vit son manteau plié au pied des chevaux. La jeune Jerna dormait dessus, abritée sous plusieurs couvertures de voyage.

Edôme se leva et vint lui donner de la viande séchée. Il en prit également un bout pour lui-même et retourna à sa place. Ils mangèrent quelques instants en silence, bien que le grand homme ne pût se contenir longtemps :

— Hadaron est venu me trouver en fin d'après-midi. Il m'a raconté que vous étiez parti ce matin. Nous n'avons plus eu de vos nouvelles… et les dieux savent comme ces bois peuvent être trompeurs dans l'obscurité. Je suis parti à votre recherche, inquiet pour vous (Il désigna Jerna d'un mouvement de tête.), et je n'étais pas le seul. J'ai observé votre blessure, elle n'est pas grave, vous guérirez rapidement même si la douleur persistera quelque temps.

Ombre-Mort continua de mâcher sa viande sans répondre.

— Un simple merci m'aiderait à ne pas penser que j'ai perdu mon temps.

— Je vous en suis reconnaissant, je ne voulais pas mourir aujourd'hui.

— Je vais prendre ça pour un merci.

Les deux hommes se turent à nouveau. Ils restèrent un moment à regarder la forêt dévoiler ses charmes nocturnes. Edôme saisit une outre d'eau et se servit.

— Elle n'a rien vu de tout ça. J'ai caché les corps et les ai enterrés dans une fosse quand elle s'est endormie. (Dalarisse regardait le feu, le visage impassible. Le grand homme n'arrivait plus à dissimuler sa colère.) Je viens d'enterrer quatre jeunes hommes ! Des hommes en bonne santé avec la vie devant eux. Ce sont des carcasses vides, maintenant, et c'est vous qui avez fait ça !

— Ils voulaient me tuer.

Edôme gloussa sinistrement.

— Quand je vous ai trouvé, un garçon encore imberbe était allongé à côté de vous. Il avait reçu une vilaine blessure à la joue et n'était probablement plus en état de se battre. Vous lui avez méthodiquement tranché la gorge. Étiez-vous en danger à ce moment-là ? Quand j'ai enterré ce gamin, j'ai vomi, les larmes aux yeux. Qu'avez-vous ressenti quand vous avez vu la vie fuir peu à peu son regard ?

— Je n'ai pas regardé ses yeux.

— Par les dieux, Dalarisse ! Vous venez de tuer quatre personnes !

— Baissez la voix, vous allez réveiller la servante. (Edôme serra les poings, sa forte corpulence tremblant sous la colère. Ombre-Mort le fixait sans ciller.) Que voulez-vous ?

— Quittez le château, partez d'ici.

— Je ne peux pas.

Les deux hommes se regardèrent pendant plusieurs secondes. Edôme finit par détourner les yeux.

— Je me fiche de vous et de vos projets, mais je crains pour la vie des gens que j'aime… même si ça ne vaut rien pour vous.

— Je ne tue que par nécessité. Oubliez cette soirée et rien ne vous arrivera.

Edôme secoua la tête.

— Vous êtes un homme sinistre.

Dalarisse ne répondit pas et se remit en position pour dormir.

CHAPITRE 8

L e lendemain matin, Edôme réveilla le camp. La fatigue sur les traits de son visage indiquait qu'il n'avait probablement pas dormi de la nuit.

Les deux hommes rangèrent les affaires pendant que Jerna entamait une série de commentaires sur la forêt alentour. Edôme se dirigea vers sa monture.

—On rentre.

Jerna dut percevoir la tension dans la voix du grand homme, car elle n'ajouta rien et entama son voyage dans le silence.

Deux heures plus tard, la silhouette du château se distingua au détour d'un virage. C'est ce moment que choisit la jeune servante pour reprendre la parole. Elle avait laissé son cheval à Dalarisse et montait derrière le grand homme. Elle se retourna pour faire face à son maître temporaire.

—C'est quoi, le Prince des Corbeaux?

Ombre-Mort continua d'avancer sans réagir. Jerna crut qu'il n'avait pas entendu la question et s'apprêtait à répéter quand Dalarisse répondit d'une voix calme.

—Tu as fouillé mes affaires.

—Non! Non, Monsieur Delarma! J'l'ai vu en ramassant un petit livre noir tombé de votre manteau quand j'ai rangé vos affaires hier soir. J'ai rien fouillé.

—Tu as lu ce livre?

— Non, j'sais presque pas lire, mais j'ai vu les mots à la première page. J'suis confuse, Monsieur Delarma, j'voulais pas me montrer indiscrète.

— Oublions cela.

Jerna sourit et se retourna. L'idée de sortir son arbalète et de les abattre tous les deux traversa l'esprit de Dalarisse. Il pourrait dissimuler les corps et attendre aux alentours du château le retour du comte. Une idée qu'il balaya rapidement : les contraintes étaient trop importantes. Par ailleurs, l'une ne serait pas prise au sérieux et l'autre était trop prudent et craintif des conséquences pour répéter cela.

Il posa sa main sur sa blessure. Elle le faisait souffrir, mais comme l'avait dit Edôme, elle ne le gênerait pas longtemps. Il avait eu de la chance et il savait qu'il ne devait jamais compter sur elle. La colère monta en lui, Dalarisse fronça les sourcils et se força au calme.

Il regarda la jeune servante devant lui qui parlait à Edôme. *Prince des Corbeaux.*

*

Ce fut à son onzième anniversaire qu'il entendit ces mots pour la première fois, de la bouche de l'homme qu'il n'avait pas quitté depuis les évènements de l'orphelinat.

— Comment saurai-je, Maître Kester ?

— Tu le sauras. Au moment où ta lame agira, tu sauras.

— Et si je venais à échouer ?

— Alors ça serait la dernière fois que nous nous verrons.

Son maître lui avait tourné le dos et s'en était allé, laissant le jeune adolescent à ses craintes. Dalarisse s'était alors dirigé vers la ville en contrebas.

Cette première mission était l'aboutissement de sa courte vie. Depuis qu'il avait quitté l'orphelinat, son existence n'avait été qu'entraînement, apprentissage, observation, analyse... une existence consacrée à une seule chose, à un seul art : celui de tuer. Il avait franchi toutes les étapes, passé brillamment tous les tests imposés par son maître, mais aujourd'hui il restait une dernière épreuve. Aujourd'hui il saurait s'il deviendrait un Corbeau.

Dès ses premières années d'entraînement, et avec l'aide de son maître, Dalarisse avait schématisé l'exercice de l'assassinat d'une manière particulière qui le rendait à la fois simple, mais toujours intéressant.

Il l'avait décomposé en trois étapes. La première consistait à collecter les renseignements sur la cible : lieu, habitude, degré de méfiance ; pour cela il fallait intégrer son environnement le plus discrètement possible et absorber toutes ces données.

La deuxième étape était la préférée du jeune garçon. Elle consistait à trouver un moyen d'accéder à la cible et de repartir une fois le travail effectué. Dalarisse voyait cela comme un problème, un casse-tête à résoudre absolument, composé de gardes, d'horaires, d'obstacles et de paramètres hasardeux à prendre en compte. Certaines équations étaient faciles et comportaient plusieurs solutions, d'autres étaient plus complexes et d'autres encore demandaient une grande imagination, mais aucune n'était insoluble.

La troisième et dernière étape consistait à déterminer la manière dont on allait tuer la cible : définir l'arme et évaluer les risques de bruit. Le but étant ici de tuer efficacement en conservant sa discrétion. L'acte meurtrier en lui-même n'était qu'un geste mécanique maintes fois répété, sans intérêt particulier pour le jeune homme. Cependant, aujourd'hui, cet acte était l'enjeu réel de la mission. Dalarisse avait exécuté chaque assassinat avec maîtrise et sans échec, mais il n'avait enlevé la vie qu'à des pantins de paille et de tissu, jamais à une cible vivante.

Les évènements de l'orphelinat lui avaient prouvé qu'il était apte à tuer sous la contrainte, l'expérience qu'il allait vivre lui prouverait s'il pouvait tuer avec préméditation sans être dérangé par les émotions. Dans le cas contraire, cela indiquerait qu'il n'avait pas en lui ce qu'il fallait pour être un Corbeau, une réponse qu'il redoutait plus que tout.

La mission s'avérait être un cas relativement simple : assassiner une jeune femme de bonne naissance, promise à un mariage dans une dizaine de jours. Un cas pour lequel Dalarisse n'éprouva aucune difficulté à résoudre les trois étapes.

Il s'introduisit dans les appartements de la demeure familiale la nuit et pénétra dans la chambre de la fille, poignard à la main.

Il s'était approché et avait observé le cou de sa victime. Il présentait plusieurs points dégagés où un poignard pouvait pénétrer et entraîner une mort rapide et insonore. Dalarisse en choisit un et approcha sa lame, le moment fatidique arrivait. Il ne voulait pas tricher et sonda ses pensées pour détecter de la faiblesse, de l'hésitation ou du doute... il n'en trouva pas. Restait maintenant à résoudre le problème des émotions au moment de l'acte en lui-même. C'était l'étape critique. Les émotions étaient contrôlables et sujettes au raisonnement, mais il ne pouvait les empêcher d'apparaître. Il ne lui restait qu'à tenter et constater son échec ou sa réussite.

Il prit une profonde inspiration et enfonça méthodiquement sa lame dans la chair de la jeune fille. Sa technique était maîtrisée et il trancha les cordes vocales afin qu'elle ne puisse émettre le moindre son. Elle se réveilla, les yeux écarquillés, et tenta d'ouvrir la bouche, mais elle ne put que hoqueter, le sang jaillissant de sa blessure. Dalarisse maintint fermement son emprise sur elle afin qu'elle ne renverse rien dans son agitation. Il observa le liquide rougeâtre s'étendre sur les draps. Le sang était semblable à un cours d'eau dégringolant d'une montagne, se séparant en plusieurs affluents et formant des lacs.

La jeune fille se débattit de plus en plus mollement et finit par s'éteindre. Dalarisse retira sa lame et l'essuya en haut de la « montagne ».

Il sourit. Aucune émotion n'était venue le troubler. Il avait réussi.

Dalarisse alla chercher discrètement une lampe à huile qu'il alluma pour faire démarrer un feu sur le lit de la victime. Il quitta la demeure et disparut dans la nuit, alors que les premiers cris d'alerte se faisaient entendre.

Il s'éloigna rapidement de la ville pour gagner un point d'observation en hauteur. Le feu parcourait une grande partie de la demeure, de nombreux habitants s'affairaient tout autour. Maître Kester apparut à ses côtés, Dalarisse se tourna vers lui.

—J'ai réussi, Maître Kester.

—Je sais. Je le savais avant de te quitter.

—Que... que se passe-t-il, maintenant?

—Maintenant, tu vas devenir un Corbeau, et à mon avis, pas n'importe lequel, Dalarisse, tu ne peux devenir que le Prince des Corbeaux.

*

Ces mots résonnèrent quelques secondes dans son esprit. Dalarisse revint à la réalité. Ils étaient tous trois arrivés au château et menèrent leurs chevaux aux écuries. Ombre-Mort laissa sa monture à un palefrenier, se dirigea vers le box de son cheval et commença à le seller. Il le monta et rejoignit la petite cour après avoir vérifié que tout son équipement était là. Edôme le regarda faire. Dalarisse fit pivoter sa monture pour lui faire face.

—Présentez mes excuses à la comtesse, je dois de nouveau m'absenter et ne rentrerai que dans la soirée.

Le grand homme le fixa froidement.

—Vous allez trouver ceux qui vous ont envoyé ces quatre jeunes hommes?

—Oui.

CHAPITRE 9

L e Grand Roi laissa échapper un grognement de douleur quand les doigts s'enfoncèrent profondément dans la chair de son dos. Le jeune homme allongé à côté de lui sourit.

—On se fait vieux, Sire ?

Karl tourna la tête.

—Je mourrai avant d'être vieux, Torlen.

Torlen se retourna sur le ventre à l'invitation de sa masseuse. Celle-ci commença à appliquer une huile parfumée sur le dos musclé du jeune homme.

La salle de massage privée du roi était pour beaucoup une légende, pour d'autres l'objectif ultime. Il s'agissait d'une petite pièce habilement dissimulée dans l'immense bâtiment qu'était le palais royal du Tiemric, coincée dans une niche étroite, glissée habilement dans l'architecture complexe du palais. Sans fenêtre, mais astucieusement aérée, elle ne contenait que les deux tables de massages et juste assez d'espace pour une dizaine de personnes. Des cartes avaient été peintes sur l'ensemble de ses murs au cours des années, que les braseros situés aux quatre coins de la pièce n'éclairaient que faiblement.

Sa localisation, bien que centrale, était secrète et ses trois voies d'accès demeuraient cachées aux yeux de tous. Un emplacement que nombre des membres de la cour tentaient en vain de découvrir, ne serait-ce que pour mettre fin aux doutes sur son existence.

Voilà plusieurs décennies que la majorité des décisions du Grand Roi se discutait dans cette pièce. C'était le cœur de la politique du

Tiemric, et désormais de la majorité des Huit Royaumes. Toutes les personnes ambitieuses rêvaient d'y être introduites un jour. C'était l'assurance d'être au sommet du gouvernement. Torlen, âgé d'une vingtaine d'années, était le plus jeune à y avoir accédé et jouissait là d'un privilège que beaucoup jalousaient.

Les masseuses appartenaient aux Filles de Tiem, une caste de servantes créée par le Grand Roi lui-même et dont la discrétion absolue et sans exception avait construit leur légende. Une réputation telle que cette caste proposait désormais ses services en plusieurs endroits des Huit Royaumes auprès de ceux qui voulaient être parfaitement servis sans risque d'être espionnés.

Karl s'autorisa à plonger dans un sommeil bienfaiteur. Torlen observa son visage serein s'élever doucement à chaque inspiration. Il pourrait mourir pour cet homme.

Le Grand Roi l'avait pris sous son aile alors qu'il n'avait que treize ans. Il était l'un des seuls survivants de la fièvre orange qui avait emporté toute sa famille. Le roi lui avait personnellement écrit, attristé par la mort de son père qu'il considérait, selon ses mots, comme un ami. Torlen avait été alors convié à venir s'installer au palais. N'ayant d'autre choix, il avait accepté.

Au départ, la vie à la cour avait été déroutante : tant de convenances, de principes, de règles et de manigances. Tout était totalement nouveau pour lui et il s'était rapidement perdu dans ce monde. Le Grand Roi l'avait alors fait appeler auprès de lui. Il lui avait expliqué comment cela fonctionnait, pourquoi telle personne commettait tel acte ou annonçait telle nouvelle, lui enseignant les lois complexes qui régissaient la cour et la noblesse.

Torlen s'était pris au jeu. Il écoutait, faisait courir des rumeurs, fouillait dans la vie des gens et utilisait le chantage et la diplomatie désormais comme un maître. Aujourd'hui craint par les membres de la cour, il était le favori du roi, et tous se contraignaient à le respecter en public.

Les agissements de Torlen n'étaient d'ailleurs dévoués qu'au bien-être du roi. Il se renseignait sur la moindre critique, sur la moindre rumeur pouvant être nuisible à son maître, consacrant ainsi tout son temps à surveiller la cour royale.

C'était une arme redoutable pour Karl, un chasseur au sein de la vaste noblesse Tiemrine, sur lequel il pouvait compter constamment pour assurer et maintenir sa puissance au sein de sa cour.

Sa confiance en Torlen était telle que son roi partageait également avec lui de précieuses informations. Quelques instants auparavant, le Grand Roi lui avait confié l'existence d'une lettre qu'il avait reçue il y avait une quinzaine de jours. Il n'avait rien ajouté sur le sujet, mais cela le préoccupait et donc, préoccupait fortement Torlen.

Au printemps, les forces du Tiemric marcheraient sur le royaume d'Évistée et remporteraient la victoire. Karl allait devenir le premier Empereur des Huit Royaumes et sa grandeur allait imprégner à jamais la toile de l'Histoire. Le Grand Roi avait attendu cela toute sa vie et rien ne devait le détourner de son objectif, Torlen n'appréciait donc que très peu l'arrivée de cette lettre mystérieuse.

Sirmund pénétra silencieusement dans la pièce et vint se placer contre un mur, des rouleaux de parchemin à la main. Une masseuse le remarqua du coin de l'œil et sursauta. Elle reprit sa tâche, rouge de honte. Torlen releva les yeux et sourit sans joie.

— « Silencieux comme le renard qu'il est », les gens ne s'y trompent pas.

— Bonjour à toi, jeune Torlen.

— Que nous vaut l'honneur de ta visite ?

— À vrai dire c'est mon roi que je viens voir, pas le gamin qui lui sert de jouet à la cour.

Torlen conserva son sourire. Ces derniers temps, ils se livraient ainsi bataille à chaque fois qu'ils se croisaient. L'un était le fidèle conseiller du roi depuis des décennies et l'autre, montant peu à peu en puissance, représentait l'avenir de l'Empire que constituait Karl. Il y avait entre eux une rivalité forte qui se nourrissait d'une farouche jalousie.

— Tu es d'une humeur de plus en plus sinistre, conseiller, les jeunes filles de la rue que tu fais introduire en douce dans le palais la nuit n'arriveraient-elle plus à te satisfaire?

— Ne les juge pas si vite. J'ai bien connu ta mère à l'époque...

— Cessez, vous deux.

Le Grand Roi se redressa et s'assit sur la table de massage en s'étirant. La servante attendit en retrait, en quête du plus petit signe susceptible de constituer un ordre. Karl désigna une coupe de fruits et se tourna vers le vieil homme chétif.

— Quelles sont les nouvelles?

Sirmund sembla hésiter et jeta un regard dédaigneux sur Torlen avant de revenir à son roi. Celui-ci saisit une poire et mordit avidement dedans avant d'ajouter:

— Il sait.

Le vieil homme acquiesça et son ennemi afficha son plus beau sourire.

— J'ai reçu un message d'une de nos Précieuses: Ema Wolshein. Elle vit actuellement au château du comte Frédérick de Radenks et elle nous informe que notre homme loge dans la demeure, dans l'attente du retour du comte.

— Comment peut-elle en être sûre?

— Elle a étudié spécifiquement les Corbeaux lors de sa formation et a de plus une bonne description de l'homme qu'il était. Les Précieuses ne donnent pas les informations sans être sûres, Sire, je gage de la véracité de ses dires.

— Bien, continue.

— J'ai pu repérer deux personnes susceptibles d'avoir eu récemment des contacts avec l'homme. Elles sont ici, à Tiem.

Le Grand Roi hocha la tête, satisfait.

—Du bon travail... (le visage de Karl s'éclaira d'un sourire alors que ses yeux se perdaient dans le vide), il semblerait que l'âge t'ait rendu moins insaisissable.

Torlen et Sirmund se regardèrent un bref instant avant de revenir à leur roi. Il lui arrivait souvent de s'adresser directement ainsi à une personne absente. En l'occurrence ici, seul Sirmund savait de qui il s'agissait. Torlen, lui, ne tenait plus en place.

—Mon roi, éclairez-moi, je vous en prie.

Karl jeta un regard affectueux à son jeune protégé.

—C'est une vieille histoire, Torlen... une vieille histoire. La lettre dont je t'ai parlé vient de cet homme. Il y a entre lui et moi certaines choses à régler.

Le jeune homme écarquilla les yeux.

—Il vous menace, mon roi ?

—En quelque sorte.

—Si la Précieuse dit vrai, alors nous savons où il est désormais, il suffit de le supprimer.

Karl sourit.

—Certains hommes meurent plus difficilement que d'autres, Torlen. Il faut être précis avec lui.

Torlen hocha la tête, sans se départir de son air inquiet.

—Selon vos dires, cette histoire date, pourquoi a-t-il attendu jusqu'à aujourd'hui ?

—Ça, je ne l'explique pas...

Sirmund s'éclaircit la voix.

—Je pense pouvoir répondre à cette question, Sire, et expliquer ainsi sa présence chez le comte de Radenks.

Le Grand Roi lui fit signe d'arrêter et s'adressa à Torlen.

—Laisse-nous.

Le rouge monta aussitôt aux joues du jeune homme. Son roi ne lui avait jamais rien caché, du moins pas aussi directement, et encore moins devant son ennemi à la cour. Cependant son roi avait parlé. Il prit sur lui-même et quitta la salle sous le regard jubilatoire du conseiller.

Quand il fut parti, Karl invita Sirmund à continuer.

—J'ai rassemblé les données concernant les personnes qui ont participé à la chute de l'Andarrian... telle que nous l'entendons. Cinquante-sept personnes ont contribué en toute connaissance de cause à l'organisation de ces évènements. Agents, nobles, officiers et bureaucrates, nous avons un suivi pour chacun d'eux aux archives, j'ai regroupé toutes les informations.

—Et?

—Sire, à part le comte de Radenks, il ne reste que nous deux.

Le visage de Karl se figea. Il posa délicatement sa moitié de poire dans la corbeille de fruits et resta immobile, assis sur la table de massage. Sirmund s'appuya sur l'autre table, face à lui. Il sentait la tension envahir la pièce, les émotions que ressentait le Grand Roi imprégnaient systématiquement tous les occupants de son environnement. Le vieux conseiller accueillait généralement volontiers cette influence, mais cette fois-ci la vive énergie soudainement dégagée par le roi était puissante, au point de troubler quelque peu les deux Filles de Tiem pourtant coutumières de ce genre de situation.

—Que s'est-il passé?

—Ils sont morts, Sire. Certains sont tombés de cheval, d'autres ont péri lors de rixes de tavernes ou de rues, d'autres encore se sont «suicidés» ou n'ont jamais été retrouvés.

—De quand date la première mort?

—Dix-neuf ans, Sire.

Karl sourit sinistrement.

—Il les a tous tués...

—Nous ne pouvons l'affirmer, Sire.

—Tu sais que nous le pouvons.

Sirmund s'apprêtait à rétorquer, mais il ne trouva pas de réponse convaincante. De nouveau, le Grand Roi se retira dans son silence pesant, néanmoins le conseiller, perturbé par cette attitude, enchaîna pour y mettre fin.

—Peu importe le passé, Sire, comme l'a mentionné Torlen, avec cette simplicité qui le caractérise, il faut l'éliminer, et pour cela, il faut user de tous nos moyens. Ce problème ne doit pas interférer avec la conquête de l'Évistée et l'avènement final de votre Empire… (Sirmund hésita plusieurs secondes en contemplant le visage fermé de son roi) comme cela semble être le cas depuis que vous avez reçu cette lettre.

Karl haussa un sourcil et jeta un coup d'œil à son conseiller qui soutint son regard. Il lui concéda ce dernier point d'un bref hochement de tête puis il se ferma, coupant net toutes les émotions qu'il laissait transparaître. Le vieux conseiller savait cependant à l'expression de son visage que son roi prenait une décision. Cela dura une longue minute au bout de laquelle Karl soupira.

—Nous devons l'arrêter.

Sirmund eut un sourire empreint de soulagement.

—Oui, Sire.

—Envoie un message au capitaine Kornebur, qu'il prenne les hommes de sa garnison et attende le convoi de Frédérick Radenks au pont de Langvin. Préviens le comte. Des Corbeaux proches?

—Je les ai déjà listés, Sire.

—Bien, ordonne-leur de se regrouper et d'agir au plus vite, nous ne savons pas combien de temps nous aurons la chance de savoir où il est.

—Oui, Sire. Concernant les deux hommes dont je vous ai parlé?

—Envoie la garde royale pour me les ramener. Dis à la Précieuse de faciliter le travail des Corbeaux et précise-lui qu'elle sera grandement récompensée. Annonce également que celui qui me rapportera sa tête recevra cinq cents couronnes d'or, et si c'est un Corbeau, il deviendra Prince des Corbeaux.

—Ce sera fait, Sire.

Le roi hocha la tête.

—Et cela l'arrêtera.

CHAPITRE 10

L
a plus haute tour du château des Radenks était également la plus fine de toutes. Constituée d'un étroit escalier en colimaçon éclairé par quelques rares meurtrières, elle s'élevait à plusieurs mètres au-dessus de toute la bâtisse. Son sommet ne laissait de place qu'à quatre ou cinq personnes, mais il permettait aux guetteurs de l'époque de passer des jours à observer les terres de leur seigneur pour prévenir toute attaque. Néanmoins, au fil des siècles, les marches étaient devenues glissantes et, des murailles entourant le sommet, il ne restait plus qu'un fébrile muret enseveli sous la mousse. Plus personne ne s'y intéressait depuis bien longtemps.

Aussi la surprise de la comtesse fut-elle grande lorsqu'à son réveil, elle vit la silhouette de Dalarisse Delarma se tenir droite au sommet de la tour. Elle resta un moment à le regarder ainsi avant que sa femme de chambre ne vienne à ses côtés et jette un œil dans la même direction.

—Bougre d'âne que celui perché là-haut! La moindre rafale de vent et l'voilà étalé en bas!

La comtesse haussa les sourcils et sa fidèle servante se renfrogna.

—Pardonnez-moi, Madame... L'accès à la tour est interdit, il faut envoyer un garde pour le prévenir, vous voulez que je...

Katerine de Radenks s'humecta les lèvres sans quitter la tour des yeux.

—Taisez-vous.

*

Dalarisse observait le jour qui se levait. La lumière s'étendait peu à peu sur le territoire du comte et les couleurs se dévoilaient timidement sur des terres où l'hiver prenait peu à peu le pas sur l'automne. Les reflets sur la bruine conféraient au tout une apparence éphémère qui ne durerait qu'une poignée de minutes.

Le paysage était splendide, Dalarisse le savait, cependant il n'avait jamais trouvé en lui la sensibilité pour l'apprécier. Il avait été témoin de nombreux émerveillements et commentaires concernant les impressions d'autres personnes et avait ainsi déterminé la catégorie du « beau » communément admis, mais il ne voyait devant lui qu'une succession de terres, de chemins de forêts et de rivières auxquels la couleur n'accordait aucun charme particulier.

Il porta instinctivement la main à son arbalète et comprit pourquoi juste après : son ouïe avait perçu un bruit de pas discret dans les escaliers. Quelqu'un tentait de monter sans se faire remarquer. Il jeta un coup d'œil en contrebas. Wilfried Wolshein l'observait, dissimulé par l'épais rideau de sa chambre, deux jeunes servantes discutaient à côté de la fenêtre des cuisines, elles le regarderaient à nouveau dès qu'il aurait tourné la tête. Seule la comtesse n'était plus à sa fenêtre. Il estima qu'elle avait été la première à réagir et à aller chercher un garde.

Dalarisse n'était pas venu ici pour se faire remarquer et déclencher une réaction, il voulait simplement avoir une vue d'ensemble du territoire proche du château. Maître Kester lui avait enseigné à procéder ainsi dans chaque lieu où il s'arrêtait pour un certain temps. *Laisse ton inconscient prendre les informations dont il a besoin.* Il fronça doucement les sourcils ; les pas étaient trop légers pour être ceux d'un garde et trop lents et assurés pour être ceux d'une servante. Il s'adressa à la personne avant que celle-ci ne franchisse le dernier tournant.

— Bonjour à vous, Madame la Comtesse.

La femme du comte apparut dans une longue robe bleue, un grand châle noir lui couvrait les épaules. Si elle fut surprise par le fait qu'il ait deviné sa venue, elle n'en laissa rien paraître.

— Bonjour à vous, Monsieur Delarma.

Elle se positionna à ses côtés et observa la vue.

— Cet endroit ne convient pas à une Dame, laissez-moi vous raccompagner en bas.

— Cet endroit ne convient à personne, Monsieur Delarma. Restons un peu si vous le voulez bien.

Il accepta d'un signe de tête et ils demeurèrent ainsi en silence. Un vent frais vint caresser leurs visages alors qu'un groupe de quatre cavaliers surgissait de la forêt et s'élançait en direction du château. La comtesse les désigna du menton.

— Un événement tragique s'est produit hier soir en ville. Un marchand de poissons et toute sa famille ont été tués. Onze morts au total. Personne ne l'explique. Ce genre de choses n'arrive pas par ici.

— En connaît-on la raison ?

— Ils détenaient un commerce illégal sous couverture de leurs activités de marchands et fournissaient, apparemment, toutes sortes de prestations, allant du vol au meurtre. Ces hommes de la milice viennent rendre compte de la situation.

Dalarisse ne réagit pas et ils regardèrent les cavaliers s'engouffrer dans l'enceinte du château.

— Vous excellez dans l'art d'intriguer les gens, Monsieur Delarma, entre vos méthodes d'apprentissage et vos allées et venues inexpliquées, le château entier parle de vous.

— Ce n'était pas mon intention. Quant à mes méthodes...

— ... Elles semblent ravir mon fils. Tant que cela dure, elles ne concernent que vous et lui.

— Je vous remercie de votre confiance.

— Elle fait écho à celle de mon mari.

Ils replongèrent dans le calme qui régnait autour d'eux. Dalarisse jeta un coup d'œil à la femme à côté de lui. Il avait appris à deviner certains traits de caractère rien qu'en observant le visage d'un être humain ; encore une leçon qu'il avait longtemps répétée. C'était aujourd'hui presque inconscient : il scrutait quelqu'un de près et son esprit détectait les faiblesses et les forces de sa personnalité. Ce qu'il trouva sur le visage de la comtesse lui plut. Il se demanda alors si les gens la trouvaient belle. Oui, sans aucun doute. *Ainsi, Frédérick, tu as la femme que tu souhaitais.* La comtesse remarqua le changement chez l'homme à ses côtés.

—Qu'y a-t-il ?

—Le comte a trouvé en vous l'épouse forte et belle qu'il a toujours désirée.

Katerine de Radenks resta figée, sans doute perturbée par la franchise de ces derniers mots jugés inconvenants au sein de la noblesse Tiemrine. Elle sembla se reprendre et s'apprêta à prendre la parole pour poser une question. Dalarisse la devança.

—Nous nous sommes connus quand il était en mission diplomatique pour le roi, il y a une vingtaine d'années. Le parchemin que je vous ai transmis lors de mon arrivée fut rédigé un soir devant une cheminée Andarriane.

—Il ne m'a jamais parlé de vous.

—Nous ne nous sommes pas revus depuis la victoire sur Andarrian. J'ai par la suite appris qu'il avait été nommé comte et qu'il avait fondé une famille.

La comtesse inclina la tête :

—Il ne vous aura pas oublié, le comte paye toujours ses dettes.

—Je n'en attends pas moins de lui.

Dalarisse suivit du regard les cavaliers dont la vitesse de course n'était pas tant due à l'urgence de leur missive qu'à la nervosité du choc de leur découverte. Il tourna la tête vers la noble Tiemrine qui semblait, elle, profiter de cette vue panoramique.

—Votre mari est-il un homme bon, Madame la Comtesse ?

Katerine de Radenks ne put contenir l'expression de surprise sur son visage.

—La bienséance ne permet pas de tels échanges entre vous et moi, Monsieur Delarma.

—Pas plus qu'elle ne permet une telle rencontre entre vous et moi au sommet d'une tour abandonnée.

La comtesse inclina légèrement la tête, puis prit plusieurs secondes avant de répondre d'une voix plus calme :

—Je le pense, oui. Il a le plus grand respect pour moi, et ses enfants bénéficient de tout son amour. Il s'efforce de remplir son devoir de comte avec le plus grand sérieux, tant auprès de son peuple que de son roi. Il a, comme vous l'avez dit, su obtenir l'existence qu'il désirait.

Dalarisse détourna les yeux et porta son regard au loin.

—Merci de votre franchise.

—Pourquoi cette question ?

—Je souhaitais savoir ce qu'il vous inspirait.

—Et qu'en concluez-vous ?

—Je pense que votre mari a réussi sa vie.

La comtesse remonta son châle lorsqu'un vent plus violent vint soudain les traverser sur son passage.

—Auriez-vous aimé réussir la vôtre ainsi, Monsieur Delarma ?

Dalarisse ne réagit pas. La comtesse sembla estimer que le vent avait couvert sa voix et s'apprêtait à se répéter, mais il tourna la tête vers elle :

—Nos vies se sont croisées, mais nos chemins n'ont jamais été les mêmes. La vie que vous offrez à votre mari ferait néanmoins le bonheur de tout homme, madame.

La comtesse haussa les sourcils. Elle s'apprêta à répondre, mais des bruits de pas agités résonnèrent dans l'escalier. Sa femme de chambre apparut, à bout de souffle :

—Madame... des hommes... viennent vous parler des événements de la ville.

Katerine de Radenks acquiesça, non sans montrer un certain agacement.

—J'arrive.

Elle commença à descendre les marches sur les pas de sa servante puis s'arrêta, avant de disparaître dans le colimaçon, pour se retourner vers Dalarisse.

—Trouvez-vous que mon mari soit un homme bon, Monsieur Delarma?

—Non, Madame.

La comtesse le fixa quelques secondes puis reprit sa descente sans ajouter un mot.

*

Hadaron rentra épuisé de ses exercices. Il s'entraînait ainsi depuis une dizaine de jours et pouvait déjà en ressentir les bienfaits sur son corps. C'est donc avec le sourire qu'il pénétra en trottinant dans la cour. À peine releva-t-il la tête qu'il dut faire appel à ses réflexes pour attraper la gourde d'eau que son maître d'armes lui lançait.

—Cinq minutes de pause.

Le jeune homme s'arrêta net pour boire. Dalarisse attendait au milieu de la cour.

—Où étiez-vous, ces deux derniers jours?

—Occupé.

Hadaron vit l'épée que son maître avait dans la main.

—Je ne suis pas en état pour ça.

—C'est à moi d'en décider.

—Je vais m'écrouler au bout de cinq minutes.

—Ce sera suffisant pour ce que j'ai à t'apprendre.

Comprenant qu'il n'avait pas le choix, Hadaron prit le temps de retrouver quelques forces et se releva. Dalarisse lui lança son épée et le jeune homme s'en saisit au vol.

—Ton physique va s'améliorer, cela va influencer positivement ta maîtrise du combat à l'épée.

—Merci.

—Je ne te complimente pas, j'énonce les faits. Inutile que je t'enseigne l'escrime plus que cela, tu auras le temps pour ça quand le comte sera de retour.

—Alors que fais-je avec cette épée dans la main ?

—Tu la gardes avec toi, quand tu marches, quand tu effectues tes exercices et près de toi quand tu dors, ne la quitte que si tu n'as pas le choix.

—Pourquoi cela ?

—Pour t'habituer à elle. À moins que tu ne comptes vivre assis dans ce château le restant de ta vie, tu voyageras. Porter cette épée doit être une seconde nature.

—Je ne suis pas persuadé que cette idée soit bonne.

—Moi, si.

—Si je voyage, des hommes armés m'escorteront, porter moi-même une épée serait inutile.

—Cela dépend de la relation que tu souhaites avoir avec ces hommes.

Hadaron réfléchit un instant, puis sembla abdiquer.

—Que vont dire les gens du château en me voyant ainsi ?

—Que tu deviens un homme.

Hadaron attacha un fourreau à sa ceinture et rangea son épée.

—Vous m'accompagnerez aux exercices demain ?

—Oui.

Le jeune homme repartit le sourire aux lèvres.

CHAPITRE II

L a pommette de Bregel se fractura sous l'impact de l'énorme poing de son adversaire. Le violent coup au ventre qui suivit lui vida l'air des poumons et un puissant crochet du gauche l'envoya valdinguer sur le sable de l'arène. Les hurlements de la foule englobèrent aussitôt les deux combattants. Bregel cracha du sang et releva la tête. Le jeune homme qu'il affrontait fanfaronnait en roulant des épaules. *Il fut un temps où je fanfaronnais aussi...* Des spectateurs s'époumonèrent pour l'insulter, Bregel sourit.

Il avait quarante-neuf ans, vingt de trop pour fouler le sable d'une arène. Pourtant il revenait se battre dans cette enceinte du sud de Tiem depuis plus de quinze ans. L'Antre, l'un des établissements de combat les plus populaires de la capitale, où de nombreux habitants venaient parier illégalement chaque semaine. Les autorités connaissaient l'existence de l'Antre et des autres arènes de ce type dans la capitale, mais d'importants pots-de-vin garantissaient la continuité de l'activité. Ça, et le fait qu'un exutoire à la violence était nécessaire pour certains hommes.

Au début, Bregel le faisait pour l'argent, mais même lorsqu'il les eut mis à l'abri du besoin, sa fille et lui, il était revenu. L'Antre était une folie souvent mortelle, mais elle avait ce don de toujours rappeler ceux qui y avaient lutté. Bregel était devenu le champion de l'établissement. À chaque fois qu'il gagnait un nouveau combat, il se jurait d'arrêter, puis les vivats de la foule revenaient le hanter.

Il était célèbre et n'avait jamais perdu un combat dans cette arène. Cependant, ce jeune coq, Dermond, était plus fort et plus vif que lui. C'était, paraît-il, un soldat de l'armée Tiemrine réformé pour violences envers un supérieur. On disait également de lui qu'il avait tué nombre d'hommes à mains nues. Bregel voulait bien le croire.

En deux minutes de lutte inégale, il avait été envoyé à terre sans réellement pouvoir donner de coups. Desmond avait déjà gagné la foule.

Bregel se releva péniblement. Son adversaire s'approcha avec la confiance insolente de sa jeunesse. Il cria pour se faire entendre.

— Reste à terre, c'est inutile !

Le vieux combattant toucha sa joue et grimaça sous la douleur. Son adversaire lui décocha un coup de poing dans le ventre qui le fit reculer sous l'impact. Il dut se pencher pour reprendre son souffle et Dermond en profita pour lui asséner un crochet fatal. Du moins il le crut. Bregel décala sa tête pour esquiver le coup et envoya de toutes ses forces son poing s'écraser dans la mâchoire carrée du jeune homme.

Le bruit du craquement qui s'ensuivit lui procura un plaisir bestial. Ce fut à Dermond de reculer, mais Bregel se jeta sur lui et lui asséna deux autres coups. Le jeune homme ne semblait pas se rendre compte de sa blessure. La foule hurlait autour d'eux, il fut porté par ce nouvel élan et voulut riposter, mais le vieux combattant esquiva à deux reprises et décocha un violent coup de poing dans la hanche de son adversaire.

Il n'avait jamais été rapide ni très technique, mais il pouvait encaisser une très grande quantité de coups sans s'arrêter d'avancer. Il possédait surtout des poings taillés dans l'acier, c'était sa seule force et il le savait bien. Dermond s'écroula au sol, surpris par la toute nouvelle vigueur de son adversaire. Il se releva rapidement, une lueur furieuse dans les yeux.

— T'es mort, vieillard !

Sa mâchoire était dangereusement décalée, mais il ne semblait pas s'en soucier. Il fonça sur son adversaire et déchaîna toute sa puissance. Bregel se protégea le visage et essuya une série de coups telle qu'il en avait rarement connu. Le public exultait, mais il tenait bon, supportant la douleur autant qu'il le pouvait, attendant l'ouverture.

Elle vint. Dermond continuait son martèlement barbare sans se préoccuper de travailler son attaque en fonction de la défense de son adversaire. *Une brute épaisse.* Bregel se pencha sur sa droite pour esquiver un crochet. Le coup puissant lui frôla le visage et il se releva rapidement sur le flanc exposé de son adversaire. En croisant son regard, il y lut de la surprise.

— Bienvenue dans l'Antre, gamin.

Le jeune homme voulut redresser ses bras, mais il eut une seconde de retard. Bregel lui décocha un puissant crochet du droit sur le menton. Des os craquèrent. Le combat était terminé.

Le « coq » tomba inerte au sol, ses yeux roulèrent dans leurs orbites. La foule rugit de bonheur.

*

Bregel parcourut d'un pas rapide les larges rues de Tiem. L'affrontement était terminé depuis une heure, mais son corps était encore à vif. Le soleil se levait alors qu'il arrivait devant chez lui, une petite maison modeste encastrée entre deux autres semblables. Il franchit la porte et monta aussitôt à l'étage pour vérifier que sa fille dormait paisiblement.

Elle n'avait que douze ans et ne connaissait rien des combats nocturnes de son père. Il s'était inventé un rôle de docker sur les berges du fleuve Rhanteren et justifiait ainsi, comme il le pouvait, ses blessures apparentes. La mère l'avait quitté pour un commerçant itinérant quand leur enfant avait quatre ans. Bregel n'avait plus jamais eu de nouvelles.

Il remonta la couverture sur les frêles épaules et s'apprêta à sortir.

— Papa ?

La jeune fille se redressa et frotta ses yeux.

—Oui, mon ange?

—Tu étais au port?

—Oui.

—C'était comment?

L'intensité de sa petite voix indiquait que le sommeil l'avait vite quitté.

—J'ai passé un certain temps à enseigner le métier à un nouveau.

—Je suis sûre que tu lui as bien appris.

—J'en ai eu l'impression, oui. Va faire ta toilette pendant que je te prépare de quoi tenir la journée, tu veux?

—D'accord.

La jeune enfant déposa un baiser sur la joue de son père et se précipita vers la bassine d'eau.

Bergel descendit à la cuisine, le sourire aux lèvres. *Un simple baiser pour soigner des dizaines de coups de poing.* Il prit un seau et sortit chercher de l'eau à la citerne du quartier. Les gens réagirent comme tous les jours sur son passage. Des regards méprisants, mais uniquement dans son dos. Il attendit son tour et actionna le levier non sans difficulté, la «leçon» de cette nuit lui ayant enlevé beaucoup de force.

La foule s'agita soudainement. Il regarda dans la même direction que les autres. Un groupe de gardes royaux interrogeaient un marchand. Ce dernier était nerveux, mais sembla soulagé de pouvoir leur indiquer une direction. Bregel fronça les sourcils… c'était sa maison!

Il lâcha immédiatement son seau et se précipita, en fendant la foule. Les plaintes fusèrent sur son passage, mais le vieux combattant les ignora. Il pénétra en trombe dans la maison, referma la porte derrière lui et saisit une chaise de l'entrée qu'il positionna afin de les ralentir. La voix de sa fille Romie résonna dans la cuisine.

—Il reste du jambon, papa?

Il avait tant redouté ce moment… Il prit plusieurs secondes pour se calmer puis rejoignit sa fille d'un pas faussement assuré.

—Non, mon ange, je vais en acheter ce matin. Je dois aussi faire livrer un message au vieil érudit à trois rues d'ici, Pogrême. Tu veux bien t'en charger pendant que je nous prépare un petit déjeuner digne des cuisines royales?

La petite fille s'arma de ce sourire éclatant dont seuls les enfants ont le secret.

—Bien sûr, papa, c'est quoi?

—Dis-lui que je dîne avec ce bon vieux Karl ce soir et que je ne pourrai pas venir lui rendre visite.

—C'est qui, Karl?

—Allons, dépêche-toi, j'ai oublié de lui dire hier et moins il attendra, plus il te donnera de gâteau au miel.

Le sourire de Romie s'élargit. Une main gantelée frappa à la porte.

—Je vais ouvrir!

—Non, Romie… je m'en occupe, passe par derrière tu iras plus vite.

—Oui, papa.

La jeune fille partit en courant vers la porte de derrière. Bregel resta un moment immobile et se précipita dans le couloir:

—Romie…

Romie était déjà partie. Il hésita un moment, pensant se précipiter derrière elle, mais si une petite fille passait inaperçue dans la rue, les gardes sauraient remonter la trace d'un homme comme lui. Quelqu'un fit jouer la poignée de la porte principale.

—Ouvrez ou nous enfonçons la porte!

Bregel enleva la chaise et la porte s'ouvrit en grand. Six gardes royaux pénétrèrent dans le couloir, leurs longues capes bleues survolant le sol usé. Ils entourèrent le vieux combattant avec une lueur faussement lasse dans les yeux. Un sergent royal pénétra à son tour et s'adressa à lui d'une voix forte:

—Vous êtes le dénommé Bregel?

—Oui, sergent.

—Veuillez nous suivre.

—Où allons-nous?

—Vous verrez.

Deux gardes lui empoignèrent les bras, Bregel les suivit docilement, s'efforçant de ne pas jeter un dernier regard vers la porte du fond.

CHAPITRE 12

Torlen attendait aux côtés de son roi dans la salle du trône alors que la nuit était tombée depuis longtemps. Les grandes portes s'ouvrirent et Sirmund apparut. Un homme le suivait quelques pas derrière. Le vieux conseiller présenta son invité tout en se dirigeant vers le trône.

—Mon roi, voici Varlin, le deuxième homme dont je vous ai parlé.

Varlin s'avança et s'inclina pour saluer son monarque.

—À votre service, Majesté.

Karl se pencha en avant pour observer le nouveau venu. Une cinquantaine d'années, un visage commun entouré d'une barbe courte et entretenue. L'homme, par son attitude et son apparence, pouvait passer totalement inaperçu pour qui ne s'y intéressait pas. Le monarque devinait une musculature « sèche » sous ses habits de tissu noirs et décelait, derrière cette démarche qui se voulait des plus ordinaires, l'assurance de celui qui ne craignait rien.

Le Grand Roi lui sourit.

—Je te connais, Varlin, tu étais l'un de mes meilleurs Corbeaux.

L'homme se redressa à ces mots.

—Je vous remercie, Majesté.

Sirmund se positionna à côté de son roi.

—Varlin est toujours un Corbeau en activité, Sire. Il a entraîné nombre d'entre eux et a toujours un apprenti à l'heure actuelle. Il a, de plus, servi votre majesté sous bien d'autres formes, tout aussi profitables.

—Je sais cela. Un de ces sujets qui me permettent de construire cet empire. C'est un honneur pour moi de te recevoir, Varlin.

Le vieux Corbeau hocha humblement la tête. Karl fit un geste de la main et Torlen remplit un verre en cristal d'un vin fort et âgé avant de le lui apporter. Le Grand Roi but lentement avant de reprendre, laissant les autres occupants dans l'expectative.

—Que sais-tu d'Ombre-Mort ?

Varlin ne parut pas surpris par la question et se tint soudainement plus droit, comme s'il faisait son rapport.

—Ombre-Mort est le surnom conféré à l'un des Corbeaux qui a servi Votre Majesté.

—Tu l'as fréquenté un temps, me semble-t-il !

—Oui, Majesté, j'ai participé à la campagne d'Andarrian à ses côtés.

—Que penses-tu de lui ?

Le Corbeau prit un instant pour choisir ses mots.

—C'est le meilleur tueur que j'ai connu, Majesté.

—Je sens une pointe d'admiration dans ta voix.

—Il y en a une, Majesté, mais pas pour ces raisons.

—Pourquoi donc ?

—Pour ce qui s'est passé à Sénam, Majesté.

Ce fut à Karl de marquer un temps, dévisageant son interlocuteur.

—Et qu'y a-t-il de si admirable de la part d'Ombre-Mort dans les événements de Sénam, Varlin ?

—Majesté, je suis Corbeau depuis l'âge de cinq ans et ma vie a toujours reposé entre vos mains. Mon but a toujours été de vous servir et en cela ma vie me convient. Aussi je vous prie de ne voir dans mes propos aucun signe de trahison, mais ce qui s'est passé à Sénam, Majesté, m'a profondément affecté.

Torlen avança d'un pas et s'adressa d'un ton plein de véhémence à l'interrogé :

—Cet homme a juré de s'en prendre à ton roi ! Trouves-tu cela tout aussi admirable ?

Varlin se contenta de fixer le Grand Roi. Ils ignorèrent tous deux la colère du jeune homme. Karl hocha la tête.

—Cela m'a également affecté… et cet homme était autrefois un fidèle serviteur. Cependant il mène désormais une vendetta sanglante contre ton roi et le Tiemric. Certains faits analysés par mon conseiller Sirmund laisseraient entendre que tu as eu des contacts avec cet homme après Sénam. Parle.

De nouveau Varlin prit le temps de choisir ses mots, sous le regard vindicatif du jeune Torlen.

—Il est venu à Tiem, il y a douze ans. Nous avons dîné puis il est reparti. Il m'a fait parvenir cinq lettres au cours des années qui ont suivi.

—Que contenaient-elles?

—Des messages à transmettre.

—Les as-tu transmis?

—Oui, Majesté.

—À qui?

—Je ne peux rien dire, Majesté.

Le roi haussa les sourcils.

—Ah.

—J'en suis désolé, Majesté.

—Pas autant que moi.

La tension monta soudainement dans la vaste salle du trône. Le visage fermé du roi et les tremblements de fureur de son jeune protégé contrastaient étrangement avec le calme affiché par Varlin. Ce dernier tourna la tête pour s'adresser à Sirmund qui faisait signe aux gardes présents dans la salle de s'approcher.

—C'est inutile, conseiller, je ne lèverai pas la main contre mon roi.

Karl fit signe aux soldats de rester à distance.

—Comment se fait-il qu'un serviteur si dévoué refuse de fournir une réponse à l'une de mes questions?

— J'ai fait une promesse, Majesté. Je ne pense pas que vous aimeriez avoir des serviteurs incapables de tenir leurs promesses.

Torlen ne tenait plus. Il se précipita vers le vieux Corbeau et s'arrêta à quelques centimètres de son visage. Celui-ci détourna lentement les yeux vers lui.

— La colère emporte vite ton esprit…

— Tais-toi, chien ! Comment peux-tu te prétendre serviteur de ton roi et ainsi le défier ? Tu seras torturé jusqu'à nous supplier de pouvoir répondre à cette question !

— À ta guise jeune homme. Sache cependant que j'ai participé activement à la création des nombreuses salles de tortures de ce palais alors que tu n'étais qu'une timide lueur de concupiscence dans l'œil de ton père. Obtenir des réponses prendra beaucoup de temps.

La réponse avait été prononcée sur le même ton désinvolte. La fureur de Torlen fut décuplée par le sourire qu'affichait Sirmund en les rejoignant.

— C'est un Corbeau, jeune Torlen, ta colère et tes menaces ne l'affectent pas.

— Toi…

— Torlen.

Le jeune homme se tourna vers son roi. Karl lui fit signe de revenir à lui tout en s'adressant au vieux Corbeau.

— Sirmund va t'accompagner dans tes nouveaux appartements, Varlin. Tu ne quitteras pas le palais tant que cette affaire ne sera pas réglée.

— Oui, Majesté.

— Aucun mal ne te sera infligé, mais tu resteras cloîtré dans ces appartements pour y être questionné, tu n'auras qu'à demander s'il te manque quelque chose. Il ne sera pas dit que je ne traite pas mes fidèles sujets comme il se doit.

— Merci, Majesté.

*

Sur ce, Sirmund et Varlin quittèrent la salle du trône et s'élancèrent à travers les luxueux couloirs du palais royal, escortés de près par quatre soldats qui leur imposèrent un pas hâtif. Ils arrivèrent au bout de quelques minutes devant une porte simple au fond d'un couloir isolé. Varlin inclina la tête en direction du conseiller :

— Le poignard que vous avez récupéré sur moi, pourriez-vous le déposer sur l'autel des Corbeaux ?

Sirmund arbora une légère grimace.

— Vous devez mourir pour cela.

— Nous savons tous les deux qu'on ne dit pas non au Grand Roi. Je mourrai une fois devenu inutile dans cette affaire.

— Personne ne voulait ça.

Varlin acquiesça.

— Vous trouverez mon apprenti dans la demeure annexe à la mienne. Il a pour ordre de ne pas bouger.

— Nous savons déjà cela.

— Vous l'avez tué ?

— Pas encore, non.

Sirmund fit signe aux soldats d'ouvrir la porte.

— Un garde sera présent jour et nuit. (Varlin hocha la tête) Espérons que cette affaire sera résolue au plus vite.

— Espérons-le, en effet.

Le Corbeau pénétra dans la chambre et la porte se referma.

CHAPITRE 13

Bregel fut conduit directement dans les sous-sols du palais royal de Tiem. Il avait entendu toutes sortes de rumeurs sur cet endroit et aucune n'était agréable à imaginer.

Ils déambulèrent un certain temps dans un dédale de couloirs de pierre froids et de lourdes portes en bois, fermées. Les torches se faisaient rares et il leur arrivait de parcourir plusieurs mètres dans le noir. Les gardes le firent pénétrer dans une petite salle sombre et humide ne contenant qu'une vieille chaise en bois au milieu de la pièce. Le combattant fut contraint de s'y asseoir et ses mains furent enchaînées. Ils refermèrent la porte sans un mot.

Il attendit des heures, probablement toute la nuit, bien qu'il n'ait plus conscience du temps qui passait, isolé ainsi dans le noir. La pièce donnait l'impression d'être coupée du monde, enfouie sous terre. Bregel songea que c'était ici qu'il allait finir ses jours et cette pensée assombrit plus encore son humeur. Il savait pourquoi il était là, il avait toujours su que cela arriverait. *Dalarisse.*

Après les évènements de Sénam, Bregel était venu s'installer à Tiem. Par défi ou dans l'idée d'en terminer héroïquement au cœur du royaume ennemi, il ne s'était jamais vraiment posé la question. Il était venu, voilà tout.

Le premier colis était arrivé trois ans plus tard. Il contenait de l'argent et une lettre, indiquant quelle personne corrompre et quelle autre menacer. Le salaire, dans ce colis et les suivants, surpassait la normale pour ce genre de travail et Bregel les avait toujours effectués. Pourquoi ? Il l'ignorait. Il avait reçu le premier colis et avait vu ce que Dalarisse demandait. Il avait obéi.

La porte s'ouvrit et deux gardes royaux vinrent se positionner juste derrière lui. Le sergent, qui avait procédé à son arrestation pénétra à son tour, suivi par un vieil homme maigre au regard malveillant. On apporta une chaise à ce dernier qui s'assit face à lui.

—Je m'appelle Sirmund, et vous êtes Bregel, combattant clandestin dans les bas-fonds de Tiem.

—Enchanté.

—Je ne pense pas.

Sirmund se tenait droit, les mains croisées sur ses jambes. Il avait une posture d'enfant, mais la lueur sinistre avec laquelle il le fixait n'avait, elle, rien d'infantile. Bregel lui offrit son plus beau sourire.

—Vous êtes ici car vous avez correspondu ces dernières années avec le dénommé Dalarisse. Je souhaiterais que vous m'indiquiez le contenu de ces correspondances, Bregel.

Le combattant hocha la tête.

—Je souhaiterais personnellement que vous ayez une relation sexuelle intense avec les trois soldats dans cette pièce. Peut-être pourrions-nous parvenir à un arrangement ?

Sirmund fit claquer sèchement sa langue.

—Pourquoi vouloir compliquer les choses ?

—Je suis né et j'ai grandi à Sénam, vous comprendrez que j'aie toujours eu une certaine indisposition avec l'autorité du Tiemric. En ajoutant votre tête de croque-mort vicieux et la nuit au fond de ce cachot, j'éprouve quelques difficultés pour collaborer.

Le sergent bondit en avant et gifla violemment le combattant.

—Silence, bâtard d'Andarrian !

Bregel redressa la tête. Du sang coulait de sa lèvre ouverte.

—Tu frappes comme une fillette.

Une nouvelle gifle partit, plus puissante que la première, et le sang gicla sur la pierre froide du sol de la cellule. Sirmund leva la main. Sa voix calme était marquée d'une autorité clairement redoutée par ses hommes.

— Cela suffit, sergent (l'homme reprit à contrecœur sa place derrière le conseiller), Bregel, il vous suffit juste de répondre à quelques questions et votre calvaire se terminera. Si vous ne le faites pas... (Sirmund prit un air navré) nous avons ici de nombreuses salles équipées pour travailler sur le corps humain et je ne souhaite pas plus que vous les utiliser.

— Voilà qui est intéressant. J'ai une douleur au genou droit depuis quelques années en période de froid, vous pourriez sûrement me venir en aide.

Le sergent fit un pas, mais Sirmund leva à nouveau la main pour l'arrêter.

— Prenez le temps de réfléchir, Bregel, vous parlerez tôt ou tard, il est inutile de se faire torturer pour gagner du temps.

— Si le temps n'avait aucune importance pour vous, vous ne seriez pas là à tenter de me convaincre de répondre à vos questions, et je serais déjà en salle de torture. C'est donc tout naturellement que je vais tenter de vous faire perdre le plus de temps possible.

— Vous avez une fille (Le sourire de Bregel disparut soudainement.), ce n'est qu'une enfant à ce qu'on m'a dit. Nous la retrouverons bientôt, et je la ferai amener ici pour qu'elle se fasse violer sous vos yeux (Sirmund désigna les hommes d'armes) par ces trois soldats, puisque cela semble vous plaire. Si elle survit, je ferai en sorte qu'elle passe le reste de ses jours à tapiner dans un bordel délabré du quartier de Taurna. Cela aussi, vous pouvez l'éviter.

La respiration de Bregel se fit plus forte. Ses yeux se plissèrent et ses muscles se contractèrent.

— Ne touche pas à ma fille, vieil homme !

Le sergent s'avança, mais Sirmund le rabroua de nouveau d'un geste de la main.

— Nous savons tous les deux que ce Dalarisse n'en vaut pas la peine. Dites-moi ce que je veux savoir et tout s'arrangera.

Bregel resta plusieurs secondes à fixer le vieil homme. Il réussit à reprendre le contrôle de lui-même.

— C'est la chose à faire en effet... (Sirmund afficha un sourire sans joie), mais vous venez de menacer ma fille... Vous ne la trouverez jamais là où elle est et vous n'aurez jamais les réponses à vos questions !

Le conseiller du roi secoua la tête, tel un père déçu par son enfant. Il se leva lentement.

— Une journée de torture vous aidera à retrouver la raison, Bregel.

Il s'en alla. Les deux gardes le suivirent et le sergent ferma la marche. Il se retourna avant de sortir :

— Je serai le premier à violer ta fille et je vais la faire hurler.

— Elle ne te sentira même pas, gamin.

Le sergent cracha par terre et referma la porte derrière lui. Bregel fondit en larmes.

CHAPITRE 14

La vie au château des Radenks avait repris son cours normal. La présence de l'énigmatique maître d'armes était désormais acceptée. Dalarisse restait dans sa chambre quand il ne dispensait pas de cours aux enfants du comte et partageait les longs dîners où il était désormais traité comme un simple exécutant, tel que le fût Gélon avant lui. Katerine de Radenks l'avait ainsi positionné par son nouveau comportement envers lui depuis leur discussion au sommet de la tour, influençant naturellement les autres occupants de la demeure qui s'étaient alignés sur elle.

La comtesse fit venir son frère dans son bureau alors qu'une nouvelle semaine se terminait. Wilfried s'installait à peine à sa place habituelle qu'elle commença :

— Nous ne savons toujours rien de Monsieur Delarma. Les hommes de Gélon, qui sont aussi les vôtres j'imagine, n'ont rien appris, excepté peut-être le ridicule, mais encore faudrait-il qu'ils en aient conscience.

— Hélas, ils ont été...

— ... incompétents. Qu'en est-il des pigeons que vous avez envoyés ?

Son frère haussa les épaules.

— J'ai reçu les mêmes réponses à chacune de mes missives. Personne ne sait rien sur ce Dalarisse Delarma. La noblesse, les autorités, les commerçants, l'armée, même les cercles de brigands n'ont rien pu m'apprendre. C'est comme si cet homme n'existait pas ! Je doute désormais qu'il ait les compétences pour être maître d'armes. Il n'a même peut-être jamais été dans l'armée. L'évocation de son passé était trouble, lors du premier repas. Saviez-vous que lors des séances à la bibliothèque, il se contente de prendre quelques ouvrages qu'il distribue à vos enfants et s'installe, les yeux fermés, dans un coin, attendant que l'après-midi passe ? Peut-être ne sait-il même pas lire ! Le parchemin qu'il nous a présenté est sûrement un faux, bien que je ne puisse expliquer comment il a fait. Ce pourrait n'être qu'un charlatan cherchant à profiter de la vie de château... et des servantes qui s'y trouvent.

Katerine Radenks resta immobile plusieurs secondes à regarder son frère. Elle reprit d'une voix qui se voulait calme.

— À vous la récupération des informations, à moi leur exploitation, Wilfried. Que vous ne trouviez rien sur lui est une chose, qu'il en devienne un être méprisable et malintentionné, cela est une hypothèse qui vous appartient. Monsieur Delarma n'est pas un simple roublard et je sais qu'il a connu le comte.

— Et comment pouvez-vous affirmer une telle chose, chère sœur ?

— Je le sais, voilà tout. Observer cet homme m'a plus appris que tout votre prétendu réseau d'informations.

Wilfried écarta les bras théâtralement :

— J'agis avec les moyens à ma disposition, Katerine ! Vous pouvez diriger votre colère sur moi, mais vous savez ce qu'il en est. Cet homme n'est pas comme nous.

La comtesse acquiesça en soupirant. Elle reprit sur un ton plus posé :

— Il arrive ici armé jusqu'aux dents, disparaît deux jours et ne prend part à aucune activité du château ni n'échange réellement avec nous. Je dois en savoir plus sur lui et je mettrai le prix pour cela.

Wilfreid hocha la tête en réfrénant un sourire. Sa sœur, comme lui, ne pouvait supporter dans ce château la présence de gens qu'ils ne pouvaient contrôler. Ce Delarma était de ceux-là. Ne rien découvrir de concret sur lui empêchait toute source de contrôle, mais quand bien même, il était évident qu'il n'était pas homme à se laisser manipuler. La comtesse sembla lire dans ses pensées :

— Comprenons-nous, Wilfried, je m'inquiète pour mon fils. Si le comte a estimé à l'époque que ce Delarama pourrait assurer l'éducation de ses enfants, c'est ainsi, mais je ne souhaite pas que la spécificité des entraînements infligés à Hadaron puisse mettre sa vie en danger.

— J'ai bien conscience de cela, ma chère sœur, mais j'ai déjà épuisé mes ressources sur le sujet.

Katerine Radenks releva la tête :

— Si je ne m'abuse, le couloir secret qui sert à s'échapper dans l'aile Ouest longe une partie de sa chambre ?

— En effet.

— Alors faites creuser un trou afin de pouvoir observer ses faits et gestes.

Wilfried réfléchit quelques instants.

— Cela va prendre du temps... au moins une bonne nuit, et avec le bruit, il faudrait que Delarma soit absent, ainsi que sa servante.

— Je m'en occupe. Vous ferez ça dès ce soir. Vous avez le matériel ? (Wilfried confirma) Organisez ensuite une rotation des incapables qui servent dans notre milice afin de l'observer à chaque instant. (La comtesse s'autorisa un sourire sincère.) Le mystère autour de ce Delarma doit être dévoilé au plus vite, sinon nous devrons user de méthodes plus directes.

CHAPITRE 15

Dalarisse et Hadaron passaient de longues matinées à s'entraîner physiquement. Les efforts du jeune homme se faisaient de plus en plus intenses. Il lui arrivait encore de s'écrouler au sol avant de rentrer au château, mais il prenait un plaisir non dissimulé à travailler ainsi.

Il n'échangeait presque aucune parole avec son nouveau maître d'armes, uniquement pour les explications que celui-ci lui fournissait. Pour le reste, Hadaron n'avait le droit qu'exceptionnellement à un bref hochement de tête approbatif lorsqu'il effectuait correctement un exercice en allant au bout de ses forces.

Ce soir-là, Hadaron se dirigeait vers sa chambre juste après le dîner. L'heure matinale à laquelle il devait se lever pour ses exercices avait raison de ses soirées. Jerna le percuta au détour d'un couloir et mit aussitôt la main devant sa bouche en s'inclinant.

— Oh, messire de Radenks, je vous demande pardon, je suis tellement désolée...

Hadaron la repoussa en époussetant sa chemise là où la servante l'avait touché. Il lui lança un regard plein de reproches tel qu'on le lui avait enseigné dans ce genre de situation :

— Faites attention, ce château n'est pas un lieu où l'on peut se permettre de courir ainsi.

— Oui, messire, j'vous présente mes excuses.

— Je les accepte. Où alliez-vous ainsi avec une telle vélocité ?

La jeune femme désigna un sac en toile comportant de la viande séchée et des fruits.

— J'apporte une collation pour Maître Delarma, messire.

— Une collation ?

— Oui, messire, Monsieur Delarma doit retrouver le vieil ermite. On dit qu'il a volé une brebis à la jeune bergère du père Montnir.

— Quel est le rapport avec Maître Delarma ?

— La comtesse a demandé au maître d'armes d'enquêter, c'est ainsi que ça s'fait souvent, vous savez les...

— Où est-il ?

— Maître Delarma ?

Hadaron soupira.

— Oui, Maître Delarma.

— Aux écuries.

Le fils du comte tendit la main.

— Donnez-moi ce sac, je vais le lui porter.

— Mais...

Il saisit le sac des mains de la servante.

— Allez dire à la comtesse que j'accompagne mon maître d'armes.

— Dans la nuit, ainsi ?

— Oui, Jerna... Attendez que nous soyons partis pour transmettre le message.

Sur ce, le jeune homme se précipita aux écuries.

*

Dalarisse sella son cheval et attacha son équipement en jetant un coup d'œil à l'extérieur. La pluie et le vent s'étaient alliés pour rebuter quiconque de mettre le nez dehors.

Malgré le vacarme provoqué par la petite tempête, il détecta le pas vif du fils du comte qui résonnait sur les pavés humides de la cour intérieure. Hadaron pénétra dans les écuries en protégeant le sac sous sa chemise trempée. Il sourit en voyant son maître d'armes.

— Je viens avec vous.

— Non.

La réponse coupa court l'élan du jeune homme.

— Pourquoi ?

— C'est une nuit blanche de cavalcade qui m'attend. Cette histoire ne te concerne en rien et tu dois être en mesure d'assurer ton entraînement demain.

— Pourquoi est-ce à vous de le faire ?

— Réfléchis.

— … Habituellement c'est la milice qui gère ce genre de problème. C'est idiot ! N'importe qui d'autre pourrait s'en occuper.

— Tu auras tout le temps d'y réfléchir en t'endormant. Donne-moi ce sac et repars d'où tu viens.

Hadaron imagina ne pas donner le sac pour discuter, mais quand le bras de son maître d'armes se tendit pour le prendre, un simple coup d'œil au regard qui le fixait le fit céder. Le jeune homme partit néanmoins chercher sa selle en courant et rejoignit sa monture.

— Je dois venir avec vous ! Vous ne connaissez pas les planques de l'ermite, et par ce temps vous ne pourrez pas vous repérer hors des chemins !

Dalarisse positionna le sac dans une de ses sacoches sans répondre. Le fils du comte installa rapidement sa selle sur l'un de ses chevaux et lança, par-dessus la barrière de son box :

— Vous ne trouveriez même pas sa trace en une nuit si je ne vous disais pas où il peut être !

Dalarisse tira fermement sur la lanière principale de ses affaires, condamnant son équipement à l'immobilité.

— Alors dis-moi où il est.

Hadaron sortit de son box en tirant son cheval derrière lui.

— C'est compliqué. Il possède plusieurs abris et je ne pourrais décrire leurs emplacements exacts, il me faut voir le paysage. Laissez-moi vous accompagner, s'il vous plaît.

— Réponds à ta question.

Le jeune homme fronça les sourcils et réfléchit, Dalarisse en profita pour enfourcher habilement sa monture. Le visage d'Hadaron s'éclaircit d'un sourire.

— On vous envoie, vous, pour que vous ne soyez pas ici pendant ce temps-là !

— Et pourquoi cela ?

— Je... je ne vois pas pourquoi. Pourquoi acceptez-vous ? En quoi la brebis du père Montnir a-t-elle de l'importance ?

— Aucune.

— Alors pourquoi y allez-vous ?

— Pour ne pas être ici quand les gens n'ont pas envie que j'y sois. (Dalarisse fit avancer son cheval jusqu'à l'entrée des écuries et se retourna sur sa selle.) Tu comptes retourner dormir ?

Hadaron secoua la tête comme pour sortir de sa réflexion.

— Non, Maître.

— Alors que fais-tu, pied à terre ?

À ces mots, la silhouette de Dalarisse s'enfonça à travers le déluge. Le fils du comte grimpa rapidement sur le dos de sa monture et le rejoignit au trot.

*

Les deux hommes cavalèrent dans la nuit deux heures durant. Ils ne pouvaient se parler à travers la pluie et le vent, Hadaron indiquait des directions avec son bras quand il arrivait à se repérer à travers la pénombre. Alors que le ciel menaçait les deux cavaliers d'un coup de tonnerre lointain, il hurla à son maître de le rejoindre et désigna de la main un abri de fortune collé à même la pierre le long d'une paroi rocheuse.

Une fois à l'intérieur, le jeune homme indiqua que c'était là un des lieux où l'on pouvait trouver le vieil ermite. L'abri était assez grand pour y faire pénétrer les chevaux. Il les attacha à un des poteaux qui soutenait la toile principale déployée au-dessus de leur tête pendant que Dalarisse observait les lieux.

Ce n'était pas un endroit pour vivre, uniquement pour y passer la nuit. Un tas de bois s'entassait dans un coin et on apercevait un cercle de pierres pour faire un feu, une paillasse en herbe était posée près de la paroi. C'est à ce même endroit, sur la pierre, qu'était inscrit un texte de couleur rougeâtre, probablement écrit avec des baies réduites en bouillie. Hadaron le repéra au même moment.

— Qu'est-ce que c'est ?

— Un texte.

Le fils du comte secoua la tête, amusé, et s'approcha de la paroi.

— C'est de l'Andarrian. Je ne sais pas le lire.

Dalarisse s'approcha à son tour et plissa les yeux pour mieux distinguer à travers la pénombre :

> *Que notre musique s'élève et*
> *chasse mes démons*
> *Aujourd'hui je meurs, que mon*
> *âme coule en elle*
> *Que nos ancêtres nous voient,*
> *nous qui combattons*
> *Aujourd'hui je meurs, que mon*
> *acte soit éternel*
> *Que nos enfants se réjouissent*
> *des jours qui viendront*
> *Aujourd'hui je meurs, que cette*
> *mort est belle*
> *Des hommes que nous sommes,*
> *la fierté émane*
> *Aujourd'hui je meurs, pour que*
> *naisse l'Andarrian*

Hadaron se tourna vers son maître d'armes.

—Vous parlez l'Andarrian ?

—Il semblerait.

—Vous êtes Andarrian ?

—Non, (Dalarisse se dirigea vers les chevaux), mais notre homme, oui. Mène-moi à l'abri suivant.

La vive lueur d'un éclair illumina un instant les bois alentour. Le tonnerre se rapprochait. Hadaron jeta un dernier coup d'œil à l'inscription et s'en alla vers son cheval.

—Qu'est-ce que c'est, le texte ?

—Le premier couplet de l'hymne du royaume Andarrian,. Un poème écrit à l'époque de la Grande Rébellion à la veille de la bataille qui libéra l'Andarrian, il y a des siècles de cela.

Dalarisse n'ajouta rien et ils repartirent tous deux sous la pluie. Ils trouvèrent un abri similaire au premier une heure plus tard, mais il était également vide. Hadaron voulait repartir rapidement, car cette cavalcade nocturne qui possédait tant de charme au départ du château s'était transformée en une laborieuse entreprise. Dalarisse s'assit sur la paillasse, le fils du comte fit donc de même.

—Pourquoi nous arrêtons-nous ? Je peux encore continuer.

—Nous, oui, mais nous ne sommes pas seuls (Dalarisse désigna les chevaux d'un mouvement de tête), parle-moi de l'ermite.

Hadaron sourit. Son maître d'armes avait ce don de demander les choses simplement et calmement alors qu'elles étaient perçues comme un ordre auquel on ne pouvait qu'obéir.

—D'après ce que je sais, il s'agit d'un vieil homme qui vivait déjà dans ces bois avant ma naissance. Il ne va jamais en ville, mais vient parfois au château quand les temps sont trop durs. Mon père lui a toujours procuré ce dont il avait besoin sans jamais poser de questions. C'est un homme généreux, mon père (Hadaron attendit une confirmation qui ne vint pas.) Je l'ai déjà vu de loin, on se demande comment il tient debout. Il est presque aveugle et, à ce qu'on dit, il est devenu fou... (Le silence de Dalarisse le poussa à continuer.) Les soldats m'ont dit qu'il exigeait d'eux qu'ils l'appellent capitaine, il leur donne même des ordres parfois. Ça les amuse, mais ils ont déjà dû le corriger quand il s'adressait au comte sans le respect nécessaire. J'ai demandé un jour à mon père pourquoi il ne le punissait pas sévèrement pour qu'il cesse, il m'a répondu qu'un noble doit toujours connaître dans son entourage une personne qui ne le traite pas avec tous les égards qui affèrent à son statut. Cela permettait de ne pas oublier que seul l'homme est important, pas la position qu'il occupe.

Dalarisse hocha la tête.

— Des mots justes qui font honneur à ton père, bien que ce ne soient pas les siens. Ils appartiennent à un roi Andarrian.

— Comment savez-vous cela ?

Ombre-Mort ne répondit pas et glissa sa main sous son manteau pour en sortir une flasque d'alcool qu'il porta à sa bouche. Hadaron le regarda faire.

— J'aimerais bien en apprendre plus sur vous, vous ne dites jamais rien.

— Si tu ne veux pas que je te mente, ne pose pas de questions sur moi.

Le fils du comte se renfrogna, la discussion était terminée. Quand l'orage commença à s'éloigner, Dalarisse rejoignit sa monture.

— Nous y allons.

Hadaron suivit et profita des quelques secondes qui leur restaient avant de reprendre leur recherche pour glisser une phrase à son maître d'armes.

— Je préférais que vous me mentiez plutôt que de ne rien dire, j'aime bien quand vous parlez.

Le jeune homme partit en tête.

*

Ils arrivèrent enfin en vue d'un abri plus solide et plus grand que les autres, entouré de planches de bois disposées de sorte à ne laisser qu'une mince entrée. La lueur d'un feu de bois brillait comme un phare au milieu de la nuit et la fumée s'échappait timidement par une cheminée de fortune. Dalarisse laissa son cheval à une centaine de mètres de là et fit signe à Hadaron d'attendre.

Il sortit son arbalète de poing et l'arma avant de pénétrer dans l'unique pièce de l'abri. L'ermite était assis, endormi sur une chaise à bascule qu'il avait probablement dû construire lui-même. Son visage ridé semblait fatigué. Sa carrure, même abîmée par le temps, était encore assimilable à celle d'un guerrier, cependant ses habits étaient dans un état déplorable.

Dalarisse examina la pièce. Il y avait de quoi dormir et faire un minimum de cuisine, une bassine d'eau était posée dans un coin, mais l'eau n'avait pas été changée depuis très longtemps. Peut-être le vieil homme n'en avait-il plus la force. Il y avait également toutes sortes d'objets entreposés : un arc, des gourdes, des sacoches et même des habits de nobles dames usés par la terre sur laquelle ils reposaient. Le tout formait un entrepôt chaotique des diverses trouvailles que l'ermite avait dû faire dans les bois de la région.

Au milieu de tout ce désordre, un coin était épargné, propre et méticuleusement rangé. Le drapeau Andarrian était dessiné sur le mur, les couleurs étaient respectées : un fond blanc et rouge sur lequel un dragon d'or prenait son envol. Dalarisse se demanda comment le vieil homme avait fait pour dessiner ainsi de l'or, mais il ne s'attarda pas sur la question, ce qu'il y avait en dessous du drapeau attira son attention.

Un bâton de combat classique se croisait avec l'épée émoussée d'un capitaine des armées Andarrianes. Il se pencha pour observer les gravures sur l'épée, mais le grincement de la chaise à bascule le fit se redresser. Il se tourna vers le propriétaire des lieux, la main sur la crosse de son arbalète, sous son manteau.

Le vieil homme le fixait avec un regard voilé. Il dut forcer sa faible voix pour couvrir le bruit du vent.

— Qui... qui est là ?

Dalarisse jeta un bref coup d'œil par l'ouverture. Hadaron attendait toujours sous la pluie à l'extrémité de son champ de vision. Il retira la main de son arme.

— Personne qui ne te veut de mal, vieil homme.

L'ermite se leva et s'avança lentement vers Dalarisse, s'arrêtant à un mètre de lui. Il semblait effectivement aveugle. Sa voix n'était plus qu'un murmure, mais suffisamment audible pour le maître d'armes.

— Hum... (Il sourit de sa bouche édentée) tu es l'homme qui est venu avec la lettre au château ?

— Oui.

Le vieillard tremblait légèrement des jambes à force de se tenir ainsi debout. Il passa sa main sur son avant-bras.

— Je frissonne... Vois-tu comme je frissonne ? (Dalarisse dévisagea alors l'ermite minutieusement. Ce dernier continua de parler en le fixant de ses yeux inanimés.) Je frissonnais déjà à l'époque. Cette sensation, quand tu entres dans une pièce... je n'étais pas sûr avec la lettre, mais maintenant je le suis.

Dalarisse resta de marbre et regarda de nouveau par l'ouverture. Hadaron avait décidé de venir de lui-même et s'avançait non sans difficulté vers l'abri. L'ermite pointa un doigt tremblant vers lui.

— Es-tu venu exercer ton art ici ?

Dalarisse s'écarta du vieil homme.

— Je ne suis pas là pour ça, capitaine, du moins j'espère que c'est ce que tu es et que cette épée n'est pas volée.

— L'épée d'un capitaine l'accompagne du royaume des songes à celui des morts.

Il s'agissait du serment des capitaines de l'armée Andarriane, connu par peu de non militaires. L'ermite l'avait prononcé dans sa langue maternelle. Dalarisse hocha la tête.

— Le fils aîné du comte est avec moi, il va venir dans quelques instants.

Le vieil homme eut un rire étouffé

— Hadaron, hum? Vous voyagez ensemble?

— En effet. (Dalarisse s'approcha de lui.) Un mot de trop et je m'occupe de toi, Capitaine. Il existe nombre d'expériences plus horribles que la mort.

— Inutile d'user de menaces, ta simple présence me glace le sang, Ombre-Mort.

*

Hadaron attacha les chevaux à l'extérieur et courut trouver refuge dans l'habitation. L'ermite se tenait debout au côté de Dalarisse. Ils le regardaient tous deux.

Le fils du comte gonfla sa poitrine et s'avança vers le vieil homme.

— Je suis Hadaron de Radenks, fils de Frederik de Radenks, le propriétaire des terres sur lesquelles tu vis.

— C'est un honneur pour moi de vous rencontrer, messire. Entrez donc et installez-vous, je vous prie.

L'ermite prit place sur sa chaise à bascule et invita le fils du comte à faire de même sur un coussin en face de lui. Hadaron s'exécuta. Dalarisse resta debout en retrait.

— Pourquoi cette visite?

— Je suis là parce que l'on vous accuse du vol d'une des brebis du père Montnir. Si tel est le cas, il vous faudra lui restituer et payer l'amende qui convient dans ce type de situation.

— J'entends bien, messire, mais voyez-vous une brebis ici?

— Non, vieil homme, mais tu pourrais l'avoir tuée et dissimulée. Je vais devoir fouiller cette... maison.

Dalarisse s'avança alors.

— Ce ne sera pas la peine.

— Mais...

—Il n'a rien volé.

Le jeune homme s'apprêta à rétorquer, mais Dalarisse coupa court à toute protestation d'un simple regard.

L'ermite écarta les mains.

—C'est la vérité. Je suis navré que votre recherche soit infructueuse, mais je n'ai pas volé cette brebis. Néanmoins je puis vous offrir le lit pour le restant de la nuit si vous désirez attendre que l'orage passe.

Vexé, Hadaron ne répondit pas. Son maître d'armes le fit pour lui.

—Nous acceptons. Allons chercher nos affaires.

Hadaron se leva sans un mot et suivit son maître d'armes à l'extérieur. Arrivé aux chevaux, il laissa la colère couler dans ses mots :

—Vous m'avez humilié ! Pourquoi ne pas l'avoir dit plus tôt ? Pourquoi m'avoir laissé faire ça ?

—Tu devras prendre la place de ton père à sa mort, il te faut apprendre à analyser une situation avant d'agir.

—Mais... dans ce cas, pourquoi n'est-ce pas lui le voleur ?

—Réfléchis.

—Je n'ai pas envie de réfléchir ! Pas sous cette pluie et après des heures de cheval !

—Invoqueras-tu le temps qu'il fait pour justifier les mauvaises décisions que tu prendras quand tu seras comte ?

Hadaron soupira théâtralement.

—Maître, j'ai compris la leçon. Je veux juste la réponse, ne serait-ce que pour ne pas perdre plus de dignité que cela face à lui.

Dalarisse mit ses sacs sur son épaule.

—S'il possédait la brebis vivante, on l'aurait entendue hurler de peur à cause de l'orage. Il ne l'a pas non plus tuée pour se nourrir, car sa dentition actuelle ne lui permet pas de manger autre chose que les fruits en bouillie qui sont contenus dans les deux cageots proches de sa chaise. Il n'aurait pas pu la vendre sans se faire dénoncer, et enfin, avec sa mobilité et sa cécité, il n'aurait pas pu attraper une brebis même si elle n'avait plus que deux pattes.

Le fils du comte médita ces paroles et acquiesça.

—J'ai vu l'épée dans le coin. Vous pensez qu'il était vraiment soldat, avant?

—Oui.

—Ne reçoit-il pas une solde qui lui éviterait de vivre dans une telle misère? Ce devait être un bien piètre soldat pour finir ainsi.

Ombre-Mort ne répondit pas et retourna à l'intérieur.

*

Hadaron s'endormit rapidement dans un coin. L'ermite se laissa également aller dans sa chaise et ferma les paupières.

Dalarisse rajouta une bûche dans le feu et s'assit dos au mur.

—Tu es Barian, le « capitaine de la charge ».

Le vieil homme sourit, mais n'ouvrit pas les yeux.

—Oui c'est moi… le « capitaine de la charge ». Comment l'as-tu su?

—J'ai fini par te reconnaître. Le temps n'a pas été clément avec toi.

—Non, il ne l'a pas été.

—Que fais-tu ici, capitaine?

—Je veille sur le petit.

—Hadaron?

—Oui.

—Pourquoi?

L'ermite n'offrit en réponse qu'un léger sourire. Dalarisse attendit plus, en vain. Il changea de sujet.

—J'ai sur moi de quoi t'offrir une mort douce pendant ton sommeil, capitaine, pour te soulager.

Le vieil homme sourit à nouveau.

—Je n'en doute pas… mais je suis Andarrian, je n'accorde aucune faveur à la mort.

Sur ces mots le vieillard se tourna et s'endormit.

*

Le lendemain, l'orage avait quitté la contrée. Hadaron salua l'ermite en s'excusant de ses accusations de la veille et s'éloigna sur sa monture. Dalarisse sembla prendre le même chemin, mais fit faire demi-tour à son cheval pour croiser le regard vide du vieil homme.

—Ma proposition reste valable quand tu le souhaiteras.

—Je n'oublie pas. Quant à toi, Ombre-Mort, prends garde, quatre oiseaux de malheur ont parcouru cette forêt hier en fin de journée.

Dalarisse mesura un temps cette information.

—Je te remercie, capitaine.

—Je ne dis pas ça pour toi, mais pour lui. (Il désigna d'un geste imprécis le jeune homme qui attendait plus loin.) Certaines choses devront être dites.

Ombre-Mort regarda l'ermite pendant un moment puis rejoignit son élève.

CHAPITRE 16

Ils arrivèrent au château vers l'heure de midi. Hadaron partit directement se coucher pour ne se réveiller que tard dans la soirée, après le dîner. Dalarisse fit prévenir la comtesse qu'il ne se présenterait pas au déjeuner et parut le soir au dîner où sa venue fut marquée par un bref silence.

Il s'assit à sa place et les débats reprirent sur les difficultés commerciales du dernier village qui tentait de se fonder au sud du territoire des Radenks. Le maître d'armes ne fut pas invité à participer au palabre d'une quelconque façon. Ce fut uniquement lorsque les serviteurs amenèrent le dessert que la comtesse s'adressa à lui :

— Maître d'armes, qu'en est-il de l'affaire dont vous étiez chargé ?

— Je me suis rendu auprès de l'ermite et je l'ai interrogé. J'ai conclu que ce n'était pas lui le responsable de la disparition de la brebis.

— Pourquoi avoir emmené mon fils ?

— Il a lui-même demandé à venir.

Wilfried se pencha en avant, le sourire aux lèvres :

— N'auriez-vous point pu faire usage de votre autorité de maître d'armes pour l'en dissuader ? Passer la nuit à cavaler sous un orage n'est pas bon pour sa santé.

— Ce n'est bon pour la santé de personne. (Dalarisse releva la tête et fixa la comtesse.) Hadaron est en passe de devenir un homme et il devra bientôt en commander d'autres. Quel respect pourrait-il obtenir de leur part si on le protège constamment des tâches qu'eux-mêmes effectuent ?

Le frère de la comtesse confirma sans conviction :

— De sages paroles.

Katerine de Radenks orienta la conversation dans une autre direction et le repas se termina sans que l'on revienne sur le sujet.

*

Dalarisse quitta seul la salle à manger dans la direction opposée à celle du grand salon où tous se rendaient. Jerna l'attendait juste à l'entrée, son manteau noir à la main. Il s'en saisit et le revêtit en s'adressant à elle d'une voix forte :

— Je me rends aux écuries.

Elle hocha la tête et, comme convenu, s'engouffra dans la salle. Dalarisse emprunta le couloir.

Il les détecta au premier tournant. Non pas qu'ils aient fait du bruit ou qu'ils se soient situés dans son champ de vision, mais l'instinct de Dalarisse lui disait qu'ils étaient là et il lui vouait une confiance totale. Ils n'étaient qu'à une quinzaine de mètres du salon des nobles. Il s'attendait à être filé plus loin. *Audacieux.*

Il continua sa marche en direction des écuries, bien qu'il ne s'agisse que d'un leurre destiné à ses agresseurs qui pouvaient l'entendre et ne pas se douter qu'il savait.

Les Corbeaux ne faisaient pas un bruit. Cela rassura Ombre-Mort. Il avait entendu plusieurs rumeurs sur la décadence de l'Ordre ces dernières années, et bien qu'aujourd'hui il s'agisse de sa mort, il serait peiné si cela s'était avéré. Il sourit intérieurement. *Tu le sauras bien assez tôt.*

Son plan était risqué. Même en étant informé de leur présence et en ayant pu se préparer, il allait affronter quatre Corbeaux plus jeunes et en meilleure forme que lui. Le souvenir de l'attaque par les amateurs dans les bois était encore bien présent et il avait conscience qu'il ne pouvait plus afficher la confiance d'autrefois. Cependant il ne pouvait pas laisser traîner les choses. Il devait avoir l'initiative, faute de quoi ils auraient le temps de concevoir un plan imparable pour le tuer.

Dalarisse avait donc travaillé sur son manteau durant la journée, le rembourrant sur des zones précises afin de pouvoir potentiellement mieux résister à quelques projectiles. Ne sachant pas les raisons exactes qui avaient amené la comtesse à lui faire quitter le château la nuit, il avait couvert son travail sous quelques prétextes futiles en cas d'espionnage.

Ombre-Mort avait ensuite choisi le moment. Il savait que les Corbeaux l'épiaient et attendraient l'instant où il serait seul. En se défilant ainsi à la fin du repas, il leur donnait l'occasion idéale. Dalarisse avait cependant espéré une traque quelques encablures plus loin, car il avait repéré une succession de petits couloirs favorables au combat en cas d'infériorité numérique.

Il approcha du tournant qui l'amenait là où cela devait naturellement se produire. Leur audace le contraignait à modifier son plan.

En théorie, deux Corbeaux devaient le suivre et deux autres l'attendre au bout du couloir, l'un probablement dans l'alcôve sur la droite et l'autre au niveau du tournant suivant. Il n'aurait qu'une ouverture d'une ou deux secondes dans l'angle mort de ses traqueurs pour armer son arbalète et saisir son couteau de lancer sans que ses mouvements soient repérés.

L'initiative était primordiale. Il attaquerait les deux qui lui feraient face tout en se précipitant vers la première fenêtre sur sa gauche. L'un d'entre eux, celui du fond, devrait mourir avec le tir d'arbalète. L'autre dans l'alcôve devrait esquiver le couteau. Il serait ensuite attaqué, mais avec une course maîtrisée. Dalarisse estima que son manteau pourrait amortir les couteaux et autres carreaux le temps qu'il passe par la fenêtre. Il atterrirait sur le balcon menant à la salle d'étude, la traverserait, prendrait à gauche et pénétrerait dans la bibliothèque. De là il pourrait ouvrir la porte principale tout en empruntant celle menant aux jardins, et les semer.

En professionnels, ils devront dissimuler le corps de l'homme touché par son arbalète avant que ceux alertés par le bruit de la fenêtre brisée n'arrivent. Cela lui donnera d'autant plus l'initiative pour attaquer.

Il fallait pouvoir tuer l'un d'eux, ne pas subir de trop fortes blessures lors de la course vers la fenêtre, résister à l'impact en la brisant et en atterrissant sur le balcon, puis réussir à maintenir une certaine distance avec eux malgré une jambe encore douloureuse. Il ne devait également croiser personne et tout cela ne pouvait fonctionner que s'ils n'attaquaient pas avant lui au prochain tournant. Le plan comportait trop de paramètres hasardeux à son goût, mais mieux valait un mauvais plan que pas de plan du tout.

Dalarisse concentra toute son attention et tourna. Il atteignit un angle mort et chargea son arbalète tout en scrutant les environs à la recherche de ses assaillants. *Personne.* Il continua d'avancer avec nonchalance. Désormais, en cas d'attaque venant de l'arrière, il devrait s'élancer vers l'avant et affronter ceux qui l'attendraient au tournant. Un plan nettement plus complexe et hasardeux. Il se permit une grimace et se prépara à courir dès que ses poursuivants passeraient à l'attaque. Rien.

Ils étaient bien là, à quelques mètres de lui, mais ils continuaient d'avancer sans agir. C'était pourtant l'endroit idéal... Par la suite, les occasions qui lui seraient données de prendre l'avantage du terrain étaient nombreuses et variées, ils allaient perdre le contrôle des possibilités. Pourquoi le traquer dès la salle à manger, si c'était pour attendre ainsi? Il se concentra de plus belle sur ce qui se passait derrière lui. *Les quatre sont derrière!* Il le sentait à la présence qu'ils dégageaient.

S'ils ne coupaient pas sa route, c'est qu'ils avaient donc de quoi l'abattre à moyenne distance. Probablement des arbalètes de taille standard. Alors, pourquoi ne pas le faire maintenant, dans ce couloir sans échappatoire face à une telle arme?

Dalarisse eut un frisson en comprenant.

Ils ne le tuaient pas car ils voulaient le voir et lui parler avant de l'affronter. Il était une légende parmi les Corbeaux et ces... assassins désiraient profiter de l'instant. *Honte sur l'Ordre.* Une colère froide monta en lui alors qu'il franchissait le tournant suivant. Ce couloir était plus éclairé que l'autre, il ignora désormais les différentes issues d'échappatoire qui s'offraient à lui, et quand il estima que ses poursuivants avaient pénétré le couloir, il se retourna face à eux, faisant fi des nouveaux calculs de situation qui avaient germé dans son esprit.

Les quatre poursuivants se figèrent. *Un Corbeau au combat reste toujours en mouvement.* Ils avaient bien des couteaux de lancer accrochés à leurs ceintures, mais ils n'avaient en main que leurs poignards de Corbeaux. Dalarisse soupira de dédain. Les hommes qui lui faisaient face sortirent de leur torpeur et s'écartèrent les uns des autres. Ils voulaient l'assaillir au corps-à-corps tous en même temps.

Le plus âgé d'entre eux croisa son regard et le salua d'un mouvement de tête.

—C'est un honneur, Ombre-Mort! Cette mort sera spéciale, pour vous comme pour nous.

Dalarisse lui décocha un carreau dans l'œil droit. L'homme fut soulevé de terre et s'écroula vers l'arrière. Les trois autres sursautèrent. Celui juste à côté ne put reprendre ses esprits, le couteau de lancer lui perfora la gorge. Il mourut également avant d'atteindre le sol. Dalarisse s'adressa aux deux autres.

—La mort n'a rien de spécial, elle est la même pour tous. Un vrai Corbeau m'aurait tué dès la première occasion favorable... (Il réencocha un carreau alors que ses deux adversaires restaient interdits) et ne m'aurait pas permis de recharger mon arme sans agir. Vous n'avez de Corbeaux que le titre et le poignard... Vous êtes le pathétique reflet d'une époque révolue.

Les deux hommes se regardèrent, cherchant chez l'autre une directive à suivre. Ombre-Mort avança vers eux; ils reculèrent instinctivement. Ils firent plusieurs pas ainsi, arrivant presque au tournant. Dalarisse s'arrêta au-dessus des deux cadavres.

— C'est une impasse pour vous. En m'attaquant tous les deux, vous pourriez encore me tuer, mais je pourrais décocher mon carreau. L'un d'entre vous tomberait dans l'oubli et l'autre deviendrait celui qui a tué Ombre-Mort, mais aucun ne veut bouger en premier de peur d'avoir le mauvais rôle. Un dilemme auquel je mets fin en récupérant ceci (Dalarisse se baissa et extirpa son couteau de lancer de la gorge du cadavre à ses pieds), chose qui n'aurait jamais dû avoir lieu si vous étiez vraiment ce que vous prétendez être.

Voyant que leurs chances s'amenuisaient au fur et à mesure de leur inactivité, les deux Corbeaux réagirent enfin et se précipitèrent sur lui, usant d'une trajectoire propre à esquiver les projectiles. Ombre-Mort envoya son couteau sur celui de droite, visant le torse, mais ne pouvant atteindre que le bras, puis se décala sur le côté pour se concentrer sur l'autre, plus proche. Sa course était bien travaillée, mais sans grande originalité, il la lut tout en levant son arbalète. Le carreau vint se figer à bout portant dans le crâne de son assaillant alors que celui-ci entamait son attaque.

Le dernier assassin arrivait au contact. Dalarisse lui lança son arbalète au visage tout en faisant glisser son poignard dans la main. Le jeune homme esquiva de justesse, mais cela cassa momentanément son élan. Ombre-Mort le chargea aussitôt sur son côté droit, où son couteau de lancer avait pénétré le biceps. Le Corbeau leva son bras blessé pour contrer l'attaque, mais la force lui manqua. Il raffermit ses appuis au sol pour compenser la faiblesse de sa parade. Dalarisse l'avait anticipé et tira le bras vers lui, déstabilisant le Corbeau qui était devenu trop rigide ainsi positionné, puis pivota autour de lui et enfonça son poignard dans sa nuque.

L'assaillant s'écroula au sol. Dalarisse ramassa son arbalète et encocha un nouveau carreau. Si quelqu'un avait entendu les bruits de cet affrontement et venait ici, il devrait l'abattre. Il attendit une bonne minute, contrôlant les différents couloirs et guettant la moindre activité suspecte. Il n'y en eut pas.

Dalarisse prit le temps de transporter les corps dans une pièce inoccupée bien plus loin dans le château. Il les dissimula avec sérieux, au cas improbable où quelqu'un pénétrerait ici, puis il s'autorisa à s'asseoir.

Il était repéré. L'attaque dans les bois était due aux agissements de Gélon, le chef de clan qu'il avait torturé en ville le lui avait confessé, mais l'attaque de ce soir venait directement de Tiem. Jerna lui avait rapporté que le comte arrivait dans une semaine, probablement sous bonne escorte. Tenir jusque-là n'était pas impossible, mais il ne pouvait plus rester passif.

Par ailleurs, Dalarisse ressentait quelque chose d'étrange par rapport à cette situation, un problème sur lequel son inconscient travaillait, mais qu'il n'arrivait pas à cerner pour l'instant. Il espérait que l'éclaircissement viendrait avant la fin de la semaine.

Il se releva, récupéra ses munitions et sortit pour retrouver Jerna.

*

La jeune servante se tenait à l'entrée de la salle à manger, s'efforçant sans succès de paraître ne rien attendre. Dalarisse lui fit signe et la jeune femme accourut vers lui.

— Monsieur Delarma ! J'ai entendu comme des bruits dans votre direction, j'ai failli venir, mais vous m'aviez dit de n'pas bouger.

Dalarisse lui fit signe de baisser d'un ton.

— Tu as bien fait de ne pas venir.

— J'sais, Monsieur Delarma, mais j'm'inquiétais. J'ai également fait changer de chemin un autre serviteur qui allait dans votre direction, puisque vous m'aviez demandé de n'pas vous suivre, j'ai pensé que...

— Tu as eu raison. (Le visage de la jeune femme s'illumina d'un sourire) Fais en sorte de travailler aux cuisines demain matin. (Elle hocha la tête) Maintenant, va dormir et ne m'attends pas.

Dalarisse repartit en direction des quatre cadavres. Il devait nettoyer les traces de sang, garder la pièce jusqu'à ce que tout le monde soit couché, puis sortir les corps un par un pour les enterrer en dehors du château. La nuit allait être longue.

*

Ema Wolshein rentra dans ses appartements juste après le déjeuner et gagna rapidement sa chambre. On frappa à la porte quelques instants plus tard et la jeune noble somma sa servante d'aller répondre. Lorsque cette dernière ouvrit, la lame glacée d'un poignard vint se presser contre sa gorge.

Ombre-Mort s'avança lentement en la fixant dans les yeux :

— Un bruit et tu meurs. (La servante recula, la terreur s'emparant de son visage. Il retira sa lame.) Reste ici sans bouger.

Elle hocha la tête et resta sur place, n'étant pas capable d'agir autrement.

Dalarisse se dirigea vers la chambre en armant son arbalète et y pénétra. Ema Wolshein s'approchait de la fenêtre en tenant une cage dans la main, un pigeon voyageur s'agitait à l'intérieur. Elle hoqueta de stupeur en le voyant.

Ombre-Mort referma la porte de sa main libre.

— Sais-tu qui je suis ?

La jeune femme le regarda l'espace d'une seconde puis ouvrit soudainement la cage et la dirigea vers la fenêtre. Dalarisse leva son arbalète, le pigeon mourut.

— Réponds.

Ema resta interdite un moment à contempler le cadavre de l'oiseau. Elle se tourna vers lui et s'appliqua à conserver le contrôle de sa voix.

— Oui.

— Cela nous fait gagner du temps. Tu es un des agents du roi, une Précieuse.

— Co... comment avez-vous su ?

— La Pretenda. Mélangée avec certains ingrédients, elle conserve son odeur, mais pas son effet. J'en ai fait mettre dans le plat de ce midi et j'ai décelé ton hésitation au moment de l'ingurgiter. Toi seule as reconnu l'odeur, chose peu probable si tu n'avais pas suivi l'entraînement rigoureux auquel chaque Précieuse est soumise. Par ailleurs, les quatre Corbeaux morts hier soir ne sont pas arrivés ici par hasard.

La jeune femme déglutit.

— Que voulez-vous ?

Dalarisse désigna la commode située à côté du lit.

— Ouvre la partie verrouillée.

Ema Wolshein soupira. Elle extirpa une petite clé d'une poche dissimulée dans sa robe et s'exécuta.

Ombre-Mort encocha un nouveau carreau et lui fit signe de reculer une fois le meuble ouvert. Il maintint son arme braquée sur elle et fouilla dans les documents qui étaient soigneusement entreposés. Il en sélectionna plusieurs qu'il rangea dans une poche intérieure de son manteau.

— Je possède désormais des preuves que je pourrais faire parvenir à ton mari en cas de nouveau malentendu entre nous. Nous connaissons tous deux le sort réservé aux Précieuses qui sont découvertes... (Elle ne broncha pas.) Je te rendrai ces documents à mon départ. En attendant, tu vas cesser tes agissements tant que je serai en ces lieux.

La jeune femme soutint un moment son regard, ses épaules s'affaissèrent et elle détourna les yeux.

— Je le ferai.

— Dois-je m'attendre à d'autres surprises ?

Ema Wolshein hésita un instant avant de répondre. Dalarisse estima que les conséquences pour elle d'un nouvel échec visant à le tuer l'emportèrent dans le raisonnement de la jeune femme :

—Un ancien Corbeau, aux écuries... Il doit arriver dans la journée.

—Si je découvre autre chose, tu seras responsable.

Ombre-Mort sortit de la chambre et quitta les appartements sans un regard pour la servante toujours figée.

CHAPITRE 17

Sirmund avançait à grands pas à travers les couloirs du palais, deux gardes royaux lui ouvrant la marche. Il atteignit le rez-de-chaussée de l'immense bâtiment et s'engagea discrètement dans les souterrains par une porte toute simple dissimulée sous un escalier.

Le sergent en chef des « salles d'interrogatoire » vint à sa rencontre quand il arriva au niveau des prisonniers. Le vieux conseiller ne lui adressa pas un regard et continua à marcher en le questionnant. L'homme d'armes s'aligna sur la rapide cadence de pas du vieil homme.

— Qu'a-t-il dit ?

— Nous avons obtenu plusieurs noms, des gens qu'il a réussi à corrompre. À chaque fois il s'agissait d'obtenir la localisation de quelqu'un. Voici la liste des corrompus et des personnes ainsi localisées.

Le conseiller saisit le papier qui lui était tendu et le parcourut rapidement. Il le rendit au sergent.

— Continuez d'obtenir ces noms, bien qu'il me semble que le mal soit déjà fait. Nous pourrons toujours punir les traîtres en temps voulu. Autre chose ?

— Nous avons également compris qu'il avait probablement rencontré l'homme que vous recherchiez, en ville, il y a quelques années.

— Peu importe. La fille ?

—Nous ne l'avons pas retrouvée. Nous avons pourtant activé tout notre réseau de surveillance.

Sirmund ralentit le pas jusqu'à s'arrêter, l'air songeur.

—Et dans l'orphelinat de l'Érudit Pogrême?

—Monsieur... vous savez que le roi interdit d'y pénétrer. Je peux faire surveiller les entrées et les sorties, mais même si nous la repérons... je pense que nous ne pourrons pas la récupérer.

—Je sais, je sais. (Le vieux conseiller reprit sa marche en soupirant.) Amenez-moi à lui.

Ils pénétrèrent quelques instants plus tard dans une salle encombrée par de nombreux engins de torture et éclairée faiblement par une poignée de torches sur les murs. Des odeurs de vomi, de sang et de sueur se mêlaient dans l'atmosphère lourde de la pièce. Le vieux conseiller se dirigea au fond, vers une table ronde où le combattant Bregel gisait nu, inconscient, les bras et les jambes écartés et solidement attachés.

Sirmund s'approcha pour observer plus en détail le prisonnier. Il était recouvert en grande partie de sang séché, la majorité de ses plaies encore à vif. De petits insectes s'activaient avec délectation sur la peau de son torse en partie arrachée. Ses genoux portaient des traces de brûlures récentes, quant à ses pieds et ses mains, chaque doigt avait été soigneusement retourné et brisé. Certaines phalanges avaient disparu et le vieux conseiller devina aisément leur destination : un prisonnier affamé ne tenait pas assez longtemps, il fallait le nourrir, parfois de force.

Le regard noir du vieil homme se posa sur le bas-ventre du combattant et s'illumina d'une terrifiante lueur d'amusement. Il se laissait déjà aller à ses propres théories sur le type d'outils nécessaires à un tel carnage quand la voix du sergent le sortit de ses réflexions.

—Il reprend connaissance, monsieur.

Bregel ouvrit un œil à moitié et laissa échapper un fébrile râle de douleur. Sirmund se pencha au-dessus de son visage et secoua la tête, feignant la déception.

—Tout ça pour lui... c'est navrant. (Il s'approcha de son oreille pour murmurer) Nous pouvons mettre un terme à cela très rapidement et ta fille pourra vivre la vie qu'elle voudra. Nous pouvons aussi faire durer cela très longtemps, bien après que nous ayons obtenu nos informations. Alors je te le demande une dernière fois. Où arrivera-t-il et qui sont les gens qui l'aident ?

Bregel releva doucement la tête, la douleur marquant chaque trait de son visage. Il ouvrit la bouche pour parler, mais ne put sortir de son. Le conseiller fit un signe de la main.

—Apportez-lui de l'eau.

Des gardes apportèrent une cruche et le combattant dut s'y prendre à plusieurs reprises pour avaler quelques gorgées. Il toussota longuement et en recracha une grande partie. Sirmund attendit patiemment que son prisonnier puisse parler. La voix de ce dernier n'était qu'une succession de gémissements, mais il trouva la force pour se rendre intelligible.

—Il... il y a encore cette petite douleur qui me lance dans le genou droit.

Sirmund sourit froidement.

—Pourquoi faire cela ?

—Pour... mon roi.

—Ton roi est mort depuis longtemps, saleté d'Andarrian !

Bregel eut une série de spasmes douloureux qui pouvaient s'apparenter à un rire.

—Les rois Andarrians ne meurent jamais, Tiemrin.

Sirmund se redressa et se retourna. Le vieux combattant rassembla ses forces pour hausser le ton et se faire entendre.

—Il y a huit ans... je l'ai vu... je n'ai aucune idée de son plan et de ses alliés... (Il cracha du sang avant de reprendre) il m'a dit qu'il t'ouvrirait le ventre... c'est une mort affreuse, tu le sais ça... Alors quand tes tripes... quand tes tripes se videront lentement... pense à moi, car je mourrai avec cette vision.

Le vieux conseiller l'ignora et s'adressa au sergent:

— Prenez tout votre temps pour le tuer et faites-moi parvenir sa langue dans un bocal quand ce sera fini.

CHAPITRE 18

Günlbert attendit que la nuit tombe pour se diriger vers les écuries. Il avait observé les allées et venues des palefreniers et estimé qu'il avait suffisamment de temps pour pénétrer dans le bâtiment et se fondre dans l'ombre avant l'arrivée de sa cible. Il connaissait Dalarisse et savait qu'il viendrait s'occuper de sa monture.

Un nuage dissimula la lune. Il se précipita vers le bâtiment et y pénétra.

Les écuries des Radenks étaient constituées d'une grande et longue allée avec des box de chaque côté. Günlbert repéra la monture de Dalarisse aux multiples poches de la selle posée sur la barrière à côté du cheval noir.

Il analysa chaque recoin des écuries et après avoir posé le problème, prit la décision d'abattre Dalarisse à distance avec sa sarbacane. Le poison minutieusement appliqué à la pointe de celle-ci ne lui laisserait aucune chance.

Günlbert parcourut ensuite l'établissement et s'exerça à retenir les bruits spécifiques des ouvertures de chaque porte de box, les bruits propres à chaque zone du sol, ceux des mouvements de pression sur telle ou telle barrière. Il s'efforça de les mémoriser tous afin de savoir où serait sa proie sans devoir l'observer directement.

Il sélectionna enfin plusieurs box où il pourrait se dissimuler et estima les différents angles de tir avec l'expertise du vétéran qu'il était. Il devait être assez éloigné de celui de Dalarisse, mais suffisamment proche pour être sûr de ne pas louper sa cible. Le box devait de préférence être vide afin d'éviter que sa présence ne soit dévoilée par un équidé peu enclin à partager sa demeure.

Il trouva le box correspondant à tous ses besoins et y pénétra. Il ne contenait qu'un imposant tas de paille, mais le vieux Corbeau prit néanmoins le soin de se couvrir d'excréments afin de ne pas rendre nerveux les occupants des autres box de l'écurie par son odeur. Il s'installa dans une position où il pourrait rester immobile et sans gêne, le dos contre la paroi, la sarbacane prête à tirer.

Dalarisse. Cela faisait si longtemps... Il savait le Prince des Corbeaux meilleur que lui, il l'avait toujours été. Ombre-Mort avait ce don de sentir les choses, il devinerait le danger, mais il serait trop proche de son box quand cela arrivera. Il saura réagir, bien sûr, mais nul n'était plus rapide que Günlbert à la sarbacane. En pénétrant dans ce bâtiment, même sur ses gardes, Dalarisse avait peu de chance de remporter l'affrontement.

Le vieux Corbeau repassa toutes les possibilités dans sa tête, mais il ne trouva aucune issue pour sa proie. Il reprit alors le cheminement intellectuel qu'on lui avait appris en imaginant tous les évènements imprévus et comment il pouvait y faire face. Il imagina toutes les cachettes possibles, mais quand bien même Dalarisse aurait prévu de se cacher, quel que soit le box choisi, Günlbert avait dans son long manteau de Corbeau de quoi le faire sortir. Il n'y avait pas un endroit des écuries pouvant constituer un abri sûr pour Dalarisse... Si, il y en avait un... Günlbert tressaillit.

Le tas de paille, dans son box, bougea. Ombre-Mort se redressa, braquant sur lui son arbalète de poing reconnaissable à sa fine crosse en ivoire.

— Pose tes armes avec des gestes lents et visibles.

Le cœur de Günlbert s'arrêta l'espace d'un battement. Il sourit.

— Toujours pas décidé à mourir, hum ?

— Pas encore. Pose tes armes, Günlbert.

Le Corbeau s'exécuta lentement en montrant chacun de ses mouvements. Il jeta ensuite son équipement aux pieds de Dalarisse.

— Comment as-tu fait ?

— La Précieuse qui vous a indiqué ma présence s'est soudainement montrée coopérative. Je me suis ensuite imaginé à ta place et me suis enfoui sous ce tas de paille.

Günlbert, désormais sans équipement, se laissa aller contre la paroi du box.

— Évidemment. Un groupe de jeunes Corbeaux est également après toi.

— Nous nous sommes croisés dans les couloirs du château.

Le vieux Corbeau gloussa puis se tourna vers lui.

— Qu'as-tu fait depuis tout ce temps ?

Dalarisse conserva la pointe de son arbalète vers son interlocuteur, mais s'adossa également.

— J'ai tué. Et toi ?

Günlbert haussa les sourcils.

— Je me suis marié, six ans après Andarrian. Une belle femme, Dalarisse, attentionnée et gentille, avec une longue tresse blonde qui descend dans son dos (Le vieux Corbeau laissa son regard se perdre un instant.) Elle m'a donné trois jolies filles.

Le Prince des Corbeaux sortit sa flasque et l'ouvrit d'une seule main. Il but une gorgée et la lança à son interlocuteur qui s'en saisit.

— Es-tu heureux ?

— Non. (Günlbert but également et remercia son propriétaire d'un hochement de tête.) C'est un alcool de qualité.

— Il vient d'un marchand itinérant du royaume de Tradoajh.

— Tu le féliciteras pour moi. (Il soupira.) Non, mais ma famille m'offre parfois quelques moments de bonheur. Le Grand Roi m'a donné de quoi m'offrir une maison proche de Tiem et suffisamment d'argent pour ne jamais devoir travailler. J'ai presque réussi à devenir un honnête propriétaire, Dalarisse, mais... on ne deviendra jamais comme ces gens-là. Au bout de quelque temps, j'ai recommencé à remplir quelques contrats sans que ma famille le sache. Je prétendais aller voir d'anciennes connaissances. Pour cette fois-ci, au moins, je n'ai pas menti.

— Pourquoi être venu ?

— Je voulais te revoir. J'ai vu le contrat sur toi, je suis venu sans réfléchir.

Les deux hommes restèrent en silence quelques minutes à profiter de la présence l'un de l'autre. Dalarisse finit par capter le regard de l'homme qui lui faisait face.

— Si je détournais la tête une poignée de seconde, partirais-tu directement rejoindre ta famille ?

— Tu sais bien que non. Quel sens pourrait bien avoir ma vie si je cessais d'être un Corbeau ? J'irais me cacher dans les bois et je reviendrais pour te tuer avec un meilleur plan.

Dalarisse acquiesça.

— Alors, sache que je regrette de devoir te tuer.

— Tes regrets me font honneur. Sache que je ne souhaiterais pas qu'un autre que toi m'offre la mort. (Günlbert porta à nouveau la flasque à ses lèvres. Il resta pensif de longs instants.) Je me rappelle souvent la salle du trône d'Andarrian et ce que nous a dit le roi Solodan, le dernier jour. S'il y avait un moment que j'aimerais revivre, c'est celui-là… et peut-être mon arrivée dans cette foutue écurie. (Dalarisse lui rendit brièvement son sourire.) Je me rappelle précisément ses paroles… j'aurais préféré ne jamais l'entendre.

Ombre-Mort hocha la tête.

— Elle disait de lui qu'il était comme un cruel miroir pour les autres, que sa présence nous plaçait face à nos propres défauts et qu'au lieu de nous apporter la honte, son regard nous poussait à les affronter.

Après quelques instants de réflexion, Günlbert se remit à boire.

— Au moins il est agréable de boire, sachant qu'il n'y aura pas de lendemain où sa propre tête cherchera à se faire justice. (Il perdit lentement son regard dans le vide.) Je suis désolé, Dalarisse...

— Je ne doute pas de ta sincérité.

Günlbert vida le contenu de la flasque dans son gosier et la posa à côté de lui.

— C'était une autre époque, pas vrai ?

— C'était une autre époque.

— Je n'aurais pas imaginé que cela finirait au fond d'un box avec toi, mais peu importe où cela finit, pourvu que ça finisse... J'ai creusé un trou à la lisière du bois, à deux cents mètres d'ici, je te voyais dedans plutôt que moi, mais il fera l'affaire.

— Je te remercie pour l'indication.

Les yeux de Günlbert se tournèrent lentement vers Dalarisse.

— Si les hommes pieux avaient raison sur l'après-vie, tu penses que j'ai une chance d'échapper au feu et à la douleur, et de me reposer dans l'herbe verte des prairies éternelles ?

— Aucune.

Günlbert hocha lentement la tête.

— C'est ce que je pensais également.

— L'herbe est verte sur les collines proches de Tiem.

— Ombre-Mort refuserait-il de tuer ?

— Tu n'es pas mon ennemi.

— Non, mais si tu ne me tues pas, je te tue. Ainsi sont les choses.

Ombre-Mort tendit son bras armé.

— Dalarisse...

— Oui ?

Günlbert prit une profonde inspiration.

— Non, rien.

Le Prince des Corbeaux tira et transperça la gorge de sa victime. Günlbert mourut en quelques secondes. Il rassembla ensuite l'équipement du Corbeau, transporta son corps à la lisière de la forêt et le déposa dans le trou qui s'y trouvait. Il le reboucha et ne laissa aucun signe distinctif sur la tombe avant de regagner le château.

CHAPITRE 19

Torlen arriva en face de la chambre de Varlin. Il échangea un bref hochement de tête avec le garde royal qui surveillait l'entrée et frappa énergiquement à la porte. Il dut s'y reprendre à deux fois avant que la faible lueur d'une bougie n'apparaisse par-dessous. Varlin ouvrit, vêtu d'une simple tunique de nuit, un bougeoir à la main, et dut plisser les yeux pour reconnaître son visiteur.

— Il est très tard ou très tôt, jeune Torlen. Que veux-tu ?

— On doit parler.

— Non : tu dois parler, moi je dois dormir.

— J'ai des questions, je veux des réponses et je ne veux pas attendre.

— Qu'aurai-je en échange ?

Torlen tapa violemment du poing sur la porte. Le garde eut un sursaut, mais Varlin resta impassible.

— En échange ? Tu auras ce que le roi jugera bon de te donner ! Dois-je te rappeler ton allégeance ?

— Je n'obéis qu'à mon roi et je ne le vois nulle part ici.

Varlin claqua la porte. Torlen dut lutter de toutes ses forces pour contrôler la colère qui montait en lui. Il finit par inspirer profondément :

— J'ai des informations sur ce que l'on a trouvé dans ta demeure.

La porte s'ouvrit de nouveau et le sourire froid du vieux Corbeau accueillit cette fois-ci Torlen.

—Voilà qui est plus raisonnable. Tu peux entrer et nous parlerons, mais maîtrise tes émotions. Sache qu'il y a de nombreux objets dans cette pièce avec lesquels je pourrais te tuer.

Torlen haussa les épaules effrontément en entrant, mais au fond de lui, ces mots avaient refroidi sa colère. Ils refermèrent la porte et s'installèrent dans le salon.

—Je veux savoir qui est Ombre-Mort.

—C'est une requête dangereuse que tu fais là. Certains ont déjà regretté de connaître ces informations.

—Pourquoi cela ?

Varlin se pencha en souriant.

—Parce qu'ils ne dorment plus comme avant.

—Cessez donc, cela ne m'impressionne pas. Je veux savoir qui est l'ennemi de mon roi.

—Ombre-Mort est le nom donné à un Corbeau qui s'appelle Dalarisse. Que sais-tu des Corbeaux ?

—Ce sont des assassins au service du roi du Tiemric.

—Il existe beaucoup d'assassins dans les Huit Royaumes, mais les Corbeaux sont à part, jeune homme. (Torlen allait répliquer, mais Varlin enchaîna.) Ils furent créés il y a deux cents ans et disparurent à l'époque du grand-père de notre roi. Le Grand Roi relança l'ordre des Corbeaux quand il accéda au trône, Dalarisse et moi appartenons à cette nouvelle génération.

Torlen hocha la tête.

—Je me suis rendu sur l'autel des Corbeaux et j'ai vu que ce Dalarisse était appelé Prince des Corbeaux. Qu'est-ce ?

—Comment as-tu pu accéder à cet autel ?

—Tu me sous-estimes...

—Peut-être... Le Prince des Corbeaux est désigné par ses pairs et par le roi comme étant le meilleur des Corbeaux. Dalarisse est le Prince de notre génération et sans aucun doute de celles qui ont suivi, au vu de ce que les Corbeaux sont devenus aujourd'hui...

— Pourquoi l'appelle-t-on Ombre-Mort ? Est-ce un titre honorifique chez les Corbeaux ?

— Parle-moi d'abord de vos recherches chez moi.

Torlen se renfrogna.

— Nous avons tout embarqué et tout analysé. Il manque un petit livre noir qui nous aurait été dérobé, apparemment par un garde. Ces objets sont précieux, paraît-il. Sirmund met tout en œuvre pour le retrouver. Qu'est-ce que c'est ?

— Les livres noirs... chaque Corbeau en possède un. Ils notent leurs missions dedans. Ces livres sont transmis à l'Ordre après notre mort. Que deviendra ma demeure ?

— Elle sera vendue au marchand d'épices qui était ton voisin afin qu'il s'agrandisse. Ombre-Mort !...

Varlin acquiesça.

— Ce titre n'existe que pour lui. Dalarisse a appris plus vite et mieux que les autres Corbeaux de sa génération. Il était également beaucoup plus doué. Il arrivait dans une région des Huit Royaumes, mémorisait la liste des cibles à éliminer et les tuait toutes. Puis, il allait dans une autre région et ainsi de suite pendant plusieurs années. Le bilan de ses victimes est incalculable, des gens mourraient partout, de mort parfois si bien maquillée qu'on ne pouvait savoir s'il s'agissait d'un accident. Durant cette période, quand nous apprenions le décès d'une personne influente, nous ne pouvions dire si elle lui incombait ou non. Les morts les plus naturelles devenaient douteuses. Il nous arrivait parfois d'être sur une mission et de nous rendre compte que nous arrivions trop tard. Sa légende est née à cette époque. Tu dois connaître cette histoire, sur la mort qui rôde parmi nous et emmène nos âmes où elle le désire... une dame noire avec une faux, visible uniquement par ses victimes quelques instants avant leurs trépas. (Torlen hocha la tête, impatient.) Une légende a commencé à se répandre sur le fait que la mort avait trouvé en Dalarisse un allié précieux dans sa tâche et qu'elle le suivait partout. Ils arrivaient quelque part, il tuait et elle emportait les âmes. Ombre-Mort, dans l'ombre de la mort, tous deux inséparables... Quoi qu'il en soit, il est directement responsable de la mort de plus d'une centaine de personnes. Repasse ce nombre dans ta tête, jeune homme, car il a de quoi t'impressionner. Si le règne du Grand Roi est le plus prospère que le Tiemric et les Huit Royaumes aient connu, c'est en partie parce que tous ses problèmes, même infimes, ont été éliminés un à un. Que compte faire Karl contre lui ?

Torlen ne sembla pas entendre la question. Il ressassait les paroles du Corbeau.

— Jeune homme ?

— Le Grand Roi... Il sait où il est. Il a envoyé des Corbeaux et une troupe de soldats.

— Et s'il parvenait néanmoins à atteindre Tiem ?

— Je... Le Grand Roi a triplé les effectifs de la garde royale, chaque endroit du palais est étroitement surveillé (Torlen se releva.) Je te remercie pour tes informations, vieil homme. Cet Ombre-Mort est certes un adversaire de taille, mais il sera vaincu, comme tous ceux qui se sont opposés au Grand Roi.

Le jeune homme n'attendit pas de réponse et repartit dans le couloir.

CHAPITRE 20

I l est sorti une bonne partie de la nuit. Je l'ai vu se rendre aux écuries alors que j'allais dormir. Les gardes ont confirmé son arrivée dans la chambre quelques heures après. Il semble affecté, mais je ne sais pas encore pourquoi. La nuit d'avant, il n'était pas dans sa chambre, un lien existe peut-être avec les bruits suspicieux que certains ont entendus après le dîner. Il est rentré à l'aube pour ne dormir que quelques heures. Hadaron a été contraint de s'entraîner tout seul.

Wilfreid Wolshein s'enfonça dans son siège, satisfait des nouvelles qu'il apportait. La comtesse réfléchit un instant.

— Nous devons lui demander des explications sur ses agissements.

— Rien ne me ferait plus plaisir.

— Je vais l'interroger. Dites à Jerna de prévenir Maître Delarma que je le verrai ce soir.

Son frère ne bougea pas.

— Un problème subsiste, Katerine.

— Qui est ?

— Hadaron. Il est attaché à son nouveau maître d'armes, bien plus qu'il ne l'était avec Gélon. Il est à un âge où beaucoup de mauvaises décisions peuvent être prises. Je pense qu'il faut d'abord le retourner contre ce Delarma avant de l'attaquer directement. J'ai une idée pour cela.

Katerine de Radenks inclina la tête.

— Continuez.

— Je peux m'appuyer sur la rumeur de coucherie avec Jerna et en user pour insinuer qu'il tente de vous courtiser. Tout le monde a entendu parler de la tour d'observation, Katerine. Je saurai tromper Hadaron sur ce sujet et l'influencer dans le sens que nous voulons. Vous connaissez ma maîtrise dans ce domaine.

— En effet, mon frère. (La comtesse réfléchit.) Cela me paraît une bonne idée, cependant il vous faut agir vite, Hadaron doit adhérer à notre cause avant que je m'entretienne avec Monsieur Delarma. N'hésitez pas à forcer le trait. Je pourrais ainsi renvoyer ce maître d'armes sans faire de vagues. Tout le monde associera ma décision aux rumeurs sur son comportement.

Wilfried confirma.

— Delarma a reporté son entraînement à cet après-midi. Hadaron est à l'étude ce matin, je vais le rejoindre de manière «fortuite». Il aura changé d'opinion en temps voulu.

*

Après le déjeuner, Hadaron se précipita pour changer de tenue et rejoindre la cour d'un pas vif. Dalarisse l'attendait pour leur séance quotidienne.

Le jeune homme dégaina son épée et se mit aussitôt en garde. Son maître d'armes le regarda quelques instants sans bouger puis fit de même.

Hadaron engagea le combat. Il ne retint pas ses coups et accéléra même ses mouvements. Dalarisse parait les attaques et esquivait sans réagir, son esprit semblant ailleurs, ce qui augmenta l'agressivité des attaques du jeune homme.

Le fils du comte finit par s'arrêter et recula de deux pas.

— Vous ne parlez pas, aujourd'hui ?

— La nuit fut désagréable.

— Vous dormez pourtant avec Jerna.

Dalarisse ne répondit pas et se remit en garde, accentuant le ressentiment d'Hadaron. Ce dernier repartit à l'attaque en déversant une partie de cette colère dans la puissance de ses coups. Le maître d'armes para avec plus de fermeté.

— N'ai-je pas raison ?

— Nous partageons la même chambre, je ne dors pas avec et ce ne sont pas tes affaires. Contrôle tes gestes. À vouloir mettre trop de force, tes coups deviennent prévisibles et aisément esquivables.

À ces mots, Hadaron redoubla de violence.

— Cela devient mes affaires quand vous courtisez ma mère en l'absence de mon père !

Dalarisse esquiva une attaque en reculant pour mettre fin à l'échange.

— D'où viennent ces informations ?

— De tout le monde ! (Hadaron repartit à l'affrontement.) Tout le monde le sait, vous humiliez mon père et moi avec !

— Penses-tu que la comtesse permettrait une telle chose ?

— Ce que je pense ? Vous allez et venez comme vous voulez, vous annulez des séances et vous passez vos nuits je ne sais où ! Je vous ai fait confiance !

Dalarisse para habilement une attaque particulièrement dangereuse et fouetta la tempe d'Hadaron du plat de sa lame. Il tomba au sol et se tint l'oreille en gémissant. Son maître d'armes s'éloigna de quelques pas et parla fort, couvrant le bourdonnement qui s'insinuait dans son crâne :

— Une des vertus attendues d'un seigneur est de se placer au-dessus des on-dit.

— Vous n'avez pas le droit !

Hadaron se jeta avec rage sur lui. Le maître d'armes contra son attaque et le jeune homme sentit la lame froide d'un poignard contre sa gorge.

Il arrêta son mouvement au contact glacé du métal sur sa peau, mais la fureur continuait de brûler dans ses yeux. Dalarisse croisa son regard et le fixa. Son visage prit soudainement une expression étrange et le calme habituel laissa la place à la stupeur.

Le jeune homme hésita. Il n'avait jamais vu d'émotion si forte chez son maître. En réalité, il ne l'avait jamais vu exprimer quoi que ce soit. Il recula lentement, jetant un coup d'œil nerveux au poignard que l'homme tenait fermement.

Dalarisse continua de le dévisager. Sa respiration était plus lourde et son visage trahissait une vive agitation. Il lâcha son épée, rengaina son poignard et se retourna en direction du château.

—L'entraînement est terminé.

*

Dalarisse traversa d'un pas rapide le couloir menant au bureau de la comtesse. Une servante positionnée au niveau de la porte le repéra et se précipita pour prévenir sa maîtresse. Elle revint ensuite sur le seuil.

—La comtesse et vous n'avez rendez-vous que ce soir...

—Dehors.

—Mais...

—Maintenant.

La servante gémit, mais s'exécuta face au regard glacial du maître d'armes. Il ferma la porte et se dirigea vers le bureau de la comtesse qui leva les yeux de ses parchemins, une expression mêlée de curiosité et d'indignation sur le visage.

—Je dois vous parler.

Katerine de Radenks sourit froidement en désignant le siège en face d'elle.

—Faites.

—Sans la personne qui se cache derrière ces rideaux.

Le sourire de la comtesse se teinta d'une touche de sincérité. Elle tourna la tête vers l'endroit indiqué.

— Laissez-nous, Wilfried.

Le noble sortit de sa cachette et quitta la pièce sans un regard.

— Nous sommes seuls, désormais.

Elle indiqua à nouveau le siège, mais Dalarisse ne bougea pas.

— Est-ce vous qui avez mis au monde Hadaron ?

Katerine resta interdite, sans feindre d'expression. Le maître d'armes attendit, immobile, qu'elle se reprenne.

— Cette question est déplacée.

— Mais je la pose et je ne quitterai pas ce bureau sans réponse.

— Est-ce là une menace ?

— Oui.

La comtesse s'esclaffa faussement et fixa le maître d'armes. Celui-ci ne cilla toujours pas. Le sourire de la noble disparut ainsi que l'éclat faussement accueillant de son regard.

— Alors, concluons un marché ! Éclairez-moi sur vos activités nocturnes et je répondrai à votre question.

— Mes activités nocturnes ?

— Vous vous êtes absenté à plusieurs reprises, Edôme a même dû vous ramener depuis les bois alentour. Qu'avez-vous fait ?

— J'ai tué ceux qui sont venus s'en prendre à moi.

Katerine soutint son regard.

— Je n'en crois rien. Je vous ai fait confiance et j'ai eu tort, Monsieur Delarma. Désormais vous n'êtes plus le maître d'armes du château. Par respect pour mon mari, le comte, je vous autorise à demeurer dans ces murs, mais vous n'êtes plus convié aux repas ni à quelque activité que ce soit. Le comte arrive dans quelques jours, il prendra les mesures nécessaires à votre égard. Vous pouvez disposer.

— Pas avant d'avoir ma réponse.

La comtesse soupira théâtralement, mais la nervosité effleura un instant les traits de son visage.

—Hadaron est le fils d'une femme que le comte a connue avant moi. Elle est morte peu de temps après l'avoir mis au monde. Je l'ai naturellement accueilli dans la famille et le considère comme mon propre fils.

—Je vous remercie.

Dalarisse quitta la pièce, accompagné jusqu'à la porte par le regard perplexe de la maîtresse des lieux.

CHAPITRE 21

Les jours suivants furent en proie à de nombreuses rumeurs. Dalarisse ne sortait pas de sa chambre, laissant Jerna lui apporter sa nourriture. Les nobles du château restèrent discrets sur le sujet et agirent peu à peu comme si Dalarisse n'existait plus. Tous savaient que l'arrivée du comte remettrait les choses dans l'ordre.

Hadaron continua à s'entraîner tous les jours. Il passa également quelques heures à s'exercer à l'épée avec les gardes de la milice. Les habitants du château commençaient à percevoir le changement de comportement chez le jeune homme et louaient sa maturité naissante qui le conduisait sur le chemin de son père.

Les préparatifs pour l'arrivée du maître des lieux s'engagèrent deux jours avant, et Dalarisse fut complètement oublié, excepté par le jeune Hadaron qui guettait régulièrement la fenêtre de sa chambre. La veille de l'arrivée du comte, il partit courir dans les bois alentour pour se vider la tête. Il avait pris conscience des bienfaits de cet exercice et éprouvait désormais des difficultés à s'en passer.

Il s'arrêta au bord de la rivière pour se désaltérer. Le jeune homme venait souvent à ce point d'eau, car il était accessible, et l'herbe grasse qui bordait la rivière invitait au repos. Il s'étendit de tout son long et laissa le vent léger et froid caresser ses gouttes de sueur.

Le sentiment d'être observé le saisit soudainement. Il releva la tête. Dalarisse était assis contre un arbre, un livre noir posé sur une pierre devant lui. Hadaron sursauta et prit un instant pour se remettre de sa surprise. Il se releva alors et vint s'asseoir, non sans hésitation, en face de son ancien instructeur.

—Je croyais que vous ne sortiez pas de votre chambre.

Dalarisse se contenta de lui jeter un bref coup d'œil en guise de réponse. Les questions se bousculèrent dans la tête du jeune homme, mais il ne trouva pas le courage de les poser. Ils restèrent longtemps assis face à face sans échanger un mot.

Le fils du comte finit par prendre la parole en remarquant le poignard planté à côté de Dalarisse.

—Quand vous l'avez mis sous ma gorge, j'ai cru que c'était celui entreposé dans la pièce d'armes de mon père, mais je suis allé vérifier : il n'a pas bougé de sa vitrine. D'où provient celui-ci ?

—Il est mien depuis l'âge de cinq ans.

—Et celui de mon père ?

—Il appartenait à un compagnon. Je l'ai confié au comte il y a une vingtaine d'années de cela.

Hadaron hoche lentement la tête.

—Qui êtes-vous ?

—La réponse à cette question se trouve dans le livre devant toi.

Le jeune homme baissa les yeux.

—C'est vous qui l'avez écrit ?

—Oui.

—Et si je refuse de le lire ?

—Tu ne refuseras pas.

Le fils du comte haussa les épaules puis s'attarda sur le cuir fin et teinté de noir de la couverture. De toute évidence, ce n'était pas un recueil anodin comme il en avait tant vu dans les bibliothèques ; il émanait de ce livre comme une aura. Dalarisse avait raison, il désirait ardemment voir ce que cachait cette inquiétante couverture. Il jeta un coup d'œil à son propriétaire. Ce dernier s'était adossé au tronc dans une position suffisamment confortable pour rester là toute la nuit sans bouger. Hadaron se saisit du livre.

Il fit tourner les nombreuses pages entre ses doigts. Le papier était vieilli et abîmé par endroits, mais néanmoins de bonne qualité. Le contenu semblait intense : des dizaines et des dizaines de pages remplies à ras bord. Une rédaction qui n'avait pas bénéficié du confort d'un bureau. C'était un livre qui voyageait.

Ces pensées finirent de charmer le jeune homme. Il l'ouvrit à la première page et vit écrit : « Prince des Corbeaux ». L'écriture était à la fois très appliquée, avec des lettres à l'ancienne où chaque extrémité se terminait en courbe, mais également très brouillonne dans l'espacement entre les mots. C'était en apparence l'écriture d'un jeune enfant en apprentissage. Hadaron releva la tête. L'homme qui avait les yeux fermés en face de lui n'était pas un jeune enfant, mais n'avait pas non plus reçu l'éducation d'un noble en matière d'écriture. Cela pouvait lui correspondre.

Il tourna la page suivante et lut : « Je me nomme Dalarisse Delarma. Ce livre est ma possession et celle du Grand Roi Karl. »

Hadaron plongea dans le récit.

DEUXIÈME PARTIE

CHAPITRE 22

Dalarisse entrait dans sa dix-neuvième année quand son maître l'embarqua vers l'Andarrian, au cœur d'une période particulièrement agitée pour le continent.

Les tensions diplomatiques entre les Huit Royaumes s'étaient considérablement accrues au cours des dernières années. Karl, roi du Tiemric, avait marché à la tête de ses armées sur les royaumes mineurs de Bolurigh et d'Aultraia pour les intégrer au Tiemric.

Les guerres étaient monnaie courante depuis plusieurs siècles entre les royaumes établis, mais jamais encore l'un des Huit n'avait bousculé ainsi les choses en une si courte période. Les cinq autres royaumes s'inquiétaient fortement des agissements de celui que les siens nommaient déjà « le Grand Roi ». Tous s'accordaient désormais à confirmer que son ambition affichée au début de son règne, consistant à fonder un Empire dominant les Huit Royaumes et dirigé par Tiem, devenait une menace bien réelle.

Certains se préparaient à la guerre, comme les royaumes de Tradoajh ou de Varssyen, d'autres ouvraient des négociations afin de clarifier la situation. Ce fut le cas du puissant et respecté royaume d'Andarrian, le seul royaume pouvant rivaliser à long terme avec le Tiemric. Plus grands, plus peuplés et plus riches que les autres royaumes, ils étaient les deux grandes puissances du continent et maintenaient par leur opposition un équilibre fragile depuis des siècles. Tout le monde attendait donc que l'Andarrian mette un terme à la guerre qui risquait de s'étendre à tous.

Une imposante délégation Andarriane était venue à Tiem rencontrer le Grand Roi. Les discussions avaient été longues et houleuses, mais des accords avaient été conclus. Le Tiemric avait accepté de stopper l'avancée de ses armées et même d'entamer un retrait sur plusieurs zones frontalières. L'heure était désormais à l'apaisement, alors que Bolurigh et Aultraia entreprenaient des négociations avec l'occupant.

Maître Kester vint chercher Dalarisse au terme de l'une de ses missions à l'ouest de Tradoajh. Ils partirent aussitôt vers l'Andarrian et chevauchèrent plusieurs jours à un rythme soutenu. Ils arrivèrent ainsi, dans les temps, en vue d'un feu de camp au milieu d'une forêt sauvage. Son maître fit alors mettre pied à terre à Dalarisse afin d'approcher discrètement les hommes réunis devant eux.

Ils s'accroupirent non loin et Kester lui montra le camp du doigt.

— Le jeune homme, âgé d'une trentaine d'années, sur la gauche, est un Corbeau, et non des moindres. Ce serait lui le Prince des Corbeaux si tu n'existais pas. Son nom est Varlin. (Dalarisse l'observa. L'homme affichait un calme naturel, presque désinvolte, semblant ne point se soucier de son environnement. Une apparence trompeuse, parfaitement maîtrisée. Dalarisse apprécia cela.) Les deux autres à ses côtés sont également des Corbeaux, Günlbert et Lukasse. (Les yeux du jeune assassin se posèrent sur les deux hommes de son âge qui conservaient le silence dans une attitude bien plus tendue.) Quant aux trois nobles qui tiennent palabre, celui qui est âgé et plein de graisse est l'ambassadeur Hässmun, un fidèle ami de notre roi. Les deux autres sont des officiers de ton âge, tous deux issus de familles bourgeoises ambitieuses : Romolde Gottensolf et Frédérick de Radenks. (Le regard de Dalarisse glissa lentement sur eux, mais vint se poser avec intérêt sur la dernière personne présente. Il s'agissait d'un homme d'une cinquantaine d'années, petit et chétif, avec de grands yeux et un visage allongé rappelant celui d'un vautour. Il était vêtu tel un roturier, mais l'attitude des autres indiquait qu'il présidait cette petite assemblée. De toute évidence, sa patience s'effritait. Dalarisse devina que son maître et lui étaient attendus.) Cet homme se nomme Sirmund. Il est le plus proche conseiller du Grand Roi et celui qui a rédigé nombre de tes missions.

Le maître assassin se releva et se dirigea vers le camp, Dalarisse sur ses pas.

Ils vinrent s'asseoir sous le regard inquisiteur des autres. Sirmund ne leur jeta pas un regard et laissa le silence marquer leur entrée avant de parler.

—Pour ceux qui l'ignorent encore, voici le Corbeau Kester, maître dans sa profession, et l'un de ses élèves, Dalarisse, que certains connaissent sous l'appellation d'Ombre-Mort. Vous connaissez sa réputation. Sachez qu'elle est entièrement justifiée.

Les trois corbeaux le saluèrent respectueusement en inclinant la tête. Les autres le regardèrent avec attention.

Sirmund attendit que les nouveaux venus s'installent et reprit :

—Vous n'êtes pas sans savoir que le Grand Roi a conclu un accord avec Solodan, le roi Andarrian. Dans cet accord, il est notamment stipulé que les liens entre nos deux royaumes doivent être consolidés. C'est la raison pour laquelle de nombreux Andarrians viennent souiller le sol de notre palais royal et pourquoi vous allez séjourner pour une durée indéterminée à Sénam, capitale de l'Andarrian. Vous accompagnerez l'ambassadeur Hässmun, vous deux (il désigna les jeunes bourgeois) en tant que représentants de la noblesse du Tiem et vous autres (il s'adressa aux Corbeaux) en tant que serviteurs et modestes compagnons des nobles.

Les Corbeaux acquiescèrent, mais Romolde Gottensolf fronça les sourcils.

—Nous pourrons aisément remplir notre rôle, car c'est notre réelle fonction, mais des assassins professionnels en serviteurs... pourquoi ne pas prendre des espions ?

—Parce que le Grand Roi en a décidé ainsi. Vous l'ignorez, mais ces assassins possèdent un vaste panel de compétences autres que celle de faire couler le sang. Votre mission à vous deux est simple : sympathiser avec les Andarrians, participer aux festivités, représenter le Tiemric avec amabilité et respect… vous saurez comment faire. Vous autres, Corbeaux, arrangez-vous pour tout apprendre sur cet endroit. Il vous faut comprendre ce palais, son organisation, son fonctionnement et ses plans sans vous faire remarquer. Le Grand Roi vous donnera des consignes plus précises en temps voulu.

Sirmund se tut aussi soudainement qu'il avait pris la parole, et ce fut suffisant pour que tous comprennent que cette réunion était terminée. L'ambassadeur échangea quelques mots avec les deux jeunes bourgeois et ils s'endormirent en même temps que Günlbert et Lukasse. Kester s'approcha de Sirmund pour parler en privé, laissant Dalarisse et Varlin seuls à contempler le feu. Le plus âgé des deux vint s'asseoir à côté de l'autre.

—Tu es jeune.

—Et meilleur que toi.

La réponse fusa. L'arrogance se reflétait dans les yeux du Prince des Corbeaux. Varlin hocha la tête.

—C'est un fait et je l'ai accepté, bien que la chose me fût peu aisée. La rivalité entre nous reste indéniable et je souhaite qu'elle n'apporte que du positif sur cette mission. Quoi qu'il en soit, je pense que cette situation fera qu'un jour l'un de nous mourra à cause de l'autre.

—Cela me convient.

—Également.

Un léger sourire vint éclairer le visage de Dalarisse. Cette première passe d'armes, presque indispensable, confirma sa première impression positive sur cet homme. Varlin reprit sur le ton de la conversation :

—Tu as déjà été à Sénam ?

—Non.

—J'ai fait une longue mission là-bas, je peux t'en parler.

—Cela m'intéresse.

Le plus âgé des deux Corbeaux hocha la tête et réfléchit un instant pour choisir par où et comment commencer.

—Un ménestrel a dit un jour «les mots seuls ne sauraient décrire Sénam sans une musique pour les porter, car Sénam ne marque pas les esprits, elle les fait danser, voler et virevolter». C'est effectivement une ville à part dans un royaume à part. (Varlin hésita à nouveau.) Tu découvriras rapidement, en le parcourant, à quel point ce royaume diffère du nôtre. Néanmoins, pour pouvoir évoluer parmi sa population, il te faut connaître certains fondamentaux de leur société. Tous les enfants Andarrians, quels qu'ils soient, sont confiés aux écoles royales à l'âge de cinq ans afin de recevoir la même éducation. À l'âge de dix ans, ils doivent choisir leur voie : soldat, cordonnier, pêcheur, boulanger, bibliothécaire, chaque enfant a le droit d'accéder à n'importe quel apprentissage tant que des places sont disponibles. Qu'il soit fils de bourgeois ou de roturier, aucun n'est théoriquement oublié par le roi.

—Qu'en est-il de la noblesse ?

—Les Andarrians ne naissent pas nobles. Le roi anoblit ses sujets selon leurs actes à chaque génération. C'est ainsi qu'un fils de noble peut devenir un roturier et un fils de roturier, noble. Le roi offre également des bourses et des parcelles de terre même aux plus humbles, afin de maintenir un équilibre entre les professions et attirer vers les métiers moins reluisants. Ce système a ses avantages. Les Andarrians se battent pour obtenir ce qu'ils veulent, c'est dans leur nature, ils sont ainsi tous incorporés à la société. Bien entendu, certains tentent d'influencer l'avenir de leurs enfants et de s'assurer une certaine position, parfois avec succès, mais dans l'ensemble, cela fonctionne.

—S'il en est ainsi, la noblesse ne peut monter en puissance.

— C'est l'une des conséquences, oui. Les nobles Andarrians n'ont pas la puissance économique ni l'influence de ceux de Tiem à travers les Huit Royaumes. La dévotion du peuple envers l'Andarrian et la famille royale empêche les citoyens de se mettre réellement à leur propre compte aux dépens de la royauté. Il n'existe pas en Andarrian de commerçants ou d'artisans, nobles ou non, capables de rivaliser d'influence avec les plus grands, tels qu'on en trouve dans le Tiemric ou en Tradoajh.

Dalarisse assimilait les informations.

— Parle-moi de cette royauté au centre de tout.

— Il s'agit d'une famille très vaste, suffisamment pour que certaines unions aient parfois lieu en son sein. Ils sont à la tête de toutes les institutions et bénéficient d'un statut à part en termes d'éducation et de droit. Depuis que cette famille libéra le peuple et fonda ce royaume, elle règne dessus sans partage, distribuant les richesses et appliquant ses lois. On pourrait penser que cette disparité nourrit quelques ressentiments parmi le peuple ou la noblesse envers cette famille au traitement particulier, mais il n'en est rien. L'amour et le respect du peuple pour la famille royale Andarriane sont sans pareils dans les Huit Royaumes. Le roi Solodan est d'ailleurs particulièrement apprécié. Ne parle pas de lui en mal à un Andarrian si tu ne veux pas déclencher une crise diplomatique.

Dalarisse acquiesça.

— Tu sais beaucoup de choses.

Varlin sourit.

— Ces sujets m'intéressent… Par ailleurs, cette connaissance s'avère régulièrement utile en mission.

— Je veux apprendre cela de toi.

Sur ces mots, Dalarisse s'allongea pour dormir. Son interlocuteur resta un moment immobile, puis fit de même. Cette première conversation entre les deux Corbeaux était terminée.

*

Le soleil ne pointait pas encore dans le ciel quand le groupe se réveilla le lendemain. Sirmund était reparti durant la nuit et ce fut l'ambassadeur Hässmun qui prit le commandement. Ils rejoignirent à cheval une luxueuse voiture dissimulée à travers les arbres, que gardaient trois véritables serviteurs de l'ambassadeur, puis se mirent en marche en direction de Sénam.

Le voyage dura cinq jours. Les Corbeaux chevauchaient les uns à côté des autres sans pour autant converser. Leur vie leur imposait une solitude quasi totale et le fait de se côtoyer ainsi en voyageant leur procurait à tous un sentiment d'appartenance qu'ils ne pouvaient ressentir que très rarement. Les autres Tiemrins voyaient bien cela et se gardaient de venir troubler cette étrange réunion de tueurs.

Au fur et à mesure de leur avancée, ils rencontrèrent de plus en plus de voyageurs sur la route, et nombreux furent ceux qui ne manifestèrent que du mépris à la vue de l'emblème du Tiemric.

La caravane de l'ambassadeur s'appliqua à ignorer ces quelques provocations et atteignit la capitale d'Andarrian sans aucun incident à la fin d'une matinée ensoleillée.

Les Tiemrins entendirent la cité bien avant de la voir. Aux sonorités si semblables des grandes villes se mêlaient de nombreuses musiques aux mélodies variées. Les Tiemrins accélèrent l'allure, désireux d'apercevoir la source de cette cacophonie. Ce désir grandit encore lorsque les différentes nuances d'orange et de jaune de la quasi-totalité des habitations se devinèrent à travers la végétation.

Ils quittèrent enfin la forêt et Sénam s'offrit tout entière à leurs yeux. La ville était coupée en deux. Une première partie s'étendait au pied d'un grand plateau rocheux qui la recouvrait partiellement de son ombre. La deuxième partie, dressée sur le plateau, siégeait entre les cours d'eau qui la traversaient et qui tombaient en de multiples cascades, une centaine de mètres plus bas, dans un lac au cœur de la ville. Un fleuve s'élançait de ce dernier et serpentait entre les quartiers pour filer vers l'horizon. D'où ils étaient, les Tiemrins pouvaient apercevoir de nombreux ascenseurs en action le long de la paroi ainsi que plusieurs escaliers vertigineux reliant les parties basse et haute.

Les couleurs chaudes et dominantes de la ville contrastaient élégamment avec une nature abondante. Là où Tiem avait conquis son terrain et régulait désormais la végétation, Sénam semblait se construire autour d'elle, bien qu'un œil avisé eut pu deviner l'ordre et le contrôle dans cette flore luxuriante qui parcourait les rues et les murs des maisons.

Le seul bâtiment ressortant de ce spectacle trônait sur une crête jaillissant du plateau au-dessus de la cité. Entouré par deux importants cours d'eau, le palais royal, gigantesque édifice construit de pierres blanches, constituait, par sa taille extraordinaire et la splendeur de son architecture si atypique, le joyau de Sénam, et de l'avis de certains, celui des Huit Royaumes.

Les Tiemrins s'arrêtèrent pour contempler le spectacle et gonflèrent ainsi de fierté les cœurs des Andarrians qui passaient à leurs côtés. L'ambassadeur Hässmun dut faire reprendre la marche après plusieurs minutes.

Une fois les premières maisons franchies, ils furent escortés par la garde royale Andarriane, ainsi que par une ribambelle d'enfants et d'habitants curieux. Les musiques changeaient au fur et à mesure qu'ils avançaient. Varlin et Dalarisse avaient pris l'habitude de chevaucher ensemble pendant ces quelques jours, s'accommodant avec aisance de la présence de l'autre. Varlin se tourna vers lui.

— La musique. Tu l'oublieras d'ici un ou deux jours. Elle est toujours présente dans chaque rue de chaque quartier. Les musiciens sont entretenus financièrement par la royauté. Ils peuvent recevoir des offrandes ou de l'argent de la part de la population, mais n'ont pas à se soucier de gagner leur vie. Cela dérange le sommeil la nuit, mais cela couvre aussi certains bruits quand on en a besoin...

Dalarisse observa les Andarrians qui accourraient pour leur souhaiter la bienvenue avec quelques airs enjoués.

—Cette ville diffère grandement de Tiem.

Varlin confirma.

—Certes, mais ne t'y trompes pas, Tiem et Sénam voient chaque jour les mêmes vices à l'œuvre.

CHAPITRE 23

L'ambassadeur Hässmun alla se présenter au roi Solodan dès son arrivée au palais. Sa suite fut directement conduite dans les appartements réservés aux Tiemrins. Ils pénétrèrent ainsi dans une succession de vastes salles luxueuses décorées à la mode du Tiemric, où plusieurs balcons et chambres furent mis à leurs dispositions. Les Corbeaux repérèrent rapidement les lieux pendant que les deux nobles s'affairaient à répartir leurs bagages dans les chambres qu'ils s'étaient attribuées.

Kester fut présenté dans la délégation comme un ami de l'ambassadeur et partit rejoindre celui-ci pour dîner en présence de la famille royale. Les autres Tiemrins se retrouvèrent à la grande table du salon principal. Des serviteurs Andarrians vinrent leur apporter divers mets locaux en grande quantité, une manière appréciable de leur souhaiter la bienvenue après un tel voyage.

La nourriture qui leur était apportée directement des cuisines du palais était particulièrement épicée et forte en goût, mais bien qu'elle leur fût étrangère et surprenante dès les premières bouchées, ils se délectèrent d'un tel raffinement culinaire.

Frédérick et Romolde ne dissimulèrent pas leur joie quand ils trouvèrent enfin en Varlin un allié pour mener la discussion, les trois autres tueurs se contentant de manger lentement en silence. Frédérick ressentait la distance que les Corbeaux mettaient entre eux et craignait de les froisser en tentant de modifier cela. Romolde n'avait pas cette retenue.

Il désigna d'un hochement de tête un serviteur Andarrian tout en plongeant sa main dans une généreuse corbeille de fruits.

— Par les Dieux, ils nous ont envoyé une véritable armée de serviteurs ! Je ne sais combien !

Il avait lancé cette phrase à l'intention des trois jeunes Corbeaux sur le ton de la conversation anodine. Un sourire illumina son visage quand Dalarisse s'essuya la bouche pour prendre la parole.

— Ils sont dix. Quatre transportent des plateaux contenant de la nourriture, deux entrent et sortent de l'appartement pour amener les plateaux des cuisines. Deux se tiennent à notre disposition autour de la table pour nous guider au besoin dans notre dégustation et nous servir à boire, un autre surveille l'unique porte menant à nos appartements afin que nous ne soyons pas dérangés. Quant au dernier qui vient de partir aux cuisines, il n'est pas serviteur, mais agent Andarrian. Il ne s'attaque guère à une quelconque tâche domestique et surveille nos moindres faits et gestes. Vu son regard à certains de vos mots, c'est une quasi-certitude qu'il parle et comprend notre langue.

Les deux bourgeois restèrent interdits un moment. Romolde écarta les mains.

— Comment vous...

— Vous arrivez bien à parler des heures sans rien avoir à dire. Chacun ses compétences.

Romolde éclata de rire et des sourires apparurent autour de la table. Varlin fronça les sourcils en s'adressant aux deux jeunes hommes :

— Gardez-vous cependant de lui témoigner un quelconque intérêt à son retour, messieurs. Une telle démonstration de perspicacité ne serait pas la bienvenue.

— Je ne pensais pas qu'on serait ainsi surveillés au sein même de ce salon.

— Ils savent déjà que nous ne sommes pas de simples serviteurs ni vous des bourgeois en quête de relations. Nous sommes des Tiemrins au cœur de l'Andarrian, nous sommes donc considérés comme suspicieux et vindicatifs. Ils nous espionnent, nous analysent et agiront en conséquence au besoin. Ainsi, moins vous semblerez comprendre cela et mieux ce sera pour vous.

Les deux bourgeois acquiescèrent, Romolde reprit aussitôt d'un ton enjoué :

— Je pensais que chaque Andarrian avait le droit de choisir sa voie. Pour cet agent je peux comprendre, mais pour les autres... Qui choisirait d'être serviteur ?

Le plus vieux des Corbeaux répondit :

— C'est un honneur pour eux, ils servent leur roi au plus près. Vivre au palais royal est une situation désirée par la majorité des Andarrians.

— Si vous le dites...

Romolde haussa les épaules et trouva un nouveau sujet de conversation avec Frédérick.

*

Les quatre Corbeaux se dirigèrent vers leur chambre commune juste après le repas. Ils rangèrent leurs manteaux dans les quatre coins de la pièce et s'attribuèrent ainsi leur zone d'intimité. Puis ils dissimulèrent des armes autour de leurs lits et dans les meubles de rangement et de décoration qui leur étaient attribués. Ils se réunirent ensuite sur leur balcon privé.

Ce dernier était relativement petit pour le palais Andarrian, mais une vingtaine de personnes pouvait néanmoins s'y tenir avec aisance. Le gigantisme du palais était d'autant plus saisissant vu de l'intérieur. Malgré l'enchaînement des vastes pièces qui composaient les appartements Tiemrins et la présence de trois autres balcons comme celui-ci, alignés le long des chambres, la zone réservée à la délégation du Tiemric semblait toute petite au milieu de l'immense paroi du palais donnant sur la ville. Celle-ci ne comportait pas moins d'une soixantaine de balcons de taille équivalente, répartis entre les étages, sans compter les grandes terrasses et jardins suspendus au sommet du bâtiment.

Les Corbeaux restèrent ainsi plusieurs minutes, les uns à côté des autres, à contempler la ville basse de Sénam qui s'étendait loin devant eux. Elle s'étalait sur des kilomètres et semblait toujours en pleine expansion, au vu des chantiers qu'ils apercevaient au loin. Varlin leur apprit que ce n'était pas le cas de la ville haute historique. Cette partie réservée majoritairement à l'administration du royaume et aux habitants les plus aisés ne s'était pas étendue depuis plus de deux siècles et la construction du solide rempart en demi-cercle qui la protégeait d'une attaque en provenance du plateau.

La population de Sénam s'élevait à deux cent cinquante mille âmes, la troisième plus grande ville des Huit Royaumes après Oliéryne, la capitale du Tradoajh, et Tiem. Au vu des innombrables toits qui formaient la grande mosaïque orange sous eux, les Corbeaux constataient désormais, de leur point d'observation privilégié, à quel point ce chiffre était important.

Dalarisse laissa ses yeux se balader au gré des sons et des couleurs qui s'animaient sous lui. Son inconscient enregistra les informations que Varlin exprima quelques instants après.

— C'est de ce balcon surélevé sur notre droite, ainsi que celui plus éloigné à notre gauche, qu'ils observeront nos faits et gestes. Prenons l'habitude de nous montrer souvent et profitons-en pour prendre le soleil, la pâleur actuelle de nos peaux nous rend trop repérables.

Leur silence commun fut le signe que ces informations étaient acceptées et enregistrées. Lukasse leva les yeux et adressa sa question à Varlin.

— Ces balcons ?

Les Corbeaux levèrent tous la tête.

— Les deux étages supérieurs appartiennent aux serviteurs et aux gardes. Encore au-dessus, ce sont ceux de la royauté. Nous sommes en dessous de ceux qui servent le Roi. Ne voyez pas dans cette situation une forme de symbolisme adressé seulement à notre égard, il en est ainsi depuis la construction du palais. C'est à la fois pratique pour les serviteurs qui peuvent répondre au plus vite au besoin de la royauté, mais c'est également une protection non négligeable envers tous curieux ou autres visiteurs malintentionnés qui auraient à traverser deux étages animés le jour comme la nuit pour se rendre dans les quartiers royaux.

Günlbert plissa les yeux pour se concentrer sur la façade de pierre blanche directement au-dessus d'eux.

— Cette paroi est relativement facile à escalader en cas de mission dans les étages supérieurs. Cependant, de jour comme de nuit, la présence de personnes proches de ces différents balcons compliquerait la dissimulation.

— En effet, oui, mais les appartements au-dessus de nous sont ceux des dames de la royauté. Je ne pense pas que le Grand Roi prenne le risque que l'on soit pris en train d'espionner les femmes royales Andarrianes dans leur intimité. Nous n'aurons pas de missions de ce genre.

Günlbert hocha la tête tout en observant les balcons fleuris et imposants qui surplombaient le leur. Il se tourna ensuite vers Lukasse et échangea un regard entendu avec lui. Ils regagnèrent la chambre, laissant les deux rivaux sur le balcon.

Varlin attendit que les deux hommes s'éloignent suffisamment pour parler.

— Informer ainsi Frédérick et Romolde au repas n'était peut-être pas une bonne idée. Au vu des capacités de discrétion de Romolde, l'agent Andarrian comprendra qu'ils l'ont démasqué à leur prochaine rencontre.

— Je souhaitais attiser la vigilance chez eux. Ils doivent comprendre que nous sommes en territoire ennemi.

— Certes, mais cela pouvait se passer autrement et nous aurions pu utiliser pertinemment la présence de cet agent à un autre moment.

—Je suis d'accord... même si le comportement de Lukasse ne laissait que peu de choix au final

Varlin observa un silence lourd de sens. Il finit par répondre à voix basse, non sans avoir jeté un coup d'œil par-dessus son épaule.

—Il a étudié trop grossièrement les faits et gestes de ce serviteur, mais peut-être était-ce là une mission dont nous ne savons rien afin d'attirer l'attention sur lui.

—Ce n'était pas une mission, c'était de l'incompétence. Les rumeurs courent sur ses missions échouées. J'en ai déjà rattrapé une personnellement. Il n'est pas digne d'être Corbeau, tu le sais comme moi.

—Admettons. Je n'apprécie pas non plus que le Grand Roi l'ait placé avec nous, mais il doit avoir ses raisons.

—J'en suis sûr.

—Bien, allons nous coucher, alors, les journées qui arrivent s'annoncent compliquées.

—Oui tu as raison. Mais avant, je me permettrai un conseil.

—Je t'écoute.

—Ne laisse pas cette lame le long de ton sommier, elle pourrait être aisément repérée pour un observateur avisé qui nettoierait sous ton lit.

—Je prends le conseil. Espérons alors que ce même observateur avisé ne tentera pas d'ôter la poussière de ton oreiller, ton couteau de lancer grossièrement dissimulé dedans ne pourrait que retenir son attention.

Dalarisse sourit sincèrement pour la deuxième fois en quelques jours, un fait caractéristique qu'il n'oublia pas de noter. Les deux assassins rejoignirent leurs lits et s'endormirent.

CHAPITRE 24

Kester vint les retrouver aux aurores pour leur attribuer à chacun des rôles précis : Varlin et Lukasse, que le maître annonça comme les plus sociables des quatre, escorteront les deux jeunes nobles et se chargeront de lister et de connaître l'ensemble des résidents du palais. Günlbert et Dalarisse devront aller aux cuisines, faire des courses spécifiques en ville ou trouver n'importe quelle excuse afin de se promener dans les nombreux couloirs de la demeure royale, et d'en dresser un plan complet.

Le maître des Corbeaux quitta les appartements et le palais une fois les instructions données, ils ne le virent plus pendant huit jours. Dalarisse passa ce temps uniquement avec Günlbert. Les autres étaient absents toute la journée et les deux assassins finirent par s'habituer à la présence constante de l'autre. Ils ne parlaient que pour partager leurs observations, mais Dalarisse put en profiter pour parfaire son apprentissage de la langue Andarriane grâce aux connaissances de son compagnon.

Les véritables serviteurs de l'ambassadeur les évitant soigneusement et leur laissant ainsi la solitude désirée, ils avancèrent vite dans le travail qui leur avait été confié. Néanmoins, le cinquième jour, Romolde Gottensolf vint troubler cette relative quiétude en rentrant vers l'heure de midi. Il surprit les deux hommes en train de déjeuner sur un coin de table et se dirigea vers eux d'un pas enjoué.

— Bien le bonjour ! Puis-je me joindre à vous ?

Les deux Corbeaux l'accueillirent avec un regard sans expression. Le sourire de Romolde s'agrandit.

— Je vois que vous n'avez pas cessé de vous amuser en notre absence. (Le jeune homme s'assit à côté d'eux et un serviteur vint rapidement lui apporter de quoi se sustenter.) Au moins, Varlin, votre confrère, est, lui, doté d'une verve élégante. Il pourrait presque nous devancer dans le cœur des jeunes damoiselles Andarrianes. Ah si vous les voyiez ! Elles n'ont rien à envier à la gent féminine de la noblesse Tiemrine ! (Il haussa les sourcils.) Mais je suppose que vous n'avez jamais eu l'occasion de courtiser de telles jeunes filles !

Günlbert reposa le verre de vin qu'il avait porté à ses lèvres.

— À vrai dire, il arrive parfois que l'une d'entre elles arrive à prononcer quelques mots à notre égard juste avant de mourir.

Romolde fit la grimace.

— Vous êtes écœurants. (Il croqua à pleines dents dans une pomme.) Je me posais une question à votre sujet. Varlin n'a pas souhaité me répondre et Lukasse semble ne jamais avoir appris à être intéressant. Je souhaiterais avoir votre avis.

Dalarisse fronça légèrement les sourcils.

— Avons-nous émis une quelconque indication qui te laisserait penser que nous avons envie de parler avec toi ?

— Non, en effet... mais si nous mangeons ensemble il faut bien que nous parlions.

L'expression irritée sur le visage des Corbeaux lui indiqua qu'ils étaient susceptibles de remettre cette affirmation en question, néanmoins Romolde ne leur laissa pas le temps de parler.

— Je me demandais qui vous allez devoir tuer et pourquoi il est important que vous demeuriez en ce lieu en attendant. Parce que, comprenons-nous, vous êtes des assassins, et si vous êtes ici, c'est parce que le Grand Roi a décidé que certaines personnes devaient mourir par votre main. Vous ne vous posez pas ces questions ?

— Non.

Les deux Corbeaux se levèrent pour quitter la table. Le jeune homme les regarda faire en riant.

*

La seconde interruption vint deux jours après, lorsque Frédérick de Radenks et Varlin rentrèrent tôt le soir. Le bourgeois vint s'asseoir avec eux dans le salon pendant que Varlin pénétrait dans leur chambre commune.

Günlbert prenait des notes dans un livre noir qu'il rangea lorsqu'il arriva. Frédérick se servit lui-même un verre de vin et resta à leurs côtés. Malgré ses efforts, le jeune bourgeois n'arrivait pas à dissimuler sa gêne en leur présence et la tension qui l'animait envahit bientôt toute la pièce. Il ouvrit la bouche à plusieurs reprises, mais se ravisa à chaque fois.

Lorsque son inconfort fut à son paroxysme, Günlbert se tourna vers lui.

— Parle ou quitte ce salon, mais ne reste pas ainsi à bouillir intérieurement.

Frédérick sourit pour lui-même et hocha la tête.

— D'accord… Je… Aujourd'hui, une femme de la noblesse Andarriane m'a parlé de son mari et de son fils. Ils ont voyagé au Tiemric il y a trois ans de cela, aux alentours de Konberg. Une fois arrivés à Tiem, ils n'ont plus donné de nouvelles. Je me disais que peut-être… vous saviez ce qui leur est arrivé ?

Ombre-Mort se tourna vers le bourgeois :

— Trois ans exactement ?

— Non… plutôt trois ans et quatre ou cinq mois

— L'homme boitait-il ?

— Oui, c'est possible.

Dalarisse acquiesça.

— Ils sont morts.

—Je... je vois.

Le silence marqua les réflexions du bourgeois, mais cette fois-ci une partie de sa gêne avait disparu. Il but lentement son vin en attendant que Varlin revienne.

Le Corbeau vint s'asseoir à leurs côtés et lui adressa un clin d'œil.

—Je t'ai entendu avoir une conversation avec eux. Remarquable ! (Frédérick lui sourit timidement.) Ne laissons pas toutefois ces deux grands bavards s'octroyer toute l'attention ! Maintenant qu'il n'y a pas d'espions Andarrians à portée, parle-moi un peu de toi. Pourquoi participes-tu à cette mission ?

Frédérick se resservit à boire avant de répondre.

—J'ai été recruté alors que j'entamais ma troisième année à l'académie royale. J'ai tout de suite accepté, car si cette mission est un succès, le Grand Roi peut potentiellement m'anoblir, me nommer comte et me donner des terres.

—Beaucoup ont les mêmes espérances que toi.

—Oui, mais moi je réussirai.

—Soit... Que feras-tu de ton titre ?

—Je ferai prospérer les terres qui me seront confiées et j'éduquerai mes enfants afin de garantir la continuité de ma lignée devenue noble. (Frédérick sourit de plus belle.) Et je prendrai aussi une femme, une noble telle qu'on en croise à la cour du roi, intelligente, belle et forte. Une femme que tout le monde respectera.

Varlin s'apprêtait à le relancer quand l'ambassadeur Hässmun pénétra dans les appartements avec sa suite et fit signe aussitôt au jeune bourgeois de le rejoindre. Frédérick de Radenks se leva et salua brièvement ses trois interlocuteurs.

Günlbert reprit discrètement sa rédaction, Dalarisse et Varlin se levèrent à leur tour et rejoignirent leur chambre. Ils se retrouvèrent naturellement sur le balcon alors qu'un soleil encore bien présent en cette fin de journée baignait la ville en dessous d'eux.

Le plus âgé des deux prit la parole.

— J'aime bien ce Frédérick, sa compagnie fut agréable cette semaine. Il fait preuve de bien plus de finesse que son comparse. Il est aussi plus ambitieux. J'espère que le possible anoblissement que lui a laissé entendre le Grand Roi est sincère et que je ne devrais pas avoir à le tuer à la fin de cette mission.

— D'autres cas d'anoblissement pour des missions réussies ont déjà eu lieu, il devrait en être de même pour lui.

— Certes. (Varlin laissa passer un moment avant de reprendre.) Quand cette mission sera terminée, je prendrai mon premier apprenti.

— Il sera bien formé.

Varlin inclina la tête en guise de remerciement.

— Quand Maître Kester t'a-t-il dit de prendre le tien ?

— J'ai encore quelques années devant moi. Nombreux sont ceux que le Grand Roi aimerait savoir morts, trop pour que je puisse me permettre de prendre un apprenti pour l'instant.

— Ils seront toujours trop nombreux, Dalarisse.

Le Prince des Corbeaux adressa un regard curieux à son compagnon, mais ce dernier quittait le balcon.

CHAPITRE 25

Maître Kester revint au milieu de la nuit. Leur réunion eut lieu à voix basse sur les rebords du balcon une fois qu'ils eurent vérifié les alentours. Les Corbeaux fonctionnaient avec des règles précises, c'est pourquoi ce fut Lukasse, celui ayant réalisé le moins de contrats, qui reçut en premier sa mission. Une fois ses ordres connus, il quitta le groupe et retourna se coucher. Ce fut ensuite au tour de Günlbert, puis de Varlin et enfin du Prince des Corbeaux.

Les rôles de chacun étaient modifiés. Dalarisse agirait désormais aux côtés de Frédérick de Radenks et Varlin aux côtés de Romolde Gottensolf. Günlbert devait discrètement « rendre visite » à un père de famille Andarrian souhaitant ouvrir un commerce de produits Andarrians au sein de la ville de Tiem. Les produits étaient déjà vendus sur place par des Tiemrins influents non désireux de voir venir un puissant concurrent. Lukasse, quant à lui, reçut pour mission d'écumer les principales tavernes de la ville et d'apprendre discrètement quelle était l'opinion du peuple de Sénam concernant la présence des Tiemrins dans le palais.

Kester ne congédia pas Dalarisse à la fin de la réunion, aussi ce dernier attendit-il en silence. Son maître se rapprocha de lui.

— Je vais faire courir des rumeurs disant que notre serviteur Lukasse supporte mal l'alcool. Dans quelques jours, tu feras en sorte qu'il meure dans une rixe de taverne.

Le jeune assassin réfléchit quelques instants.

— La Lamfadoe, elle réduit les facultés de raisonnement et augmente les effets de l'alcool. Il suffira de glisser un ou deux mots à un Andarrian armé présent dans la taverne.

— Bien. Pourquoi penses-tu que le Grand Roi a décidé de se débarrasser de lui ?

— Le fait que sa médiocrité fasse honte à notre Ordre devrait suffire, mais ce n'est pas l'unique raison. Un serviteur de la délégation du Tiemric qui meurt accidentellement sous les coups d'un Andarrian ne peut qu'arranger notre situation ici. Les Andarrians se confondront en excuses et voudront nous offrir quelque chose en réparation, comme des avantages supplémentaires dans les accords que nous devons signer. Je pense que c'est la raison initiale pour laquelle Lukasse a été choisi sur cette mission.

— Ton analyse est correcte. Qu'as-tu vu durant ces huit jours ?

— Le peuple n'aime pas notre présence, du moins c'est ce que j'ai pu entendre des serviteurs du palais. Grâce à Günlbert, je peux désormais comprendre une grande partie de l'Andarrian et même le parler.

— Qu'as-tu entendu d'autre ?

— Les Andarrians pensent que nous sommes là pour conclure un accord qui va nous permettre de les mettre à l'écart pendant que nous envahissons un autre royaume. Quelques serviteurs du palais se rendent aux forums de la ville et racontent aux autres ce qu'ils entendent là-bas. C'est ce que les instruits de ce pays disent de nous.

— Qu'en est-il des nobles et de la famille royale ?

— La noblesse Andarriane ne semble pas corruptible. Ils sont tous dévoués au roi Solodan et je ne pense pas que l'un d'eux choisirait notre camp pour quelque raison que ce soit, encore moins si une guerre éclatait entre nos deux royaumes.

— C'est le problème avec les Andarrians, ils ont des principes qui ne sont plus d'actualité.

— Quant à la famille royale, je n'ai pas pu m'approcher d'elle.

—Peu importe. Si tu as l'occasion, essaye d'en apprendre plus, sinon concentre-toi sur les nobles influents susceptibles de mettre en danger l'accord que nous devons signer.

—Oui, Maître.

CHAPITRE 26

La compagnie de Frédérick ne fut effectivement pas désagréable. Le bourgeois se comportait intelligemment en présence de Dalarisse et maintenait une distance raisonnable entre eux. Le Prince des Corbeaux put se concentrer pleinement sur sa mission. Frédérick était convié à des dîners ou était invité à assister à diverses représentations. Dalarisse le suivait comme son ombre, obéissant aux rares ordres qui lui étaient donnés. Il se fondit ainsi rapidement dans le paysage de la haute société Andarriane.

Cette situation lui permettait de voir quels étaient les Andarrians naturellement hostiles envers Frédérick de Radenks et ceux qui tentaient de le dissimuler. Il triait parmi eux ceux qui étaient susceptibles d'influencer les autres et ceux proches de la famille royale. Là encore, il sélectionna ceux suffisamment intelligents pour utiliser habilement les pièces de l'échiquier qu'étaient les membres de la noblesse. Il mémorisa le moindre nom et fit son rapport chaque soir à Kester. Varlin faisait de même et ils réussirent petit à petit à reconstituer les complexes rouages de la noblesse Andarriane.

*

Günlbert rentra de sa mission quatre jours plus tard. Il débarqua un matin et vint s'asseoir sur son lit afin de rédiger un compte rendu. Varlin déjeunait dans le salon en compagnie des deux nobles et de Lukasse.

Dalarisse se tenait droit sur le balcon et prenait des couleurs comme le lui avait conseillé Varlin. Le soleil qui lui faisait face, si virulent en ce royaume, l'empêchait cependant de distinguer quoi que ce soit de précis à l'horizon. Günlbert rentra dans la chambre. Dalarisse le salua d'un hochement de tête et retourna à ses pensées.

Ce soir, il provoquerait la mort de Lukasse. Tuer l'un des siens ne lui posait pas de problème, mais le constat de sa médiocrité le dérangeait. Si le Grand Roi s'appuyait sur d'autres Corbeaux aussi faibles, alors la réussite de ses plans s'avérait périlleuse. Cela, Dalarisse ne pouvait le permettre, il...

Un mouvement attira son regard. Quelque chose tombait du ciel. Dalarisse tendit instinctivement le bras et saisit une rose en plein vol.

Il observa un moment l'éclat vif de la fleur couleur rouge sang. L'objet était sans intérêt et il décida de le laisser continuer sa chute, quand une voix Andarriane le coupa dans son mouvement :

— Vous l'avez attrapée ?

Dalarisse leva la tête et aperçut une femme penchée au-dessus d'un balcon royal. Il avait mémorisé les visages de la royauté et reconnut la princesse Adenalia Andarrian, première fille du Roi Solodan. Il voulut relâcher la fleur et rentrer dans l'appartement, mais elle ne lui en laissa pas le temps.

— Ramenez-la-moi, je vous prie, ces fleurs me sont précieuses.

La jeune femme venait de s'exprimer dans un Tiemrin très légèrement accentué, mais parfaitement compréhensible, Dalarisse sut immédiatement qu'un refus pourrait être mal interprété. Il accepta d'un signe de tête et rentra dans la chambre des Corbeaux. Günlbert releva la tête.

— Qui était-ce ?

— La princesse aînée Andarriane, elle veut qu'on lui ramène ça. (Il désigna la fleur du menton.) Je ne dois pas me faire remarquer plus que de raison, tous ceux que je croiserai avec cette fleur en main se souviendront de moi et cela compromettra ma situation avec Frédérick. Je vais faire mander un de nos serviteurs afin qu'il la lui apporte.

Günlbert secoua la tête.

—Le fait qu'elle s'aperçoive que tu n'as pas désiré y aller toi-même peut attirer encore plus l'attention sur toi.

Ombre-Mort réfléchit un instant et confirma à contrecœur. Leur délégation était suffisamment étudiée pour que cela soulève des questions. Le mieux était d'agir comme un serviteur ayant reçu une consigne, royale qui plus est.

Il pénétra dans le salon. Varlin et les deux bourgeois cessèrent leur conversation et se tournèrent vers lui, leurs regards convergeant vers la rose qu'il tenait dans sa main. Dalarisse s'arrêta.

—Elle est tombée du balcon de la princesse aînée. Elle m'a demandé de la lui rapporter.

Varlin écarta les bras, le sourire aux bords des lèvres.

—Nous ne voyons pas d'autre explication.

Dalarisse quitta les appartements Tiemrins et soupira en entendant les rires des deux jeunes bourgeois.

Il se dirigea rapidement vers les étages et fut arrêté par des gardes à l'entrée des quartiers royaux. Il dut leur expliquer la raison de sa venue dans un Andarrian volontairement très hésitant. Ils le laissèrent passer et Dalarisse fut de nouveau confronté à un garde positionné à côté de la porte menant aux appartements de la princesse. Il maintint sa tête baissée et frappa à la porte. Une servante âgée lui ouvrit et le Corbeau lui tendit la fleur, pressé de s'en débarrasser.

La servante lui offrit un rictus malicieux en guise de réponse et l'invita à pénétrer dans les appartements, lui indiquant clairement qu'il accomplirait cette tâche seul. Dalarisse la fixa un moment, mais ne trouvant nulle parade, il avança.

Les appartements de la princesse aînée n'avaient pas le luxe de ceux des dames du palais de Tiem, mais ils possédaient une atmosphère non moins riche visuellement. Des plantes étaient présentes dans les moindres recoins, se mêlant harmonieusement avec les différentes sculptures de pierre blanche coiffées de bijoux d'or et d'argent. Sur les murs, le jaune, l'orange et le rouge se côtoyaient et se décomposaient en de nombreuses teintes. De grands miroirs ingénieusement positionnés apportaient la lumière dans chaque pièce.

Dalarisse fut guidé jusqu'aux terrasses extérieures qui composaient sans conteste la plus vaste partie de ces appartements, dépassant en surface les logements de la délégation Tiemrine. Elles se composaient de trois niveaux de jardins suspendus, celui où il arriva était le plus grand. Une statue majestueuse représentant le dragon Andarrian trônait en son centre et plusieurs petits salons l'entouraient.

Les deux autres balcons, en contrebas, encadraient le principal. Celui sur sa droite se parait d'une épaisse végétation qui semblait le couper du reste du monde, exception faite de l'arche naturelle qui permettait d'y pénétrer et des petites fenêtres taillées dans les branches qui donnaient sur la ville. L'autre partie, vers laquelle la servante le conduisit, était plus espacée et contenait un riche mobilier de salon, ainsi que plusieurs supports présentant des plantes de toutes sortes et de toutes couleurs.

Dalarisse jeta un coup d'œil à son guide ainsi qu'aux femmes qui le suivaient désormais. Il repéra deux servantes et cinq dames de compagnie, dont deux qu'il considéra comme rompues au combat à mains nues, étant donné leur démarche et la musculature nettement dessinée de leurs bras. Il descendit une poignée de marches pour rejoindre cette partie-là. Ses yeux furent rapidement attirés par la princesse aînée.

Adenalia Andarrian se tenait entre plusieurs vasques emplies de fleurs dans une robe verte aux multiples nuances. Un bijou argenté retenait une partie de ses cheveux noir de jais dans une coiffure complexe et laissait à plusieurs mèches la liberté de tomber sur ses épaules dénudées. Elle tourna la tête vers le nouveau venu.

Kester lui avait appris les critères de beauté partagés par la majorité des hommes et des femmes, une information souvent utile dans sa profession. Dalarisse observa la princesse tout en s'avançant. Selon des critères établis, cette femme était probablement l'une des plus belles qu'il ait pu voir jusqu'à présent.

Il releva la tête et croisa son regard. Le vert de ses yeux était vif et clair, contrastant vigoureusement avec sa peau cuivrée. Il s'inclina respectueusement.

La princesse s'adressa à lui dans le même Tiemrin qu'elle avait utilisé par-dessus le balcon.

—Vous ne parlez pas l'Andarrian ?

—Non, Majesté.

Ce fut comme un signal. Les servantes et dames de compagnie se détendirent, les premières retournant à leurs occupations, les secondes s'installant à leur aise sur le balcon.

—Vous êtes l'un des serviteurs de l'ambassadeur Hässmun, n'est-ce pas ?

—Oui, Majesté.

Adenalia se tourna vers les fleurs qu'elle remit en place. Elle glissa en même temps une phrase en Andarrian aux dames de compagnie qui se tenaient autour d'elle.

—Si tous les serviteurs Tiemrins sont aussi beaux, je veux bien être de la prochaine délégation pour Tiem.

Les femmes gloussèrent en feignant l'indignation. Dalarisse comprit ces mots grâce à l'enseignement de Günlbert, mais ne réagit pas.

La princesse lui adressa un sourire et se dirigea vers le bord du balcon.

—Suivez-moi.

Dalarisse s'exécuta et se retrouva à ses côtés. Adenalia lui tendit la main, il y déposa la rose et fit un pas en arrière pour se retourner et partir, alors que la jeune femme déposait la fleur aux côtés d'un rosier sur le rebord du balcon.

La voix accentuée de la princesse le stoppa.

—Vous aimez les fleurs ?

— Non.

La princesse haussa les sourcils en saisissant un couteau de jardinage. Dalarisse considéra sa réponse comme trop abrupte pour les circonstances et se reprit. Kester lui avait enseigné comment se comporter en compagnie de femmes nobles, bien qu'il n'ait eu que de rares occasions pour mettre en pratique cet enseignement.

— À vrai dire, Majesté, je n'ai guère le temps de m'y intéresser.

— Alors que nous autres, princesses, n'avons rien d'autre à faire.

Les dames de compagnie gloussèrent de nouveau. Elles comprenaient donc le Tiemrin. Dalarisse discerna l'amusement et la moquerie dans les regards qu'elles échangèrent, sans en comprendre l'origine. Il n'aimait pas la tournure que prenaient les évènements. Il ne fallait laisser aucune impression, bonne ou mauvaise, juste agir de sorte à se faire oublier au plus tôt.

— Ce n'était pas le sens de mon propos, Majesté.

— J'ose le croire. Quel est votre nom, serviteur ?

— Dalarisse, Majesté.

— Seulement Dalarisse ?

— Oui, Majesté.

— Eh bien, Dalarisse, maintenant que vous êtes contraint de côtoyer, pour un bref instant, le jardin personnel d'une princesse Andarriane alors que vous avez, à n'en pas douter, bien mieux à faire, ne voyez-vous pas la beauté qui se dégage de ce mélange de fleurs ?

Dalarisse réfléchit. Une réponse positive pourrait être interprétée comme le départ d'une discussion :

— Non, Majesté.

— Non… (La jeune femme commença à pratiquer des encoches sur les branches du rosier devant elle.) Vous avez l'art de parler aux dames, Dalarisse du Tiemric. Puisse néanmoins votre enthousiasme ne pas ternir par son intensité le reste des évènements de cette journée.

Dalarisse essuya des rires à peine contenus. L'impression laissée semblait négative, il se devait de rétablir l'équilibre et de redevenir neutre aux yeux de ces femmes. Le soleil continuait d'agresser sa peau alors que la princesse se tournait vers lui, guettant une quelconque réaction. Il saisit l'occasion.

— Savez-vous, Majesté, pourquoi vous ne pouvez percevoir les étoiles dans le ciel en plein jour ?

Adenalia se tourna vers lui avec un regard amusé.

— Je suppose que l'éclat brillant du soleil nous empêche de les distinguer.

— Il en est de même pour la beauté de ces fleurs et vous, Majesté.

Les rires cessèrent peu à peu et un sourire espiègle se dessina sur les lèvres de la jeune femme.

— Vous pouvez disposer, Dalarisse.

Il s'exécuta avec soulagement et quitta les appartements princiers en entendant les jeunes femmes rire et bavarder activement en Andarrian.

CHAPITRE 27

Le soir même, une importante rixe éclata dans une taverne de la ville haute de Sénam. Dissimulé dans l'obscurité, Dalarisse put observer la mine terrorisée du jeune Lukasse lorsqu'une lame aiguisée lui transperça le ventre à plusieurs reprises.

La foule, tout autour, céda à la panique. Dalarisse en profita pour récupérer rapidement le poignard ainsi que le livre noir du mourant et s'éclipsa de l'établissement.

Il pénétra ensuite dans le palais par les voies suivies habituellement par les serviteurs et gagna discrètement les appartements Tiemrins.

Frédérick de Radenks sirotait un vin doux du sud de l'Andarrian en parcourant les pages d'un ouvrage emprunté au palais. Il releva la tête à l'arrivée d'Ombre-Mort.

—Où étiez-vous?

—En ville. Je tuais Lukasse.

Le visage du jeune homme blêmit. Dalarisse s'assit face à lui et se servit du vin. Il en proposa au bourgeois qui refusa d'un geste lent sans quitter le Corbeau de ses yeux écarquillés. Ce dernier ne lui rendit pas son regard.

—Certaines questions ne doivent pas être posées, Frédérick!

—Vous... vous l'avez tué?

—Pour être précis, c'est un jeune menuisier colérique qui a ôté la vie à Lukasse. Je n'ai fait qu'arranger leur rencontre.

—Pourquoi Lukasse?

—Vous le découvrirez bientôt.

Dalarisse but son vin et le bourgeois laissa son regard se perdre dans le vide durant de longs instants. L'assassin finit par sortir le poignard de sa dernière victime et le posa sur la table. Frédérick fixa le corbeau noir dessiné sur un fond sombre au centre d'un cercle d'or.

— C'est l'arme de Lukasse ?

— Oui.

Le jeune homme la saisit pour l'observer de plus près.

— Qu'allez-vous en faire ?

— La faire disparaître.

— Et ainsi oublier Lukasse ?

— Lukasse est déjà oublié. Cette arme ne doit pas être aperçue par un Andarrian.

— Laissez-moi la garder. Je ne désire pas oublier Lukasse, moi, ni cette mission.

Le Prince des Corbeaux hésita un moment. Il savait que cette arme ne mériterait pas de revenir à l'Autel des Corbeaux. Il finit par hocher la tête.

— Gardez-le, mais gardez-vous d'en parler à quiconque.

Frédérick murmura un remerciement et partit dissimuler l'arme dans ses bagages.

Dalarisse finit son verre et se levait de table pour rejoindre sa chambre lorsque le bourgeois revint dans la salle.

— La princesse aînée a parlé de vous ce soir. (Ombre-Mort s'arrêta net et se retourna.) J'étais invité à une représentation offerte par une troupe de ménestrels et Adenalia Andarrian était présente. Elle m'a confié vous avoir rencontré et trouvé votre compagnie des plus intéressantes. Elle a même affirmé, je cite, que lorsqu'elle se délie, votre langue sait faire preuve d'élégance.

Dalarisse fixa froidement le jeune homme qui lui rendit un regard curieux. Ce dernier se força à sourire.

— Je n'aurais jamais pensé cela de vous... une verve élégante, je veux dire. (Il désigna le livre posé à ses côtés.) Êtes-vous amateur des belles lettres ?

— À l'âge de onze ans, Kester m'envoya espionner un commerçant en plein centre de Tiem. La filature s'est compliquée et je me suis perdu dans les rues de la capitale. Un homme de lettres du nom de Pogrême m'a recueilli et m'a hébergé. Il avait une bibliothèque dans laquelle je feuilletais des ouvrages. Kester mit trois semaines avant de me retrouver. Je suppose que ce séjour m'a influencé.

— Qu'a fait Kester quand il vous a retrouvé ?

— Certaines questions ne doivent pas être posées.

Le bourgeois sourit sinistrement.

— Je connais ce Pogrême, ses vers sont réputés dans les Huit Royaumes.

— Il est connu, en effet, contrairement à ce que je viens de vous dire. Ne vous avisez pas de le répéter sinon je rangerai le poignard de Lukasse dans votre cœur.

Frédérick de Radenks hocha la tête en déglutissant et laissa le Corbeau regagner son lit.

*

Le lendemain, la mort du serviteur Tiemrin fut le centre de toutes les discussions. La délégation du Tiemric reçut les excuses du peuple Andarrian à travers la famille royale et l'ambassadeur Hässmun fut invité personnellement dans les appartements du roi Solodan à cette occasion.

Kester récupéra le livre noir du jeune assassin. Le reste de ses affaires furent renvoyées avec son corps au Tiemric. Le menuisier accusé du meurtre ne réussit pas à expliquer son emportement ce soir-là. Il fut pendu et enterré le soir même.

Durant les deux jours qui suivirent, les Tiemrins reçurent l'ordre de rester dans les appartements de l'ambassadeur afin de « marquer leur peine ». Ces jours furent longs pour les Corbeaux qui subirent les discussions de Romolde Gottensolf.

*

Le troisième jour, Kester donna à chaque Corbeau une mission spécifique afin de rassembler des informations globales sur les gardes royaux Andarrians durant la nuit.

Dalarisse se retrouva ainsi à errer à une heure tardive dans les couloirs du palais royal. Il rencontra plusieurs gardes et leur affirma qu'il cherchait de la nourriture pour l'ambassadeur. Le chemin menant aux cuisines principales lui fut indiqué et il finit par s'y rendre lorsqu'il eut relevé toutes les informations dont il avait besoin.

Les cuisines étaient quasiment désertes, à part quelques serviteurs attendant patiemment la préparation des mets pour le réveil de leurs maîtres. Il s'assit à une table à l'écart et rassembla ses informations afin de dresser un bilan des rondes de garde des soldats. Il profita également des discussions entre serviteurs pour déterminer quels appartements étaient sujets aux allées et venues durant la nuit.

Une fois leur travail terminé, les trois Corbeaux regagnèrent leur chambre et tombèrent d'accord sur le fait qu'il leur faudrait plusieurs nuits pour valider les informations récoltées.

*

Varlin et Günlbert escortèrent les deux bourgeois et l'ambassadeur pour une balade dans les vastes jardins suspendus du roi situés au sommet du palais. Dalarisse resta seul sur le balcon à contempler la ville. Maître Kester le rejoignit et, comme toujours, il prit la parole en premier.

— Tu as parlé avec la princesse aînée Andarriane. Il semblerait que tu te sois fait remarquer.

— J'ai pourtant agi de sorte à ne pas l'être.

— Oui, mais les femmes ne suivent aucune logique de pensée, Dalarisse. Tu aurais pu passer inaperçu un autre jour tout en te comportant de la même façon. Le fait est que la princesse s'est intéressée à toi.

— Quels sont les ordres à son propos ?

— Redeviens inintéressant. Il est d'une grande importance que tu restes discret, Dalarisse. Si l'on venait à s'intéresser à toi plus que de raison, tu serais obligé de quitter Sénam, or, le Grand Roi a besoin de toi ici.

— Je ne suis pas sûr de comprendre le fonctionnement d'une femme noble. J'en sais juste assez pour les approcher et les tuer.

— Je sais cela. Varlin et Frédérick pourront te conseiller, mais pas Romolde, il n'est pas assez intelligent.

— Pourquoi Varlin ?

La question avait jailli rapidement et arracha un sourire à Kester.

— Tu es le meilleur, Dalarisse, tout le monde le sait. Néanmoins, Varlin a plus d'expérience que toi dans ce domaine. Prends les conseils dont tu as besoin et agis de sorte à ne plus susciter l'intérêt de cette Andarriane.

— Oui, Maître.

Le vieux Corbeau s'en alla, laissant Ombre-Mort à de bien inhabituelles préoccupations.

*

Frédérick de Radenks et Varlin rentrèrent en fin d'après-midi. Le Corbeau salua son confrère de la tête, et regagna sa chambre. Le bourgeois vint s'asseoir à la table principale. Dalarisse arriva d'un pas rapide du balcon principal et s'assit face à lui.

— Je dois me faire oublier de la princesse. Donnez-moi des conseils.

Frédérick sourit l'espace d'un instant, mais reprit vite un air sérieux en jetant un coup d'œil au visage fermé de son interlocuteur.

— Eh bien… (il réfléchit quelques instants.) C'est une très belle femme, tout le monde est unanime à ce sujet, de sang royal qui plus est… et pour laquelle la moitié du royaume cherche un mari pendant que l'autre moitié postule pour cela. Il faut lui montrer que vous êtes séduit par elle.

— Pourquoi ?

— C'est ainsi que tous les hommes de notre âge se comportent avec une femme comme elle. Elle pourrait être intriguée par un homme qui lui résisterait, mais un homme déjà conquis, de basse extraction par ailleurs, étant donné votre rôle de serviteur, n'aura pas d'intérêt pour elle.

— Comment faire ?

— Regardez-la avec envie, complimentez-la plus qu'il ne faudrait.

— Je ne sais pas regarder comme ça.

— Alors, complimentez-la, mais assurez-vous que votre compliment soit banal.

— Je ne suis pas expert en compliments.

— Je m'en doutais… (Frédérick réfléchit encore sous le regard pressant de l'assassin, s'efforçant de contenir son amusement. Il finit par hausser les épaules.) Contentez-vous alors de ne pas interagir avec elle, elle se rendra compte qu'un simple serviteur ne doit pas être sujet à curiosité pour une dame de son rang.

— Pourquoi le suis-je, à votre avis ?

Le jeune noble prit le temps de chercher ses mots.

— Sa vie et son avenir sont déjà définis. La gouvernance et l'armée sont aux mains de ses deux frères et de son père. La diplomatie est entre celles, fort habiles, je dois dire, de l'ordre des diplomates Andarrians. Toutes les autres fonctions sont soit déjà occupées, soit destinées à d'autres membres de sa génération. Son rôle public est relativement limité. Or, pour ces gens de sang royal, le rôle public est presque tout. Elle doit s'adonner à de nombreuses activités, convenables bien entendu, être belle, attisant la légende qui évolue autour d'elle dans les Huit Royaumes, et trouver un mari intéressant pour le trône comme pour le peuple. Un dernier point qui devient crucial pour l'Andarrian : à son âge, toutes les autres femmes sont mariées ou fiancées. Cela reste une vie de luxe et de plaisir, mais une vie dans laquelle un serviteur étranger, qui ne perd pas ses moyens devant elle, puisque je suppose que ce ne fut pas le cas…

— Non.

— … a probablement suscité un léger intérêt, même passager.

— Je prends note de vos conseils.

Dalarisse se retourna et rejoignit sa chambre, laissant un Frédérick pantois.

Il pénétra dans la pièce et trouva Varlin en train d'écrire dans son livre noir. Il s'assit sur son lit et attendit d'avoir l'attention de son aîné. Celui-ci finit par relever la tête.

— Qu'y a-t-il ?

— Maître Kester m'a dit de régler le problème de la princesse.

— Quel problème ?

— Je lui ai apporté la fleur et elle m'a remarqué. Cela compromet ma présence ici.

— Comment t'a-t-elle remarqué ?

— Kester a dit que les femmes n'ont aucune logique de pensée. Leurs affinités ne sont ni prévisibles ni raisonnées.

Varlin sourit en refermant son livre :

— C'est peut-être légèrement plus compliqué que cela.

— Qu'en sais-tu ? Pourquoi Maître Kester m'envoie-t-il vers toi pour quérir des conseils dans le domaine de la femme ?

Le sourire du plus âgé des deux assassins s'élargit. Il rangea son livre dans une des poches intérieures de son manteau suspendu dans la penderie puis se rassit sur son lit face à Dalarisse.

— À l'âge de dix-sept ans, j'ai effectué une mission dans le sud du royaume de Polarné. Je devais éliminer une personne qui se cachait des autorités du Tiemric. Je me suis fait passer pour le fils d'un riche Tiemrin et j'ai intégré l'aristocratie locale afin de retrouver la cible. Lors de ce séjour, j'ai passé un certain temps en compagnie d'une jeune roturière.

— Elle connaissait la localisation de la cible ?

— Non.

— Pourquoi passer du temps avec alors ?

Varlin haussa les épaules.

— Parce que je trouvais cela agréable.

— Tu as fini par trouver ta cible ?

— Oui, je l'ai éliminée.

— Et la roturière ?

— On m'a ordonné de mettre un terme à sa vie.

Dalarisse acquiesça.

— Frédérick de Radenks dit que j'ai éveillé son intérêt parce que mon comportement était différent de celui des autres hommes, que je n'avais pas semblé être attiré par elle.

— Cela a effectivement pu l'intéresser, dans un univers où chaque homme cherche à lui plaire en utilisant les mêmes méthodes.

— Je ne cherche pas à lui plaire.

— C'est la raison pour laquelle tu lui as plu.

— Je n'aime pas ça.

— C'est pourtant le meilleur moyen pour obtenir les informations que désire le Grand Roi.

— Pas si cela concentre l'intérêt sur moi, car je ne pourrai plus agir à ma guise. Frédérick dit également que je dois chercher à me comporter comme les autres serviteurs avec elle.

Varlin observa Dalarisse un moment avec une lueur dans le regard, que le Prince des Corbeaux ne sut déchiffrer.

—Fais donc ainsi, mais ne t'inquiète pas plus que cela, vous ne vous êtes rencontrés qu'une poignée de secondes, il est possible que nous parlions de cela alors qu'elle t'a déjà oublié.

—Frédérick dit qu'elle lui a parlé de moi.

—Un simple moyen d'aborder une discussion. Continue à jouer ton rôle de serviteur en évitant les échanges avec elle, tout rentrera dans l'ordre. (Dalarisse hocha la tête.) Parlons plutôt de notre mission. J'ai trouvé plusieurs failles dans les tours de garde aux différents étages.

—J'ai également relevé ces faiblesses, aucun endroit ne semble inaccessible de nuit.

Varlin confirma.

—J'ai par ailleurs filé un enfant, hier, un jeune garçon de cinq ou six ans. Il connaît le palais parfaitement et parcourt ses couloirs à plusieurs reprises la nuit. Je l'ai vu aller des cuisines au quartier des serviteurs sans se faire repérer, puis il m'a échappé. Je pense qu'il est important de se renseigner sur lui, il doit probablement agir pour un membre de la famille royale et pourrait nuire à une mission future en nous repérant. Je propose que nous tâchions d'en apprendre plus sur lui.

—Je suis d'accord.

CHAPITRE 28

Hadaron releva la tête et cligna des yeux à plusieurs reprises pour se calmer. Il inspira profondément et jeta un coup d'œil à son ex-maître d'armes endormi contre le tronc.

Dalarisse avait allumé un feu entre eux deux sans qu'il s'en rende compte. C'était sa première pause depuis qu'il avait ouvert le livre et la nuit était déjà tombée. Il avait avalé les pages les unes après les autres, habituant son esprit au style de compte rendu militaire et à l'écriture singulière du tueur assis en face de lui. Cet écrit ne ressemblait à rien de ce qu'il avait pu lire dans la bibliothèque du château.

Le jeune noble regarda de nouveau Dalarisse qui le fixa en retour. Il sursauta.

— Vous... vous dormiez.

Dalarisse ne répondit pas et continua à le regarder. Hadaron se reprit et désigna le livre.

— Vous êtes un... un tueur.

— Oui.

— Au début... j'ai pensé que tout ceci n'était que pure invention de votre part (il désigna de nouveau le livre), que ce n'était qu'une histoire mettant en scène mon père et vous.

— Et maintenant ?

— Je pense que tout cela est vrai.

— Pourquoi ?

— Je ne sais pas... peut-être à cause du niveau de détails, ou des mots... il y a quelque chose de vrai. Ce Varlin, c'est aussi un tueur ?

—Oui.

—Il semble plus... normal.

—C'est une particularité chez lui. Personne ne s'en méfie, car il paraît tout sauf dangereux, c'est pourtant le meilleur Corbeau que j'ai connu après moi.

Hadaron hocha la tête.

—Il ne semble pas prendre le sujet de la princesse au sérieux, ou tout du moins, il ne cherche pas à vous aider.

—Il avait ses raisons pour agir ainsi.

Ombre-Mort referma les yeux et laissa le jeune noble seul avec le livre.

CHAPITRE 29

Les Trois Corbeaux avaient traqué le garçon une bonne partie de la nuit sans résultat. La fatigue envahissait le corps de Dalarisse, aussi décida-t-il, pour le temps de recherche qui lui restait, de se positionner dans la pénombre d'un point de passage central menant aux quartiers royaux qu'il avait repérés les nuits précédentes. Le soleil ne se lèverait pas avant trois heures sur l'Andarriann ce qui lui permettrait d'esquiver toute patrouille de soldats en utilisant les recoins d'ombre si elles venaient fouiller par ici.

Il attendit ainsi un long moment, n'assistant qu'au passage de quelques serviteurs affairés et d'une patrouille. Il s'apprêtait à quitter son poste et à rentrer quand un garde royal passa seul, d'un pas vif, devant lui.

L'heure et le lieu étaient inhabituels pour un tel empressement. Dalarisse se mit à le suivre discrètement.

Le soldat descendit trois étages et se dirigea vers un escalier secondaire. Il attendit quelque temps avant qu'un jeune enfant ne monte jusqu'à lui depuis les ombres. Il correspondait à la description faite par Varlin. Dalarisse grava son visage dans sa mémoire.

L'enfant prit la parole en premier :

— Ils viennent d'arriver.

— Bien, montre-leur le chemin.

Le garçon hocha la tête et partit en courant de là où il était venu. Le garde se retourna et reprit le chemin inverse, talonné sans un bruit par le Prince des Corbeaux.

Ils remontèrent ainsi à l'étage des serviteurs, dans un salon de détente annexe réservé à ces derniers en dessous des appartements royaux. Le garde s'immobilisa au centre de la pièce et attendit. Dalarisse se dissimula à proximité de la porte d'entrée dans un recoin couvert par l'ombre. Il ne pouvait pas, ainsi, être repéré par quelqu'un venant du salon et avait le temps de revenir sur ses pas et de se dissimuler dans une des alcôves du long couloir qu'ils venaient de traverser si quelqu'un s'amenait à l'autre bout.

Il attendit ainsi en silence, réfléchissant au pourquoi de ces allées et venues nocturnes.

L'une des longues et luxueuses tapisseries murales du couloir se gonfla tout prêt de sa position. Une silhouette apparut derrière et la longea pour en sortir. *Une ouverture dans le mur, dissimulée par la tapisserie.* Dalarisse comprit aussitôt qu'il n'avait pas le temps de se cacher ; il s'écarta du mur et chercha un mensonge adéquat.

Il s'apprêtait à feindre la surprise, mais fut coupé dans son élan lorsqu'il vit de qui il s'agissait. La princesse aînée Adenalia Andarrian se glissa hors de la tapisserie et son regard tomba immédiatement sur lui.

Elle marqua un temps d'arrêt. Dalarisse détecta de la peur et de l'étonnement dans ses yeux, néanmoins elle garda le contrôle d'elle-même et reprit rapidement une posture naturelle en lui adressant un sourire courtois.

—Dalarisse, le serviteur de l'ambassadeur Hässmun !

Le Prince des Corbeaux sentit son sang ne faire qu'un tour. Être surpris était une chose rare et fortement désagréable pour lui, d'autant plus par cette personne-là.

Elle était vêtue d'une longue robe blanche relativement simple aux motifs peu élaborés, de toute évidence une tenue non destinée aux apparitions publiques. Bien qu'il ne se permette pas d'y jeter un coup d'œil, Dalarisse devina à sa posture et aux bruits légers et sourds qu'elle produisait en avançant qu'elle marchait pieds nus sur les tapis recouvrant la pierre du palais.

Le jeune garde royal accourut et passa la porte, la main sur la poignée de son épée. Dalarisse dut se faire violence pour ne pas, lui-même, porter la sienne sur le poignard dissimulé dans sa tenue.

La princesse fit un geste et s'adressa au soldat en Andarrian.

—Laissez, Bregel.

L'homme d'armes retira sa main, mais ne lâcha pas le Corbeau du regard. Dalarisse tenta de trier les conseils donnés par Varlin, mais ne trouva rien à dire. Au bout de quelques secondes, Adenalia Andarrian chuchota dans son Tiemrin accentué sur le ton de la confidence :

—Vous devez vous incliner.

Dalarisse s'inclina immédiatement.

—Majesté.

La princesse passa à côté de lui et pénétra dans la pièce, le garde Bregel sur ses pas.

—Suivez-moi, Dalarisse.

Plusieurs excuses pour esquiver cet ordre lui vinrent alors en tête, mais le ton, comme l'attitude de la jeune femme qui quittait le couloir, ne laissèrent pas de place à cela. Il s'exécuta et se retrouva debout dans le salon, le garde derrière lui. La princesse vint s'asseoir dans l'un des divans à disposition.

—Dites-moi, que faites-vous ici à une heure si tardive ?

Le Corbeau reprit le mensonge qu'il avait préparé.

—L'ambassadeur éprouve des difficultés à s'endormir et m'a envoyé chercher des feuilles pour une tisane. Je ne sais où en trouver et je suis venu quérir de l'aide auprès des serviteurs.

—Ils ne seront pas dans cette pièce avant une bonne heure (la princesse changea de langue pour s'adresser au garde.) Bregel, allez dire à Keira d'amener ici un sachet de feuilles de tisane.

—Majesté... je... (Le garde Andarrian regarda Ombre-Mort avec insistance) je ne peux...

—... pas refuser un ordre d'un membre de la famille royale, en effet. Par ailleurs vous n'en avez pas envie, étant donné que cette même personne royale est officieusement réputée parmi le corps de garde auquel vous appartenez, depuis peu dois-je le rappeler, pour son caractère particulièrement difficile...

Le rouge monta aussitôt aux joues du jeune soldat. Il s'inclina.

— Oui, Majesté.

Dalarisse le suivit des yeux lorsqu'il se dirigea vers le passage dissimulé et revint à la princesse en baissant la tête, refusant de croiser son regard.

— Je vous remercie, Majesté.

— Ce n'est rien. Je vous présente mes condoléances pour votre serviteur, Lukasse. C'était un ami à vous ?

— Non, Majesté.

Adenalia Andarrian hocha la tête sans quitter des yeux le Tiemrin. Ce dernier tenta en vain de mettre en pratique les leçons récemment apprises, mais il ne trouva rien à dire. Le silence devint gênant.

— Quelque chose vous dérange, Dalarisse ?

— Majesté, au Tiemric, une personne de rang royal ne se retrouve jamais seule avec un serviteur étranger, de surcroît en pleine nuit et... pieds nus.

La princesse sourit.

— Ne vous inquiétez pas, Dalarisse, en Andarrian les serviteurs étrangers ne sont pas censés surprendre un membre de la famille royale en train d'emprunter un passage dérobé en pleine nuit. Je suis ici pour accueillir une troupe de conteurs réputée dans les Huit Royaumes. Ils donneront une représentation privée dans une semaine pour le quarante-troisième anniversaire de mon père, le roi Solodan. Je les rencontre afin de convenir de plusieurs spécificités sur leur spectacle. Je souhaite conserver le secret sur leur venue, ce qui explique ce rendez-vous nocturne peu conventionnel. Vous conserverez également ce secret à présent, Dalarisse.

— Oui, Majesté.

— Ainsi que celui sur la nudité de mes pieds qui, aussi extraordinairement beaux soient-ils, ne méritent pas de déclencher à eux seuls un incident diplomatique entre le Tiemric et l'Andarrian.

— Oui, Majesté.

— « Oui, Majesté. » (La princesse ne semblait jamais se départir de ce ton désinvolte et moqueur. Dalarisse tourna légèrement la tête pour voir si la servante arrivait.) Oh, n'ayez crainte, même si Keira arrivait à temps pour vous sauver, je lui ordonnerais d'attendre.

Le Prince des Corbeaux s'éclaircit la voix tout en décidant de classer les discussions avec cette princesse parmi les expériences les moins agréables qu'il connaisse.

— Je ne souhaite pas vous déranger trop longtemps, Majesté.

— J'en suis sûre ! En vérité, voyez-vous, je me demande la véritable raison de votre malaise, car vous n'êtes pas réellement un serviteur.

— Majesté ?

— Avez-vous déjà vu un agneau avec le regard d'un lion ?

— Non, Majesté, je ne suis pas très au fait des affaires de la ferme.

Adenalia le regarda, interdite, puis partit dans un rire franc.

— C'est une image, Dalarisse, qui signifie qu'il suffit de croiser votre regard pour voir que ce n'est point celui d'un serviteur.

— Oui, Majesté.

La princesse aînée se pencha en avant et reprit sur le ton de la confidence :

— Si j'entends encore un seul « oui, Majesté » de votre part, je vous fais jeter des plus hautes terrasses du palais.

Dalarisse ne répondit rien. La jeune femme écarta les bras.

— Alors, ce malaise, d'où provient-il ?

— Majesté, je ne sais pas parler avec les femmes, je ne sais pas ce qui les intéresse.

— Une confession des plus surprenantes. Ce qui m'intéresse à l'instant précis, c'est vous. Où êtes-vous né ?

Il aurait aimé lui répondre que ses « conseillers » lui avaient mentionné à plusieurs reprises qu'une princesse ne s'intéressait pas à un serviteur, mais il ne voulait pas subir de nouveau le ton espiègle de la jeune femme.

— Mes premiers souvenirs remontent à un orphelinat.

Le sourire disparut du visage de la princesse.

— Vous n'avez ni parents ni nom de famille ?

— Je ne porte que celui de Dalarisse.

— J'en suis désolée pour vous. Les Andarrians orphelins viennent devant leur roi pour qu'il leur donne un nom et les héberge dans une de nos écoles royales. Souhaiteriez-vous que je vous donne un nom de famille, Dalarisse ?

Une réponse négative vint tout naturellement à l'esprit d'Ombre-Mort, cependant il voulait terminer cette discussion au plus vite

— Oui...

Il renonça de justesse à prononcer le mot « Majesté ». La princesse leva la main.

— Soit. Dalarisse Delarma, du nom de la fleur que vous m'avez ramenée.

Le Corbeau soupira intérieurement.

— Merci, Majesté.

— Savez-vous pourquoi nous la nommons ainsi ?

Là encore, l'envie de signifier à la jeune femme son total désintérêt sur le sujet traversa l'esprit du Prince des Corbeaux.

— Non, Majesté.

— Elles ne poussent que sur une colline au nord de l'Andarrian. La légende dit que sur cette colline vivait une jeune bergère au milieu de ses troupeaux dont un ange, perché dans le ciel, tomba éperdument amoureux. Il resta immobile des décennies entières à l'observer et l'aima toute sa vie. Quand elle mourut de vieillesse, il ne put contenir sa tristesse et pleura toutes les larmes de son corps, des larmes de sang reflétant l'infinie tristesse qui rongeait son âme. Les larmes tombèrent sur la colline et chacune d'elles donna naissance à une rose d'un rouge sombre, nommée Delarma en raison de cette histoire. Elles repoussent chaque année et la colline entière semble saigner quand on l'observe au loin, éternisant ainsi l'amour impossible d'un immortel pour une mortelle. C'est une belle fleur, ma préférée parmi toutes.

Le Corbeau se contenta d'acquiescer, mais un léger froncement de sourcils vint parcourir son visage jusque-là impassible. La princesse, qui ne l'avait pas quitté des yeux, le remarqua.

— Qu'y a-t-il?

— Rien d'intéressant, Majesté.

— Laissez-moi en juger, je vous prie.

Il hésita un moment puis releva la tête.

— Il vous suffit d'un mot pour faire parvenir sur vos balcons n'importe quelle fleur des Huit Royaumes. Il est étrange de constater que votre préférence va à celle qui symbolise la tristesse éternelle.

Adenalia ouvrit la bouche pour répondre, mais ne trouva rien à dire. Dalarisse profita de cette accalmie pour remplir sa mission.

— Comment les conteurs viendront-ils jusqu'ici, Majesté?

— Les conteurs... Tessan va les amener ici. C'est un jeune orphelin à mon service. Il est malin et personne ne connaît le palais comme lui.

Dalarisse acquiesça. Des bruits de pas pressés résonnèrent dans le couloir. Bregel et une des dames de compagnie de la princesse arrivèrent dans le salon. Adenalia se leva et fit un geste de la tête.

La dame de compagnie tendit le sachet de feuilles qu'elle avait dans la main au Tiemrin. Dalarisse le saisit et s'inclina devant la princesse.

— Je vous remercie, Majesté.

Adenalia lui sourit cordialement en guise de réponse sans rien ajouter. Il saisit l'occasion pour s'incliner à nouveau et disparut.

Dalarisse rentra dans la chambre alors que les deux autres Corbeaux dormaient et décida de faire de même.

À leur réveil, il leur donna les informations sur Tessan sans révéler comment il les avait eues. Il se dirigea ensuite vers le balcon, suivi de près par Varlin qui vint se positionner à ses côtés. Le Prince des Corbeaux sentit le regard de son comparse peser sur lui.

— Quoi ?

Varlin écarta les bras.

— Cela mérite une explication, Dalarisse. Comment sais-tu qu'il est sous les ordres de la princesse aînée ? (Ombre-Mort ne répondit pas et contempla la ville.) Je ne partirai pas sans mes réponses.

Dalarisse soupira et raconta les évènements de la veille. Quand il eut terminé, il se tourna vers son confrère.

— Vos méthodes ne fonctionnent pas. Il faut en trouver de nouvelles, adaptées au caractère particulier de cette femme.

Varlin hocha la tête.

— De quelles couleurs sont ses yeux ?

— Verts.

— Ses cheveux ?

— Noirs, tu le sais déjà.

— Comment étaient ses habits ?

— Robe simple et blanche, sans chaussures. Pourquoi ces questions ?

— Une hypothèse à valider. Des parties dénudées ?

Le regard de Dalarisse indiquait que ce jeu d'interrogation devait cesser rapidement.

— Chevilles et cou.

— Et à travers sa tenue ?

— Aucune importance.

— Oh que si c'est important ! Distinguais-tu la courbe de ses hanches ? La fraîcheur nocturne faisait-elle pointer le bout de ses seins ?

La voix du plus âgé des deux Corbeaux s'éleva et Dalarisse le fixa un instant, tentant de comprendre la réaction de son rival.

— Oui pour les deux questions. Quelle est cette hypothèse ?

— À quoi s'était-elle parfumée ? Avait-elle enduit sa peau d'une eau de toilette ?

— Oui. Il suffit avec ces questions !

— Encore deux, je te prie, les deux dernières.

Dalarisse accepta, mais ne cacha pas son impatience.

— Le garde royal est-il droitier ou gaucher ? Et de quelle couleur sont les yeux de la dame de compagnie ?

Le prince des Corbeaux réfléchit quelques instants et balaya ces questions d'un soupir.

— Je n'en sais rien.

— Des informations pourtant utiles : la première pour se préparer contre lui en cas de combat, la deuxième au cas où cette jeune femme camouflerait son visage pour une quelconque mission. Ce genre de chose ne t'échappe pas, habituellement.

Varlin sourit en regardant son rival, ce dernier lui rendit un regard menaçant.

— Mettrais-tu en doute mes capacités ?

— Pas le moins du monde, tu es le meilleur d'entre nous, je te l'ai déjà dit.

Varlin quitta le balcon sans se départir de son sourire.

CHAPITRE 30

Kester arriva dans la journée en compagnie de plusieurs servantes Tiemrines. Il avait pris depuis quelques jours des dispositions pour renvoyer diplomatiquement les serviteurs Andarrians et les faire remplacer par celles-ci. Elles appartenaient à la caste nouvellement créée des Filles de Tiems, ce qui leur assurait plus de liberté pour parler dans les appartements de l'ambassadeur. La réunion qu'il avait convoquée aujourd'hui dans la salle principale se tenait donc entre Tiemrins de confiance. Les Corbeaux et les deux nobles étaient présents ainsi que l'ambassadeur et deux de ses serviteurs.

Le Maître des Corbeaux attendit le silence.

— Nous sommes arrivés à la deuxième phase du plan du Grand Roi. Des forces Tiemrines se réunissent aux frontières du royaume de Tradoajh, les Andarrians vont devoir réagir. Il est important de se détacher de ces évènements. Nous sommes une délégation diplomatique surprise des nouveaux agissements de notre roi. (Kester marqua une pause et vérifia que cette information était assimilée.) L'anniversaire du roi Solodan approche, et avec lui, de nombreuses festivités. Le Grand Roi exige des informations, vous avez tous bien travaillé, mais nous devons en obtenir plus. Vous, Ambassadeur, devez atténuer l'impact des nouvelles concernant les armées Tiemrines. Vous deux (il s'adressa aux bourgeois), il est temps de renforcer vos liens avec la noblesse Andarriane, forger des amitiés, courtiser si cela se peut, le Tiemric a besoin d'alliés parmi ces nobles.

Les deux jeunes hommes hochèrent la tête en souriant. Ils ne semblaient attendre que cet ordre. Kester se tourna ensuite vers les Corbeaux :

— Continuez votre travail. Vous devez maîtriser entièrement ce palais en termes de localisation de pièces et de déplacements. Il faut que vous sachiez accéder à tous les étages et toutes les pièces à n'importe quel moment en maximisant la discrétion. Cet endroit regorge de passages et de pièces dissimulés, il est impératif d'en apprendre le plus possible sur ce sujet. Nous nous voyons dans quatre jours.

*

Les trois Corbeaux continuèrent donc leurs repérages et leurs déplacements nocturnes. La garde était importante et organisée, mais ils savaient utiliser les minces failles qu'ils avaient repérées dans les tours de rondes.

Quand ils ne se reposaient pas le jour, ils accompagnaient les bourgeois afin d'en apprendre toujours plus sur les occupants du palais et leurs habitudes. Par ailleurs, ils accoutumaient ainsi toujours plus la cour Andarriane à leur présence.

Frédérick et Romolde étaient souvent interrogés sur les agissements militaires de leur roi, ils se comportaient tel qu'on le leur avait ordonné et les nobles Andarrians se désintéressèrent vite du sujet. Leurs vraies préoccupations concernaient les grandes fêtes données prochainement. Le palais se remplissait chaque jour et les Corbeaux éprouvèrent de grandes difficultés à situer cette arrivée massive d'invités parmi les rouages de la noblesse en place.

Quelque chose dérangeait Dalarisse. La mission n'avait que peu d'intérêt pour lui, mais il en avait connu d'autres, tout aussi monotones. Il s'appliquerait, quoi qu'il en soit, à l'accomplir au mieux. Le climat de fête qui régnait partout dans le palais lui était particulièrement hostile, mais ce n'était pas que cela, il ressentait qu'un malaise montait ici, à Sénam, qu'il ne savait identifier, peut-être dû à la proximité prolongée avec d'autres gens, peut-être à autre chose. Il se devait de prendre un temps pour cerner le problème et le régler, car rien ne devait amoindrir ses capacités. Il en parlerait à Kester au besoin.

Un bal fut organisé un soir dans le Grand Hall du palais. Toute la noblesse Andarriane y était conviée, ainsi que l'ambassadeur et sa suite. Les deux bourgeois se virent confier une liste de noms auprès desquels travailler sur les affinités avec le Tiemric.

Les Corbeaux se devaient également d'être présents : un tel rassemblement leur permettrait de combler les lacunes sur les relations entre la noblesse de Sénam et celle du reste du royaume venue pour les célébrations.

Le « Grand Hall » du palais royal Andarrian ne pouvait porter meilleur nom. C'est d'ailleurs parce que tous à la cour le nommaient ainsi, qu'il avait perdu le nom originel qui lui avait été donné en hommage au roi qui l'avait fait construire.

D'une longueur de cent vingt mètres et large de moitié, il n'était pas le plus grand des Huit Royaumes en termes de dimensions, mais le semblait pourtant, même aux yeux de la délégation Tiermine habituée à l'architecture grandiose de Tiem.

La salle se tenait sur plusieurs étages du palais. Les plafonds aux sculptures complexes abritant de nombreux miroirs s'élevaient à plus d'une dizaine de mètres de hauteur et étaient soutenus par des colonnes qui, au vu de leur finesse et de la sobriété de leur décoration, avaient, sans aucun doute, été construites pour être oubliées. Tout était destiné à laisser passer la lumière.

Cette dernière remplissait totalement l'espace. La paroi donnant sur l'extérieur arborait huit assemblages de vitraux dominant chacun une sortie vers des balcons larges d'une dizaine de mètres et suffisamment espacés. La quasi-totalité du mur était donc ouverte sur la ville et la contrée environnante. Le marbre et les pierres blanches réfléchissaient la lumière et donnaient ainsi l'illusion d'être à l'extérieur.

La salle, située au cœur du palais, était dotée de nombreuses entrées réparties sur plusieurs niveaux. Les accès, au rez-de-chaussée, donnaient sur les parties basses du palais. Des escaliers astucieusement intégrés dans l'architecture des murs permettaient à la noblesse et aux habitants des étages intermédiaires d'accéder au Grand Hall. Enfin, sur les hauteurs, se dessinaient plusieurs accès discrets menant aux étages des serviteurs ainsi qu'un majestueux escalier longeant la paroi face à la ville et menant directement au quartier royal. Sur ce dernier étaient sculptées dans le marbre plusieurs fresques reprenant l'histoire de la création d'Andarrian. L'ensemble accaparait tant l'attention, que l'œil non averti peinait à distinguer un escalier derrière l'œuvre d'art. Quatre imposants dragons d'or, créatures mythiques symbolisant « l'âme Andarriane », étaient perchés dans les coins de la salle et veillaient de leurs yeux de rubis sur ce cœur de la fourmilière du palais Andarrian.

Les Corbeaux arrivèrent en milieu d'après-midi dans la salle pour repérer les lieux. Ils choisirent leurs positions et se mêlèrent aux différents groupes de serviteurs qui attendaient l'arrivée des maîtres dont ils devraient assouvir les désirs jusque tard dans la nuit. Les regards curieux qu'ils lanceraient à travers la salle ne paraîtraient donc pas déplacés.

La salle s'activait au rythme des allées et venues de ceux qui amenaient les innombrables plats et boissons sur les tables placées le long de chaque mur. Les troubadours et ménestrels, positionnés au pied de chaque colonne, dans des espaces qui semblaient leur être réservés, répétaient des prestations qui se devraient d'être impeccables. L'agitation arriva à son comble lorsque les premiers invités furent annoncés à l'entrée de la salle.

Les festivités débutèrent officiellement alors que les musiciens se synchronisaient sur l'ouverture des portes.

La petite noblesse et la bourgeoisie commencèrent alors à se déverser dans la grande salle, remplissant le vaste espace d'une cacophonie qui ne fit que s'accentuer. La haute noblesse et des membres de la royauté pénétrèrent à leur tour, une heure plus tard. Chacun joua alors des coudes pour se montrer aux yeux des plus puissants.

Dalarisse et Varlin se tenaient proches d'une entrée principale du rez-de-chaussée, Günlbert était à l'autre bout de la salle.

Les deux jeunes bourgeois Tiemrins arrivèrent à leurs côtés. Romolde sourit au Prince des Corbeaux.

—Vous vous êtes fait beau pour l'occasion...

Dalarisse regarda les vêtements noirs et simples dans le style de ce qu'il portait depuis ses cinq ans. Il observa ensuite le bourgeois.

—Ta tenue de femme te rend vulnérable aux attaques, tu peux à peine bouger dedans.

Ce fut au tour de Romolde de se regarder. Il releva la tête.

—Qui aurait envie de tuer un bel homme comme moi ?

Ombre-Mort s'apprêta à répondre, mais son attention fut vite détournée par le changement d'ambiance de la salle. Les occupants du Grand Hall levèrent la tête en direction de l'escalier royal. Le roi Solodan Andarrian fit son entrée, accompagné de sa famille proche.

Solodan portait une tunique rouge sombre aux découpes complexes. La puissance de sa présence éclipsait la beauté de ses apparats. Cet homme était roi et seul ce mot lui convenait. La salle entière s'inclina pour le saluer.

Dalarisse l'examina un moment, puis son regard dévia sur la princesse aînée qui marchait en retrait. Elle portait une longue robe blanche parcourue de nombreux liserés d'or mettant en valeur les courbes de son corps. Il détourna les yeux.

La musique jaillit de plus belle dans l'air et la foule, comptant désormais plus de deux cents âmes, s'anima de nouveau. Plusieurs groupes de discussion se formèrent, mais une grande majorité de la noblesse s'élança dans une première danse qui prit d'assaut l'espace central. La musique et la danse semblaient prendre une part bien plus importante dans les fêtes Andarrianes que dans celles de Tiem. Les serviteurs durent rivaliser d'efforts pour apporter mets et boissons au milieu de cette foule pleine d'entrain.

Dalarisse resta immobile plusieurs heures à scruter les faits et gestes de chacun, détectant les connivences dissimulées et les tentatives d'approches opportunistes. Il mémorisa tout ce qu'il put, mais sentait qu'il était en dessous de ses capacités habituelles. Varlin finit par se rapprocher de lui.

—Tu n'es pas concentré.

Le Prince des Corbeaux voulut répliquer, mais il savait qu'il avait raison. Varlin continua :

—Je relève de mon côté suffisamment d'informations pour nous deux, mais je vais avoir besoin de ton aide pour compléter certaines zones d'ombres, notamment sur ces délégations venues de l'ouest du royaume.

Il désigna plusieurs groupes reconnaissables aux coiffures aty-piques de leurs dames. Dalarisse hocha la tête, ravalant la colère engendrée par le constat de ses manquements.

—Je m'en occupe. Cette faiblesse n'est que passagère.

—Soit. Concentre-toi, ou nous allons louper certains maillons indispensables.

Le Prince des Corbeaux observa les cibles indiquées pendant le reste de la soirée. Celle-ci allait sur sa fin lorsque la royauté commença à se retirer, suivie de près par la noblesse. Les serviteurs se précipitèrent alors pour rejoindre leurs maîtres. Dalarisse en fut soulagé et chercha Frédérick, son « maître », pour l'accompagner vers la sortie. Son regard parcourut la vaste salle et s'accrocha à la princesse aînée Andarriane qui remontait le grand escalier avec ses servantes.

Il l'avait eue dans son champ de vision à plusieurs reprises lors-qu'elle discutait avec des nobles venus du royaume. Elle semblait effectivement attirer toute la gent masculine qui gravitait constamment dans ses alentours. Il avait alors soigneusement détourné les yeux de peur qu'elle ne remarque sa présence.

Adenalia Andarrian termina son ascension et tourna la tête vers la salle tout en continuant d'avancer. Son regard croisa directement le sien en traversant le Grand Hall. Son sourire espiègle illumina son visage et Dalarisse ne put bouger avant qu'elle ne disparaisse dans les quartiers royaux.

Le Prince des Corbeaux se tourna vers Varlin qui le scrutait, une expression figée sur le visage.

— Qu'y a-t-il ? (Varlin ne répondit pas.) Parle.

— Je connais la raison de ton malaise.

— Peu importe.

— Je ne pense pas, non.

*

Les Corbeaux rejoignirent les nobles et attendirent que l'ambassadeur leur fasse signe pour regagner leurs appartements. Varlin et Dalarisse s'évitèrent soigneusement.

Ils se couchèrent aussitôt car ils manquaient de sommeil et devaient se lever tôt pour faire un rapport à leur maître de retour au matin. Dalarisse ferma les yeux, mais son esprit refusait de suivre les conseils de son corps. La fatigue était là, mais elle ne dominait pas.

La lourde respiration de Günlbert se fit bientôt entendre, pas celle de Varlin. Le Prince des Corbeaux se tourna finalement vers lui. Il était allongé sur le dos et fixait le plafond. Un sourire se dessina sur ses lèvres quand il sentit le mouvement d'Ombre-Mort.

— Une femme m'a dit une fois que mon sommeil était le plus paisible qu'elle ait jamais vu. Une respiration lourde comme celle de Günlbert et un visage calme comme ceux des nouveau-nés. Nous qui tuons sans distinction, rien ne vient troubler notre sommeil.

—Tu parles trop, de choses inutiles propres aux discussions de penseurs. Nous ne sommes pas des penseurs, nous sommes des exécutants.

—Alors tu n'as aucun problème à exécuter l'acte de dormir en ce moment, tes pensées ne peuvent pas t'en empêcher.

Dalarisse lui lança un regard noir.

—Que veux-tu ?

—Moi, rien. Toi, que veux-tu en ce moment ?

—Que Maître Kester m'ordonne d'abandonner cette mission et de quitter le palais.

Varlin ne dit rien. Il ne bougea pas non plus. Dalarisse le dévisagea quelques instants et se retourna. Il sentait le sourire du Corbeau dans son dos. Cet homme avait le don rare et dangereux de l'énerver, mais il avait aussi celui, étrange, de le faire trop parler.

Le Prince des Corbeaux décida de l'oublier et de se concentrer sur le fait de dormir, cependant, il n'était pas maître de ses pensées. Il changea de position à plusieurs reprises, mais chercher le sommeil n'était pas dans ses habitudes. Il finit par arrêter de bouger et soupira.

—Je veux lui parler.

—Lui parler de quoi ?

—Je ne sais pas, j'aimerais la voir.

—Tu veux lui parler, ou tu veux la voir ?

—Ce n'est pas chose que j'arrive à décrire. Je ne connais pas les mots pour cela.

Varlin haussa les sourcils.

—Qu'est-ce que tu vas faire ?

—Je vais finir par m'endormir. Demain, j'aurai oublié tout ça.

—Utilise ce temps pour réfléchir sur ce que nous avons vu ce soir. Certains nobles de la province ont une influence surprenante sur la cour royale. Maître Kester sera intéressé de l'apprendre.

Dalarisse hocha la tête et retomba dans le silence. Après quelques instants il s'éclaircit la voix :

—Tu m'as aidé, ce soir, et tu essayes de le faire en ce moment. Ce n'est pas chose agréable pour moi, mais je t'en remercie.

—Je fais cela pour la réussite de la mission.

—Je sais.

Le plus jeune des Corbeaux se mit sur le côté et ferma les yeux. Son aîné redressa la tête après quelques secondes.

—Je dois te le dire, tu ne l'oublieras pas non plus.

CHAPITRE 31

Kester les réveilla au matin.

Le Maître des Corbeaux écouta les informations que les assassins avaient récoltées ainsi que les moyens d'atteindre la royauté Andarriane. Il demanda également à ce qu'un plan d'assassinat discret du jeune garçon, Tessan, soit envisagé s'il venait à poser trop de problèmes. Puis il congédia Varlin et Günlbert pour se retrouver seul avec Dalarisse.

Il contempla Sénam quelques instants, alors que son meilleur élève attendait patiemment à ses côtés. Le maître respira profondément avant de parler. Dalarisse connaissait ces moments-là et ce qu'ils annonçaient.

— Elle se nomme Irma Vorein. C'est une fille de la haute noblesse du Tiemric. Elle arrive à Sénam ce soir par un navire qui remonte le fleuve. Elle sait qu'elle est traquée et a déjà pris contact par lettre. Nous soupçonnons un rendez-vous rapide avec quelqu'un entre les murs de cette ville. Il semblerait qu'elle éprouve le désir de partager des renseignements concernant les agissements du Grand Roi avec les Andarrians. Le roi souhaite mettre un terme à sa vie et que cette traîtresse en connaisse la raison avant son dernier souffle. Le visage du contact est une information nécessaire. Inutile de préciser le degré de discrétion de cette mission.

Ombre-Mort hocha la tête, prit son manteau noir, rangea son équipement dedans et sortit discrètement du palais.

*

Dalarisse ne connaissait de la ville basse de Sénam que la vue qu'il avait du balcon et le trajet direct qui les avait amenés au palais. Il savait cependant vers quels quartiers se diriger et sa mémorisation des plans de la ville depuis les appartements suffirait pour le guider.

Il choisit l'un des ascenseurs mécaniques les plus proches du palais. Ils étaient tous gardés par un corps de soldats particulier qui s'assurait également du fonctionnement de ces imposantes œuvres d'ingénierie. Dalarisse ne doutait pas un instant qu'une autre de leurs fonctions était de lister les allées et venues de certains, afin d'en relater des rapports précis. Bien qu'il existât un long chemin qui contournait le plateau, ainsi que deux étroits passages vertigineux qui serpentaient le long de la paroi, les six ascenseurs disposés le long de la paroi restaient le moyen le plus sûr et le plus rapide de rejoindre les deux parties de la ville. Tout le monde les empruntait à toute heure du jour et de la nuit.

En l'occurrence, en ce début de matinée, ils étaient nombreux à attendre et Dalarisse assista à deux allers-retours avant de pouvoir pénétrer dans l'imposante structure en bois.

Les gardes le regardèrent. Bien que sa peau ait pris quelques couleurs, ses origines restaient reconnaissables et son manteau léger et adapté à un climat doux pouvait cependant le rendre suspect sous ce soleil pesant. Il serait rapidement identifié. Il lui faudrait rapporter quelques objets achetés dans la ville basse à destination de l'ambassadeur pour justifier ce voyage. L'ascenseur se mit en branle et entama sa descente aux côtés de l'une des imposantes chutes d'eau qui s'élançaient du plateau.

Sa cible se savait en danger. Elle devait arriver discrètement en évitant les points d'entrée où des agents Tiemrins pourraient la repérer, elle ne choisirait donc pas la voie des terres et resterait sur son navire jusqu'à destination. Le rendez-vous devait probablement avoir lieu ce soir même. Trahir le Grand Roi réduisait considérablement l'espérance de vie, et si ces informations étaient aussi importantes qu'elles semblaient l'être, alors elle devrait les transmettre au plus vite, faute de se faire intercepter avant. De plus, il lui fallait un endroit discret dans un quartier peuplé et hétéroclite où sa présence ne serait pas trop remarquée. L'ascenseur arriva en bas dans un dernier mouvement abrupt. Les gardes ouvrirent les portes et Dalarisse pénétra dans la ville basse.

Aux alentours du lac, Sénam semblait en effet correspondre à la réputation que les Andarrians lui accordaient. Les quartiers étaient propres et agréables, les bâtiments s'harmonisaient avec la végétation et tous s'affairaient tranquillement au rythme des musiques qui provenaient de chaque rue.

Cependant, plus il s'éloignait et plus il retrouvait l'ambiance des nombreuses villes qu'il avait parcourues, exception faite des musiciens toujours présents en nombre. Par ailleurs, il n'y avait certes ni mendiants ni habitants qui semblaient se battre contre la faim, comme s'en assurait la royauté Andarriane, mais Dalarisse détectait sans difficulté les hommes qui étaient évités dans la rue, les maisons idéalement conçues pour passer inaperçues et les roublards qui rôdaient autour. Il vit également de nombreuses ruelles, en apparence anodines, si on ne remarquait pas les portes dissimulées et les traces de sang séché recouvertes à la va-vite par de la terre.

Dalarisse déambula ainsi un long moment en s'éloignant du palais. Il finit par arriver là où il le souhaitait : sur des quais insalubres où d'énormes caisses de bois étaient débarquées des bateaux naviguant sur le fleuve, et transportées vers différents entrepôts. Il se fraya un chemin parmi les dockers qui s'activaient sous les beuglements des contremaîtres et s'enfonça dans le quartier adjacent qui était probablement l'un des plus pauvres et des plus peuplés de la ville.

Il croisa des femmes et des enfants avançant d'un pas pressé en lui lançant des regards fuyants et craintifs. Dalarisse connaissait cette peur dans les yeux, celle de personnes habituées à se faire intimider, dépouiller, et pire encore. La démarche assurée d'un homme vêtu comme il l'était lui permit de traverser les foules avec aisance. Ces gens-là reconnaissaient les lions d'un simple regard et les évitaient soigneusement. *Les lions.* Dalarisse se demanda si la royauté Andarriane, réputée si proche de son peuple, avait déjà mis les pieds dans ces quartiers.

Quelques enfants tournaient autour de lui, leurs mains prêtes à se glisser sous son long manteau noir. Dalarisse en dissuada certains du regard, mais d'autres vinrent graviter autour de cet « étranger au quartier ». Il laissa tomber quelques piécettes de cuivre que les enfants se pressèrent de récupérer entre les jambes des passants. Le poignard qui disparut et réapparut rapidement dans sa main leur fit comprendre qu'ils devaient s'en tenir là.

Il s'arrêta devant des musiciens installés à un coin de rue. Cette musique n'était pas la même que celle s'élevant des rues proches du palais. Sa mélodie était plus vive et dansante. Dalarisse ouvrit délibérément son manteau d'un geste nonchalant et laissa apparaître une bourse bien remplie à sa ceinture. Il repartit d'un pas lent et s'engouffra dans une petite ruelle que le soleil ignorait toute la journée. Deux hommes le suivirent d'un pas rapide : l'appât d'un tel butin venant d'un individu isolé était trop tentant...

Ombre-Mort ralentit le pas et se laissa rattraper. Une main se posa sur son épaule, il se retourna et frappa violemment le nez de son propriétaire. Celui-ci s'écroula au sol, l'os cassé. Son acolyte n'eut le temps que de sursauter lorsqu'un poignard se logea contre sa gorge. Il dut reculer sous la pression et se retrouva bloqué contre le mur. Dalarisse le regarda dans les yeux et s'exprima en Andarrian.

— Ta vie ne tient qu'à quelques réponses claires et précises.

L'homme jeta un coup d'œil à son compagnon à demi inconscient au sol et revint à lui. Il hocha la tête.

— Les auberges de voyageurs dans lesquelles le silence se paye gracieusement, où sont-elles dans ce quartier ?

Il sembla hésiter, mais la peur l'emporta sur le reste et il donna rapidement les noms et les emplacements.

— Un bateau venant du nord avec des voyageurs se voulant discrets, où accosterait-il ?

L'homme répondit à nouveau.

— Un homme vêtu de noir, trop dangereux pour toi, avec un poignard et un accent, tu l'as vu en ville ?

— Non, jamais vu.

— Tâche de te rappeler cette réponse, elle est liée à vos vies à tous les deux. (Dalarisse lui glissa quelques pièces d'argent dans la poche.) Les rues sont dangereuses ce soir, restez chez vous.

Le Prince des Corbeaux s'en alla et se fondit dans la foule en direction des endroits indiqués. Il observa chacun des lieux qui lui avaient été mentionnés et repéra leur proximité avec les quais d'accostage. Un point de rendez-vous pour une étrangère devait posséder des caractéristiques remarquables, un indice visuel, la plupart du temps. Il en sélectionna trois qui correspondaient au profil et les étudia de plus près. Il choisit l'une d'entre elles, plus grande que les autres et aussi beaucoup plus fréquentée. Un groupe de musiciens venu de la province donnait une représentation ce soir : idéal pour passer inaperçu en fond de salle, d'autant plus que le bâtiment semblait contenir plusieurs espaces enfoncés dans l'obscurité et propices à ce genre de rencontre.

Dalarisse alla ensuite le long des quais alors que la nuit approchait rapidement et parcourut les chemins qui menaient à l'auberge sélectionnée. Sa cible en emprunterait un relativement désert pour ne pas être repérée, mais pas trop complexe afin de ne pas se perdre. Il y avait une route large menant directement des quais à la taverne. Elle était trop fréquentée, mais une ruelle parallèle la suivait tout du long. Le Prince des Corbeaux la repéra puis revint dans les zones plus peuplées afin d'acheter de faux présents pour l'ambassadeur et une corde qu'il dissimula dans un endroit choisi, près du fleuve.

Il se positionna ensuite dans la ruelle, à l'un des endroits où il y avait le moins de chance que quelqu'un les surprenne et où il pouvait régulièrement aller vérifier que sa cible n'avait pas finalement décidé de prendre la grande rue.

Irma Vorein fut aisément repérable. Outre sa peau pâle qu'elle peinait à dissimuler, ses habits simples et discrets ne faisaient pas illusion par rapport à sa démarche, si caractéristique de la haute noblesse Tiemrine.

Il n'y avait personne d'autre dans la ruelle au moment où Dalarisse sortit de l'ombre pour surgir quelques mètres devant elle. La Tiemrine s'arrêta net, la main se portant sous sa tunique, probablement à la recherche d'une arme dissimulée. Elle recula à petits pas, Dalarisse dévoila son arbalète déjà armée.

—Fuir n'est plus possible.

Irma écarquilla les yeux en murmurant :

—Un Corbeau…

—Je viens vous enlever la vie. Le Grand Roi insiste pour que vous en connaissiez la raison.

—Le Grand Roi est un monstre ! Le Tiemric sera à jamais maudit !

—Vos dires ne m'intéressent pas.

—… vous êtes l'instrument de la pire félonie qui soit.

—Le Grand Roi ordonne votre mort pour traîtrise envers le Tiermic.

—Vous…

Elle bondit soudainement vers la gauche pour se précipiter dans une rue perpendiculaire. Dalarisse leva son bras et un carreau se ficha dans la poitrine de la jeune femme qui s'écroula dans un bruit sourd contre le mur. Il la rejoignit et la traîna discrètement pour la dissimuler derrière un dépôt de caisses non loin de là. Elle tenta vainement de l'en empêcher avec ses bras, mais ses forces la quittaient.

Dalarisse alla s'assurer que l'endroit qu'il avait repéré au préalable sur les quais était libre et revint la chercher. Il l'amena à l'emplacement voulu, saisit une pierre relativement lourde dans un entrepôt à proximité et l'attacha à la Tiemrine avec la corde. Elle gémissait sous la douleur, mais n'avait plus l'énergie suffisante pour se débattre. Il la fit glisser dans l'eau et regarda le corps dériver vers le milieu du fleuve, puis sombrer, entraîné par la pierre.

Le Prince des Corbeaux se dirigea ensuite vers l'auberge du rendez-vous. Il vérifia les alentours du bâtiment et détecta deux hommes armés qu'il identifia comme n'appartenant pas à ce genre de quartier malgré leurs efforts pour rester discrets. Ils semblaient discuter sans se préoccuper de ce qui se passait autour, mais jetaient régulièrement des coups d'œil en direction de l'entrée. Il les contourna pour s'approcher d'une fenêtre dans leur angle mort. Comme il s'y attendait, d'autres hommes du même groupe étaient disséminés dans la salle. Il devrait donc effectuer son repérage sans pouvoir y pénétrer.

Il mit cependant peu de temps à trouver ce qu'il cherchait. Le contact était seul à une table du fond de la salle, habilement fondu dans le décor, bien que Dalarisse soupçonnât qu'il n'était pas coutumier de ce genre d'établissement. Il portait un bracelet de pierres rouges voyant autour du poignet, probablement le moyen d'être reconnu par Irma Vorein. Dalarisse l'observa et reconnut un noble du palais qu'il avait entrevu dans les réceptions.

Il quitta les lieux, récupéra les faux achats pour l'ambassadeur et se dirigea vers les ascenseurs.

*

Sur le chemin du retour, Dalarisse tenta de restituer l'homme qu'il avait vu au sein de la cour royale. Il le retrouva positionné dans plusieurs groupes d'influence proches du pouvoir, cela faisait naturellement de lui un homme à surveiller de plus près, d'autant plus maintenant qu'il était l'homme de contact des traîtres de la noblesse Tiemrine. Il lui faudrait recouper les informations le concernant avec celles des autres Corbeaux.

Dalarisse arpenta les couloirs du palais d'un pas vif pour rejoindre les appartements. Son instinct l'alerta au moment où il allait ouvrir la porte. Il tourna la tête sur sa droite en glissant sa main vers son poignard. Une petite silhouette tressaillit dans l'ombre. Le Prince des Corbeaux attendit, immobile, en fixant son observateur.

L'enfant sortit de sa cachette et se dévoila à la lumière des torches. Dalarisse utilisa son Andarrian accentué :

— Tu es Tessan, l'enfant au service de la princesse.

Il déposa les objets achetés devant la porte et s'avança vers le garçon. Celui-ci recula, mais soutint son regard :

— Oui. Et vous êtes le tueur.

Dalarisse fronça légèrement les sourcils. Il allait devoir tuer l'enfant ; or il n'avait pas encore eu le temps d'établir de plan pour que cela passe inaperçu. Le garçon était probablement en mission et son absence serait remarquée. Les Andarrians pourraient faire le rapprochement avec le fait qu'il avait emprunté les ascenseurs pour remonter peu avant. De plus, l'enfant avait peut-être pour consigne de s'intéresser à lui ce soir, ce qui le désignerait alors comme coupable. Il décida d'en savoir plus.

— Pourquoi m'appelles-tu ainsi ?

— Bregel dit que vous tuez des gens, il dit qu'il l'a vu dans vos yeux quand vous l'avez regardé.

— Cela te fait peur ?

— Oui.

— Pourquoi ne fuis-tu pas ?

— Adenalia m'a dit d'affronter mes peurs.

— Une bien jolie phrase pour un jeune enfant. Si j'étais un tueur, fuir aurait été le meilleur choix.

Le garçon recula d'un pas quand l'assassin avança de nouveau.

— Si vous me tuez, Adenalia vous tuera.

Dalarisse retira lentement la main de son poignard. L'interrogation du jeune garçon était peu fondée, celle du garde Bregel déjà plus.

— Pourquoi m'espionnes-tu ?

— Je ne vous espionne pas.

— Pourquoi me mens-tu ?

— Je...

L'enfant recula à nouveau. Il parla vite, comme pour avouer une faute.

— Adenalia veut savoir ce que vous faites la nuit.

Le nom de la princesse répété tant de fois irrita l'assassin qui redoutait de ne pas dormir non plus cette nuit.

— Que vas-tu lui dire ?

— Je ne sais pas.

— Elle dort ?

— Non

— Alors, mène-moi à elle.

La phrase avait jailli d'elle-même. Dalarisse la regrettait déjà, mais le jeune garçon repartait dans l'autre direction. Il pouvait encore renoncer et rentrer dans les appartements Tiemrins, il ne le fit pas.

CHAPITRE 32

Tessan emprunta le chemin le plus court pour rejoindre les quartiers royaux. Il se déplaçait vite et esquivait les tours de garde avec aisance. Le Prince des Corbeaux éprouva même quelques difficultés à suivre le rythme.

Ils traversèrent ainsi les étages des serviteurs sans se faire repérer et s'alignèrent momentanément sur la démarche de deux d'entre eux, qui vaquaient à leurs occupations, pour atteindre un étroit escalier en colimaçon positionné dans une alcôve. Ce dernier menait aux étages royaux et était sans nul doute destiné à rendre les plus discrètes possible les allées et venues des serviteurs. Au vu des plans du palais que Dalarisse avait en tête, il estima qu'il devait y en avoir plusieurs de la même sorte reliant les différents points de cet étage et celui d'au-dessus. L'escalier qu'ils empruntaient menait vers la partie où se trouvaient les appartements de la princesse.

Le jeune garçon s'assura qu'il n'y avait personne et monta rapidement pour se dissimuler dans un des recoins de l'alcôve où ils arrivèrent. Dalarisse le rejoignit dans l'ombre et attendit. L'enfant connaissait mieux la suite des évènements et le Prince des Corbeaux, ignorant leur destination exacte, n'avait d'autre choix que de se laisser guider. Se faire surprendre par la garde royale à cette l'heure et en ce lieu signifierait qu'il devrait fuir la ville dans l'instant et mettre en péril les projets du Grand Roi. Il ne pouvait pas prendre ce risque.

Tessan se mit à l'écoute des pas d'une patrouille et attendit le moment propice. Quand il vint, le garçon tira sur la manche de

Dalarisse et s'élança. Le Prince des Corbeaux le suivit dans une succession de tournants qui les menèrent dans le couloir commun aux appartements royaux donnant sur l'escalier du Grand Hall. L'allée était entourée de statues des rois Andarrians. Le garçon se précipita dans le renfoncement de l'une d'elles et passa derrière. Dalarisse le suivit alors que des soldats se faisaient entendre au tournant.

Un étroit passage se dessina dans le mur, impossible à voir depuis le couloir ; à peine de quoi se faufiler de profil. Tessan s'y glissa dans la continuité de sa course, le Prince des Corbeaux suivit le mouvement.

Ils avancèrent dans le noir et débouchèrent dans un long couloir parallèle à celui des statues. Seule une faible lueur passant sous une porte au bout du couloir à droite éclairait l'endroit. Toujours d'après les informations mémorisées, Dalarisse devina que cette entrée donnait dans une pièce théoriquement juxtaposée aux appartements de la princesse. La porte, de l'autre côté du couloir, à sa gauche, menait directement aux appartements du roi.

Tessan continua sans s'arrêter jusqu'à la porte de droite et frappa selon un code précis que le Prince des Corbeaux retint avec attention. Des bruits de pas se firent entendre et un verrou se leva. L'enfant fit signe à l'assassin de rester là puis ouvrit la porte pour la refermer aussitôt derrière lui.

Dalarisse se retrouva seul. Un frisson parcourut son corps. Il ne se contrôlait plus... et il devait toujours se contrôler. Venir ici était une mauvaise idée, trop hasardeuse et trop sujette à des conséquences fâcheuses. Cela lui avait pourtant permis de découvrir un passage secret menant directement aux appartements royaux, ce qui ravirait Kester... Mais il faudrait également lui révéler un nouveau contact avec la princesse dans un contexte totalement contraire aux consignes données. Il regarda en direction du couloir, s'imaginant repartir maintenant avec son information importante, lorsque la poignée de la porte s'abaissa.

Tessan fila entre ses jambes sans lui adresser un regard. La silhouette d'Adenalia Andarrian se dessina dans l'embrasure de la porte. De longs et amples vêtements la recouvraient, bien plus simples que ses tenues publiques. Une lourde odeur de renfermé émanait de la pièce, à laquelle se mêlait celle, fruitée, de la princesse.

—Dalarisse Delarma.

Le Corbeau croisa son regard.

—Je veux vous parler.

Adenalia sourit.

—Je le veux également.

Elle se mit de côté et lui fit signe d'entrer. Dalarisse hésita, tout en jetant un coup d'œil dans la pièce : c'était une bibliothèque. Il passa devant elle et y pénétra d'un pas vif.

Une bibliothèque, et non des moindres. Au vu de la collection impressionnante d'ouvrages et de parchemins alignés sur les étagères positionnées contre les quatre murs, il devait s'agir de la bibliothèque privée de la famille royale Andarriane. La pièce, dépourvue de fenêtres, ne comportait qu'une autre porte, donnant de toute évidence sur les appartements de la princesse. Elle était ainsi dissimulée dans l'architecture du palais, rendant sa découverte impossible pour quiconque ne savait où la chercher.

Dalarisse fit lentement le tour de la pièce sans se soucier de la princesse qui le suivait du regard. Il inspecta plusieurs étagères puis se dirigea vers l'unique bureau, au centre. Un parchemin fraîchement rédigé en Andarrian et un ouvrage plus ancien en Tiemrin étaient posés dessus, un encrier et une fine plume se trouvaient sur le côté.

Adenalia referma la porte et se positionna en retrait.

—Vous savez que si l'on apprend votre présence en ce lieu et en cet instant, ma réputation et celle de ma famille en souffriront grandement.

— Si mon maître l'apprend, je devrai quitter le palais et faire face à des sanctions que je ne souhaite pas affronter.

— Alors, pourquoi venir ?

— Un problème à régler. Pourquoi m'ouvrir la porte ?

La princesse haussa les épaules.

— J'en avais envie.

Dalarisse lui jeta un bref coup d'œil et revint au livre sur le bureau. Adenalia resta à distance.

— Je traduis des textes Tiemrins en Andarrian. Cet auteur montre, sous des aspects fascinants, la beauté qui se dissimule derrière les climats froids et rugueux de certaines des régions du Tiemric. J'aimerais que ce texte soit accessible à notre peuple.

Il se pencha sur l'écrit posé sur le bureau.

— C'est un livre de Pogrême.

Adenalia resta interdite un moment.

— … en effet. Il l'a fait parvenir à ma mère peu de temps avant qu'elle ne décède. Je ne m'attendais pas à ce que vous reconnaissiez un de ses ouvrages.

Dalarisse se redressa.

— Comment votre mère est-elle morte ?

— Elle a contracté une maladie lors d'un voyage. Nous sommes dans sa bibliothèque… qui est désormais la mienne. Je tente de perpétuer son travail.

Le Prince des Corbeaux hocha la tête en considérant sur plusieurs étagères, des livres de différents royaumes et les piles de parchemins en Andarrian qui leur étaient associés.

— C'est vous qui avez fait cela ?

— Oui.

— C'est impressionnant.

— Je vous en remercie.

Il se tourna vers elle.

— Vous êtes moins arrogante qu'en public.

Elle écarquilla les yeux sous le coup de la surprise. Un sourire se dessina cependant sur son visage alors que le Tiemrin reprenait son observation des étagères.

—Ajoutons cette remarque à la liste des raisons qui justifieraient que je vous fasse arrêter par la garde.

—Je ne voulais pas vous insulter.

—Je ne me sens pas insultée.

Dalarisse saisit l'un des bougeoirs et l'éloigna d'une étagère.

—Il est dangereux d'avoir autant de bougies dans une bibliothèque fermée. Les parchemins n'apprécient pas les flammes, et puisque vous les éteignez et les déplacez souvent, vous changez régulièrement la température de la pièce, ce qui n'est pas bénéfique pour le papier non plus. Vous devriez diminuer leur nombre.

—J'apprécie votre... inquiétude.

Le Corbeau interrompit son examen des ouvrages et se retourna afin de faire face à la princesse. Elle n'avait pas bougé de sa position et continuait de l'observer. La lueur dorée des bougies soulignait les traits de son visage... ce visage qui affichait toujours cette expression agaçante.

—Pourquoi ne dormez-vous pas ? À cette heure, les nobles Dames dorment.

—Vous êtes devenu expert en noble Dame ?

—Non, mais je...

Elle leva la main pour l'arrêter.

— Je passe souvent une partie de la nuit dans cette bibliothèque. Je récupère en journée quand je le peux. Vous, pourquoi ne dormez-vous pas ?

—Je pense à vous au lieu de dormir. (La princesse continua de le fixer, mais Dalarisse détourna le regard. Il respira profondément.) Vous avez mis quelque chose en moi que je n'arrive pas à maîtriser. De ce que je sais, vous êtes belle et vous ne rendez pas les hommes indifférents, vous avez l'habitude de cette situation. J'aimerais qu'avec moi cela cesse.

—Et pour cela, vous me rendez visite en cachette au milieu de la nuit ?

—Oui.

Adenalia l'observa encore un moment puis se déplaça en direction de la porte et l'ouvrit. Le Prince des Corbeaux lui jeta un coup d'œil. Elle se positionna à côté de l'ouverture en indiquant la sortie d'une inclination de la tête.

—Rentrez dans vos appartements, Dalarisse.

Le Prince des Corbeaux se maudit intérieurement et acquiesça en prenant conscience du ridicule de son acte. Il n'avait jamais été confronté à une situation aussi humiliante. Une vive colère monta en lui. Il traversa la pièce sans chercher à croiser son regard et franchit le seuil.

—Et faites attention : les gardes ne doivent pas vous voir.

—Ils ne me verront pas.

Il s'engouffra dans le couloir en direction du passage

—Et revenez demain à la même heure.

Dalarisse se figea et se retourna. La princesse ferma la porte.

*

Le Prince des Corbeaux réussit à dormir, mais peu de temps. Kester le réveilla après les autres assassins et lui tendit une miche de pain. Le Corbeau la saisit et ne se fit pas prier pour la manger. Son maître lui servit un verre d'eau et Dalarisse le vida d'un trait. Kester reprit le verre et le posa sur une table.

—Qui est-ce ?

—Un noble Andarrian. Je connais son visage, je vais l'identifier avec l'aide des autres.

—La fille ?

—Au fond de l'eau.

— Bien. Autre chose ?

— J'ai trouvé un passage secret dans les quartiers royaux permettant d'accéder aux appartements.

— Comment ?

— ... en pistant l'enfant.

— Bien. Ce sera tout pour aujourd'hui. Tu ne dors pas assez, repose-toi.

Le vieux Corbeau quitta la pièce, et Dalarisse se rendormit.

Lorsqu'il se réveilla, il fournit à Frédérick de Radenks la description précise de l'homme aperçu dans l'auberge puis il l'accompagna en tant que serviteur.

Il traversa la journée d'un trait et l'oublia le soir venu.

CHAPITRE 33

Dalarisse atteignit le passage sans difficulté. L'itinéraire nécessitait pleinement l'utilisation de ses compétences, mais ne posait plus de réel problème maintenant qu'il le connaissait.

La porte lui fit face dans la pénombre. Une porte simple et anodine, désormais solidement gravée dans son esprit. Il resta ainsi un moment à l'observer, conscient de l'importance et des conséquences de ce qu'il allait entreprendre.

Au bout de plusieurs minutes, il frappa en utilisant le code qu'il avait mémorisé. Le loquet du verrou se fit rapidement entendre et la princesse apparut dans une tenue similaire à celle de la veille.

—Vous êtes venu...

L'assassin tenta de décrypter les sentiments cachés derrière le sourire de la jeune femme, sans succès. Elle se décala pour le laisser entrer dans la bibliothèque. Dalarisse refoula son hésitation et pénétra en inspectant de nouveau la pièce.

Adenalia referma la porte et vint s'asseoir en invitant le Prince des Corbeaux à faire de même sur une deuxième chaise qui avait été installée de l'autre côté du bureau. Il s'exécuta en prenant la parole :

—Vous avez enlevé une bougie et en avez éloigné deux autres des étagères.

—En effet. Cela vous donne-t-il satisfaction ?

—Il faut prendre soin de la connaissance, elle...

—«... elle doit survivre à ceux qui l'étudient». C'est une citation de Pogrême que vous mentionnez pour la deuxième fois en autant de rencontres dans cette bibliothèque.

Dalarisse ne réagit pas. La princesse saisit l'un des parchemins posés sur son bureau et se pencha dessus, entamant la lecture dans son Tiemrin aux intonations trop prononcées :

— « Taurna, catin de Tiem. Quartier si identifiable, depuis les hauteurs, par ses murs longs et ses bâtisses épaisses semblables à des cuisses pleines de chaleur attirant autant l'œil qu'elles attisent les sens. Combien viennent s'y abandonner, s'engouffrant tête en avant, étouffés par la moiteur venue du fleuve, bercés par les cris et les gémissements, enivrés par ces odeurs et ces visions qui toucheraient, ailleurs, à l'intime ou l'interdit. On y plonge avec envie et on en sort lentement, ses passions assouvies. Une vieille putain empestant un parfum autant écœurant qu'enivrant, connaissant les moindres ficelles pour procurer tous les plaisirs et utiliser tous les moyens pour prendre votre argent. Taurna séduit, Taurna ensorcelle, Taurna vous rappelle. L'homme qui s'aventure en elle peut jouir d'autant de manières qu'il veut. Il peut la baiser des nuits entières, y exprimer celui qu'il aimerait être ou être celui qu'il n'exprime pas, il finira toujours vidé, épuisé, satisfait d'un plaisir éphémère qui redevient envie le lendemain. Taurna, que l'on bénit toujours une fois de plus qu'on ne la maudit. Pâle et sinistre la journée, pleine de joie et de vie quand le soleil l'abandonne, à la lueur des torches qui dansent en son sein. Une catin qui transpire de ses vices à travers tout Tiem, que tous méprisent en l'apercevant exhiber ses charmes, mais que personne ne chasse, car nul ne saurait alors où diriger ses pensées secrètes. Taurna l'envoûtante, innombrables ils sont et seront à pénétrer avec envie entre la grande rue commerçante et le fleuve s'écoulant plus bas, deux jambes élégantes qui ne se referment jamais ».

La jeune femme releva la tête, reprenant son souffle et guettant chez le Tiemrin une réaction qui ne vint pas.

— Jamais un auteur Andarrian ne se permettrait d'écrire ce texte. On n'emploie pas de telles images ici. Il y a cette utilisation crue des mots et des images, si propre au royaume du Tiemric et si déstabilisante tant elle contraste avec les conventions froides et strictes de vos contrées. J'aimerais le traduire en conservant cela. Vous avez déjà été à Taurna ?

—Oui.

—Est-ce là une fidèle description ?

—Oui.

Adenalia attendit quelques instants puis se mit à rire en mettant la main devant sa bouche, un son qui donna vie à la bibliothèque.

—Vous n'avez aucune idée du déroulement normal d'une conversation.

Le ton enjoué surprit le Prince des Corbeaux dont les traits du visage se détendirent.

—Pas avec vous.

—Oh bien sûr, vous devez exceller avec d'autres que moi !... Dites-m'en plus sur Taurna.

—C'est le quartier vers lequel il faut se diriger quand on ne trouve pas ce que l'on cherche ailleurs... pour un bien ou pour un service.

—J'ai entendu dire que le quartier possédait ses propres milices pour maintenir l'ordre. Est-ce le cas ?

—Oui. Ce quartier ne pourrait pas être ce qu'il est sous le seul contrôle des soldats du roi. Ceux qui dirigent ces milices et le quartier sont cependant en contact avec les autorités royales afin de garantir, dans l'ensemble, les intérêts de tous. Cela permet de maintenir un ascendant nécessaire sur Taurna sans la dénaturer.

—C'est-à-dire ?

—Les hommes et les femmes qui vont à Taurna... (Dalarisse chercha ses mots) se libèrent de leurs poids, de leurs obligations et de leurs responsabilités... parfois de leurs identités, souvent de leurs peurs et de leur timidité. Personne ne vous juge à Taurna, personne n'essaye, d'ailleurs, d'en savoir plus sur vous. La présence des soldats rendrait cela impossible... et ils ne toléreraient pas toutes les choses qui s'y passent. Cette atmosphère libère les gens, quels qu'ils soient.

Les roturiers des plus basses extractions comme les hauts nobles s'y rendent dans l'anonymat. Tous ces gens, ainsi libérés, sont imprévisibles et peuvent devenir dangereux. Les milices sont plus permissives, mais aussi plus violentes dans la répression, elles permettent de maîtriser ces gens au besoin.

Adenalia dévisagea le jeune homme.

—Vous avez été... serviteur, dans ce quartier ?

—J'ai souvent été dans ce quartier.

Elle remit le parchemin en place et croisa délicatement les mains.

—J'aimerais en savoir plus et je vais devenir indiscrète.

—Faites.

—Soit... avez-vous déjà été avec une des Dames de Plaisir à Taurna ?

—Pas à Taurna, non, mais j'ai été avec une femme, une fois.

—Cela m'intéresse.

Dalarisse ne rajouta rien, mais la princesse haussa les sourcils en l'incitant explicitement à développer son propos. Il prit une inspiration.

—À l'âge de quinze ans, mon maître m'emmena dans un établissement spécialisé d'un village au nord de Tiem et m'ordonna de rejoindre une pièce. Il y avait dedans une femme dénudée, allongée sur un lit. Elle m'a guidé en elle.

Le Prince des Corbeaux s'arrêta net. La jeune femme mit plusieurs secondes pour relancer :

—Avez-vous aimé cela ?

—Non.

—Non ?

—La détente physique était agréable, bien que relativement courte, pas les efforts pour y arriver.

La princesse rit de nouveau sous le regard curieux de l'assassin. Elle retrouva peu à peu son expression habituelle et demeura silencieuse un bref instant avant de reprendre en désignant le texte :

—En allant à Taurna souvent, d'après vos dires, de quoi vous libériez-vous ?

—De rien, je n'y allais pas pour cela.

—N'avez-vous donc ni obligation ou allégeance dont vous souhaiteriez éviter la charge, ne serait-ce que pour un instant ?

—Mes obligations comme mon allégeance ne me contraignent pas, je suis libre, avec.

—Même ici, à Sénam ?

—Ici à Sénam, il y a vous.

Adenalia le fixait, insistante, mais Dalarisse continua d'éviter de croiser son regard.

—Alors, cette bibliothèque est votre Taurna ?

—Cela pourrait y ressembler, oui. (Il redressa la tête et ajouta rapidement.) Sur le principe, j'entends, cela ne signifie pas que…

—Ni vous ni moi n'avons envie que vous finissiez cette phrase, Dalarisse.

Il se tut, ne pouvant retenir le rouge qui lui montait aux joues. La princesse ajouta sur un ton malicieux :

—Vous avez raison cependant, je ne suis pas sûre d'être à la hauteur de tout un quartier de prostituées.

—Ce n'est pas ce que j'ai voulu dire.

—N'ayez crainte, votre présence en ce lieu et à cette heure dépasse déjà les limites du sensé et de l'incident diplomatique. Ce qui se passe ici ne suit ni la raison ni nos codes de conduite. Peut-être est-ce également une part de Taurna, pour moi.

Le silence ponctua ces mots et le calme revint lentement dans la petite pièce. Adenalia s'adossa un peu plus en arrière contre sa chaise.

—Pourquoi venez-vous ici, Dalarisse ?

—Majesté ?

—Pas de Majesté en ce lieu. Je vous demande pourquoi vous venez ici ?

—J'ai déjà répondu à cette question.

—La réponse ne me convient pas.

Le Prince des Corbeaux marqua une pause. La jeune femme attendit.

—Venir ici m'est agréable.

Adenalia inclina la tête.

—Comme la détente physique ?

—Différent.

—Ravie de l'apprendre.

Dalarisse comprit l'allusion et sourit brièvement. Le visage de la princesse s'illumina. Il ferma de nouveau le sien, mais n'évita plus son regard. Elle désigna le parchemin d'un geste élégant du menton.

—Comment connaissez-vous Pogrême ?

—J'ai passé trois semaines dans sa demeure étant enfant.

—Comment cela se fait-il ?

—Je me suis perdu.

—Perdu ?

—Oui

Adenalia sembla hésiter.

—Vous… vous semblez l'apprécier. Est-ce le cas ?

—Oui.

La Princesse l'observa à nouveau puis reprit :

—Il y a un sage, en ville, du nom d'Hallem Adourabh, un homme de lettres que mon père finance depuis des années et pour lequel j'ai une grande d'affection. Je l'ai beaucoup fréquenté plus jeune. (Elle enveloppa la pièce d'un geste du bras.) Il alimente en grande partie cette bibliothèque. Hallem est revenu il y a quelques jours d'un voyage à Tiem où il a rencontré Pogrême. Il sera aux festivités pour l'anniversaire de mon père, vous pourrez quérir des nouvelles si vous le désirez.

—Je ne pense pas, non, je ne suis qu'un serviteur étranger.

—Je n'ai pas pour habitude de convier tous les serviteurs étrangers dans mes appartements, la nuit, Dalarisse. Je ne sais pas qui vous êtes, mais je sais qui vous n'êtes pas.

—Cela ne vous dérange pas de ne pas savoir qui je suis ?

—Cela m'effraie… mais il m'est agréable d'affronter cette peur.

Le Prince des Corbeaux la fixa. Ce fut elle qui se détourna cette fois-ci. Il désigna le bureau :

—Cet homme de lettres, pourquoi ne le voyez-vous plus ?

—Ma vie de princesse aînée de l'Andarrian ne me le permet plus. Même sous un prétexte officiel, je ne pourrais lui rendre visite en journée sans que le peuple en soit rapidement informé, et les rumeurs comme les mouvements de foule seraient immédiats. Il me suffit déjà d'une danse en soirée avec un homme non engagé pour régner en maître sur toutes les discussions de la ville le lendemain.

—Allez-y la nuit.

—La nuit ?

—Le peuple n'en saura rien.

—Ce n'est pas possible. Les gardes alerteraient tout le palais avant que je n'en franchisse la porte… et encore faudrait-il qu'ils me laissent passer. Les rumeurs et leurs impacts seraient d'autant plus grands si cette expédition ne se déroulait pas au grand jour. Une princesse ne se permet pas de tels comportements. (Dalarisse la regardait sans rien dire.) Oh ! N'y voyez là nulle complainte ! Je mène la vie d'une princesse Andarriane que bon nombre de femmes des Huit Royaumes jalousent et j'ai tout loisir… (elle désigna à nouveau la bibliothèque d'un geste de la main) de vivre mes passions. Cependant je ne peux me permettre de céder à ce type de caprice.

Dalarisse acquiesça sans rien ajouter. Il n'avait pas menti à la jeune femme. Être ici lui était agréable. Il n'avait pas ce contrôle total qu'il devait toujours avoir sur lui-même et sur la situation, mais il avait la sensation de combler un besoin qu'il ne savait pourtant déchiffrer. Les mots sortirent eux-mêmes de sa bouche :

—Je peux rejoindre Hallem sans que personne ne me voie et lui porter un message de votre part.

La princesse l'observa un instant puis haussa les épaules.

— Je ne sais ce qui est le plus étrange dans tout cela : que je vous en crois réellement capable, ou que vous en soyez capable ne m'inquiète pas… néanmoins j'ai cru comprendre qu'à Taurna, l'étrange n'a pas sa place. Quoi qu'il en soit, Dalarisse, cela importe peu. Hallem sera invité à quelques réceptions pour les fêtes qui arrivent et j'aurai probablement l'occasion de le voir lors des prochains jours. Je peux, par ailleurs, lui faire parvenir un message par les voix officielles, ce n'est pas le problème.

— Il y a donc un problème.

Adenalia plongea ses yeux verts dans ceux de Dalarisse et répondit d'un ton amusé :

— Vous voilà faisant preuve de bien d'outrecuidance. Assez pour que je m'en sente outrée…

— À Taurna, l'outrage n'a pas non plus sa place.

Elle continua de le défier du regard.

— Alors soit, Dalarisse, s'il faut faire fi de toute mesure, usez donc de votre savoir-faire de serviteur Tiemrin et menez-moi personnellement auprès d'Hallem !

Si l'expression du visage de la jeune femme conserva sa malice à l'instant où elle prononçait ces mots, Dalarisse détecta dans ses yeux une lueur sauvage et vive, trop forte pour être feinte. Il ressentit comme une folie qui avait percé, pour cet instant seulement, le masque de protection de la princesse.

Un léger frisson le parcourut. Il se rendit compte qu'il aimait cette lueur. Il se surprit même à espérer qu'elle ne se recroquevillerait pas derrière la façade. *Non.* Sa logique vint s'imposer vigoureusement contre ce sentiment et les pensées qui fusaient dans son esprit. Elle lui en fit détourner les yeux et exprimer presque naturellement son analyse. Le ton même de sa voix en revint à sa froideur habituelle :

— Éviter les gardes avec vous à mes côtés est tout autre chose. Par ailleurs, les conséquences d'être repérés sont bien trop importantes au vu de l'enjeu.

—Vous avez raison... et comme je vous l'ai dit, j'aurais tout loisir de lui parler lors des festivités.

Il acquiesça. La Princesse reprit le parchemin qu'elle avait lu et le déposa de nouveau devant elle, puis elle se leva, accompagnant le geste d'un sourire chaleureux envers lui. La lueur était partie.

—Discuter avec vous m'est agréable, Dalarisse, je souhaite que nous réitérions cela, d'autant plus si vous pouvez m'aider dans la compréhension de certains textes de votre royaume. Cependant... (elle désigna le bureau), j'ai encore du travail devant moi et je crains qu'il ne me faille prendre des forces au vu des nombreuses festivités qui nous attendent ces prochains jours.

Le Prince des Corbeaux se leva également et suivit le mouvement jusqu'à la porte que la jeune femme ouvrit. Il ne trouva rien à répondre et jeta un dernier regard vers le parchemin avant de franchir le seuil.

—Demain soir se déroulera la fête en l'honneur de l'anniversaire de mon père, je ne serai donc pas disponible, mais nous aurons l'occasion de nous revoir par la suite.

Dalarisse se retourna vers elle et confirma de la tête. Elle referma après lui avoir adressé un dernier sourire.

Il bloqua la porte de la main.

La Princesse rouvrit aussitôt. La lueur était revenue, et avec elle, toujours cette expression agaçante. Ce sourire qui faisait monter en lui un désir de violence étrange, différent de celle calculée et nécessaire pour tuer efficacement. Celle-ci était plus brutale, bien moins contrôlée.

Adenalia attendit, immobile.

—Vouloir aller voir Hallem Adourabh ainsi n'a pas de sens, vous l'avez dit. (Elle ne répondit pas.) C'est à la fois stupide et dangereux. (La jeune femme se contenta d'élargir son sourire.) C'est une mauvaise idée!

Elle se recula avec désinvolture :

—Alors refermez cette porte. (Dalarisse serra le poing en luttant contre la logique qui revenait à l'assaut dans son esprit. Le regard insistant de la princesse le fit basculer. Il ne répondit pas, mais quelque chose dans ses yeux sembla indiquer sa décision à la jeune femme. Elle écarta les bras.) Que dois-je prendre ?

Il inspira profondément.

—Des habits qui puissent dissimuler votre visage et la silhouette de votre corps, il ne faut pas qu'on vous reconnaisse à vue.

—D'accord...

—Et des chaussures adaptées au déplacement à l'extérieur.

—Je vais trouver cela !

Elle s'en retourna et ouvrit discrètement la porte menant à ses appartements pour s'y engouffrer. Dalarisse s'avança dans la pièce et se mit à éteindre les bougies tout en calculant dans sa tête l'itinéraire le plus adapté à la situation.

Ils ne pouvaient pas emprunter le passage derrière la tapisserie menant au quartier des serviteurs, quand bien même l'accès à ce dernier était proche de la bibliothèque. Les axes principaux étaient encore trop fréquentés à cette heure, il fallait un chemin annexe, plus discret, mais d'après ce qu'il avait en tête, plus difficile. *Une très mauvaise idée même !*

Il avait fait le tour de la bibliothèque lorsque la jeune femme réapparut, tenant des souliers épais dans sa main et revêtue d'un long manteau à capuche blanc ivoire.

Le regard du Prince des Corbeaux se posa sur le manteau. Elle écarta les bras en chuchotant :

—Rien d'autre n'était accessible sans que je ne me fasse repérer...

Il ne répondit pas et s'engouffra dans le couloir. Adenalia le talonna et referma la porte avec une clé qu'elle glissa dans l'une de ses poches.

Dalarisse se faufila en premier derrière la statue et guetta les rondes des gardes. Il fit signe à la princesse de le suivre au moment opportun et s'élança dans le couloir, maintenant une foulée rapide, mais contrôlée.

Les pas de la jeune femme résonnaient d'un bruit léger, mais sourd sur les riches tapis recouvrant la pierre blanche. Dalarisse pouvait par ailleurs entendre sa respiration guider leur avancée, et bien qu'elle s'efforçât de rester discrète, il espéra que les gardes n'avaient pas des sens aussi affûtés que les siens.

Le premier danger survint à la quatrième intersection. Conscient de la présence des soldats dans cette zone, le Prince des Corbeaux stoppa habilement sa course lorsqu'il les détecta à proximité. La princesse, cependant, ne possédait pas ses compétences et il comprit qu'elle ne s'arrêterait pas à temps. Sans la regarder, il tendit le bras et la retint en posant sa main sur sa taille. La jeune femme étouffa un hoquet de surprise et se laissa plaquer contre le mur derrière lui.

Dalarisse analysa les pas des gardes et estima qu'ils devraient attendre une petite minute. Un contact chaud le fit frissonner et il dut se contrôler pour ne pas laisser ses réflexes de combat agir d'eux-mêmes. Adenalia retira doucement la main qu'il avait posée sur sa taille.

— Vous faites le coup de la main avec toutes les princesses que vous aidez à s'échapper de leur palais ?

Dalarisse se figea, craignant qu'un garde n'entende la jeune femme, même si elle parlait à voix basse. Il tenta de discerner si tel était le cas, car s'ils étaient repérés, il devrait trouver un nouveau plan immédiatement. Les gardes continuèrent comme si de rien n'était. Il adressa un regard de réprimande à Adenalia, qui lui répondit par son sourire habituel.

Ils reprirent leur chemin et traversèrent plusieurs intersections en évitant deux autres patrouilles suffisamment éloignées. Ils poursuivirent ainsi jusqu'à un couloir plus large, proche de la sortie des quartiers vers laquelle Dalarisse pensait se diriger. Il savait ce passage fréquenté par une patrouille de quatre soldats et ne voulait prendre aucun risque. Il les conduisit vers l'une des fenêtres et passa derrière les longs rideaux qui l'obstruaient.

Il y avait un étroit rebord sous la fenêtre. Il désigna les souliers d'Adenalia.

—Montez.

Adenalia les lui confia et se hissa sur le rebord. Dalarisse la suivit et lui fit signe de se positionner dans le coin opposé au sien.

—Restez immobile. (La princesse hocha la tête sans dissimuler l'amusement sur son visage. Il s'efforça de contrôler son ton pour rester dans le chuchotement.) Et cessez de prendre cela pour un jeu !

—Moins fort... vous allez nous faire repérer par les gardes.

Le Prince des Corbeaux lui adressa de nouveau un regard noir.

—Vous êtes inconsciente !

—Stupide, dangereuse et inconsciente... Vous savez décidément trouver les mots pour me parler. (Dalarisse ravala sa colère et ne répondit rien, maintenant sa concentration sur les sons qui résonnaient au loin dans le palais.) Pourquoi sommes-nous montés ?

—Le rideau ne descend pas jusqu'en bas, ils ne doivent pas voir nos pieds (il désigna la fenêtre donnant sur la ville haute entourant le palais), pas plus que nos ombres avec l'éclairage de la lune. (Elle hocha la tête tout en se recroquevillant dans son coin. Le Prince des Corbeaux lui jeta un bref coup d'œil.) Pourquoi souriez-vous ? Voulez-vous qu'on se fasse prendre ?

—On ne se fera pas prendre, vous y veillez.

L'assassin s'apprêtait à répliquer, mais des éclats de voix lui parvinrent aux oreilles. Il lui intima le silence d'un geste de la main.

La patrouille arriva dans le couloir quelques secondes après. Les soldats discutaient entre eux au sujet d'une cuisinière aux formes généreuses, dont les projets évoqués, la concernant, firent s'élargir le sourire de la princesse.

Dès que les quatre soldats eurent tourné le coin, Dalarisse fit descendre Adenalia de leur cachette et mena la jeune femme au pas de course à travers le dédale de couloirs du niveau royal. Ils allaient maintenant aborder les passages les plus difficiles.

Ils se retrouvèrent en vue d'une sortie des quartiers royaux, large de trois mètres et gardée par un soldat posté au milieu. Dalarisse s'arrêta dans la limite du champ de vision de l'homme et fit signe à la princesse de s'approcher.

— Quand le garde disparaîtra, précipitez-vous dans l'ouverture, tournez à droite, puis à gauche. Je vous attendrai à l'intersection. Nous devrons courir, par la suite.

Avant qu'Adenalia n'ait le temps d'acquiescer, l'assassin fila dans l'ombre du couloir. Il se déplaça sans un bruit et se positionna à quelques mètres du soldat qui patrouillait nonchalamment dans l'espace qui lui était réservé. Dalarisse s'avança soudainement dans la lumière et se glissa derrière le garde, à quelques centimètres de lui. Il suivit précisément sa rotation lorsque ce dernier se retourna et se retrouva de l'autre côté du passage pour disparaître dans l'obscurité.

Il se dirigea alors vers une fenêtre et l'ouvrit en grand avant de rejoindre l'autre extrémité du couloir. La fraîcheur nocturne envahit les lieux et un léger vent fit danser les flammes des torches alentour. Il n'avait rien trouvé de mieux pour attirer l'attention : le garde se poserait une ou deux questions puis fermerait la fenêtre ; rien de suffisamment important pour le signaler.

L'homme quitta son poste au bout d'une poignée de secondes et se déplaça vers l'endroit voulu.

Dalarisse attendit. La princesse apparut au tournant et se dirigea vers lui en accélérant le pas, ses souliers à la main. Il se retourna et s'élança dans le couloir suivant. La jeune femme se mit à courir et s'aligna sur sa cadence ; ils prirent ainsi plusieurs intersections dans cette zone, certes vide à cette heure-ci, mais où il ne fallait pas traîner. Le Prince des Corbeaux tourna vers l'alcôve d'un des escaliers en colimaçon menant au quartier des serviteurs et vérifia rapidement que personne ne l'empruntait, puis il s'y engagea en faisant signe à la princesse, quelques mètres derrière lui, de le suivre.

Arrivé en bas, Dalarisse s'apprêtait à continuer, quand il perçut l'approche rapide d'une personne. Il saisit alors la princesse dans sa course et la tira avec lui dans le petit espace sous l'escalier. Elle s'apprêtait à parler, aussi plaqua-t-il sa main sur sa bouche en l'entraînant plus loin dans l'ombre.

Il se retrouva face à elle, son visage à quelques centimètres du sien, le souffle chaud de la jeune femme caressant sa paume. Une servante portant un plateau vint vers eux, son regard fixé sur les différentes tasses qui vacillaient légèrement au rythme de sa démarche. Elle grimpa les escaliers sans lever les yeux.

Dalarisse ôta lentement sa main du visage de la princesse, restant concentré sur les bruits alentour. Adenalia le regardait en reprenant calmement son souffle. Il la laissa retrouver une respiration normale et jeta des coups d'œil furtifs vers l'entrée de l'alcôve.

Comme il l'avait craint, le quartier des serviteurs était encore trop animé à cette heure-ci. Ils devraient parcourir une certaine distance en espérant ne rencontrer personne, chose sur laquelle il n'avait aucune influence. Dalarisse devait s'en remettre à la chance, ce qu'il ne supportait pas.

Il chercha le moindre indice susceptible de lui indiquer que c'était le bon moment.

La princesse chuchota.

— Ce que vous avez fait avec le garde, je n'ai jamais vu quelqu'un se déplacer comme ça...

Ils étaient particulièrement à l'étroit dans cet espace et Dalarisse prit conscience de la pression des seins de la jeune femme sur son torse. Il estima que cet indice-là était suffisant pour tenter leur chance. Il se dégagea de sous l'escalier et lui murmura, sans quitter le couloir des yeux :

— Nous allons courir le plus silencieusement possible. La probabilité de nous faire repérer est importante, continuez de courir derrière moi quoi qu'il arrive. (Elle hocha la tête. Dalarisse lui jeta un coup d'œil.) Abaissez votre capuche.

Adenalia s'exécuta et suivit le Corbeau.

Des conversations s'élevaient derrière chaque porte et la princesse hésita avant de s'élancer réellement. Elle courut d'une façon mesurée dans un premier temps puis accéléra quand elle entendit une porte claquer. Ils passèrent plusieurs intersections et se dirigèrent vers un dernier tournant menant aux étages inférieurs. La jeune femme prit trop de vitesse et ne put contrôler sa course ; elle retint un cri quand elle comprit qu'elle allait percuter violemment le mur.

Dalarisse attrapa son avant-bras et la tira vers lui. Elle se retrouva précipitée vers la sortie du secteur des serviteurs et manqua de trébucher en franchissant la porte. Il arriva juste derrière et la referma. Il se remit aussitôt en marche et maintint un rythme soutenu pour atteindre des escaliers menant aux étages d'en dessous. Ils descendirent et rejoignirent un large renfoncement à l'abri des lueurs des torches où ils purent enfin s'arrêter.

Adenalia s'adossa contre le mur, reprenant de nouveau son souffle. Malgré les risques qu'ils venaient de courir, le Prince des Corbeaux vit toujours un certain amusement sur son visage. Il renonça à la réprimander et laissa lui-même ses muscles se détendre. Ils avaient eu de la chance.

Le reste des étages était moins gardé, et en ces temps de fête, de nombreux visiteurs parcouraient le palais la nuit, ils pourraient se faufiler sans trop de difficultés. Sa seule crainte était de croiser Günlbert ou Varlin. Lui, avait peut-être une chance d'échapper à leur vigilance, mais pas une princesse en manteau blanc. Ils n'interviendraient pas, mais ils rapporteraient cela à Kester et il devrait alors... Adenalia accrocha son regard et il tut ses pensées.

—Mettez vos souliers.

La jeune femme obéit, mais se redressa soudainement :

—Ils ne sont pas du tout assortis au manteau ! Nous devons remonter aux appartements pour en prendre d'autres.

Elle se préparait à sortir de l'alcôve. Dalarisse savait que refaire le chemin inverse à cette heure-ci était trop risqué. Il devait au moins prendre le temps de calculer et l'arrêta en saisissant son bras.

—Vous...

La princesse lui décocha un large sourire.

—Je plaisante, oui.

Il lâcha son emprise et cessa ses calculs.

—Pourquoi ?

—Pour voir la tête que vous faites en ce moment.

—Ce... ce n'est pas drôle.

—Oh si ! Croyez-moi.

Dalarisse s'efforça de dévier son attention et examina le couloir où ils se trouvaient. Il n'y avait personne. Il revint à la jeune femme.

—Admettons. J'ai l'esprit occupé à...

—... à me faire sortir de mon palais en évitant tous les soldats payés pour me protéger, je suis informée.

—Bien. (Il sortit du renfoncement et invita la princesse à le suivre.) Nous allons emprunter un trajet peu fréquenté jusqu'à l'une des portes du palais, qui reste ouverte la nuit. Nous devrons marcher normalement et vous toujours avec votre capuche rabattue, les gardes n'oseront pas froisser des invités souhaitant rester discrets pour aller en ville. Nous ne devrions pas rencontrer de problème, du moins si vous ne tentez pas d'autres plaisanteries.

Elle lui lança un regard malicieux en rabattant la capuche de son manteau.

—Espérons que cela n'arrivera pas.

Ils reprirent leur trajet avec une démarche bien plus calme. Ils croisèrent plusieurs groupes de personnes, mais nul ne leur prêta réellement attention. Ils passèrent les gardes au milieu de plusieurs individus qui se rendaient également dehors.

Adenalia resta silencieuse et appliquée tout au long du trajet, au grand soulagement de Dalarisse. Une fois à l'extérieur, il les fit bifurquer sur la droite jusqu'à une ruelle plongée dans la pénombre, après s'être assuré qu'elle était inoccupée.

*

La jeune femme comprit qu'ils avaient atteint une zone sûre. Elle écarta les bras et leva la tête pour inspirer profondément l'air nocturne de Sénam. Le Prince des Corbeaux jeta un coup d'œil au ciel étoilé au-dessus d'eux et espéra que la demeure d'Hallem Adourabh n'était pas de l'autre côté de la ville.

Adenalia contempla pendant de longues secondes l'imposant palais qu'elle venait de quitter :

— Merci Dalarisse.

— Pourquoi ?

La Princesse ne répondit pas et pointa du doigt une direction.

— La demeure d'Hallem se trouve là-bas, non loin du marché couvert.

L'endroit était situé dans la ville haute, cela évitait nombre de complications à Dalarisse. Il s'assura néanmoins de l'accès à son poignard et resta aux aguets. La ville haute était réputée sans danger pour qui s'y baladait à toute heure du jour et de la nuit, mais il craignait que certains voleurs plus audacieux que d'autres ne soient attirés par la masse importante de nobles venus pour les fêtes.

— Nous marcherons dans l'ombre. Bien que les rues soient plus fréquentées que d'habitude avec l'agitation des fêtes, nous ne devons prendre aucun risque.

— Alors marchons dans l'ombre.

La jeune femme s'élança sur les pavés de la ville aux côtés du Corbeau et au rythme des musiques, plus rares à cette heure, qui s'élevaient dans les rues. Elle semblait connaître approximativement le chemin et Dalarisse devina qu'elle ne s'y était jamais rendue à pied. Il s'assura d'emprunter les voies les moins courantes et de rester majoritairement dans les zones non éclairées.

Ils se retrouvèrent en vue du marché couvert. Adenalia indiqua une rue et s'exprima à voix basse en Andarrian.

— Il nous faut aller par ici (l'assassin hocha la tête et lui jeta un coup d'œil.) Vous parlez l'Andarrian, Tessan me l'a dit…

Dalarisse ne réagit pas. La jeune femme continua :

— J'ai vu les autres serviteurs. Je n'irai pas dans la prochaine délégation pour Tiem.

Il saisit l'allusion et s'autorisa un léger sourire. Il lui demanda en Andarrian :

— Comment allez-vous expliquer votre venue à Hallem ?

— Il sait garder les secrets et ne sera pas indiscret avec moi.

— Il se posera des questions sur moi, ma couleur de peau indique ma particularité.

— À vrai dire, votre peau pâle n'est pas le seul indice de votre particularité, Dalarisse… mais ne soyez pas inquiet pour cela, Hallem a toute ma confiance et ne la trahira pas.

L'assassin n'en était pas aussi sûr, cependant il n'avait plus le choix. Adenalia désigna une grande maison entourée par un jardin. Il n'y avait ni rempart, ni garde pour protéger le vieil homme.

Elle s'avança jusqu'à la porte et l'ouvrit. Dalarisse se colla aussitôt contre le mur à côté de l'entrée. La princesse lui jeta un regard curieux.

— Qu'y a-t-il ?

— Ses serviteurs sont-ils également dignes de confiance ?

— Les gens viennent volontairement la journée pour l'aider dans son quotidien, mais il n'a point de serviteurs, il n'en a jamais voulu. Il habite seul cette maison.

Le Prince des Corbeaux acquiesça, mais resta néanmoins sur ses gardes en suivant la jeune femme dans la demeure.

Le mobilier de l'intérieur ne rendait pas justice à l'apparence de la bâtisse. Chaque meuble était uniquement fonctionnel, aucune décoration ni objet superflu ne tentait de les embellir. Dalarisse aima cet endroit.

Dans la pièce où il se trouvait, il fut saisi par une senteur fruitée d'encens. En avançant, il découvrit que d'autres odeurs venaient se mêler à la première alors qu'ils changeaient de pièce, toutes agréables et légères. La princesse lui chuchota à l'oreille :

— Cette symphonie d'effluves est présente depuis mon plus jeune âge.

L'assassin continua d'observer les lieux. Il entendit l'homme avant de le voir. Des parchemins étaient déroulés et manipulés. Adenalia le perçut aussi et pénétra dans une vaste salle qu'un feu de cheminée mourant réchauffait timidement.

Hallem Adourabh était enfoncé dans un fauteuil en bois auquel nul coussin n'apportait de confort. Il maniait avec assurance une plume blanche au-dessus d'un parchemin. L'homme était vieux, son corps annonçait la fin d'une longue existence, cependant l'expression de son visage trahissait une passion qui ne se tarissait pas.

Dalarisse parcourut la pièce du regard. Des dizaines de parchemins étaient soigneusement rangés sur différentes étagères, toutes suffisamment éloignées de la cheminée. Il n'y avait rien d'autre excepté le bois, le papier et l'érudit à la main sûre.

La princesse s'avança d'un pas et sourit à la vue du vieillard. Ce dernier parla d'une voix puissante et claire : la voix d'un conteur. La compréhension de l'Andarrian ne posait quasiment plus de problèmes à Dalarisse.

— Les visiteurs nocturnes ont des secrets à cacher...

— Et qu'en est-il des écrivains nocturnes ?

Le vieil homme tourna la tête en direction de la jeune femme et lui sourit en relevant sa plume :

— Ils ont des secrets à dévoiler, Majesté.

Adenalia s'approcha. L'érudit se leva doucement et tendit ses mains. La princesse les saisit.

—Hallem, je suis si contente de vous voir!

Il s'avança et embrassa affectueusement la jeune femme.

—Moi aussi, Adenalia, moi aussi. Ta visite remplit mon cœur de joie! Mais pourquoi venir maintenant?

—Je voulais vous voir à votre retour et les jours qui viennent ne nous en laisseront pas le temps.

—Non, en effet. Voilà qui est fait de toute façon. Je vais nous préparer une tisane et nous parlerons. Où sont tes gardes?

—Ils attendent à l'extérieur, ne vous inquiétez pas pour eux.

—Et qu'en est-il de la personne qui t'accompagne?

La jeune femme se tourna vers le Corbeau, qui sorti de l'ombre du couloir.

—C'est un Tiemrin en visite à Sénam. Il a séjourné chez Pogrême quand il était enfant. Peut-être vous a-t-il parlé de lui?

—Nombreux sont les enfants qui ont couru sous le toit du sage Tiemrin et nombreux seront ceux qui viendront y courir, je ne pense pas avoir entendu parler de votre invité. Néanmoins je serais ravi de vous narrer mon séjour. Suivez-moi dans le salon.

Ils se laissèrent guider par le vieil homme jusqu'à un salon où il les installa autour d'une table basse et partit dans ce qui semblait être sa cuisine. Les deux jeunes gens se retrouvèrent face à face. Dalarisse ferma les yeux et attendit, immobile, se concentrant sur les bruits et les odeurs qu'il percevait.

Le vieil homme revint avec deux bols dégageant une chaude odeur de plantes. Ombre-Mort rouvrit les yeux et écouta les deux Andarrians discuter de choses et d'autres. Il releva les informations susceptibles de pouvoir lui être utiles et délaissa le reste. Il se concentra ensuite sur les différents parchemins qu'il avait observés dans le bureau du vieil homme et dressa un bilan des connaissances qu'il devait posséder afin de déterminer dans quelle mesure il était capable d'informer la royauté Andarrian. Il établit un rapport dans sa tête sur Hallem et le mémorisa afin d'en faire part à Kester si le besoin se présentait.

Les deux Andarrians se tournèrent vers lui et le Tiemrin revint à eux. Il était devenu le sujet de la discussion. La princesse s'adressa à l'érudit.

— ... C'est peu probable en effet, il se nomme Dalarisse.

— Non, il ne m'en a pas parlé.

Le Prince des Corbeaux se contrôla afin de ne laisser paraître qu'une simple expression de lassitude face à une conversation qu'il n'était supposé comprendre que par bribes.

La réponse de l'érudit avait été formulée sans hésitation. Dalarisse avait vu les doigts de la main gauche du vieil homme se crisper l'espace d'une seconde sur le bord de son bol, ainsi que son bras droit revenir instinctivement vers lui à la mention de son nom. Le premier geste indiquait une tension instantanée, le deuxième un signe de défense face au danger. L'érudit savait qui il était. La princesse lui traduisit les dires d'Hallem en Tiemrin avant de reprendre la conversation.

Ombre-Mort observa minutieusement leur hôte et repéra tous les signes de tension et de peur visibles chez lui. Le vieil homme semblait pris au dépourvu et réfléchissait sur la situation. Lui-même ne savait que faire. Le tuer le plus rapidement possible était la mesure la plus logique à appliquer, cependant il ne pouvait le faire avant d'avoir raccompagné la princesse au château. De plus, le sage était apprécié de tous, sa mort entraînerait une enquête importante au cours de laquelle Dalarisse pourrait être suspecté. Sachant qu'un noble Andarrian savait déjà qu'un agent de Tiem était ici, le risque était trop grand.

Hallem Adourabh annonça à la princesse qu'il avait un cadeau pour elle dans un tiroir de sa chambre. La jeune femme le remercia chaleureusement et se leva pour aller le chercher. Les deux hommes restèrent seuls dans le salon. L'érudit chuchota dans un parfait Tiemrin :

— Je n'ai pas peur de mourir, assassin.

— Mais vous avez peur. Pourquoi ?

— J'ai peur, car tu accompagnes Adenalia. Son monde ne devrait pas être corrompu par le tien. Doit-elle mourir ?

— Non. Mais vous concernant, je ne puis vous permettre de dévoiler mon identité.

— Si la mort vient d'Ombre-Mort, je ne tenterai pas de m'y dérober. La destination importe peu dans le voyage, puisses-tu ne jamais le découvrir par toi-même, car bien vide est la vie de celui qui règle ses problèmes en ôtant celle des autres. Quoi que tu décides, j'ai une question pour toi, Prince des Corbeaux.

Dalarisse avait estimé la durée approximative que cela prendrait à la princesse pour monter à l'étage et rejoindre une pièce quelconque, au vu de la taille de la maison. Ils avaient encore le temps de parler.

— Posez-là.

— Que fais-tu avec la princesse aînée Andarriane, ici, en pleine nuit ?

— Je suis en mission.

— Solodan ne laisserait pas sa fille partir en pleine nuit pour une simple rencontre amicale, même accompagnée par un bataillon de soldats. Je conclus donc, aussi impressionnant que cela puisse paraître, que c'est grâce à tes seules compétences que je dois cette visite. Or, j'ai du mal à concevoir les raisons qui pousseraient le Grand Roi à envoyer son meilleur assassin escorter une princesse d'un autre royaume la nuit, afin qu'elle fugue pour satisfaire l'une de ses envies. Aussi je te le redemande : que fais-tu avec la princesse aînée Andarriane, ici, en pleine nuit ?

Ombre-Mort resta silencieux quelques secondes.

— Je ne répondrai pas à votre question, vieil homme.

— Alors, quand Adenalia reviendra, je lui dirai qui tu es.

— Je vous tuerai, puis je la tuerai, je dissimulerai vos corps et je quitterai cette ville sans me faire repérer.

— Tu me tueras, oui, mais je ne pense pas que tu la tueras, elle.

— Personne excepté mon roi n'est à l'abri de ma lame. Qu'est-ce qui vous fait penser ça ?

— L'histoire d'un jeune enfant qui s'était perdu.

Dalarisse fixa l'Andarrian un long moment en silence.

— Il est étonnant que Progrême vous ait parlé de moi.

— Plus étonnant encore est le fait que tu débarques chez moi le soir de mon retour de voyage, et que j'aie décidé d'offrir ce cadeau à Adenalia avant même votre arrivée ici. Vous autres Tiemrins cherchez toujours en toute chose une logique et une explication. Vous manquez de légèreté et de foi. Ton Grand Roi n'arrange d'ailleurs rien à cela.

— Je ne souhaite pas entendre vos discours philosophiques.

— Alors réponds à ma question.

— Je n'ai pas la réponse à votre question.

— Tu finiras par la trouver.

Dalarisse soupira.

— Gardez vos mystères pour d'autres, je ne veux bénéficier que de votre silence.

— Soit. Tu auras mon silence. Je ne te dénoncerai pas.

— Pourquoi ?

— Les notions de respect et de confiance ont disparu de vos pratiques. Tu as besoin d'une explication logique et précise à intégrer dans tes calculs sur les conséquences de me tuer ou non, hum ? Tu ne l'auras pas. Si tu ne me crois pas, c'est ainsi.

Le vieil homme introduisait effectivement un facteur imprévisible aux conséquences potentiellement dangereuses. Cependant, comme Dalarisse l'avait évalué, le tuer cette nuit était trop risqué. Si l'érudit voulait donner l'alerte, il pouvait le faire dès son départ. Bien que cela lui déplaise fortement, Dalarisse était obligé de le croire et devait miser sur la crainte de l'érudit qu'un malheur s'abatte sur la princesse s'il venait à dévoiler son identité. Cette situation manquait de contrôle, tout comme les événements de cette nuit.

Le pas léger d'Adenalia indiqua son retour au rez-de-chaussée. Hallem Adourabh parla à voix haute sur un ton enjoué.

— C'est une belle région en effet, je n'ai pas eu le temps de la visiter cette fois-ci, mais j'y penserai lors de mon prochain voyage.

La princesse arriva dans le salon, un livre imposant à la main et un sourire enfantin aux lèvres.

— Merci à vous, Hallem, c'est un cadeau inestimable ! Vous ne pouviez me faire plus plaisir. (Elle se tourna vers Dalarisse.) Il s'agit de l'exemplaire original de *L'harmonie des Huit* de Pogrême. Je ne sais comment vous avez pu l'obtenir de la part de l'Érudit de Tiem, Hallem, mais il constituera l'un des joyaux de ma bibliothèque.

Dalarisse avait déjà identifié le livre. Il jeta un coup d'œil au vieil homme dont le sourire ne révélait rien.

Les deux Andarrians discutèrent encore pendant plus d'une heure. Dalarisse sachant mesurer avec précision le temps qui passait, avait étudié le meilleur moment pour rentrer en fonction de la fréquentation du palais. Il attendit une pause dans la conversation pour s'exprimer en Tiemrin :

— Majesté, vos gardes devront bientôt être relevés, il...

— Oui, nous devons y aller, Hallem.

Ils se levèrent pour s'embrasser, Dalarisse restant en retrait. Le vieil homme les accompagna chaleureusement à la porte et salua une dernière fois la jeune femme.

La princesse et le Corbeau se retrouvèrent plongés dans une nuit faiblissante et Dalarisse les fit avancer rapidement. Adenalia gardait le silence, mais sa joie était palpable bien que la fatigue commençât à l'envahir.

Rentrer jusqu'au palais fut aisé. Les rues étaient désertes et les éventuels détrousseurs rentrés chez eux. Ils passèrent la porte en subissant seulement un regard furtif des soldats présents. Comme Dalarisse l'avait estimé, le palais fut bien plus facile à traverser au retour, les serviteurs n'étant pas encore levés et les soldats fatigués par leur nuit de garde.

Ils avancèrent avec précaution, évitant quelques patrouilles et prenant les pauses nécessaires. Dalarisse put leur faire traverser les quartiers des serviteurs sans difficulté et rejoindre les étages royaux sans passer par des zones critiques. La jeune femme était plus appliquée qu'à l'aller et semblait désormais pressée de rejoindre ses appartements.

Ce fut lorsqu'ils débarquèrent dans le couloir aux statues que le Prince des Corbeaux sentit le danger. Il n'y avait aucun bruit suspect, mais un frisson auquel il vouait une confiance aveugle parcourut sa colonne vertébrale. Il fit accélérer le pas à Adenalia qui, bien que surprise, se plia aux instructions.

Une poignée de secondes plus tard, des bruits de pas vifs se firent entendre derrière eux. La princesse étouffa un cri de stupeur. Dalarisse lui indiqua de courir jusqu'au passage. Ils se précipitèrent, ignorant la discrétion sonore.

Adenalia s'engouffra la première et courut vers la porte tout en sortant la clé de sa poche. Dalarisse la suivit alors que les bruits de pas s'accéléraient.

La main de la princesse resta sûre et lui permit d'ouvrir rapidement. Elle saisit sa tunique pour l'entraîner avec elle dans la pièce, alors que leur poursuivant venait de pénétrer dans le passage derrière la statue. Dalarisse se laissa faire puis se retourna en prenant soin de refermer la porte sans un bruit.

Ils se positionnèrent de l'autre côté de la pièce et attendirent. Les pas s'arrêtèrent devant la porte. La voix du soldat Bregel retentit.

—Majesté... tout va bien ?

La princesse lança un regard à Dalarisse, qui murmura :

— Ce n'est pas à moi qu'il s'adresse.

Elle retint un rire et répondit fort en Andarrian.

— Tout va bien, Bregel.

— J'ai entendu du bruit depuis le couloir.

— J'ai fait tomber des ouvrages... ce n'est rien.

— Bien, Majesté.

Le jeune soldat repartit et la princesse laissa échapper un grand soupir. Elle se déplaça dans la bibliothèque plongée dans l'obscurité. Le Prince des Corbeaux l'entendit déposer le livre sur une étagère et enlever son manteau. Elle avait repris une respiration normale lorsqu'elle s'adressa à lui.

— Je n'oublierai jamais cette nuit, Dalarisse. Je... (Elle hésita longuement.) Mes dames vont se réveiller d'une minute à l'autre, il vous faut partir.

Dalarisse ne bougea pas.

— Votre garde soupçonne la présence de quelqu'un d'autre que vous ici.

— Comment le savez-vous ?

— À la façon dont il vous a répondu en dernier. Il a dû constater l'absence de lueur de bougie passant sous la porte. Il doit guetter la sortie du passage.

— Comment allons-nous faire ?

— Je vais descendre le long de la façade jusqu'aux appartements de notre délégation.

La princesse hoqueta.

— Vous allez tomber !

— Non, je vais descendre jusqu'à mon balcon.

— Bien sûr... (Dalarisse ne pouvait voir le visage de la jeune femme dans la pénombre, mais imaginait l'expression qu'elle arborait en prononçant ces mots. Elle traversa la pièce pour rejoindre la porte menant aux appartements.) Venez, je vais vous amener là où vous pourrez descendre plusieurs étages au-dessus du vide.

La jeune femme ouvrit la marche et vérifia que personne n'était présent dans ses appartements. Ils traversèrent rapidement les différents balcons et arrivèrent à côté des roses Delarma. Dalarisse enjamba la rambarde et se suspendit dans le vide sous le regard inquiet de la princesse.

Adenalia se pencha au-dessus de lui :

— Revenez demain à la même heure.

— Vous avez dit que vous ne seriez pas disponible.

— Je sais ce que j'ai dit, Dalarisse. À demain.

Elle lui adressa un dernier sourire. Dalarisse entama sa descente.

*

Le Prince des Corbeaux passa davantage de temps à s'assurer qu'il ne pouvait être vu qu'à chercher son chemin. Finalement, il atteignit son but et sauta avec agilité du niveau supérieur jusqu'au balcon des Corbeaux.

Varlin, accoudé à la rambarde, contemplait la nuit de Sénam.

Dalarisse se figea, surpris par la présence de son aîné. Ce dernier ne lui adressa pas un regard, mais sa voix trahissait l'amusement.

— Tu as réglé le problème, hum ?

— Il restait certains détails.

— Certains détails ?

— Oui.

Dalarisse fixait Varlin, mais celui-ci garda le dos tourné, silencieux. Le jeune Corbeau finit par se diriger vers l'intérieur.

— Je vais dormir.

CHAPITRE 34

Kester pénétra dans la chambre des Corbeaux à l'aube. Dalarisse, n'ayant que peu dormi, dut se faire violence pour se redresser instantanément. Il tenta de se lever en même temps que les autres pour se diriger vers le balcon, mais leur maître leur intima l'ordre de rester assis dans la chambre.

Il avança dans la pièce d'un pas lent, son regard dur fixé au sol, laissant ainsi son humeur maussade imprégner les occupants. Il finit par s'arrêter et releva la tête, croisant les regards des trois Corbeaux suspendus à ses lèvres :

— Mollede Soultana.

Le Maître n'ajouta rien. Une consigne silencieuse que ses trois élèves connaissaient bien. Ils se regardèrent les uns les autres ; Dalarisse et Varlin ne semblaient pas le connaître tandis que Günlbert prit la parole.

— C'est un ami très proche du roi Solodan. Il maîtrise à merveille le bon comportement dans la haute société et est très apprécié de toute la cour. Il a la réputation d'un bon vivant dont la tâche principale est d'apporter de la bonne humeur au roi. Je n'ai pu l'observer de près que rarement, mais l'homme possède effectivement une joie contagieuse et sait mettre à l'aise tous ceux qu'il côtoie. Je l'ai classé dans le premier cercle de fréquentation de la famille royale ; il n'est jamais très loin du roi lors des réceptions et ses appartements personnels sont situés dans les quartiers royaux. J'ai estimé que cette proximité ne pouvait s'expliquer par les seuls bienfaits de sa bonne humeur et j'émets un doute sérieux sur l'exhaustivité de ses fonctions réelles.

—Continue.

—Dès que j'ai essayé d'en savoir plus sur lui, je suis tombé sur un flot d'informations suffisamment dense pour contenter tout le monde, mais pas assez précis pour être pertinent. Par ailleurs, dans une cour de la taille et de la complexité de celle d'Andarrian, il n'est pas possible d'avoir de si bons rapports avec tout le monde juste avec de bons mots. Il ne passerait alors auprès de ceux impliqués dans la gestion du royaume que pour un trublion dont la présence est agréable, mais qu'il faut éloigner de temps en temps quand des sujets sérieux doivent être abordés. Ce n'est pas ainsi que ces gens se comportent avec lui. Il y a autre chose.

Kester acquiesça d'un signe de tête satisfait envers son élève.

—Il est, en effet, bien plus que cela.

Le Maître reprit sa marche dans la pièce.

—Vous savez comme moi que ce royaume est le seul à tenir tête au Tiemric depuis plusieurs décennies. Leurs agents concurrencent les nôtres dans les Huit Royaumes. Nous les savons très organisés et avons toujours soupçonné des structures centrales, ici à Sénam. Nous avions des doutes sur le fait que ce Mollede Soultana soit membre de cette structure, mais plusieurs informations récentes, couplées à vos rapports, nous ont fait comprendre que Soultana est en réalité l'homme qui dirige l'intégralité des agents d'Andarrian. C'est à la fois remarquable de sa part et dangereux pour nous, car cet homme peut concentrer rapidement toutes ses forces pour nous nuire s'il le souhaite... et il n'a plus à prouver son efficacité dans ce domaine. Notre délégation a toujours été suspectée, surveillée et analysée, mais les évènements de ces derniers jours, et notamment la disparition d'Irma Vorein (il jeta un bref coup d'œil à Dalarisse), ont fait réagir plus vivement Soultana. D'après la description qui lui a été transmise, Frédérick a confirmé que c'était Soultana en personne qui attendait la traîtresse dans l'auberge. Il nous a envoyé un message : trois de nos agents infiltrés ici à Sénam ne m'ont pas fait leur rapport cette nuit, seule la mort pouvait les empêcher de le faire. Nous ne bénéficions donc plus du doute ou d'une quelconque marge de manœuvre, désormais notre comportement doit être irréprochable, car s'il ne l'est pas, Soultana et Solodan se débarrasseront de nous. (Le maître des Corbeaux marqua de nouveau un temps afin que cette information rappelle à ses élèves la situation délicate dans laquelle ils se trouvaient ici, au cœur des forces ennemies.) Vous allez donc continuer de jouer votre rôle de serviteurs et mettre de côté pour un moment vos missions au sein du palais. Le moindre écart entre ces murs justifierait une réaction. Vos sorties nocturnes devront être bien moins fréquentes et toujours solidement justifiées. Faites profil bas et soyez au-delà de tout soupçon. Je m'occupe de faire évoluer la situation. Des questions ?

Dalarisse eut un frisson quand Varlin se manifesta. Il ne savait pas comment gérer le fait que son aîné soit au courant de ses visites nocturnes. S'il divulguait la moindre information à Maître Kester, il serait déchu et le Grand Roi aurait honte de lui. Mais ce n'était pas là ce qui préoccupait Varlin :

—J'aimerais connaître la raison de notre présence ici sur une aussi longue période. Si nous sommes repérés et surveillés, pourquoi ne pas nous remplacer par d'autres serviteurs et nous permettre de reprendre notre travail ailleurs ?

Kester hocha la tête et maintint le silence. Les trois Corbeaux attendirent patiemment sa réponse, car tous se posaient secrètement la question. Leur maître les dévisagea un par un pendant de longues secondes.

—Le Grand Roi veut unir les Huit Royaumes, et pour cela il ne peut agir avec la désapprobation d'Andarrian. Il en a toujours été ainsi. Nous sommes infiltrés ici pour aider Sénam à accepter l'autorité du Tiem au moment opportun, et ce afin que puisse naître des Huit Royaumes un empire suffisamment uni et puissant. Le Grand Roi veut apporter une paix durable et nous en sommes les premiers garants. La mission de notre roi est noble et sa vision pleine de grandeur.

C'est à nous, ses sujets de l'ombre, d'agir pour que ses rêves soient réalisables. Les détails des missions qui vous attendent ne peuvent vous être dévoilés par le simple fait que seul le Grand Roi sait quand le moment sera opportun et comment il faudra agir. Soyez patients.

Les Corbeaux acquiescèrent. Kester indiqua que la discussion était terminée. Varlin et Günlbert se levèrent pour quitter la pièce et laissèrent le Prince des Corbeaux avec leur maître. Dalarisse se leva à son tour lorsque les deux autres furent partis. Kester s'adressa à lui.

— Frédérick de Radenks part dans le sud, à Maddarne, demain dans la matinée. Il doit conclure des accords importants avec la bourgeoisie Andarriane. Au vu de la réaction de Soultana et Solodan, une escorte ne serait pas de trop. De plus, il y a actuellement deux agents Tiemrins à Maddarne dont la couverture est en danger. L'un d'entre eux doit être tué, l'autre secouru.

— Pourquoi doit-on le secourir ?

— Sa couverture est en danger, elle risque d'être démasquée. Outre sa mise à mort, certaine dans ce cas, cela entraînerait de fâcheuses complications diplomatiques si l'on découvrait son allégeance au Tiem.

— Elle ?

— Une jeune femme, une Précieuse.

— Qu'est-ce ?

— Un agent Tiemrin.

Dalarisse fronça légèrement les sourcils.

— Je ne connais pas ce type d'agent.

Kester lui sourit.

— Seul le Grand Roi connaît tous ses agents, Dalarisse. Il s'agit de jeunes filles sélectionnées pour leur beauté dès leur plus jeune âge. Adolescentes, elles possèdent déjà toutes les compétences nécessaires à leur infiltration et à leur intégration dans la bonne société.

— Des espionnes ?

— Bien mieux que ça. Ces jeunes femmes sont infiltrées dans la bourgeoisie et la noblesse de chacun des Huit Royaumes. Des femmes dociles et serviables dont on ne se méfie pas. Une arme redoutable pour influencer discrètement les cours sur le long terme. Il faut extraire celle-ci et la ramener à Tiem.

Dalarisse acquiesça. Les évènements de la nuit étaient encore bien présents dans son esprit et il peinait à dissimuler son malaise auprès de son Maître. Cependant les agissements de Soultana avaient tout arrangé, comme un choc qui le sortait vigoureusement de cet état passif qu'il subissait, coincé dans ce palais à ne rien faire, ou pire, à faire ce qui n'avait pas de sens. Il venait d'être ramené au sein de la guerre et ce choc allait l'aider à reprendre le contrôle.

Maddarne n'était qu'à une poignée de kilomètres, le voyage ne durerait pas longtemps, mais il suffirait à lui faire oublier la princesse et à se faire oublier d'elle. Kester lui fournit les noms et les lieux où ils étaient censés aller. Dalarisse les retint puis se tourna vers lui.

—J'ai une question, Maître. (Un signe de tête de son mentor lui indiqua de continuer.) Comment la reine Andarriane est-elle morte?

—Une maladie au cours d'un voyage.

—Oui, mais comment?

Kester haussa les épaules.

—Si Soultana est bien l'adversaire que je vous ai décrit, celui qui maintient l'Andarrian à hauteur du Tiemric dans l'affrontement de ces dernières décennies est bien le roi Solodan. Nous savions que son mariage était fait d'amour et que la mort de la reine pouvait nous être profitable, nous avions conseillé à plusieurs reprises de la tuer sans que cela ne retombe sur nous, mais le Grand Roi a toujours refusé. Cela ne l'a cependant pas empêché de profiter du fait que Solodan fut considérablement affecté par la mort de son épouse et nous laissa agir plus librement pendant un certain temps. La reine Andarriane est bien morte naturellement de cette maladie, j'ai personnellement enquêté là-dessus à l'époque. Pourquoi cette question?

—Je... je me demandais si la mort de la reine Andarriane n'était pas liée à celle de notre propre reine, deux années auparavant.

—Non. Solodan a su que la mort de son épouse n'était pas de notre fait et n'a pas cherché une quelconque vengeance. Quant à la mort de notre reine, le Grand Roi l'avait épousée pour des fonctions précises. Elle avait accepté en connaissance de cause, mais a désiré plus que ce qui lui était promis. C'est également moi qui me suis chargé de cette affaire-là.

Dalarisse hocha la tête.

—Le Grand Roi n'a-t-il pas eu des relations avec des femmes... autres que fonctionnelles ?

Kester se détourna de son élève et lui répondit en quittant la chambre.

—Un homme avec de tels projets ne peut se le permettre, Dalarisse.

*

Le Prince des Corbeaux passa le reste de la matinée seul, adossé au balcon de leur chambre. Il repéra à plusieurs reprises des serviteurs et autres nouveaux occupants du palais qui sortaient sur les balcons alentour et observaient nonchalamment les environs.

Kester avait raison, Soultana montrait les muscles.

Varlin rentra en milieu de journée et vint se positionner à ses côtés. Ils restèrent ainsi silencieux un long moment jusqu'à ce que deux balcons aux occupants trop présents se vident non loin d'eux. Le plus âgé des deux Corbeaux prit alors la parole à voix basse.

—Des serviteurs traînent autour de nos appartements ainsi qu'à certaines intersections clés du palais. Nous sommes discrètement observés lorsque nous accompagnons Frédérick ou Romolde. Ils savent que nous sommes des agents, toi, moi et Günlbert. Nous allons être contraints dans nos moindres faits et gestes.

Dalarisse hocha la tête.

—Cela durera tout le reste de notre séjour. Bien qu'ils ne sachent pas ce que nous sommes réellement, ils nous empêcheront d'agir pour ne plus prendre de risques. Irma Vorein devait être importante pour

Soultana sinon il ne se serait pas déplacé en personne à sa rencontre, son élimination lui a porté un coup, d'autant plus qu'elle s'est produite presque sous ses yeux. Ils ne toléreront plus cela.

—Parmi les risques qu'ils ne toléreront plus, inclurais-tu tes visites nocturnes à leur princesse?

Dalarisse resta figé, essayant de deviner si les paroles de son comparse pouvaient porter jusqu'au salon. Ce n'était pas le cas. Il se tourna vers lui:

—Que vas-tu faire à propos de cela?

—Tu crains que je ne te dénonce? Si je le fais, tu seras contraint de quitter cette ville, car Maître Kester jugera ta position trop dangereuse. Tu auras déçu le Grand Roi en faisant preuve de faiblesse sur cette mission de la plus haute importance et tu seras destitué de ton titre de Prince des Corbeaux, titre qui me reviendra.

Ombre-Mort déglutit. Le seul moyen d'empêcher Varlin d'agir ainsi était de le tuer avant qu'il ne voie Kester dans le salon, chose qu'il serait incapable de justifier par la suite et dont les conséquences seraient bien pires que celles évoquées par son aîné. Il estimait l'homme à ses côtés, mais il savait aussi qu'il avait toujours voulu devenir Prince des Corbeaux. Varlin haussa les épaules.

—Cependant, je respecte bien trop ce titre pour le voler ainsi.

Dalarisse jeta un coup d'œil à son aîné. Si Varlin avait voulu le dénoncer, il l'aurait fait avant et dans de meilleures conditions. Par ailleurs, sans qu'il sache réellement pourquoi, il faisait confiance à son comparse sur sa discrétion concernant la princesse.

Varlin lui sourit.

—Vois-tu... je suis un excellent Corbeau. Je maîtrise toutes les formes d'assassinat et je possède toutes les qualités nécessaires à notre activité. J'ai, par ailleurs, développé une aptitude particulière à la sociabilité qui me permet aisément de me faire passer pour ce que je ne suis pas auprès de tous. J'ai rempli de nombreux contrats, plus que les autres de notre génération, dont certains extrêmement difficiles ou parfois jugés impossibles. Je possède le profil parfait d'un Prince des Corbeaux... mais je suis né à la même époque que toi. Tu es le meilleur d'entre nous, peu importe si tu tombes en déchéance, il en sera toujours ainsi.

—C'est... c'est pour cela que tu ne me dénonceras pas ?

—Non, je ne le fais pas car je veux que tu aies le choix.

—Quel choix ?

—Celui de continuer ou non à voir la princesse.

—Il n'y a pas de choix. La princesse m'a déstabilisé bien plus que je ne le pensais. J'ai fait preuve de... de faiblesse et j'ai commis des erreurs, mais cela est terminé. Soultana nous a repérés et nous ne pouvons plus nous permettre aucun écart. Je ne la verrai plus.

Un jeune couple apparut sur un balcon en contrebas. Les deux Corbeaux se turent immédiatement, laissant leurs regards parcourir le paysage devant eux. Ils ignoraient si ces personnes étaient des agents, mais ils ne pouvaient se permettre de prendre le moindre risque.

Le couple regagna l'intérieur après plusieurs minutes. Varlin se retourna et s'adossa alors à la rambarde :

—Si tu parviens à l'oublier, tu accompliras ce que le Grand Roi attend de toi ici, à Sénam, brillamment, cela va de soi. La princesse ne s'effacera pas de ta mémoire, mais avec le temps, tu cesseras d'y penser. Et alors ton nom résonnera dans l'Histoire. Tu es déjà une légende, mais tu deviendras bien davantage. Les parents des Huit Royaumes parleront d'Ombre-Mort comme d'un mythe pour effrayer leurs enfants. Tu mèneras une longue carrière pendant laquelle tu formeras les nouvelles générations de Corbeaux et l'Ordre se souviendra toujours de toi comme du plus grand d'entre eux. Ton poignard aura la place centrale sur notre Autel. C'est un accomplissement dont tous rêvent, quel que soit leur domaine, un accomplissement qui requiert tous les sacrifices.

— En effet.

— Tu es le seul Corbeau capable de laisser une telle empreinte dans l'histoire de notre Ordre.

— Je sais...

— ... Et pour cela il te suffit de te recentrer sur cette mission et de ne plus voir cette princesse.

— C'est ce que je viens de dire, c'est la seule chose à faire.

— Et tu reprends ainsi la voie légendaire tracée pour Ombre-Mort.

— Oui.

— Et tu resteras vide.

Dalarisse se tourna vers son aîné dont le regard ne laissait transparaître aucune malice.

— Que...

— À la fin de ta vie, tu auras accompli quelque chose d'exceptionnel, mais toi, Dalarisse, tu te sentiras vide. Aucun souvenir précieux de ta vie, juste une trace, certes magistrale, laissée dans l'Histoire.

— Cela est bien plus que ce dont beaucoup rêveraient.

— Nous parlons de toi, pas de ceux qui n'ont ni ta vie ni ton talent.

— Cesse cela, Varlin ! Peu importe ce qui t'est arrivé en Polarné avec cette roturière que tu as tuée, je ne suis pas là pour apaiser tes regrets. Tu joues de cette situation ! Moi, je ne joue pas.

Le plus âgé des deux Corbeaux hocha doucement la tête sous le regard sombre de son comparse. Il demeura silencieux un long moment, le temps que le Prince des Corbeaux retrouve son calme.

— Je ne l'ai pas tuée... (Dalarisse tourna de nouveau la tête vers lui.) Elle vit dans un village de montagne, au sud du royaume de Tradoajh, sur les rives du Lac Blanc, avec ses deux filles et son mari. Je leur rends visite de temps à autre. Tu en sais assez pour les retrouver et prouver que j'ai désobéi aux ordres du Grand Roi.

— Je.... Pourquoi me dire cela ?

— Pour te montrer que je ne joue pas, Dalarisse.

Le Prince des Corbeaux réfléchit un instant, puis acquiesça.

—Je te crois. Mais si tu avais des sentiments pour cette femme, pourquoi l'as-tu laissée épouser un autre homme?

—Mes sentiments pour elle étaient forts, et le sont toujours. Je n'avais pas d'autre choix pour la protéger que de l'éloigner et de lui donner de quoi refaire sa vie. Ses propres sentiments pour moi ont évolué avec le temps. Son mari est un homme bon. Lorsque ce sera possible, je l'aiderai à monter son commerce d'épices à Tiem, où ils pourront vivre une vie prospère et paisible.

—Tu risques ta vie et ta réputation de Corbeau pour une femme avec laquelle tu n'es pas. Peu importe la force de tes sentiments, puisque tu la perdais de toute façon, pourquoi ne pas l'avoir tuée à l'époque et ainsi éliminer une preuve qui pourrait te détruire un jour?

—Parce qu'en la tuant, Dalarisse, je me serais tué moi-même.

Cette fois-ci, ce fut le plus jeune des deux qui se mura dans le silence. Il resta ainsi un long moment sans que Varlin ne manifeste la moindre impatience. Finalement, Dalarisse se redressa.

—J'accorde de la valeur au fait que tu aies voulu me montrer ce choix, Varlin, mais ma situation est différente et je suis différent de toi. Je ne reverrai plus la princesse.

Varlin ne parut pas affecté, comme s'il s'attendait à cette décision. Il répondit aussitôt:

—Soit, mais si tu cesses de la voir brusquement, elle ne comprendra pas et tentera d'en savoir plus, ce qui attirera l'attention de Soultana et de Solodan. Tu sais comme moi qu'ils parviendront à obtenir des informations sur tes visites nocturnes et qu'ils sauront les utiliser à bon escient.

—Tu as raison... Je dois la voir une dernière fois pour mettre fin à ces rencontres sans éveiller trop l'attention. J'irai cette nuit, après la fête.

CHAPITRE 35

L e reste de la journée passa lentement. Confinés dans les appartements, ils n'avaient que peu d'occupation.

Les deux jeunes nobles rentrèrent en fin de journée afin de se préparer pour les festivités de la soirée. À les entendre, la fête semblait revêtir une importance plus grande que leurs véritables missions. Ils repartirent rapidement, vêtus pour la soirée, et les deux Corbeaux dînèrent silencieusement en compagnie de Kester. Leur maître leur annonça qu'il allait quitter la ville pour plusieurs jours afin de trouver un moyen d'arranger la situation créée par Soultana.

Les deux Corbeaux regagnèrent leur chambre et attendirent.

*

Varlin vérifia une dernière fois les alentours puis leva les yeux vers le ciel, faisant signe à Dalarisse d'approcher.

— Ce nuage qui cache la lune te laisse une poignée de minutes dans l'obscurité, assez pour atteindre le balcon. Je serai ici pour te guider à ton retour, mais s'il n'y a plus de nuages, un observateur pourrait aisément te repérer.

Ombre-Mort s'approcha et observa les balcons environnants. Aucun des sbires de Soultana n'était présent. Il entama son ascension.

L'obscurité l'accompagna effectivement tout le long de son escalade jusqu'au bord du balcon. Dalarisse passa la tête par-dessus, il vit une femme à trois mètres du rebord. Ce n'était pas la princesse.

Il reconnut Keira, la dame de compagnie qui lui avait apporté des feuilles de tisane dans le salon des serviteurs : l'une des dames de la princesse rompue au combat à mains nues, qu'il avait repérée lorsqu'il avait rapporté la rose. Elle le remarqua aussitôt ; son calme apparent laissait supposer qu'elle ne donnerait pas l'alerte en criant. Son point d'observation couvrait l'ensemble des balcons. Elle l'attendait. Il enjamba doucement la balustrade sans la quitter des yeux et se tint debout, face à elle.

L'Andarriane le fixait avec assurance et détermination, prête à le défier s'il touchait à un cheveu de sa maîtresse. Il plongea son regard dans le sien et leurs volontés s'affrontèrent ainsi pendant plusieurs secondes.

Keira s'humecta les lèvres et son regard se fit plus hésitant. Ombre-Mort avança d'un pas, et la dame de compagnie recula instinctivement. Elle ouvrit la bouche pour parler, mais ce fut la voix de la princesse qui résonna sur les balcons fleuris.

— Dalarisse, venez.

Le Prince des Corbeaux adressa un dernier regard à la servante puis suivit Adenalia à l'intérieur des appartements. Elle le conduisit jusqu'à la bibliothèque où une autre de ses dames les attendait. La princesse se tourna vers lui.

— Elles sont deux à le savoir. Je n'avais pas le choix si je voulais que vos visites restent possibles.

Le Prince des Corbeaux mémorisa le visage de l'autre jeune femme en acquiesçant. La princesse le conduisit dans la bibliothèque et referma derrière elle après avoir envoyé ses dames surveiller les accès. Adenalia alluma ensuite les différentes bougies de la pièce, pendant que l'assassin avançait jusqu'à sa chaise sans quitter des yeux le livre de Pogrême qu'ils avaient rapporté la veille, et qui était ouvert sur le bureau.

Il avait prévu de commencer rapidement à évoquer ce qu'il avait en tête pour mettre fin à ces rencontres, mais le souffle lui manqua lorsqu'il leva les yeux. Une longue robe rouge épousait gracieusement les courbes de la princesse. Le tissu était noble et travaillé avec précision. Sans nul doute une pièce unique, conçue spécialement pour la jeune femme et les festivités du soir. Dalarisse l'étudia pendant de longues secondes.

Adenalia afficha un sourire embarrassé.

— La fête a été grandiose, mais elle s'est éternisée, et je n'ai pas eu le temps de changer de tenue. Espérons que vous n'avez pas prévu de nouvelles escapades nocturnes interdites et dangereuses.

Le sourire de la jeune femme ne trouva pas d'écho. Dalarisse se concentrait sur les mots qu'il avait préparés pour son annonce, mais il n'en trouva plus aucun. Il confirma de la tête en observant la parure qu'arborait la jeune femme sur son buste dénudé. Il s'agissait d'un collier en or incrusté de fins rubis dont la lueur des bougies faisait ressortir l'éclat sur la peau dorée de la princesse. Adenalia porta ses mains à son cou et retira délicatement l'ornement pour le déposer sur une étagère.

— Un présent d'un ami de mon père. Magnifique, mais terriblement lourd.

Le Corbeau réalisa que son regard avait mis plus de temps que le collier à quitter le buste de la princesse. Il détourna les yeux vers le livre de Pogrême.

— L'avez-vous déjà consulté ?

Elle s'approcha de la table.

— Je me suis plongée dedans dès que j'ai eu un moment de libre ! Cependant il y en a eu très peu aujourd'hui, et ce sera également le cas dans les prochains jours (Adenalia s'assit en face de lui et tourna avec précaution les pages du livre ouvert sur le bureau.) C'est un ouvrage admirable, un véritable mélange des cultures de chaque royaume. Certains passages sont en Andarrian, Pogrême manie notre langue avec beaucoup de poésie et de passion. Il ne peut qu'avoir déjà séjourné en Andarrian pour représenter ainsi notre culture. Est-ce le cas ?

—Oui, il y a longtemps.

—Il semble avoir apprécié notre royaume. En vérité, il semble avoir apprécié chacun des Huit Royaumes. Il fait ressortir dans cet ouvrage leurs spécificités et use brillamment de chacun des langages. Néanmoins, je ne peux traduire certains passages. (Le ton de la princesse changea, elle releva brièvement les yeux. Dalarisse soutint son regard.) Il y en a un que je désirerais vous montrer, un texte en Tiemrin ajouté en bas de la page. L'écriture hésitante m'empêche de comprendre les mots. On dirait l'écriture d'un enfant. Je doute que Pogrême ait laissé l'un de ses jeunes apprentis écrire ainsi sur un tel ouvrage, et je n'ose imaginer la punition infligée à l'enfant. Pourriez-vous m'aider à le traduire ?

La jeune femme arriva à la page souhaitée et indiqua du doigt un ensemble de lettres gribouillées en tournant le livre avec précaution. Dalarisse jeta un coup d'œil à la page griffonnée, il la reconnut aussitôt et ne réagit pas. Elle interpréta son silence comme un consentement.

—Attendez.

La princesse se leva et saisit rapidement un parchemin vierge. Elle trempa ensuite sa plume dans l'encrier et revint à sa place, impatiente qu'il commence. Un regard insistant fut toutefois nécessaire pour qu'il s'exécute.

Le Corbeau se pencha sur le livre :

—J'ai observé les enfants jouer. Ils jouaient avec l'eau au milieu de la rue, l'eau qui tombe dans le trou au bout de la rue. Ils ont dit à moi que le trou va loin sous terre. Ils ont dit que l'eau va dans un royaume. Ils ont dit que dans ce royaume vivent des petites créatures. Ils construisent des bateaux avec du bois et des vieux tissus. Ils mettent une partie de la nourriture que nous donne Pogrême dedans. Ils ont dit que les bateaux vont chez les créatures et qu'ils nourrissent les créatures. Je pense que les créatures ont déjà de la nourriture sous terre. Elles n'auraient pas pu construire un royaume sans nourriture. Je pense que ce que font les enfants est inutile. J'ai regardé comment ils construisaient les bateaux. J'ai construit un bateau. J'ai pris un morceau de bois. J'ai découpé le morceau de bois en plusieurs petites parties. J'ai taillé les parties en pointe. J'ai taillé une garde dans chaque partie. Les créatures comprendront que ce sont des épées. J'ai volé un talisman dans la chambre de Pogrême. Pogrême a dit à moi que le talisman protégeait. J'ai mis les épées et le talisman dans un tissu. J'ai mis le tissu dans le bateau. Le tissu protégera le bois de l'eau. J'ai mis le bateau sur l'eau. Le bateau a coulé. J'ai pris le talisman. J'ai taillé de nouvelles épées. J'ai pris un nouveau tissu. J'ai construit un bateau qui ne coulera pas. J'ai mis les nouvelles épées avec le talisman dans le nouveau tissu. J'ai mis le tissu dans le bateau. J'ai mis le bateau sur l'eau. Le bateau n'a pas coulé. Le bateau est allé dans le trou. Le bateau arrivera au royaume des petites créatures. Les petites créatures pourront se protéger contre les enfants comme moi.

Dalarisse inspira profondément et s'adossa lentement à sa chaise. La princesse marqua une pause en entendant la dernière phrase, puis reprit rapidement pour finir d'écrire et reposa la plume.

Elle s'adossa également et fixa le Prince des Corbeaux. Il n'y avait plus de malice dans son regard.

— Vous n'avez pas lu le nom de l'enfant qui a signé ces mots.

— Il est illisible, griffonné trop rapidement.

— C'est le seul mot écrit avec autant d'application, je n'ai pas eu de difficulté à le lire.

Il soupira et répondit sans un regard pour le livre.

— C'est signé Dalarisse.

La princesse déglutit.

— Dalarisse est un prénom rare originaire du royaume d'Évistée, je ne pense pas que Pogrême ait hébergé plusieurs enfants portant ce nom. C'est vous qui avez écrit cela ?

— Oui.

La jeune femme tenta de sourire, mais n'y parvint pas. L'émotion teinta sa voix.

—Comment l'Érudit a-t-il réagi?

—Il a dit quelque chose dans une langue que je ne connaissais pas, puis il m'a pris dans ses bras (Adenalia se pinça les lèvres sans quitter des yeux son interlocuteur qui continua de parler.) Je suis resté trois semaines chez Pogrême, c'était... un bon endroit. Mon maître a fini par me retrouver.

—Vous... vous avez revu Pogrême?

—De loin, à plusieurs reprises, lui ne m'a jamais revu.

La princesse le dévisagea longuement.

—Quel genre d'enfant veut fournir à un peuple les moyens de se défendre contre lui? (Elle poursuivit d'une voix plus hésitante.) Et quel genre d'homme est devenu ce garçon?

—Un homme dangereux. Un homme que les princesses ne fréquentent pas.

Dalarisse baissa les yeux face aux deux iris verts, flamboyants, qui le fixaient, mais sa voix demeura assurée.

—Nous devons arrêter de nous voir.

—Non.

Le Corbeau releva la tête. Adenalia restait calme en apparence, mais il la voyait bouillonner à l'intérieur. Il répondit.

—Nous ne pouv...

—J'ai dit non! Ne me parlez pas de bienséance ni des risques que l'on prend! Encore moins de l'homme «dangereux et infréquentable» que vous êtes! (La princesse se reprit, cherchant à retrouver le contrôle de sa voix.) Vous êtes distant, froid et dramatiquement ignorant de toutes conventions sociales. Vous faites peur aux gens qui me parlent de vous, ils vous évitent, espérant vous oublier et ne jamais vous revoir. Ils fuient les nobles de votre royaume de peur que vous ne les accompagniez et... (elle désigna le livre du menton) et que diraient-ils en lisant ces mots?... Moi, vous ne me faites pas peur. J'aime votre présence, votre regard glacial et ce qu'il dissimule avec tant de force. C'est vous que je décide de fréquenter et je refuse d'arrêter de vous voir!

Dalarisse tenta de rester de marbre. Il rétorqua sur son ton le plus calme :

— Nombreux sont les domaines dans lesquels j'excelle, mais... je ne suis pas fait pour être aimé (son regard fit le tour de la pièce avant de se reposer sur elle.) C'est aussi un bon endroit ici, mais je ne suis pas fait non plus pour les bons endroits. Je dois partir et nous ne nous verrons plus.

Il se leva et se dirigea vers la porte. La princesse bondit de sa chaise et contourna la table.

— Tournez-vous ! (Dalarisse s'arrêta et se retourna vers elle. La jeune femme posa son index sur son torse, son accent s'intensifiant avec la colère qui montait en elle.) Quel imbécile vous a dit pourquoi vous étiez fait ?! Étiez-vous fait pour rattraper cette rose en plein vol ? Étiez-vous fait pour venir dans mes appartements et... et balayer tout le reste ? (Sa voix s'adoucit.) Êtes-vous fait pour poser ainsi vos yeux sur moi...

— Je pars demain pour accompagner l'un de nos nobles, pendant plusieurs jours. Vous aurez le temps d'oublier cela. Je...

Adenalia gifla Dalarisse suffisamment violemment pour que la tête du Corbeau parte en arrière. Elle le gifla à nouveau avec l'autre main.

— Trop tard ! Vous n'aviez pas le droit de me montrer ainsi ce à quoi je dois renoncer !

La jeune femme voulut le gifler une troisième fois, mais Dalarisse intercepta sa main. Le contact avec la peau bronzée de l'Andarriane le fit frissonner, son parfum se fit plus présent. Il relâcha délicatement son bras en s'écartant d'elle pour se tourner vers la porte principale.

— Oh non ! Vous n'emprunterez pas mes balcons ! (Elle se dirigea vers la porte menant au passage dissimulé et l'ouvrit.) Puisque c'est tête basse que vous abandonnez cet endroit, c'est par le passage dérobé que vous le ferez !

—C'est plus dangereux par les couloirs. Les risques que je me fasse repérer sont...

—Ainsi vous serez bien obligé d'assumer ! Partez ! Maintenant !

Adenalia ouvrit violemment la porte. Dalarisse s'y dirigea, restant à distance de la jeune femme afin qu'elle ne puisse le frapper de nouveau, même si le regard qu'elle lui lançait était bien plus incisif.

Le Prince des Corbeaux s'engouffra dans le couloir. La porte claqua derrière lui. Il se retourna, sachant qu'il voyait cet endroit pour la dernière fois. La colère monta en lui. Il s'y était attendu, il fallait un peu de temps pour que cela passe.

Cependant, il n'avait pas de temps à perdre. La princesse avait presque crié, sa voix avait pu arriver aux oreilles des gardes. Il devait quitter cet étage au plus vite, puis rejoindre les appartements de la délégation sans se faire repérer par l'armée de guetteurs que Soultana avait déployée. *Foutue Princesse !*

Il se positionna derrière la statue et repéra les tours de garde. Au moins, cet étage n'était pas plus surveillé que d'habitude. Soultana ne pouvait s'imaginer qu'un Tiemrin puisse venir jusqu'ici. Dalarisse s'appliqua à franchir la garde le plus vite possible et se précipita dans un des escaliers en colimaçon, pour arriver à l'étage des serviteurs. *La fête...*

La fête, bien entendu. La plupart des serviteurs étaient encore debout, s'affairant pour leurs maîtres qui allaient se coucher, s'empressant de récupérer des affaires dans le Grand Hall ou discutant avec animation des événements de la soirée. Passer inaperçu relevait de l'impossible. Dalarisse pouvait envisager de profiter du chaos ambiant, mais cela s'avérait très risqué.

Un groupe descendait les escaliers. Même dissimulé, il ne tiendrait pas longtemps ici. *Va pour le risque !*

Dalarisse s'élança dans les couloirs de l'étage. Il croisa des serviteurs dans chaque couloir et à chaque intersection. Beaucoup étaient trop affairés pour prêter attention à lui, mais quelques-uns lui jetèrent des regards intrigués. Il s'efforça de paraître le plus naturel possible, profitant de chaque croisement pour changer de secteur et ne pas attirer l'attention trop longtemps.

Ombre-Mort arriva vers le cœur du quartier et dut même se frayer un chemin en jouant des coudes. Il se dirigea alors vers un salon en retrait et faillit jurer à voix haute. Il sentait qu'il n'était pas en possession de tous ses moyens et savait que son passage à cet étage serait remarqué, d'autant plus que des agents de Soultana s'y trouvaient forcément. Il inspira profondément. *Foutu Royaume!*

Trois serviteurs traversèrent la pièce sans lui prêter attention, évoquant avec animation la robe portée par la princesse aînée ce soir et l'effet qu'elle avait produit sur l'assistance. Dalarisse refloua vigoureusement les pensées qui affluaient en lui et réfléchit. Il prit alors deux couvertures disposées sur une chaise ainsi que trois coussins particulièrement volumineux, et empila le tout entre ses bras pour dissimuler une grande partie de sa tête. Les personnes qu'il croiserait seraient passablement intriguées par la destination de tous ces coussins, mais ils ne s'attarderaient pas sur le porteur.

Il repartit ainsi à travers le quartier et sembla effectivement susciter moins d'attention en tant que serviteur. Se dirigeant vers l'une des zones plus paisibles, il espérait pouvoir atteindre les chambres de l'étage. Si certaines étaient inoccupées, il pourrait descendre de leurs balcons jusqu'au sien. C'était risqué, mais traverser les étages et le périmètre de Soultana semblait impossible. Dalarisse avança prudemment et, jetant un coup d'œil sur son chemin, aperçut le jeune Tessan qui s'amusait autour d'un groupe de servantes qui le réprimandaient avec une fausse sévérité. Le garçon, hilare, tourna la tête au même moment vers lui et le vit. Évidemment.

Dalarisse changea aussitôt de direction, mais il sentit que l'enfant se lançait à sa poursuite. Il pressa le pas, mais rien n'y faisait, Tessan était derrière lui et ne risquait pas de le lâcher. Il croisa un groupe de serviteurs portant de nombreux plateaux. Arrivé à leur hauteur, il feignit de tomber et envoya son chargement dans les jambes de ces derniers. Le premier serviteur trébucha et tomba au milieu du couloir, répandant le plateau et son contenu sur le sol. Les autres, concentrés sur leur chargement, trébuchèrent à leur tour et s'entraînèrent les uns les autres dans leur chute. De vives protestations montèrent aussitôt, mais le Corbeau avait déjà disparu derrière une intersection. Cela ralentirait Tessan pour un temps.

Le Prince des Corbeaux accéléra la cadence et franchit à grande vitesse plusieurs croisements. Des bruits de poursuite se firent entendre. Les serviteurs ne voulaient pas laisser impuni un tel événement, surtout s'il y avait des dégâts. De plus, Tessan avait pu leur dire quelque chose. Dalarisse accéléra et emprunta des trajectoires sans logique afin de les semer. Il continua d'éviter le plus possible les groupes qu'il rencontrait, mais atteindre les balcons des chambres devenait compliqué en raison des détours qu'il faisait.

Il inspira de nouveau pour contenir sa colère. Dalarisse jeta un regard dans le couloir et reconnut les lieux alors que le bruit de ses poursuivants se faisait toujours entendre au loin. Il reprit sa course, passant devant deux pièces dont les occupants ne lui prêtèrent aucune attention, traversa le petit salon exigu et arriva dans le couloir où la princesse l'avait surpris la première fois. Un groupe arrivait de l'autre côté en discutant et ne tarderait pas à être dans son champ de vision. Sans réfléchir, Dalarisse se glissa derrière la tapisserie murale, espérant ne pas se heurter à une porte solide. Dans le cas contraire, il n'aurait aucune explication valable à donner à ceux qui arrivaient.

Pas de porte, juste une ouverture. Dalarisse s'y glissa et resta figé derrière la lourde tapisserie. Le groupe passa dans le couloir et continua son chemin. Leur discussion portait sur cette... foutue princesse.

Dalarisse observa le petit espace où il se trouvait. C'était un étroit escalier en colimaçon plongé dans l'obscurité, menant à l'étage royal. Il ne remarqua pas de poussière. L'endroit était entretenu. Il frappa le mur de son poing fermé. Il devait oublier cette femme et ce qui venait de se passer pour se reconcentrer ! Il avait traversé le quartier des serviteurs sans réfléchir, se fiant à son instinct pour se guider. Néanmoins, il avait failli être pris, et ce risque subsistait.

Il partirait demain et ce serait fini. Elle ne le verrait plus, lui à peine, ou uniquement de loin... Il se ressaisit ; il devait élaborer un vrai plan pour sortir d'ici.

L'escalier n'était pas aéré, et le parfum de la princesse y était fortement présent.

Dalarisse frappa de nouveau le mur.

Puis il monta.

Il gravit les marches et tomba sur une lourde cloison en bois. Il tâtonna dans l'obscurité, mais ne trouva pas de trace de serrure. Nul n'était censé atteindre le niveau des serviteurs, encore moins connaître l'existence de ce passage. Même si quelqu'un le découvrait, le mécanisme d'ouverture devait être difficile à trouver. Le Prince des Corbeaux chercha sur les murs tout autour avec plus d'agitation qu'il ne l'aurait souhaité. Sa main finit par attraper un petit levier encastré dans une niche près du sol. Il déglutit et l'actionna sans plus attendre.

Un lourd mécanisme se fit entendre, la paroi en bois recula, s'arrêta et glissa sur le côté. Une unique bougie vacillante révéla une pièce de soins comme seules les femmes de haute noblesse en possédaient. Ces petites salles étaient construites en prolongement de la chambre, équipées d'eau et de tous les ustensiles nécessaires à la bonne tenue d'une Dame. Elles représentaient la « chambre des secrets de la beauté et du charme de ces dernières » selon les dires communs.

Dalarisse s'avança et vit le collier orné de rubis sur un présentoir : il n'avait aucun doute quant à l'identité de celle qui usait de cette pièce et qui, en cet instant, se glissait discrètement dans son dos. La lueur jaunâtre de la bougie se refléta sur une lame.

Le Corbeau pivota lentement, s'efforçant de contenir son instinct qui le poussait à frapper la jeune femme. Le mouvement de son bras lui indiqua qu'elle ne cherchait pas à le poignarder, mais plutôt à lui appliquer la lame sous la gorge. Il se contenta de poser sa main sur le poignet armé sans retenir le geste et se laissa repousser contre le mur.

Les dents serrées, le regard foudroyant, ses cheveux détachés tombaient en cascade sur la partie supérieure de son torse, dévoilée par une simple robe de nuit. Son visage affichait une expression sauvage, sa respiration était rapide et bruyante. Adenalia le reconnut aussitôt et la peur s'évanouit de son regard.

—Vous !

Dalarisse avait eu le temps de jeter un coup d'œil à l'arme désormais positionnée à quelques centimètres de sa gorge : un fin poignard conçu pour une femme. Les dames de la noblesse s'en procuraient souvent. Ils étaient davantage destinés à les rassurer qu'à les défendre, mais la pointe restait aiguisée. La princesse ne maîtrisait pas ses gestes, et même si Dalarisse avait la paume de sa main sur le poignet de la jeune femme, un mauvais réflexe de cette dernière pouvait être dangereux. Il parla d'une voix aussi calme que possible :

—Retirez votre poignard.

—Ne me donnez pas d'ordre !

Le souffle de l'Andarriane effleura le visage du Corbeau. Il referma lentement ses doigts sur son poignet, et la princesse raffermit sa prise comme pour le défier. Dalarisse appliqua des pressions à deux endroits précis et la jeune femme perdit toute force dans la main. Il la contraignit ainsi à éloigner l'arme de lui et déplaça son bras au-dessus d'une petite table en bois située à côté d'eux.

—Posez-le.

—Comment osez-vous ! Je vais vous faire tuer par la garde !

Adenalia tenta de lutter pendant quelques secondes supplémentaires, mais finit par gémir de frustration. Elle lâcha l'arme sur la table et Dalarisse relâcha son poignet. Il écarta doucement les bras et se détendit quand il vit les traits du visage de l'Andarriane s'adoucir.

Elle lui envoya un violent coup de poing au visage et reprit son poignard sur la table

Le Corbeau fut surpris par le coup. Sa tête partit en arrière. La princesse l'attrapa par le col de sa tunique et se colla à lui en appliquant la pointe de la lame sur sa gorge. Un sourire de prédateur parcourut ses lèvres, elle s'exprima lentement en détachant chaque syllabe.

—Ne me donnez pas d'ordre !

Le Prince des Corbeaux sourit malgré la douleur à la pommette. La lueur était bien présente dans les yeux verts qui fixaient intensément les siens. Adenalia reposa l'arme sur la table et relâcha la tunique de l'assassin, mais ne recula pas.

Des frissons parcoururent la colonne vertébrale de Dalarisse. La logique perça dans son esprit, il la balaya.

La princesse le gifla suffisamment fort pour que le bruit résonne dans l'escalier en colimaçon.

—Et on n'entre pas ici sans mon autorisation !

Dalarisse encaissa le coup et replongea dans les yeux de la jeune femme. Son odeur lui parvenait pleinement, ainsi positionné à quelques centimètres d'elle. Il laissa ses yeux glisser sur le visage de l'Andarriane. Son nez qui s'animait sous sa forte respiration, la peau bronzée de ses joues qui rougissaient, ses lèvres, pulpeuses et entrouvertes, son souffle qui venait caresser son propre visage...

Adenalia attrapa de nouveau sa tunique pour l'attirer vers elle, ses seins se pressèrent contre son torse. La chevelure noire délimitait désormais son champ de vision. Dalarisse se sentit emporté... Il résistait contre le courant, mais chaque vague érodait ses forces. Plus il luttait, plus l'envie montait en lui de s'y abandonner.

La bouche de la princesse s'empara de la sienne, elle glissa l'une de ses lèvres entre les siennes, provoquant une explosion de saveurs qui balaya ses dernières pensées. Il passa ses bras derrière elle et lui rendit son baiser. L'instant parut éternel tant il était délicieux.

Leurs visages finirent par se séparer et Adenalia ouvrit lentement les yeux en laissant échapper un soupir. Dalarisse recula et se pinça les lèvres pour conserver, l'espace d'un instant, le goût de celles de la princesse. Elle le gifla à nouveau sans retenir son coup.

— Et on n'attend pas quinze minutes de trop pour faire ça !

Dalarisse porta la main à sa joue. Le sourire de la princesse effaça aussitôt la douleur. Ils s'embrassèrent de nouveau et ne s'arrêtèrent que lorsque le souffle leur manqua. Adenalia caressa la joue rougie par les coups qu'elle lui avait portés. Dalarisse demanda :

— Vous allez encore me frapper ?

Elle répondit d'un ton enjoué :

— Oh vous n'êtes pas à l'abri, non !

Un bruit de porte retentit et la princesse sursauta. La voix d'une de ses dames de compagnie se fit entendre :

— Majesté, tout va bien ? (Adenalia se dégagea doucement de l'étreinte du Tiemrin. Dalarisse reconnut la voix de celle qui l'avait défié du regard sur le balcon.) J'ai entendu du bruit, il ne vous est rien arrivé ?

— Tout va bien, Keira.

La princesse recula sans quitter des yeux l'assassin et posa la main sur la poignée de la porte menant à sa chambre.

— Vous partez demain ?

— Oui, pour quelques jours. Je reviendrai.

La jeune femme eut un sourire en coin.

— Il vaudrait mieux, oui.

Adenalia ouvrit la porte. La servante attendait trois mètres derrière. Elle remarqua Dalarisse, mais ne manifesta aucune réaction.

— Majesté ?

— Keira, raccompagnez Monsieur Delarma afin qu'il puisse se suspendre dans le vide jusqu'à son balcon, je vous prie.

— Oui, Majesté.

Aucune intonation particulière dans la voix. Dalarisse apprécia la retenue de la jeune femme qui semblait bénéficier de toute la confiance de la princesse. Il échangea un dernier regard avec Adenalia puis suivit la servante.

Keira le mena silencieusement jusqu'au balcon et s'assura même que nul ne pouvait les voir. Le Prince des Corbeaux lui adressa un bref hochement de tête en guise de remerciement et entama sa descente.

*

Il ne rencontra aucun obstacle jusqu'au balcon.

Varlin l'attendait, comme convenu. Il atterrit à ses côtés et se tourna vers lui. Le plus âgé des deux Corbeaux haussa des sourcils interrogatifs, mais Dalarisse ne trouva rien à dire. Il se contenta de sourire brièvement puis gagna son lit.

CHAPITRE 36

Hadaron se redressa. Son ancien maître d'armes était toujours dans la même position, le regard perdu dans le vide.

— Vous... vous avez embrassé la princesse Adenalia Andarrian?

— Oui.

— Vous savez que les gardes de la milice chantent des chansons louant sa beauté...

— Je veux bien le croire.

— Et vous...

Dalarisse soupira.

— Efface ce sourire de ton visage et continue de lire ce livre.

Le jeune homme secoua la tête, s'étira les bras et le dos, puis retrouva sa position confortable et reprit sa lecture.

CHAPITRE 37

Dalarisse fut secoué brusquement au réveil. Il saisit son poignard et ouvrit les yeux. Günlbert retira calmement sa main et hocha la tête en guise de salut. Le Prince des Corbeaux se redressa. Il était tard. Varlin était déjà parti, Günlbert s'apprêtait à l'imiter.

Il répondit au salut et se leva pour rejoindre le salon où la voix de Frédérick se faisait vivement entendre.

Günlbert lui saisit le bras.

—Il y a sur toi l'odeur d'une femme.

Dalarisse s'arrêta, lui jeta un coup d'œil, puis acquiesça et bifurqua pour rejoindre la salle d'eau de leurs appartements où il se changea et se prépara pour le voyage.

Il pénétra enfin dans la grande salle et salua un Frédérick de Radenks particulièrement enthousiaste. Le jeune homme prenait sa mission très au sérieux, probablement l'une de ses premières. Il s'assurait que tout était pris en compte et insista pour expliquer à Dalarisse les raisons de ses nombreux choix. Face à l'indifférence totale de son interlocuteur, le jeune bourgeois abandonna la discussion.

Ombre-Mort s'enquit de l'itinéraire à suivre et repartit rédiger son livre noir dans la chambre des Corbeaux, laissant Frédérick s'occuper de l'organisation.

Ils partirent une heure plus tard et rejoignirent l'entrée du palais où une voiture tirée par deux chevaux avait été préparée pour le bourgeois. Un serviteur de l'ambassadeur et deux autres Andarrians les attendaient. Ils les escorteraient jusqu'à Maddarne.

Dalarisse se dirigea vers les écuries et laissa Frédérick se présenter aux Andarrians. Le cheval qu'il avait utilisé pour venir à Sénam avait été repris par Kester. Les Corbeaux n'avaient pas de monture personnelle, ils en achetaient ou en louaient au besoin. Dans le cas présent, il sélectionna l'une des possessions de l'ambassadeur Hassmün.

Le Prince des Corbeaux prit le temps de faire connaissance avec sa monture pendant qu'il la sellait. Tessan apparut à côté de lui dans l'ombre d'un box. Dalarisse apprécia à leur juste valeur les capacités de déplacement silencieux du garçon. Il avait senti sa présence, mais n'avait perçu aucun bruit.

Il lui jeta un coup d'œil. Le garçon se contentait de l'observer de loin. Il semblait n'avoir rien à dire, aussi Dalarisse détourna-t-il son regard de lui, menant son cheval jusqu'à l'extérieur.

La voiture s'élança dans les rues étroites de la ville haute de Sénam, Ombre-Mort s'autorisa un regard en direction des balcons de l'imposant palais puis talonna les flancs de sa monture pour rejoindre la troupe.

*

Le rythme était rapide. Frédérick avait choisi un itinéraire privilégiant la vitesse au confort. Dalarisse en fut agréablement surpris.

Il se contenta d'escorter physiquement le jeune bourgeois, participant aux repas, mais pas aux discussions, se confinant dans l'attitude discrète du serviteur qu'il était.

Frédérick lui lançait souvent des regards curieux ou insistants, mais le Corbeau restait constamment distant.

Dalarisse ne méprisait pas le bourgeois, il le considérait même comme intelligent et respectable, bien plus que Gottensalf, cependant, entre la solitude et une discussion avec Frédérick, il préférait de loin son éternelle compagne. Par ailleurs, être seul lui permettait de se perdre dans ses souvenirs de la veille.

Cette situation lui convenait, mais il sentait le jeune bourgeois bouillir d'envie de prendre la parole. Considérant les trois jours interminables de voyage qui venaient et pendant lesquels il devrait subir cette attention particulière qui susciterait, bien entendu, l'intérêt des serviteurs Andarrians, Dalarisse accepta à contrecœur de s'approcher de la luxueuse voiture.

Frédérick de Radenks lui sourit.

—Vous êtes un compagnon de voyage peu distrayant... (le regard qu'il reçut en réponse fit sourire de plus belle le jeune homme), néanmoins je ne pense pas que cela vous empêche de dormir... si tant est que quelque chose puisse vous en empêcher.

Dalarisse rapprocha son cheval de la voiture en marche afin de n'être entendu que de Radenks.

—Encore un mot de la sorte à mon égard devant ces gens (il désigna de la tête les deux serviteurs Andarrians) et je serai contraint de les égorger sous vos yeux.

Frédérick déglutit, mais tenta de maintenir son sourire.

— Ce ne sont que des serviteurs.

Le Prince des Corbeaux ne lui répondit qu'avec un bref regard de reproche. Le bourgeois ouvrit la bouche pour répliquer, mais il se ravisa après réflexion. Il finit par reprendre à voix basse :

—Devrais-je me méfier de tout ?

—À quoi vous attendez-vous ? Rien n'est laissé au hasard. Ils vous surveillent, cherchent à savoir ce que vous faites ici, veulent connaître vos réelles intentions ainsi que la solidité de vos allégeances. Ils veulent pouvoir vous manipuler si besoin est, ou vous tuer si cela s'avère nécessaire. Les Andarrians utilisent des méthodes similaires aux nôtres.

Le jeune homme acquiesça lentement.

—J'estime pourtant grandement les qualités du roi Solodan et de ses fils.

— Peut-être possèdent-ils les qualités que vous leur prêtez, mais ils ont un royaume à diriger.

— Si tout ce que vous dites est vrai, alors j'espère qu'il n'y a pas votre équivalent côté Andarrian !

Dalarisse ne répondit pas, mais vérifia que les serviteurs étaient hors de portée d'écoute. Frédérick fronça les sourcils.

— Cela existe ?

— L'Andarrian dispose de nombreux agents aux compétences diverses dont la qualité leur permet de rivaliser avec le Tiemric. Prendre sous son aile chaque orphelin dans le besoin n'empêche pas de détecter certaines aptitudes parmi eux et de les former en conséquence.

— Même des Corbeaux ?

Un des serviteurs Andarrians s'approcha de la voiture. Ombre-Mort se tourna vers lui et le fixa de son regard bleu glacial. Le serviteur soutint d'abord son regard, puis finit par baisser la tête. Dalarisse ne le lâcha pas et il finit par reculer suffisamment loin pour que le Corbeau daigne détourner les yeux. Frédérick assistait à la scène, amusé.

— Pas à ma connaissance.

Le Corbeau se dirigea vers l'avant de la voiture, à côté des serviteurs, le Tiemrin et l'Andarrian, qui conduisaient l'attelage. Il fit signe à ce dernier de prendre sa place sur le cheval et ne lui laissa pas le temps d'hésiter en sautant pour se retrouver entre les deux serviteurs. L'Andarrian n'eut d'autre choix que de sauter à son tour sur la monture.

Dalarisse rejoignit ensuite le bourgeois dans sa cabine en passant par l'extérieur. Le Corbeau désigna de la tête le serviteur qui venait de prendre sa place.

— Cela m'étonnerait qu'il ait appris à sauter à cheval ainsi en parcourant les dalles du palais royal, un plateau à la main. (Il ouvrit grand les rideaux de la voiture et indiqua à Frédérick de faire de même ; ils voyaient ainsi les deux serviteurs Andarrians. Le Corbeau continua dans un Tiemrin rapide et inaudible pour eux.) Ce sont des agents, faites attention à vos paroles et à vos actes.

Le jeune bourgeois hocha la tête et soupira.

—Pour nous, les gens... normaux, la guerre est anecdotique et ne consiste qu'en une succession d'affrontements militaires dans les plaines. Je suppose que pour ceux de l'ombre comme vous, la guerre est continue et se déroule en tout lieu et à tout instant. Nous avons les récits de gloire et de bravoure, vous avez le sang et les ombres.

Dalarisse ne releva pas les remarques de son interlocuteur qui relança quelques instants plus tard :

—Les choses sont ainsi, n'est-ce pas ?

—Oui.

Les deux hommes partagèrent alors le silence pendant quelque temps. Frédérick dévisageait le Corbeau et finit par reprendre la parole :

—Vous souriez... (Dalarisse regarda brièvement le jeune bourgeois et revint sur le serviteur qui cavalait plus loin.) Vous vous perdez dans vos pensées, le visage impassible, puis tout d'un coup vous souriez légèrement. Cela ne dure que quelques secondes, mais c'est remarquable par rapport à d'habitude. D'aucuns diraient que vous êtes presque de bonne humeur. Est-ce cette mission qui vous fait sourire ?

—Il y a deux agents Tiemrins là où nous allons. Je dois aider l'un à mourir et l'autre à survivre.

—Je vois... alors pourquoi souriez-vous ?

—Mes pensées me font sourire... et avant que vous ne le demandiez, je ne parlerai pas de ces pensées.

Frédérick regarda à nouveau dehors.

—Si ces pensées sont sujettes au sourire, alors je suis content pour vous.

Le Prince des Corbeaux ne répondit pas et espéra l'espace d'un instant que son compagnon de voyage s'en tiendrait là.

— Mes nombreuses questions vous sont désagréables ?

— Oui.

— J'en suis désolé.

— Alors arrêtez de parler.

Le bourgeois sourit.

— Je ne peux pas. C'est peut-être la seule fois que je côtoierai quelqu'un comme vous dans ma vie. C'est égoïste de ma part, mais il y a tant de choses dont j'aimerais parler : de vos missions, de votre façon de faire, de votre personnalité. Je conviens bien que tout ceci doit vous ennuyer, et je n'ai rien d'intéressant en retour à vous fournir.

— Votre silence m'intéresse.

Le jeune bourgeois éclata de rire. Les serviteurs Andarrians firent semblant de s'en inquiéter et s'approchèrent. Dalarisse les en dissuada de nouveau du regard.

— Comment, par les Dieux, la princesse aînée Andarriane a-t-elle pu trouver votre compagnie intéressante ? (Il poursuivit en rigolant) : me tueriez-vous pour voyager en silence ?

— Ce serait contraire aux intérêts du Grand Roi, et le bénéfice de votre silence n'en vaut pas le coup.

Le bourgeois resta interdit, mais l'hilarité continuait de marquer son visage. Il finit par secouer la tête et s'appliqua à rester silencieux.

Les premières minutes semblèrent difficiles pour le jeune homme, car dans son milieu, le silence entre deux personnes aussi proches était synonyme de gêne et de tension. Néanmoins il se détendit progressivement et parut accepter la situation.

Ils se laissèrent alors tous deux ballotter par les mouvements de tangage de la voiture sur l'ancienne route pavée en regardant le paysage ensoleillé. Ils finirent par s'arrêter dans une auberge de voyageurs à l'approche de la nuit. Le jeune bourgeois paya une chambre pour cinq et s'installa pour le dîner dans la salle commune. Dalarisse fut absent au début de la soirée et rejoignit le Tiemrin à la fin du repas.

Frédérick le regarda manger jusqu'au bout sans dire un mot, puis ne put se retenir :

—J'ai apprécié notre voyage silencieux. (Le Prince des Corbeaux lui lança un regard neutre, ce que Frédérick interpréta avec plaisir comme une invitation à continuer de parler.) Où étiez-vous ce soir ?

—Je prenais soin de ma monture.

—N'y a-t-il pas des gens payés pour ça ? (Dalarisse maintint le silence. Le jeune bourgeois reprit.) Il y a encore beaucoup de questions que je souhaiterais vous poser, mais je ne souhaite pas trop mettre votre patience à l'épreuve, alors je vais en sélectionner une par soir.

—Cela ne m'intéresse pas.

Le sourire de Frédérick s'élargit.

—Vous me tueriez sans raison si le Grand Roi n'en donnait pas l'ordre et si cela ne compromettait aucune mission ?

—Il n'y aurait aucune raison que je vous tue, dans ce cas.

Le bourgeois confirma de la tête.

—C'est bien ce que je pensais. Il me semble donc que vous n'êtes pas un homme mauvais...

—Cela ne m'intéresse toujours pas.

—... vous tuez car c'est votre manière de servir votre Roi, mais vous ne prenez aucun plaisir à cela. Pour vous, il s'agit d'un métier. Un métier horrible pour les gens comme nous, mais pas pour vous qui participez à cette guerre des ombres dont vous m'avez parlé. Je pense même que si on vous laissait vivre une vie normale à présent, sans Grand Roi ni guerre, vous seriez quelqu'un de bien, sans les vices et la méchanceté qui caractérisent nombre d'entre nous.

Dalarisse ne répondit pas. Les évènements de la nuit passée l'avaient profondément affecté. Il se savait dans un état anormal, ce qui expliquait qu'il laisse ainsi le jeune bourgeois discourir à son sujet. Frédérick poursuivit.

— Quand les gens parlent d'Ombre-Mort, ils évoquent des scènes de sang, de cadavres et de massacres spectaculaires. Ils dépeignent un tueur qui n'a rien d'humain ni de mortel. Moi, les souvenirs que je garderai de vous, pour l'instant, sont ceux d'un homme avec un air idiot et une rose à la main, qui s'en va marquer l'esprit de la plus belle princesse des Huit Royaumes.

Les yeux du Corbeau cessèrent d'observer tous les occupants de la salle pour se poser sur son interlocuteur.

— Si je vous laisse poser votre question, aurai-je votre silence?

Le visage de Frédérick s'illumina.

— Oui.

— Alors faites vite.

— Voilà une question que je me pose depuis un moment à votre sujet. Si on vous laissait le choix aujourd'hui, en considérant que les plans du Grand Roi sont voués à la réussite quelle que soit votre décision et qu'il vous libère de vos serments, resteriez-vous Ombre-Mort ou deviendriez-vous un homme libre, exempt de tout massacre, prêt à vivre une tout autre vie que celle d'un tueur? (Frédérick se leva et s'apprêta à quitter la pièce.) Je ne me fais pas d'illusion quant à l'obtention d'une réponse de votre part, je suis déjà particulièrement satisfait de savoir que « me tuer n'en vaut pas le coup » et je n'en abuserai pas outre mesure. D'ailleurs, cette réponse n'appartient qu'à vous. Ce n'est peut-être pas la période de votre vie où cette question se pose, mais certaines questions méritent d'être posées. Bonne nuit, Dalarisse.

Le jeune bourgeois lui adressa un dernier regard, mais n'obtint aucune réaction. Il rejoignit la chambre.

CHAPITRE 38

L e convoi repartit tôt le lendemain matin. Dalarisse retrouva son cheval et le jeune bourgeois la solitude dans la voiture. Ils apprirent de voyageurs venant du Sud qu'une épidémie de fièvre orange était apparue à plusieurs dizaines de kilomètres d'ici. La maladie était mortelle, mais difficilement contagieuse. Néanmoins, un détachement de l'armée Andarriane était dépêché dans la région afin d'appliquer les différentes mesures de quarantaine si nécessaire.

C'est donc dans une ambiance morose que le petit convoi se dirigea vers le sud. Ils croisèrent de plus en plus de voyageurs se déplaçant dans la direction opposée, et Frédérick se renseigna auprès de bon nombre d'entre eux. Il n'y avait apparemment aucune panique, seulement des mesures de précaution imposées par le roi. Le jeune bourgeois s'informa avec beaucoup d'intérêt sur les symptômes et les conséquences de cette maladie.

Dalarisse approcha sa monture alors qu'ils reprenaient la route, et se mit hors de portée d'oreilles indiscrètes.

— Calmez-vous.

— Je suis calme, je m'inquiète un peu, voilà tout.

— Votre inquiétude accentue celle de notre serviteur Tiemrin et sa conduite est plus hasardeuse.

Frédérick le constata, l'air embarrassé.

— Je vais me calmer. (Le bourgeois rentra la tête dans sa cabine. Dalarisse commença à éloigner sa monture, mais le jeune homme réapparut à la fenêtre de la voiture.) Avez-vous déjà connu la fièvre orange ?

—Un cas s'est produit quelques années auparavant dans le royaume de Bolurigh. La ville d'Olsarth fut contaminée.

—Je me le rappelle, oui. On l'appelle la ville des sciences en Bolurigh. De nombreux érudits y vivaient. Il y eut un nombre impressionnant de morts si je me souviens bien. Pensez-vous qu'il peut arriver la même chose ici ?

—Pas si les médecins ne disparaissent pas mystérieusement un à un de la région.

—Je... (Frédérick sourit tristement.) Alors il n'y a pas de danger particulier.

Le Corbeau ne répondit pas et s'éloigna.

Ils logèrent à nouveau dans une auberge de voyageurs le soir. Les deux Tiemrins n'échangèrent aucun mot entre eux, mais Frédérick passa la soirée à recueillir des informations sur la région, notamment s'il y avait eu des cas répertoriés à Maddarne. Il fut rapidement rassuré et son humeur s'améliora grandement.

Ils repartirent le lendemain et croisèrent les premiers cavaliers de l'armée Andarriane qui allaient et venaient à travers les chemins. Les voyageurs les saluèrent par des acclamations à la vue du drapeau Andarrian représentant le dragon d'or prenant son envol sur un fond blanc et rouge.

Frédérick laissait moins paraître son inquiétude. Il s'exerçait à l'Andarrian en parlant avec les voyageurs qu'il croisait et fit même arrêter le convoi pour acheter du tabac à un habile marchand qui gagna sa journée en une seule vente.

Quand le soir commença à tomber, le serviteur Andarrian partit devant, à cheval, pour trouver une auberge comme lors des jours précédents. Il revint deux heures plus tard en indiquant au bourgeois qu'elles étaient complètes et que l'une d'entre elles était même sous quarantaine.

— Comment est-ce possible ? Il ne s'agit pas d'un exode, juste des mesures prises par l'armée. Ils doivent bien avoir trouvé des solutions pour loger chaque voyageur ?

Le serviteur se confondit en excuses, mais fit comprendre au bourgeois qu'il n'y avait pas d'autre solution.

Ils finirent par s'installer dans une clairière isolée où les serviteurs allumèrent un feu de camp et préparèrent la nourriture. Dalarisse se positionna à distance, mangeant rapidement sa viande séchée.

Frédérick attendit qu'un serviteur Andarrian lui apporte un bol de bouillon, les deux autres étant partis chercher de quoi confectionner un lit convenable pour le bourgeois. Celui-ci prit le bol des mains du serviteur et le remercia d'un signe de tête. Dalarisse rangea sa nourriture et passa la main sous son manteau.

— Frédéric..., posez ce bol.

— Je...

— Posez ce bol.

Frédérick s'exécuta sans comprendre. Ombre-Mort se leva et pénétra dans le campement, la main toujours dissimulée. Il regarda le serviteur et désigna le bol du bourgeois en s'exprimant dans un Andarrian appliqué et articulé.

— Bois.

Le serviteur plongea ses yeux dans ceux du Corbeau, et la peur envahit aussitôt son visage. Pendant quelques secondes, il resta immobile, puis s'enfuit en courant en direction des bois environnants.

Ombre-Mort sortit son arbalète de sous son manteau, l'arma et tira avec une telle rapidité que l'Andarrian n'était pas encore sorti de la petite clairière. Le carreau vint se figer dans son genou, et il s'écroula au sol dans un gémissement de douleur. Dalarisse se précipita sur lui, plaça son bras gauche sur sa nuque et coinça la gorge du serviteur dans le creux de son bras droit. Il étouffa ainsi peu à peu sa victime qui succomba rapidement.

Frédérick regardait la scène, encore sous le choc. Ombre-Mort retira ensuite son carreau et soigna la plaie comme il le pouvait afin qu'elle ne saigne plus. Il se releva et se tourna vers le bourgeois :

— Faites-lui ingurgiter de votre bouillon, mais gardez-vous d'y toucher vous-même.

— Bi... bien. (Frédérick regarda avec horreur le cadavre de l'Andarrian. Il releva la tête et vit Dalarisse se diriger vers les bois.) Où allez-vous ?

— Retrouver l'autre serviteur Andarrian.

— Et le Tiemrin ?

— Il est déjà mort.

*

Le Prince des Corbeaux revint plus tard, en traînant deux cadavres avec lui. Le Tiemrin avait la nuque brisée, l'autre était mort étouffé. Il déposa les corps à côté du premier et chercha le bourgeois. Frédérick était assis sur un tronc en dehors de la clairière, le regard perdu dans le vide. Dalarisse s'approcha et lui tendit de la viande séchée.

— Il faut manger.

— Je n'ai plus vraiment faim.

— Je ne vous ai pas dit d'avoir faim.

Le jeune homme s'exécuta. Dalarisse fit ingurgiter du bouillon aux deux autres cadavres et jeta le reste de la marmite ainsi que les accessoires de cuisine au feu.

Il invita ensuite son compagnon de voyage à revenir dans la clairière. Frédérick le rejoignit sans pouvoir s'empêcher de jeter des coups d'œil aux trois morts.

— Que s'est-il passé ?

— Le bouillon était contaminé, et si vous en aviez bu, vous auriez contracté la fièvre orange en quelques heures. Certains symptômes seraient apparus demain matin sur eux (il désigna du menton les trois cadavres.) Ils avaient prévu de mettre fin à votre vie, la fièvre orange était une aubaine pour eux. Elle ne passe pas la peau, mais une fois dans le corps, il n'y a plus rien à faire. Ils ont tué notre serviteur dans les bois. Si vous aviez bu ce breuvage, votre mort aurait été considérée comme un triste événement, mais totalement justifiable en raison de notre traversée d'une zone infectée.

—Ils voulaient... me tuer?

—Ils voulaient vous empêcher de mener à bien votre mission, votre mort n'était qu'une conséquence.

—Je... comment avez-vous su?

—Le serviteur n'était pas parti assez longtemps pour s'assurer que toutes les auberges étaient pleines. De plus, il n'y a pas besoin d'être deux pour ramasser de quoi vous faire un lit, le serviteur Andarrian qui est parti avec le Tiemrin savait se battre à mains nues, il a dû le tuer rapidement et sans bruit. J'ai su qu'ils avaient choisi d'agir ce soir quand l'Andarrian qui vous a servi n'a pas jugé bon de goûter le bouillon pour savoir si la température vous conviendrait.

Frédérick hocha lentement la tête en se remémorant les événements récents.

—Vous saviez qu'ils tenteraient de me tuer?

—C'était une probabilité importante, mais je ne savais ni quand ni comment.

Le Prince des Corbeaux se détourna du bourgeois pour donner de quoi boire et manger aux deux autres bêtes qui tiraient la voiture. Ensuite, il sella son cheval ainsi que celui de l'Andarrian et installa les affaires de Frédérick sur ce dernier avant de lui faire signe de monter.

Le jeune homme obéit sans un mot, toujours pensif. Dalarisse monta à son tour et vérifia une dernière fois que le camp était tranquille avant de se lancer dans la forêt.

Le bourgeois avait reçu une éducation équestre basique et put le suivre sans problème.

—Où allons-nous?

—Dans une auberge, il faut nous reposer.

—Elles sont toutes pleines et... (Dalarisse lui jeta un bref regard), non, elles ne le sont pas...

Ils avancèrent ainsi pendant une heure dans la nuit Andarriane avant d'arriver en vue d'une auberge. Frédérick avança à la hauteur de son compagnon.

—Je vous remercie, Dalarisse, vous m'avez sauvé la vie.

—C'était l'une des raisons de ma présence lors de ce voyage. L'important est que nous allons mener notre mission à bien, tous les deux. De plus, la noblesse Andarriane s'intéressera d'autant plus à vous quand elle saura que vous avez traversé une zone contaminée et que vos serviteurs sont morts. Cela vous ouvrira de nouvelles portes et de nouvelles sources d'informations à la cour.

—Vous n'êtes pas obligé de justifier une bonne action par la nécessité d'exécuter une mission.

—Et vous la nécessité d'exécuter une mission par une bonne action.

Frédérick haussa les épaules.

—Merci quand même! N'aurions-nous pas dû en garder un vivant pour connaître l'identité de celui qui a envoyé ces assassins?

—Il s'agit de Mollede Soultana.

—Soultana? Il a toujours été aimable avec moi. J'ai même perçu de la sincérité dans ses paroles parfois.

—Il vous apprécie peut-être, mais les intérêts de son royaume passent avant tout. Votre survie ou votre mort ne l'affectera pas particulièrement, cela fait partie de la guerre. Il vous appréciera toujours autant à notre retour au palais.

—Tout ceci me dégoûte.

Ils aperçurent deux gardes Andarrians.

—Dites-leur que vos serviteurs ont contracté la fièvre orange, et que, paniqués, nous nous sommes précipités vers la première auberge venue. Indiquez-leur l'emplacement de notre campement et espérons qu'avec la peur de la maladie ils ne prendront pas soin d'inspecter les corps.

Frédérick répéta le petit discours aux gardes, qui enregistrèrent les informations et les escortèrent jusqu'à l'auberge.

Dalarisse conduisit son compagnon aux écuries où ils prirent soin de leurs montures en silence, Frédérick se calant sur ses gestes. Le jeune bourgeois commanda ensuite une chambre et deux repas. L'auberge était à moitié vide et le tenancier répondit rapidement à ses exigences. Il se tourna vers Dalarisse, l'air inquiet :

— Il nous faudra récupérer la voiture demain matin.

— Les gardes la brûleront par précaution.

— Alors comment allons-nous faire ?

— Nous avons deux chevaux, nous irons plus vite ainsi.

— Je ne suis pas sûr d'être capable de chevaucher une journée entière.

— Payez-vous aussi des gens pour chevaucher à votre place ?

Cela fit sourire le jeune bourgeois qui arriva enfin à se détendre.

— Je vois... Nous irons à cheval.

*

À la fin de leur repas, ils n'étaient plus que deux dans la salle en plus de l'aubergiste qui nettoyait les tables. Frédérick sortit le tabac qu'il avait acheté plus tôt, ainsi qu'une pipe typiquement Tiemrine. Il la bourra, l'alluma et la proposa à Dalarisse, qui refusa d'un signe de tête. Il commença alors à tirer dessus avec envie.

— C'est la première fois que je vois un meurtre. Je ne pense pas l'oublier de sitôt. C'est aussi la première fois qu'on me sauve la vie, ça non plus je ne pourrai pas l'oublier. Je maintiens ce que je pense de tout cela. Vous tuez parce que quelqu'un doit le faire, comme un cuisinier doit cuisiner. Le problème est que ce métier-là vous empêche de savoir ce qu'est la vie normale, avec ses joies et ses peines.

L'aubergiste éteignit toutes les bougies et laissa le feu de la cheminée comme il était. Il s'adressa ensuite à eux dans un Andarrian soigneusement articulé.

—Il est tard, messieurs, vous éteindrez le feu en quittant la pièce. Et n'essayez pas de voler quoi que ce soit, il y a des soldats dehors.

Les deux Tiemrins se retrouvèrent seuls à côté de la cheminée au feu mourant.

—Je sais que vous vous apprêtez à me dire que cela ne vous intéresse pas... (Le regard de son interlocuteur confirma les dires du bourgeois), mais je compte en venir à la question du soir que je me suis autorisé à poser, étant donné l'absence de vigoureuses protestations sur ce sujet de votre part. (Il tira une nouvelle bouffée sur sa pipe.) Vu qu'il s'agit bien d'un métier, je me disais qu'il y a assurément un moment où le Grand Roi, en raison de votre âge ou du manque de travail à effectuer, décide de vous fournir une prime comme il en fournit aux soldats trop vieux pour exercer.

—Le Grand Roi récompense ses Corbeaux en leur fournissant des terres et d'autres rétributions. Ceux qui sont encore vivants et trop vieux pour exercer ont accumulé suffisamment d'or en remplissant des contrats pour subvenir à leurs besoins le reste de leur vie. Le Grand Roi complète néanmoins avec sa fortune personnelle si besoin est.

—Alors il ne s'agit bien que d'un métier ?

Dalarisse se pencha en avant.

—Les deux serviteurs qui ont essayé de vous tuer étaient des assassins de métier. Ce métier existe partout dans les Huit Royaumes. Les Corbeaux ne sont pas l'équivalent des cuisiniers dans l'assassinat. Nous sommes des tueurs. Nous plantions des poignards dans les cœurs des gens quand vous autres appreniez à parler sans faire de faute. Nous ne ressentons pas les mêmes émotions que vous : pas de peur, ni de pitié, ni d'empathie. Lorsque j'ai demandé au serviteur de boire votre bouillon, il a eu peur et s'est enfui, c'est pour ça qu'il est mort. Un Corbeau se serait immédiatement adapté, aurait accepté aussitôt le fait d'être découvert sans pouvoir revenir en arrière et aurait analysé le meilleur moyen de me tuer en fonction de son environnement. Il aurait choisi l'option la plus optimale en utilisant les informations que son esprit enregistre inconsciemment, le tout dans un laps de temps que vous ne pourriez même pas imaginer. Voilà ce qui nous différencie des autres assassins. L'ensemble de nos compétences et notre façon de penser sont destinées à tuer de la manière la plus efficace qui soit, sans que les émotions ou le doute viennent nous perturber. Vous avez la vie normale avec ses joies et ses peines, nous avons la vie de Corbeaux. Nous n'appartenons pas au même monde et les gens qui exercent le métier d'assassin appartiennent au vôtre.

Le Prince des Corbeaux se détourna du jeune bourgeois qui ne trouva pas de réponse à cela. Le temps passa lentement dans un silence de plomb. Les crépitements du feu se firent moins importants, et bientôt seules les bouffées de fumée de Frédérick donnèrent vie à la scène. Il reprit la parole.

— Soit, les Corbeaux sont à part et leur façon de penser est différente de celle des autres. Cependant, je maintiens que cela ne fait pas systématiquement de vous des hommes mauvais. D'autant plus si, comme vous le dites, vous agissez ainsi naturellement dans un contexte de guerre en suivant les ordres, sans éprouver le plaisir lié à la violence, contrairement à ce l'on retrouve chez des mercenaires qui commettent les pires actes imaginables. Vous êtes sans doute la personne que je connais qui a directement tué le plus d'êtres vivants, mais j'ai bien plus de confiance et de respect envers vous qu'envers ces hommes-là.

Dalarisse ne réagit pas. Frédérick l'observa un long moment puis reprit :

— Que comptez-vous faire une fois que le Grand Roi n'aura plus besoin de vos talents ?

— La question se posera quand le Grand Roi n'aura plus besoin de mes talents.

Le jeune homme ne releva pas le ton agacé de son compagnon.

— Je vous ai déjà raconté ce que je comptais faire de ma vie. J'y ajouterai que j'aimerais que ma femme me respecte et pense que je suis un homme bon, de la même manière que je pense que vous l'êtes. Je crois que je serais heureux, dans ce cas-là.

— Vous faites erreur, Frédérick, il n'existe pas de lien entre nos mondes...

Le ton indiquait que la phrase n'était pas finie, mais le visage d'Adenalia vint envahir l'esprit du Corbeau. Il ne termina pas et se leva pour rejoindre sa chambre.

— Bonne nuit, Dalarisse.

Le Corbeau ne répondit pas, mais vit, en montant les escaliers, le jeune bourgeois sortir un parchemin et du matériel pour écrire.

*

Ils repartirent tôt le lendemain matin. Dalarisse maintint un rythme soutenu que Frédérick ne réussit à tenir qu'au prix d'efforts douloureux. En fin de journée, ils aperçurent le drapeau Andarrian perché sur les hauts bâtiments de Maddarne. La ville ne possédait pas la splendeur ni la majesté de Sénam, mais elle restait imposante, s'étalant sur plusieurs kilomètres le long d'un des affluents du fleuve qui traversait la capitale.

Les deux cavaliers avancèrent au pas pendant une bonne heure, laissant les chevaux se calmer. Ils pénétrèrent par l'entrée principale et rejoignirent les écuries qui se trouvaient non loin.

Lorsqu'ils eurent laissé leurs montures, Dalarisse paya le palefrenier et rejoignit Frédérick qui observait la place bondée devant eux.

— Vous allez être repéré et suivi. Ils peuvent toujours décider de vous tuer. Serez-vous constamment entouré lors de cette mission ?

—Ou… oui, je pense… J'ai rendez-vous dans une taverne, où je dois rencontrer l'un des marchands. Nous allons assister à une soirée fortement fréquentée et je devrai côtoyer plusieurs personnes. Ce même marchand me logera pour la nuit dans sa demeure. Je ne pense pas qu'il puisse m'arriver quelque chose là-bas.

Dalarisse acquiesça. Un bon assassin saurait se débarrasser de Frédérick avec un scénario adéquat, mais il avait lui-même une mission et ne pouvait pas être là pour le protéger totalement. Lui présenter les risques ne ferait qu'accroître sa nervosité et pourrait le rendre inapte à accomplir sa mission.

—Vous n'avez besoin que de la soirée?

—Oui.

—Je serai à cette porte demain matin, ainsi que le jour suivant si vous avez besoin de plus de temps. Vous me rejoindrez et nous repartirons vers Sénam.

Frédérick hocha la tête et sortit de ses affaires un parchemin qu'il tendit au Corbeau. Dalarisse haussa légèrement les sourcils.

—Qu'est-ce que c'est?

—Il n'a aucune valeur aujourd'hui, mais j'espère qu'il en aura un jour. Lisez-le quand le Grand Roi n'aura plus besoin de vos talents.

Le Prince des Corbeaux s'en saisit sans y jeter un coup d'œil puis s'engouffra dans la foule.

CHAPITRE 39

Dalarisse revint sur ses pas et suivit Frédérick jusqu'à la taverne. Il pouvait au moins s'assurer que rien ne lui arriverait sur ce trajet-là, peut-être le plus sensible.

Le jeune bourgeois se débrouilla bien pour trouver l'établissement même s'il ne repéra pas les deux Andarrians qui le suivaient dans la rue. Il retrouva cependant son contact ainsi que plusieurs hommes du marchand qui les escortaient. Le Prince des Corbeaux le laissa ainsi et s'en alla remplir sa mission alors que la nuit enveloppait peu à peu la ville.

Comme à Sénam, la musique l'accompagnait partout où il allait. La ville était émaillée de nombreuses demeures luxueuses, certains quartiers étaient même entièrement habités par la bourgeoisie ou l'aristocratie. Dalarisse connaissait ce genre de ville ; tous ces gens aisés ne rêvaient que d'une chose : aller habiter à Sénam et intégrer le palais royal. Ils tissaient ici leur réseau de relations dans l'attente du moment opportun. Il s'agissait d'une véritable antichambre de la cour royale.

Kester lui avait décrit l'emplacement de la Précieuse, et Dalarisse la retrouva rapidement. Il repéra les environs et détecta une personne dissimulée dans la rue, qui observait la demeure selon un angle lui permettant de surveiller la porte principale et celle, plus discrète et plus petite, donnant sur une rue perpendiculaire. Le Prince des Corbeaux s'assura de ne pas être vu en empruntant une autre ruelle qui longeait la bâtisse et escalada le mur, non sans quelques efforts, pour se retrouver dans les jardins.

Sa progression à l'intérieur de la demeure se fit sans difficulté. Il évita soigneusement les deux serviteurs encore debout, tout en repérant la chambre conjugale. Après une brève inspection de la maison, il constata que seule cette chambre était occupée.

Une servante corpulente monta rapidement les escaliers en direction de la pièce, une bougie et un torchon mouillé à la main. Le Corbeau resta dans l'ombre et la vit ouvrir la porte pour entrer. La femme ne referma pas derrière elle, offrant ainsi à Ombre-Mort une occasion pour se glisser habilement dans un coin de la pièce que seule la lune éclairait à travers une large fenêtre.

Il y avait à l'intérieur un noble allongé sur un grand lit. Les gouttes de sueur qui perlaient sur son front et les propos délirants qu'il tenait d'une voix éteinte indiquaient un stade avancé de maladie. À ses côtés, une jeune femme lui tenait la main. Elle saisit le torchon mouillé pour lui tamponner le front.

La femme, malgré sa peau bronzée et ses manières retenues de noble, était Tiemrine. La mâchoire carrée et les pommettes légèrement relevées ne trompaient pas. Elle réunissait par ailleurs des caractéristiques qui la rendaient belle et attrayante. Dalarisse en déduisit qu'il s'agissait de la Précieuse. Il laissa ses yeux s'attarder sur ses courbes et ne put s'empêcher de penser à Adenalia Andarrian... Elle adressa un hochement de tête à la servante qui repartit aussitôt et ferma la porte derrière elle.

La Précieuse murmura quelques mots à l'oreille du malade et soupira en lui caressant le visage. Ombre-Mort s'adressa à elle en Tiemrin :

—Ne faites pas de bruit.

La jeune femme sursauta et fixa l'ombre, la peur dans les yeux. Elle devina la silhouette de son interlocuteur et se précipita vers un bureau installé de l'autre côté de la pièce pour ouvrir violemment un tiroir. Dalarisse observa la scène sans bouger et jeta un coup d'œil au malade. Celui-ci le fixait, effrayé. La

Précieuse sortit un long poignard qu'elle brandit avec maîtrise en direction du Corbeau.

—Je vous ai dit de ne pas faire de bruit.

Les mots furent prononcés avec un calme qui ne fit qu'accentuer l'agitation de la jeune femme. Elle répondit en Tiemrin d'une voix forte.

—Qui... qui êtes-vous?

—Je suis un Corbeau. Il est important que vous cessiez de faire du bruit, on pourrait vous entendre depuis la rue.

—Un Corbeau... je... (la jeune femme fit l'effort de murmurer) comment êtes-vous entré ici?

—Par la porte. Ma mission est de vous ramener à Sénam. Votre nom?

La Précieuse continuait de trembler, mais le soulagement s'empara de son visage. Elle déposa le poignard.

—Mon vrai nom est Rolone. J'ai envoyé un message il y a une dizaine de jours. Je ne pensais pas survivre jusqu'à maintenant.

—Que se passe-t-il?

—Des agents Andarrians nous espionnent depuis un moment, mon mari et moi (elle désigna de la main le malade sur le lit.) Ils ont capturé un espion Tiemrin qui travaille avec moi et ont des doutes sur moi. Je pense qu'ils l'ont empoisonné... (Elle désigna de nouveau l'occupant du lit.)

Dalarisse sortit de l'ombre et s'approcha.

—Pourquoi?

—J'ai convaincu mon mari de rejoindre la cause de Tiem. Il a fourni des cartes de l'Andarrian au Grand Roi... Ils ont probablement découvert mes manigances. Il y a des agents autour de la maison. J'ai cru qu'ils viendraient me tuer, mais ils sont restés à l'écart. Je n'ai rien mangé que je n'avais pas préparé moi-même, je ne suis plus sortie, j'attendais que Tiem vienne me chercher.

Dalarisse connaissait cette situation. Les agents Andarrians se doutaient qu'elle avait requis de l'aide. Ceux qui observaient la demeure attendaient de pouvoir aussi capturer celui qui viendrait secourir la jeune femme.

Il tendit le bras vers le mourant.

— Prenez vos affaires, nous partons.

La Précieuse se précipita sur son mari et dut se maîtriser pour maintenir sa voix basse.

— Non ! Laissez-moi… laissez-moi lui dire au revoir.

— Si vous êtes surveillée comme vous le dites, alors nous devons partir le plus rapidement possible.

— Je vous en supplie ! Laissez-moi un instant !

Les larmes coulèrent sur les joues de la jeune femme. L'assassin estima qu'elle pouvait perdre le contrôle d'elle-même et paniquer. Il s'éloigna du lit.

— Soyez brève.

Rolone embrassa son mari à de nombreuses reprises et chuchota à son oreille. Ombre-Mort en profita pour regarder discrètement par la fenêtre. L'homme qu'il avait repéré était toujours là, et un autre était allongé à côté de lui pour assurer la relève.

Dalarisse se détourna de la fenêtre et inspecta la pièce. Une porte se dissimulait dans un coin de la chambre. Il l'ouvrit et découvrit une petite pièce réservée à la dame de la maison. Une fenêtre ouverte donnait sur une cour intérieure. Dalarisse comprit comment la Précieuse faisait parvenir ses messages à la vue des fientes de pigeons séchées.

Il entendit un sanglot venant de la chambre. Si une servante écoutait à la porte, la mission serait fortement compromise… Il revint dans la pièce principale et s'approcha du lit. Rolone se releva après un dernier baiser sur le front de son mari et essuya ses larmes. Dalarisse posa fermement sa main sur le visage de l'homme et s'adressa à la jeune femme.

— Préparez vos affaires.

L'Andarrian manqua d'air rapidement. Au départ, il lutta instinctivement, puis on put voir de la résignation dans ses yeux et le soulagement de voir la fin de son calvaire. Il offrit son dernier regard à la Précieuse, alors que celle-ci assistait, immobile, à la mort de son mari. Dalarisse passa lentement sa main sur les yeux du mort et referma ses paupières avant de relever la tête.

— Vous n'avez pas d'affaires ?

Rolone sortit de sa torpeur et se précipita dans la petite pièce. Elle en ressortit une minute plus tard avec un sac léger qu'elle tenait en bandoulière et jeta un dernier coup d'œil vers son mari défunt.

— Je ne l'aimais pas, mais lui m'aimait, c'était un homme bon et gentil.

— Il n'y a plus rien qui puisse vous compromettre dans cette maison ?

La Précieuse se tourna vers lui en soupirant :

— Non.

Dalarisse ouvrit discrètement la porte et vérifia qu'il n'y avait aucune servante. Il fit signe à la Tiemrine de le suivre et s'engagea dans le couloir. Ils gagnèrent rapidement les jardins de la demeure. Le Corbeau mena alors la jeune femme entre les buissons le long du mur et murmura :

— Vous savez escalader ?

Rolone regarda le mur haut de quatre mètres.

— Non.

— Attendez-moi à la porte principale.

Ombre-Mort escalada le mur et disparut dans la ruelle. Il fit discrètement un grand détour dans le quartier et se retrouva à côté de la silhouette qu'il avait aperçue par la fenêtre. Il y avait un second agent endormi à proximité.

Dalarisse attendit qu'il n'y ait plus personne dans la rue et s'approcha sans bruit de l'homme éveillé. Il l'assomma avec précision et accompagna sa chute en le soutenant pour l'étendre au sol aux côtés de son comparse toujours endormi. Il rejoignit le portail principal de la maison et frappa légèrement dessus. Rolone l'ouvrit immédiatement dans un soupir de soulagement.

Sans quitter des yeux les deux agents de l'autre côté de la rue, il s'éloigna avec la Précieuse et ils s'engouffrèrent tous deux dans les rues de Maddarne.

Les Tiemrins s'arrêtèrent à plusieurs centaines de mètres de la maison, Dalarisse conduisit la Précieuse dans une ruelle, où elle s'arrêta, essoufflée et anxieuse.

— Vous l'avez tué ?

— Non.

— Pourquoi ?

— Un cadavre attirerait plus rapidement l'alerte qu'un homme inconscient. Où est cet espion dont vous m'avez parlé ?

— Il… il est emprisonné dans la cave d'une maison, d'après ce que je sais.

— Vous savez où se trouve cette maison ?

— Oui.

— Montrez-moi.

La jeune femme le conduisit vers une grande bâtisse dans un quartier plus pauvre que les autres.

— La cave se trouve en dessous de la salle principale.

Dalarisse se tourna vers elle.

— Vous avez de l'argent sur vous ?

— Oui.

— Combien ?

Rolone sortit une bourse de son sac et en versa le contenu dans le creux de sa main. Il y avait une vingtaine de pièces d'argent.

— Il y a des bateaux commerçants qui prennent le fleuve tôt le matin. Montez sur l'un d'eux et rentrez au Tiemric.

La Précieuse hocha la tête et n'eut pas le temps d'ajouter quoi que ce soit. Le Prince des Corbeaux la quitta et se fondit dans l'obscurité.

*

Dalarisse observa un moment la maison que la jeune femme lui avait indiquée. Il ne semblait pas possible d'y pénétrer sans prendre le temps d'analyser les faiblesses de la surveillance. Cependant, le temps lui manquait ; les deux agents devant la maison de la Précieuse s'étaient peut-être déjà réveillés.

Il remarqua des Andarrians qui jouaient de la musique plus loin. Ils étaient à l'entrée d'une rue qui longeait la maison. Dalarisse observa de plus près cette rue et constata l'existence d'une petite grille à hauteur de pied, donnant probablement sur la cave. Deux hommes étaient positionnés nonchalamment à proximité. Les musiciens étaient donc payés pour jouer ici et couvrir les éventuels hurlements de douleur d'un espion torturé, et les deux hommes pour éloigner ceux qui s'aventureraient malgré tout par ici.

Le Corbeau fit un détour et se retrouva à l'entrée de la rue, de l'autre côté des musiciens. Il s'y engagea en restant dans l'ombre. Il dut s'arrêter à plusieurs reprises quand un des deux hommes regarda dans sa direction, mais il finit par s'approcher suffisamment. Ombre-Mort arma alors silencieusement son arbalète, dégaina son poignard et sortit à la lumière. Les deux Andarrians sursautèrent et se tournèrent vers lui. Le plus proche leva la main :

— Hey...

Dalarisse trancha la gorge du premier et décocha un carreau qui transperça le crâne du second. Les deux hommes s'écroulèrent en même temps au sol.

Le Corbeau récupéra son projectile en l'arrachant de force, le rangea et s'agenouilla devant la grille. Une odeur puissante de sang et d'excréments lui monta aux narines. L'espion était là.

C'était un Tiemrin à peine sorti de l'adolescence. Ses ongles avaient été arrachés un par un, une partie de ses dents également. Dalarisse doutait qu'il ait pu s'empêcher de dévoiler certaines informations dans ces conditions. Le jeune homme se leva d'un bond et accourut à la grille. Il vit les corps des deux hommes étendus au sol et laissa la joie s'emparer de son visage tuméfié.

—Vous êtes venu me délivrer ?

—Non.

Ombre-Mort lui enfonça son poignard dans la gorge et le retira aussitôt. Le jeune homme s'effondra sur le sol de la cave.

*

Dalarisse revint alors vers les quais et vérifia de loin que la Précieuse prenait un bateau sans être vue. Il se reposa ensuite dans un abri sûr, puis attendit que le jour commence à se lever pour rejoindre la porte principale de la ville.

Frédérick de Radenks arriva en fin de matinée et attendit au milieu de la place. Ombre-Mort ne fut pas long à détecter les deux hommes qui le suivaient. Il attendit que la foule soit importante pour se fondre dedans, s'arrangea pour que sa trajectoire frôle Frérérick et le bouscula légèrement en passant à côté de lui. Le jeune homme n'eut pas le temps de se plaindre que Dalarisse lui glissa à l'oreille, en Tiemrin : « Allez chercher votre cheval à midi ». Le Corbeau continua son chemin, et le bourgeois eut la présence d'esprit de ne pas le chercher du regard.

À l'heure prévue, Frédérick se dirigea vers l'écurie où il avait laissé son cheval et y pénétra. Elle était quasiment vide à l'heure du repas. Il croisa un palefrenier qui le salua brièvement en sortant, puis il entra dans le box de sa monture et fit semblant de s'en occuper. Le bourgeois surgit de son emplacement quand il entendit un sinistre craquement d'os et accourut aussitôt vers la porte d'un box qui vacillait.

Un corps gisait sur la paille. Frédérick retint un hoquet de stupeur en voyant Dalarisse maintenir la tête d'un autre homme sous l'eau de l'abreuvoir. Le Corbeau s'adressa à lui d'un ton neutre.

— Nous laissons beaucoup de cadavres derrière nous.

— Nous ?

L'Andarrian finit de s'agiter et Dalarisse s'assura de sa mort avant de le déposer au fond du box. Il apporta ensuite l'autre corps, le posa à côté et les recouvrit tous deux de paille en demandant à Frédérick de prendre son cheval. Ils sortirent aussi discrètement qu'ils le purent de l'écurie, après avoir récupéré la monture de l'assassin.

Ils quittèrent ensuite Maddarne par une porte secondaire et parcoururent plusieurs kilomètres avant que le bourgeois ne se mette à parler.

— Que s'est-il passé ?

— Ils vous suivaient. Soit parce qu'ils soupçonnaient quelque chose, soit en raison de ma mission. Ils allaient probablement agir dans cette écurie, à l'abri des regards.

— C'est-à-dire ?

— Ils savent qu'un agent Tiemrin a agi dans l'enceinte de Maddarne et ont peut-être fait le rapprochement avec votre présence ici. Nous devons rejoindre Sénam au plus vite en empruntant des voies peu fréquentées. On ne peut plus prévoir leurs réactions, maintenant.

— Que voulez-vous dire ?

— Soultana comprendra ce qui s'est passé. Reste à espérer que les informations ne parviennent pas à Sénam avant nous. Sinon il risque de tenter quelque chose sur notre trajet.

Le bourgeois prit un air outré.

— Tenter quelque chose ?

— Il y a eu des morts à Maddarne, je n'ai pas pu les empêcher vu le temps qui nous était imparti. Le Roi Solodan et Soultana redoutent toujours de créer un incident diplomatique, mais ils ne peuvent pas laisser les choses se passer ainsi. Il agira.

— Il va nous tuer en chemin ?

— Il n'a pas encore les informations, je vous l'ai déjà dit. À l'heure qu'il est, les cadavres ont probablement été découverts. Le temps qu'ils fassent le rapprochement avec les autres évènements, qu'ils informent Sénam et que Soultana puisse lui-même envisager la possibilité d'un lien avec notre voyage, nous serons probablement déjà dans nos appartements.

Frédérick grimaça.

— Je suppose donc que mes fesses ne seront pas ménagées et que l'idée d'un lit confortable et d'un bon repas dans une auberge restera une simple idée ?

— Vos suppositions sont correctes.

CHAPITRE 40

Au cours du voyage, les pensées de Dalarisse voguèrent sans cesse entre la princesse et les conséquences de la mission à Maddarne. Le jeune bourgeois demeurait pensif, et ils n'échangèrent presque aucun mot, sauf lorsque Frédérick voulut affirmer que sa mission s'était parfaitement déroulée.

Le Prince des Corbeaux fut surpris d'éprouver un réel plaisir lorsque la majestueuse Sénam se dévoila devant eux. Il se souvint des paroles de Varlin lors de leur première visite en ces lieux ; il ne ressentait pas l'envoûtement dont avait parlé son comparse, mais il devait reconnaître que la ville marquait les esprits. Il comprenait dès lors pourquoi tant d'artistes, ayant contemplé cette cité, savaient la représenter en peinture une fois rentrés chez eux.

Frédérick, de son côté, ne dissimula pas sa joie et accéléra le pas.

L'enthousiasme du jeune bourgeois s'estompa cependant rapidement lorsque, à l'entrée de la ville, une dizaine de soldats les arrêtèrent et leur annoncèrent qu'ils les escorteraient jusqu'au palais. Dalarisse imagina un instant avoir sous-estimé la capacité de réaction de Soultana, mais en observant le comportement des habitants Andarrians sur leur passage, il comprit que l'affaire était publique et ne pouvait concerner ses seuls agissements.

Les soldats refusèrent de fournir davantage d'explications, mais ils encadrèrent les deux jeunes hommes de près. Leur attitude suggérait qu'ils étaient surtout là pour garantir leur sécurité sur le trajet menant au palais. Il se passait quelque chose.

Ils regagnèrent les écuries dans une atmosphère particulièrement pesante, puis le palais ou d'autres soldats prirent le relais. De nouveau leur escorte maintint le silence, mais le rôle de celle-ci n'était plus de les protéger de la foule. Elle affichait une hostilité flagrante.

On leur ouvrit la porte des appartements et les deux Tiemrins purent enfin se défaire de cette désagréable compagnie.

Romolde Gottensolf fut le premier à les accueillir. Il salua son ami et l'emmena avec lui dans le salon. Dalarisse suivit en remarquant que l'ambassadeur Hassmün s'y entretenait avec Kester.

Le Maître des Corbeaux se leva à son approche, mais au lieu de lui intimer de le suivre, il appela Varlin et Günlbert qui les rejoignirent prestement.

Dalarisse attendit patiemment que l'annonce lui soit faite, tandis que Frédérick trépignait d'impatience :

— Par les Dieux, que se passe-t-il ? J'ai presque cru que nous allions être arrêtés !

Il s'assit, et une Fille de Tiem lui apporta de quoi boire et manger. L'ambassadeur attendit que cette dernière reparte pour répondre :

— Des incidents ont éclaté à la frontière entre le Tiemric et Tradoajh il y a quatre jours. Des forces Tiemrines ont été attaquées et détruites dans une escarmouche. Le roi de Tradoajh a déjà présenté ses plus plates excuses à Karl I, accompagnées de propositions de nombreux dédommagements. À l'heure où je vous parle, deux armées de Tiem se dirigent vers la frontière, et celles de Tradoajh se replient déjà au centre du pays.

Dalarisse comprit que l'escarmouche avait été provoquée. Le Grand Roi tenait sa légitimité pour entrer en conflit avec le Tradoajh. Il saurait provoquer d'autres évènements pour envenimer la situation et lancer une invasion. Voilà pourquoi les Andarrians les avaient accueillis ainsi. Nul n'ignorait que le roi du Tiemric nourrissait d'importantes ambitions de conquêtes. Le Tradoajh était un royaume puissant et très influent en raison de sa position géographique. Si la guerre éclatait et que le Tiemric triomphait, alors la guerre s'étendrait ensuite à l'Andarrian.

L'ambassadeur poursuivit :

— La nouvelle est parvenue hier à Sénam. Inutile de vous décrire à quel point l'animosité à notre égard s'est amplifiée. L'Andarrian va réagir sur tous les fronts et il usera pour cela de tous les moyens.

Frédérick de Radenks ne cacha pas son inquiétude ; cela faisait beaucoup d'émotions fortes en peu de temps.

— Que voulez-vous dire ?

— Que notre délégation va représenter un canal diplomatique crucial autant qu'un moyen de pression. Pour l'instant, nous sommes coincés ici, dans ces appartements, sans possibilité de circuler librement dans le palais comme auparavant. Maître Kester va être autorisé à quitter la ville, quant à moi, je suis convoqué régulièrement auprès des autorités Andarrianes et représente pour l'instant notre seul moyen de communication vers l'extérieur. Je vous saurais gré de prendre votre mal en patience et de me faire confiance pour faire évoluer la situation en notre faveur. Si, toutefois, vous veniez à entrer en contact avec la noblesse Andarriane, dites à qui veut bien l'entendre que vous regrettez ces incidents et que vous espériez qu'un accord de paix sera rapidement conclu. Encaissez les remarques désagréables et les provocations tout en restant affables. Vous... (il désigna les deux bourgeois) devez être le visage humain auquel les nobles Andarrians doivent pouvoir s'identifier, en contradiction avec l'image froide et sans pitié dont le Tiemeric souffre à la lumière des récents évènements.

Frédérick et Romolde posèrent une série de questions et l'ambassadeur fit comprendre à Dalarisse, d'un bref regard, qu'il pouvait se retirer. Le Prince des Corbeaux ne se fit pas prier et gagna sa chambre en compagnie des trois autres tueurs.

Kester attendit que ses élèves s'installent pour prendre la parole.

— Je pars pour une longue durée, peut-être plusieurs mois. La situation étant ce qu'elle est, j'attends de vous la plus grande discrétion. Menez vos missions à bien autant que possible lorsque vous aurez plus de liberté, mais ne compromettez pas votre présence ici. Les choses vont évoluer, je ferai en sorte de transmettre les consignes à travers l'ambassadeur Hassmün, de qui vous dépendrez durant mon absence. Il sait ce que nous sommes, ne lui cachez rien. Est-ce clair ?

Les trois Corbeaux acquiescèrent. Kester se dirigea alors vers le balcon en faisant signe à Dalarisse, et les deux autres tueurs s'éclipsèrent. Le Prince des Corbeaux suivit son maître qui reprit, après avoir vérifié que nul ne les espionnait sur le balcon :

— Malgré la tension engendrée par les évènements, votre histoire, à toi et à Frédérick, a fait le tour du palais. On raconte que vous avez failli contracter la fièvre orange et que vos serviteurs en sont morts. De Radenks passe pour un homme courageux, toi pour un serviteur dévoué. Même si l'hostilité actuelle masque tout cela, cette histoire pourra être bénéfique pour la suite. Que s'est-il passé ?

— Soultana a voulu tuer de Radenks en utilisant la fièvre orange.

Le Maître des Corbeaux hocha la tête.

— La mission ?

— Réussie.

— Bien.

Kester observa le silence quelques instants en contemplant Sénam.

— Sirmund m'a transmis certaines impressions du Grand Roi. Karl I ne tarit pas d'éloges à ton égard en privé et tient tout particulièrement à suivre ta progression. Il a eu vent de chacune de tes missions à travers mes rapports et nous félicite tous deux pour les résultats. Le nom d'Ombre-Mort est réputé au sein même de la noblesse de ce palais. Je dois avouer moi-même n'avoir point connu de meilleur élève ni entendu parler de meilleur Corbeau que toi.

Dalarisse déglutit. Les compliments de son maître étaient si rares qu'il s'efforçait chaque jour d'atteindre la perfection pour les recevoir. Ceux-ci étaient bien plus élogieux qu'habituellement et survenaient de manière soudaine. Cela sonna étrangement à ses oreilles.

—J'apprécie grandement votre jugement, Maître, mais je ne comprends pas la raison qui vous pousse à me le fournir.

—Tu t'es absenté, la nuit avant de partir en mission.

—Comment...

Le Prince des Corbeaux frissonna. Durant toute la mission à Maddarne, ses pensées avaient été tournées vers la princesse et le moment où il pourrait la revoir. L'annonce de l'ambassadeur concernant l'isolement de la délégation du Tiemric l'avait perturbé. Son maître venait de le cueillir à froid et il comprit son erreur en le voyant se tourner vers lui.

—Serais-tu en train de me sous-estimer, Dalarisse ?

—Non, Maître.

—Pensais-tu pouvoir me dissimuler tes absences ?

—Non, Maître.

—Allais-tu m'en parler ?

—Ce n'est rien d'important...

—Laisse-moi en juger. Qu'as-tu fait, cette nuit-là ?

—J'ai... j'ai rencontré de nouveau la princesse.

—La nuit ?

Dalarisse inclina la tête et prit le temps d'inspirer. Il allait mentir.

—J'ai profité de l'agitation de la fête pour pister le jeune enfant qui semble connaître bon nombre des passages secrets de ce palais. Je l'ai rencontrée par hasard. Elle ne m'a pas oublié, comme vous l'aviez annoncé, mais ne s'est pas pour autant intéressée à moi outre mesure.

Kester resta silencieux pendant un temps qui sembla bien trop long au Prince des Corbeaux.

— Il est important d'en apprendre le plus possible sur ce palais, mais aucun risque ne doit être pris, d'autant plus en cette période. (Ce fut au Maître des Corbeaux d'inspirer profondément.) Le Grand Roi et moi-même n'attendons pas de toi que tu sois un bon Corbeau, Dalarisse, nous attendons que tu sois le meilleur. Aucune faiblesse n'est permise sur cette mission, surtout venant de toi.

— Je n'ai aucune faiblesse et n'en connaîtrai pas, maître.

— Je n'attends pas autre chose de toi, Dalarisse. À mon retour à Sénam, nous exécuterons, toi et moi, les parties les plus cruciales des plans du Grand Roi... et nous entrerons dans l'Histoire. En attendant, assure-toi que tout se passe au mieux ici.

— Oui, Maître.

— Et ne revois plus cette princesse.

— Oui, Maître.

Kester n'ajouta rien et repartit.

Dalarisse resta figé. Il avait menti sans hésiter à son maître...

Il comptait bien revoir la princesse, et ce, le plus tôt possible. Agir ainsi tout en continuant sa mission allait être un exercice périlleux, mais il réussirait. Il le devait et il le ferait.

CHAPITRE 41

La journée fut longue. Les Corbeaux s'isolèrent, ne supportant plus la présence des deux bourgeois qui trépignaient dans leurs appartements. Ils s'appliquèrent à recouper toutes leurs informations afin de compléter leur connaissance du palais et de la cour d'Andarrian, mais cela ne les occupa qu'une partie de l'après-midi.

Ils savaient comment tuer le temps, mais cette fois-ci Dalarisse manquait de patience. Il en vint à attendre les retours de l'ambassadeur Hassmün des différents entretiens auxquels il était convoqué pour savoir si la situation avait évolué. Ce n'était pas le cas.

La nuit venue, Varlin resta longuement sur le balcon avant de revenir dans la chambre alors que Günlbert dormait. Il s'assit en face de Dalarisse :

— Il y a toujours une présence avec une rotation toutes les deux heures sans interruption entre les deux, suffisamment proche de notre balcon pour entendre. Les couloirs sont également surveillés. Étant donné la situation, Soultana n'est plus obligé de se cacher. Il y a un groupe de quatre soldats qui se relaient, positionnés de sorte à n'avoir aucun angle mort sur notre entrée (Varlin écarta les bras.) Nous sommes réellement bloqués. Et même si nous parvenions à échapper au premier périmètre, nous serions tués sur-le-champ si nous étions surpris en dehors des appartements : un acte facile à justifier et à utiliser par la suite pour exercer des pressions diplomatiques. Il faut attendre.

Le Prince des Corbeaux ne répondit pas. Il comprenait bien tout cela, mais il maudissait plus son impatience que la situation elle-même.

— Heureusement que tu as mis fin aux rencontres avec la princesse.

Dalarisse releva la tête et croisa le regard plein de malice de son aîné. Il lui répondit par un bref sourire.

— Je trouverai une solution pour la voir.

— Je te le souhaite, mais laisse aussi une chance au temps. Dans une semaine la situation aura peut-être évolué et t'offrira plus d'options.

Le plus jeune des deux tueurs acquiesça, mais savait à quel point cela allait s'avérer compliqué. Voir Adenalia avait été périlleux à chaque fois, mais avec ce regain d'hostilité et surtout la méfiance grandissante et justifiée de Soultana et de Solodan, cela risquait de devenir impossible.

Il dormit peu. La journée suivante s'annonçait comme la précédente et le Prince des Corbeaux en profita pour compléter de nouveau son livre noir.

L'ambassadeur Hassmün rentra en fin de matinée et se fit servir un repas. Il fit convoquer Dalarisse alors qu'il commençait à manger. Le Prince des Corbeaux jeta un coup d'œil aux deux autres tueurs dans la chambre. Alors que la Fille de Tiem s'éloignait, ces derniers se contentèrent de hausser les épaules. Dalarisse avait espéré une convocation générale au cours de laquelle l'ambassadeur les informerait de changements positifs, mais un tel entretien signifiait autre chose.

Il pénétra dans la salle principale et vint se positionner debout face à l'ambassadeur, de l'autre côté de la table. Seul Romolde se tenait dans la même pièce, nonchalamment installé dans le salon, mais tendant une oreille attentive à ce qui allait se dire.

Hassmün prit le temps de mâcher longuement avant de saisir un verre de vin et de se tourner vers le jeune Gottensolf:

— Romolde, laissez-nous.

Le bourgeois s'exécuta, non sans dissimuler sa déception. L'ambassadeur reposa son verre et reprit une grande bouchée. Il prit son temps et Dalarisse attendit. Finalement, Hassmün releva la tête et désigna Dalarisse de sa fourchette.

— Je ne vous ai jamais vu vous asseoir lorsque vous en avez l'occasion, vous autres Corbeaux. Il vous faut toujours une injonction pour cela. Pourquoi donc?

— Être debout offre plus d'opportunités d'action en cas d'inattendu.

L'imposant Tiemerin émit un bref ricanement en guise de réponse et reprit une nouvelle bouchée.

— Asseyez-vous.

Dalarisse s'assit et continua de fixer l'homme face à lui. Hassmün soutint son regard quelques instants et sourit.

— Nulle trace de colère ou de mépris dans votre regard, quand bien même je mange devant vous alors que je vous ai convoqué et vous impose mon autorité en vous faisant attendre, puis asseoir. Même le plus dévoué des serviteurs, qui a la plus noble des docilités en pareille circonstance, ne pourrait pas totalement dissimuler le malaise que susciterait en lui un tel manque de respect. Et même s'il en est coutumier, il en faudrait bien plus pour briser son ego et faire disparaître toute trace d'opposition. Cependant, vous concernant, rien du tout, pas de réaction, même imperceptible. Il ne s'agit pas de maîtrise de soi, bien que vous soyez sans nul doute très doué dans ce domaine. Vous êtes simplement, je pense, étranger à ces petits jeux d'ego qui régulent malheureusement bien trop souvent les interactions humaines. C'est remarquable. (Il but de nouveau et reposa son verre sans quitter le tueur des yeux.) Bien... nous n'avons que peu interagi, vous et moi, et il n'est pas prévu que cela change grandement, même si vous devez me rendre des comptes en l'absence de Maître Kester. Je ne connais que peu de choses à votre sujet, vous les Corbeaux. Je connais votre rôle et l'importance que vous avez, ainsi que le type de mission que l'on vous confie, si je puis m'exprimer ainsi, mais je n'en sais pas plus sur votre nature et je n'aurais pas l'audace de prétendre à un savoir que je n'ai pas. (Le Prince des Corbeaux resta immobile. L'ambassadeur reprit.) Ce n'est pas uniquement pour le plaisir de m'écouter parler que je vous tiens ces propos, mais plus pour amorcer la mission à caractère anormal, vous concernant, que je vais devoir vous confier. Premièrement, permettez-moi de lever une première interrogation qui, suivant votre réponse, pourrait mettre fin précipitamment à cette entrevue. Vous connaissez les œuvres de Pogrême ?

— Oui, Ambassadeur.

— Bien. Je viens de confesser mon ignorance quant à votre véritable nature, mais je dois néanmoins vous partager mon étonnement quant à cette information et j'aimerais en savoir plus, notamment sur la profondeur de votre connaissance et son origine.

— J'ai passé du temps chez l'Érudit, à Tiem, et ai lu nombre de ses écrits. Ma « nature » de Corbeau m'a permis d'en retenir une grande partie.

— Suffisamment, j'espère, car ce savoir va s'avérer utile pour nous. (L'ambassadeur reprit une bouchée et fit de nouveau patienter le Prince des Corbeaux.) L'une des filles du Roi Solodan, la princesse Adenalia Andarrian, s'est, semble-t-il, prise de passion pour l'Érudit Tiemrin et a fait venir de nombreuses copies de ses écrits afin de les étudier. Un passe-temps qui saura rapidement la lasser, mais qui nous offre, en ces temps difficiles, une opportunité que je me refuse à ne pas saisir. La jeune femme a en effet fait savoir aujourd'hui même qu'elle recherchait quelqu'un qui pourrait l'aider à comprendre et à traduire certains textes de Pogrême. Je compte bien prendre les devants et proposer votre nom pour ce travail. À condition que votre comportement envers elle soit irréprochable, et je compte sur vous pour qu'il le soit. Il s'agit-là d'un point de contact susceptible d'apaiser les tensions autour de notre délégation, mais aussi de présenter le visage humain du Tiemric auquel j'ai fait référence auprès de Romolde et Frédérick hier... (L'ambassadeur adressa un regard en biais au Prince des Corbeaux, prenant probablement conscience de l'ironie de sa demande envers le plus implacable des tueurs du Tiemric.) J'insiste sur ce dernier point : ces entrevues doivent nous aider.

— Oui, Ambassadeur.

Dalarisse s'appliqua à contrôler ses émotions. Derrière tout son flot de bavardages, il savait l'ambassadeur Hassmün plus malin qu'il ne le laissait paraître. Le Grand Roi ne l'aurait pas envoyé, sinon, à la cour de Sénam. Le Prince des Corbeaux s'employa donc à ne rien laisser transparaître de son excitation.

— Le Tiemric peut donc compter sur vous à ce sujet ?

— Oui, Ambassadeur.

— Bien. Dans ce cas, je vais faire parvenir ma proposition au plus vite. Il est crucial de saisir cette occasion avant qu'un Andarrian ne se positionne à notre place. Ces affaires-là sont loin de vos préoccupations, mais sachez que le célibat de cette jeune femme de dix-huit ans est source de vifs intérêts pour toute la noblesse Andarriane. Ainsi, dès que cette requête sera rendue publique, de nombreux jeunes nobles se découvriront une véritable passion pour les œuvres de Pogrême. Nous devons donc procéder avec célérité. Des questions ?

— Non, Ambassadeur.

Hassmün congédia Dalarisse d'un signe de tête avant de se reconcentrer sur son repas. Le Prince des Corbeaux regagna sa chambre et croisa le regard de Varlin, qui sut immédiatement que la situation évoluait.

*

339

Trois heures plus tard, Dalarisse fut de nouveau convoqué dans le salon. L'Ambassadeur Hassmün était cette fois-ci en compagnie d'un sergent de la garde royale à qui il s'adressa dans un Andarrian parfaitement maîtrisé :

— Voici le serviteur concerné. Il s'appelle Dalarisse. Doit-il prendre un matériel particulier ?

— Non, messire. (Le sergent adressa un regard froid au Prince des Corbeaux) Suivez-nous.

Dalarisse s'exécuta sans un regard pour l'ambassadeur et se retrouva dans le couloir, entouré de deux gardes royaux et du sergent qui avançait devant lui. Trois hommes d'armes, bien plus qu'exigé pour une telle situation. On lui envoyait un message...

Il se laissa conduire ainsi à travers le chemin le plus court pour monter aux étages supérieurs. Les serviteurs et occupants du palais furent intrigués par cet étrange convoi, mais se gardèrent bien d'y prêter trop d'attention.

Dalarisse savait qu'il pouvait s'agir d'un piège. Ils pouvaient le conduire dans une pièce abandonnée, le tuer puis inventer une histoire d'outrage à la princesse, ou même d'agression. Ils se débarrasseraient ainsi d'un agent infiltré au sein de leur palais, car il ne faisait désormais nul doute que Dalarisse était soupçonné par Soultana et Solodan. De plus, un tel acte hostile au sein même du palais sur un personnage public fortement apprécié ajouterait du poids aux négociations avec le Tiemric.

Il l'avait su avant d'accepter la proposition du gouverneur, mais il estimait que la manœuvre initiale venait d'Adenalia et elle ne se prêterait pas au jeu d'un tel complot.

Le convoi arriva aux appartements de la princesse. Les portes étaient ouvertes et ils s'avancèrent tous les quatre jusqu'aux vastes balcons occupés par une vingtaine de personnes. Adenalia y tenait palabre avec quelques hautes dames de la cour, un rassemblement de prestige entouré d'une armée de serviteurs. Elle portait une longue tenue complexe, avec des motifs entrelacés de deux teintes de vert le long de son corps. Dalarisse ne prêtait généralement pas d'attention à ce genre de détails, mais la princesse avait régné sur ses pensées au moindre moment de distraction, pendant son voyage. Ces détails avaient donc de l'importance pour lui.

Le sergent s'avança et se positionna dans le champ de vision de la princesse. Elle le vit en tournant la tête vers lui, mais se reconcentra aussitôt sur la discussion.

Dalarisse scruta son visage. Il distingua l'hésitation, puis la détermination de ne pas prolonger son regard vers lui. C'était bien Elle qui était à la manœuvre.

Le sergent royal s'étant fait remarquer, il revint vers eux pour attendre qu'on leur prête attention.

Ils attendirent ainsi une dizaine de minutes, debout sous le vif soleil Andarrian. La princesse aînée finit par faire venir sa servante Keira et lui chuchota à l'oreille. La jeune femme se retira discrètement et vint vers le groupe de Dalarisse.

Le sergent, qui ne cachait pas une certaine impatience, salua la servante d'un bref hochement de tête. Keira lui rendit son salut.

— Sergent, de quoi s'agit-il ?

— La requête de Sa Majesté la Princesse Adenalia Andarrian : un serviteur Tiemrin ayant des connaissances sur les écrits de Progrême l'Érudit et susceptible d'apporter son aide dans la traduction des textes.

Keira jeta un regard négligent vers Dalarisse avant de revenir au soldat.

— La Princesse Adenalia Andarrian est affairée à d'autres préoccupations pour l'instant, sergent. Confiez ce serviteur à la garde personnelle de la Princesse au cas où elle prendrait le temps de lui confier des tâches. Nous veillerons à vous rappeler pour le reconduire à ses appartements en temps voulu.

Le sergent se racla la gorge.

—Nous avons pour ordre d'accompagner ce serviteur partout où il se trouve en dehors de ses appartements.

Keira releva le menton en le fixant.

—Je tiens mes ordres de la Princesse Adenalia Andarrian et vous êtes ici dans ses appartements.

Dalarisse observa la réaction de son gardien. Les serviteurs, au palais Andarrian, jouissaient d'un statut unique, inégalé pour une telle fonction. Au Tiemric, tenir tête ainsi à un sergent, même simplement par la parole, aurait été sévèrement puni.

Le jeune sergent devait prendre une décision. L'autorité qui le commandait, en l'occurrence probablement Soultana, prévalait sur celle de Kiera, et il ne pouvait se permettre de négliger cette mission. Néanmoins, cela signifiait s'opposer à la Princesse aînée. D'une part, cela se passerait devant cette petite assemblée publique et pourrait créer un incident mineur, jamais bon au sein d'une noblesse si influente. D'autre part, selon la réputation qu'Adenalia semblait avoir auprès du personnel de ce palais, cela pourrait signifier pour le sergent qu'il aurait la vie dure dans les prochains mois.

Keira le coupa en pleine réflexion :

—Soit ! Le serviteur va être conduit dans la bibliothèque en présence d'un soldat de Sa Majesté habitué à ne pas troubler une étude de texte de plusieurs heures par sa présence. Il n'y a qu'une issue à cette bibliothèque et vous pourrez attendre devant.

Un compromis qui résolvait tous les problèmes du sergent et lui donnait l'impression d'une petite victoire sur la détermination précédemment affichée de la servante. Keira était habile.

Le sergent prit le temps de la réflexion sans convaincre personne, puis accepta la proposition. Dalarisse fut donc conduit à travers les appartements jusqu'à la sombre bibliothèque. Il y pénétra en compagnie de Bregel. La porte se referma et le jeune soldat de la princesse, immobile et le visage fermé, fixa son regard sur le Prince des Corbeaux. L'hostilité n'était pas dissimulée.

Dalarisse le lui rendit pendant un moment, puis baissa la tête et se perdit dans ses pensées. Ils attendirent tous les deux en silence.

L'attente dura de longues minutes, puis la princesse se fit entendre avant d'être vue. La bibliothèque était particulièrement bien isolée au niveau sonore, mais ils purent néanmoins comprendre, aux intonations employées par la jeune femme, que les trois soldats qui attendaient derrière la porte ne devaient pas être à leur aise.

La porte finit par s'ouvrir. Keira passa la première, suivie d'Adenalia dont l'expression espiègle ne trompa pas Dalarisse.

— Je n'ai que peu de temps à vous consacrer, serviteur, mettez-vous en place.

Une deuxième servante ferma la porte derrière la princesse et entama une discussion avec les trois soldats à l'extérieur.

Adenalia Andarrian adressa un léger sourire à Bregel, et le soldat se mit en mouvement à contrecœur, non sans lancer à Dalarisse un dernier regard vindicatif. Keira le précéda et tous deux se dirigèrent vers l'autre porte menant au passage dissimulé, refermant derrière eux.

La princesse agrippa aussitôt la tunique du Prince des Corbeaux et le tira vers elle. Dalarisse aurait protesté si sa bouche lui avait encore appartenu… Ils s'embrassèrent longuement, non sans mettre à l'épreuve la stabilité de quelques étagères de la pièce.

Ils s'octroyèrent finalement un répit. Adenalia chercha ses yeux, la lueur était là.

— J'ai eu peur quand la nouvelle de la fièvre orange s'est répandue.

— Je n'ai couru aucun danger.

La jeune femme sourit :

— Non, bien entendu ! Je craignais plus pour la sécurité de la fièvre orange… Je n'ai fait que vous attendre, Dalarisse.

Ils ne s'isolèrent ainsi qu'une dizaine de minutes, la princesse ne pouvant décemment y consacrer plus de temps. Dalarisse redescendit ensuite avec sa solide escorte dans un silence hostile jusqu'à son étage.

Les appartements semblaient bouillir, tant ceux qui l'occupaient tournaient en rond.

Le lendemain, l'ambassadeur Hassmün réunit les Corbeaux et les deux bourgeois à la table principale, faisant sortir tous les serviteurs. Il conserva une expression indéchiffrable sur le visage en prenant la parole :

— L'un de mes serviteurs personnels a disparu cette nuit. Il n'est pas coutumier du retard pour les commissions dont je le charge, encore moins en ces circonstances. Par ailleurs il est loyal.

Les deux bourgeois se regardèrent, comprenant une fois de plus qu'il ne s'agissait pas là d'une discussion où ils se montreraient utiles. Varlin haussa les sourcils en se tournant vers l'imposant Tiemrin.

— Je suppose qu'il a été capturé et emmené discrètement jusqu'à la prison royale pour y être interrogé jusqu'à la mort.

Hassmün hocha la tête. Günlbert prit à son tour la parole :

— Pourquoi maintenant ? Que savait-il ?

— Des bruits de couloirs laissaient entendre qu'il était l'un de mes proches confidents, ce qui était exact, et qu'il avait profité des courses dont je le chargeais pour récupérer des informations importantes sur la situation au Tradoajh, qui m'étaient adressées.

Les trois Corbeaux se regardèrent. Varlin répondit :

— Je suppose qu'il possède en réalité des informations suffisamment confidentielles pour n'être arrachées que par des professionnels en la matière, mais des informations erronées qui vous dédouaneraient, ambassadeur, de certaines manigances dont vous êtes soupçonné.

— En effet, j'ai provoqué ainsi une opportunité dont je souhaite profiter pour améliorer la situation.

— C'est habile de votre part.

—Je vous en remercie.

Dalarisse trouvait également adroit le fait de s'ouvrir ainsi une porte tout en rappelant aux deux bourgeois présents que nul n'était indispensable pour mener à bien les plans du Grand Roi. L'expression, sur leurs visages, indiquait que le message passait clairement. L'ambassadeur reprit :

—Bien entendu, vous êtes tous particulièrement inquiets et troublés par cette disparition. Vous pouvez disposer.

Ils se levèrent tous, mais Hassmün adressa un regard à Dalarisse lui intimant de rester. Les deux hommes se retrouvèrent seuls.

—Je n'ai reçu aucune information concernant votre entretien avec la Princesse Andarrian. Je suppose qu'il s'est bien déroulé. Je vous en félicite, la chose n'était pas évidente pour un profil comme le vôtre. (L'ambassadeur croisa le regard du Prince des Corbeaux, mais celui-ci resta impassible.) Quoi qu'il en soit, je pense que ce projet d'entrevue va prendre fin plus tôt qu'escompté, puisqu'un officier de l'armée Andarrian a été rappelé au Palais pour recevoir des honneurs mérités suite à une campagne menée à l'Est du Royaume contre plusieurs groupes de brigands. Un officier passionné de lettres, et notamment celles de notre cher Érudit Pogrême. Vous l'aurez compris, la couronne Andarriane n'apprécie que modérément que vous côtoyiez ainsi sa princesse si convoitée.

Dalarisse ne répondit pas. L'action était logique et prévisible. Il l'avait anticipée, mais cela ne l'inquiéta pas. Adenalia trouverait quelque chose.

L'ambassadeur l'observa un long moment, mais ne sembla pas trouver ce qu'il cherchait sur son visage. Il reprit :

—Vous avez une autre convocation cet après-midi. Je ne saurais dire les bienfaits de notre action avec cette princesse, mais il était de notre devoir de tout essayer. Vous pouvez disposer.

Le Prince des Corbeaux s'en retourna sans rien ajouter.

*

La même escorte que la veille vint se présenter en milieu de journée devant leurs appartements. Dalarisse ne se fit pas attendre et abandonna l'environnement étouffant de la délégation Tiemrine pour les rejoindre.

Leur voyage se fit de nouveau dans un silence pesant et à un rythme soutenu qui les fit arriver rapidement sur les vastes balcons de la princesse. Un groupe de nobles, différents de ceux déjà vus, s'activait autour d'une représentation d'acrobates et de jongleurs. La princesse n'était pas présente.

Les trois soldats s'arrêtèrent à l'entrée des balcons, mais ne lui obstruèrent pas le chemin. Il était ainsi libre d'aller et venir, tant que ce serait sous leurs regards. À croire que les remontrances d'Adenalia avaient porté leurs fruits.

Dalarisse continua donc sa progression d'un pas mesuré, longeant le petit attroupement à une distance qui lui assurait une certaine discrétion. Les nobles se comportaient avec aisance. Ces balcons devaient tenir régulièrement de lieu de rassemblement et de représentation pour qu'ils agissent ainsi, sans gêne ni manières particulières.

Au milieu de l'un des groupes de spectateurs se tenait un homme d'une cinquantaine d'années, un guerrier. Bien que l'uniforme des capitaines de l'armée Andarriane qu'il revêtait avec fierté n'en laissât aucun doute, Dalarisse décela chez lui la posture et le regard propres aux hommes d'armes.

Il accaparait l'attention de son public avec un récit qui semblait fortement les divertir, au point de leur faire oublier la représentation qui se déroulait sous leurs yeux.

Dalarisse continua sa marche et rejoignit un coin du balcon où se tenaient le garde de la Princesse et Tessan. Le jeune enfant s'acharnait sans succès sur un bilboquet en bois. Bregel le conseillait avec bienveillance. Le soldat se redressa à l'arrivée du Tiemrin.

Le Prince des Corbeaux lui adressa un hochement de tête.

— Bregel.

—Serviteur.

Bregel posa la main sur le pommeau de son épée, défiant Dalarisse d'un regard hostile. Tessan laissa tomber au sol son bilboquet en pestant. Dalarisse se baissa pour le ramasser. Il se releva et lança la boule qu'il réceptionna sur le bâton, puis tendit le jouet à Tessan. Le jeune enfant, les yeux écarquillés, s'en saisit aussitôt et reprit ses tentatives avec une ardeur toute nouvelle.

Dalarisse s'apprêta à répondre au soldat royal, mais celui-ci bomba le torse et releva le menton, saluant la personne qui les rejoignait.

—Capitaine.

L'homme d'armes, qui avait quitté le petit rassemblement, lui rendit sa salutation d'un hochement de tête.

—Repos, soldat. (Bregel ne relâcha qu'à minima sa posture. Le regard qu'il portait au capitaine était empli de respect. L'homme devait jouir d'une certaine réputation dans l'armée.) J'ai repéré sur le balcon juxtaposé à celui-ci des plateaux débordants de pâtisseries au miel et aux amandes dont raffolerait n'importe quel enfant…

Tessan releva la tête, intrigué. Bregel comprit le message et salua de nouveau avant de faire signe à l'enfant de le suivre.

Dalarisse se retrouva seul avec l'homme d'armes qui se tourna enfin vers lui, un grand sourire de convenance sur le visage.

—J'ai cavalé toute la nuit pour arriver ici au matin. On m'a sommé d'agir ainsi car un agent Tiemrin, un sac à merde dans ton genre en l'occurrence, tentait d'obtenir les faveurs de la Princesse aînée pour améliorer la situation périlleuse dans laquelle ta délégation d'enfant de catin se trouvait. J'ai répondu qu'en plus de te faire dégager des étages supérieurs, je pouvais aussi t'occire prestement dans un couloir discret et faire jeter ton cadavre dans une fosse quelconque. On m'a indiqué de ne pas agir ainsi car cela brusquerait Sa Majesté la Princesse qui n'est pas consciente – que les dieux en soient remerciés – de la bassesse de vos agissements à vous, les Tiemrins, mais que lorsque Sa Majesté aura oublié ta petite existence, la chose me serait alors possible.

Le sourire était toujours là, l'intonation était même enjouée. Dalarisse lui répondit d'un ton neutre :

— Le fait qu'elle m'oublie ne vous rendra pas la chose possible pour autant.

Le capitaine se posta face à lui, l'expression de son visage trahissant à la fois la surprise d'être ainsi confronté et l'envie de l'attaquer. Il s'apprêta à prendre la parole, mais il fut pris de court par la voix mélodieuse d'Adenalia Andarrian :

— Capitaine Barian ! Quel honneur de vous rencontrer !

L'homme d'armes se tourna vers la princesse, qui n'adressa pas même un regard à Dalarisse, et se pencha en avant pour la saluer.

— Votre Majesté, tout l'honneur est pour moi ! Je vous remercie de m'avoir accordé l'accès à vos balcons.

— C'est un plaisir pour moi, Capitaine. Il m'a été dit que vous possédiez des connaissances susceptibles de compléter les miennes concernant certains textes d'histoire. C'est un privilège pour moi que de bénéficier du savoir et du temps d'un officier pourtant déjà fort bien occupé.

— C'est bien normal, Majesté. Il est de mon devoir, mais aussi de ma passion, que de servir la famille royale en toutes circonstances.

— Fort bien. (Elle tourna le dos à Dalarisse et invita le capitaine à la suivre) Laissez-moi vous conduire à un salon où nous pourrons échanger sur le sujet.

Barian adressa un dernier regard plein de mépris au Prince des Corbeaux et accompagna la jeune femme. Adenalia s'adressa à sa servante, Keira, qui n'était jamais loin d'elle :

— Je n'ai plus besoin de la présence du serviteur Tiemrin, vous pouvez le renvoyer. Je lui ferai peut-être parvenir quelques textes de Pogrême en Tiemrin afin qu'il affine leur traduction. Prévenez l'ambassadeur.

Elle ponctua sa phrase d'un léger moulinet du poignet puis pénétra dans ses appartements en compagnie du capitaine.

Dalarisse fut aussitôt raccompagné à la délégation Tiemrine par le trio de gardes qui arboraient, pour l'occasion, des sourires satisfaits.

CHAPITRE 42

Le Prince des Corbeaux ne rendit pas compte à l'ambassadeur Hassmün de ce qui s'était passé, préférant attendre que la princesse continue d'agir. Ce dernier était déjà par ailleurs fort affairé. Il annonça le soir même, non sans une pointe de fierté, qu'il avait réussi à obtenir un certain relâchement dans la pression exercée sur leur délégation.

La situation entre le Tiemric et le Tradoajh était stable et des discussions étaient même en cours. Il était pressenti que l'Andarrian jouerait un rôle de tiers médiateur pour s'assurer du bon respect des accords qui seraient potentiellement passés entre les deux royaumes. L'hostilité envers leur délégation était encore manifeste, mais entre cette possibilité d'apaisement diplomatique et le travail acharné de l'ambassadeur pour améliorer les choses au palais, il était envisageable, selon ce dernier, que les Tiemrins, autour de la table, retrouvent plus de liberté.

Les deux bourgeois étaient par ailleurs conviés ce matin même à un palabre dans un salon des hauts étages, et potentiellement, ce soir, à une énième grande fête donnée dans le Grand Hall Andarrian. Une nouvelle qui sembla redonner vie aux deux jeunes hommes.

Le sergent qui avait escorté Dalarisse jusqu'aux balcons de la princesse frappa aux portes des appartements en milieu de matinée. L'ambassadeur Hassmün fut informé que son serviteur était requis pour un travail de traduction sous surveillance dans un bureau isolé. L'imposant Tiermin ne demanda pas son reste et autorisa Dalarisse à y aller d'un signe de tête.

Le Prince des Corbeaux s'engouffra donc dans le couloir et se retrouva encerclé par les deux soldats et leur sergent, alors que la porte se refermait derrière lui. Le capitaine Barian était là, face à lui. Son sourire n'avait plus rien d'avenant.

— Ah, le sac à merde de serviteur Tiermin !

Dalarisse ne répondit pas et réfléchit. Il y avait une faible probabilité pour que cet homme tente de mettre sa menace à exécution bien plus tôt qu'envisagé. Soultana et Solodan ignoraient l'impact réel que cela pouvait avoir sur la princesse, ils ignoraient peut-être même les plans de ce capitaine, qui s'imaginait ainsi prendre une bonne initiative. Quoi qu'il en soit, son statut reconnu d'agent Tiemrin, trop présent aux mauvais endroits ces derniers jours, pouvait le mettre en danger immédiat. Le Prince des Corbeaux serra le poing l'espace d'un instant, saisi par la colère. Il aurait dû anticiper cette possibilité... il était sorti non préparé des appartements.

Le regard du capitaine Andarrian brillait d'animosité. Si sa volonté de l'attaquer dans un coin isolé était réelle, alors Dalarisse devait les tuer tous les quatre ici même. Il aurait l'avantage de la surprise et assez de temps pour s'enfuir du palais dans la foulée avant que l'alerte ne soit donnée. Les conséquences seraient néfastes pour la délégation, mais cela restait le meilleur scénario.

Le sergent avait certes annoncé qu'ils montaient pour un service de traduction, mais inventer une histoire de disparition ne poserait pas de problème. Ils pourraient même s'en passer, étant donné la situation qui, malgré les apparences, restait particulièrement tendue.

Barian élargit son sourire.

— Pas de réponse, hum ? Il n'y a plus de parterre de nobliaux attentifs pour te préserver d'un bon face-à-face entre hommes. (Dalarisse maintint son silence, prêt à agir au moment opportun.) J'ai trouvé plutôt bonne l'idée d'occuper mon temps libre à t'accompagner où que tu ailles, afin de t'empêcher de souiller ce palais par ta présence, tes actes ou même tes pensées. Cela me permet de faire passer le temps en attendant d'obtenir mon autorisation d'en finir avec toi.

De nouveau, le Prince des Corbeaux ne répondit pas, continuant de soutenir le regard de l'homme d'armes. Il semblait que son assassinat n'était pas encore à l'ordre du jour...

Le capitaine se décida alors à se mettre en chemin. Dalarisse les suivit, mais resta concentré sur la possibilité de les tuer au moindre signe d'agression.

Ils se dirigèrent ainsi jusqu'aux étages des serviteurs, dans un coin reculé et isolé de ces derniers. L'endroit idéal pour une embuscade. Dalarisse se concentra, se fiant à son instinct, prêt à agir au moindre soupçon d'attaque. Mais il n'en fut rien, et au détour d'un virage, ils aperçurent Keira qui attendait devant une porte fermée.

Barian la salua aimablement, mais la jeune femme resta de marbre et lui répondit :

— Vous êtes en retard.

— Certes, mademoiselle, figurez-vous que je suis nouveau en ce palais et que j'ai failli perdre le serviteur au détour d'un couloir peu éclairé.

Keira ne releva pas l'allusion.

— La traduction se déroulera au calme dans le bureau derrière cette porte. Je resterai aux côtés du serviteur, vous pouvez attendre ici.

Barian se positionna entre elle et Dalarisse.

— Je souhaiterais au préalable vérifier que toutes les conditions sont réunies pour que le serviteur réalise le meilleur travail qui soit pour Sa Majesté.

— Je me suis déjà assurée, au nom de Sa Majesté, des bonnes conditions de travail dans cette pièce.

Le capitaine sourit on ne peut plus froidement, et se pencha légèrement en avant. Le ton se fit bien différent :

—Je vais rentrer dans cette pièce, avec ou sans votre accord.

Keira le défia du regard plusieurs secondes, puis tourna la poignée de la porte et l'ouvrit dans son dos.

—Je vous en prie.

Elle se décala et laissa passer l'imposant capitaine. Barian resta ainsi plus d'une minute dans la pièce avant de revenir à la porte. Il fit un signe de tête au sergent qui se mit alors en retrait avec ses hommes.

Dalarisse pénétra dans la pièce. Il s'agissait d'un bureau assez espacé avec plusieurs meubles qui restaient dignes d'un palais sans être particulièrement luxueux. Le tout était relativement sobre – une pièce sans grand intérêt, et, au vu de sa position et de son état, peu ou pas utilisée. Des parchemins et du matériel d'écriture étaient posés avec ordre sur la table.

Le Prince des Corbeaux sentit, en pénétrant dans la pièce, qu'il y avait une présence. Il lorgna négligemment les textes sur la table tout en analysant son environnement.

Rien sous la table, ni même sous les meubles. Peut-être dans la grande armoire contre le mur, mais il avait entendu le capitaine Barian ouvrir les portes pour vérifier l'intérieur. Au-dessus, alors, caché derrière les bibelots volumineux qui étaient posés sur des étagères… Impossible pour un adulte, mais pas pour un jeune enfant assez agile pour escalader…

Keira rentra et ferma la porte derrière elle. La servante s'élança d'une voix forte dans une explication du travail à réaliser mais son comportement indiquait que son discours était plus à destination des soldats qui se tenaient derrière la porte qu'à Dalarisse. Tessan descendit aussitôt de l'armoire avec habileté et fit face au tueur. Il le regarda d'un air espiègle et lui tendit son bilboquet en bois.

—Faites-le.

Le tueur ignora le jouet.

—Pourquoi es-tu ici ?

—Je dois vous mener à Adenalia.

—Alors, mène-moi à Adenalia.

—Faites-le une fois d'abord.

L'assassin regarda tour à tour le jouet et l'enfant. Il se saisit du bilboquet, lança la boule qu'il réceptionna sur le bâton et rendit le jouet à Tessan. Celui-ci afficha un sourire radieux en accrochant l'objet en bois à sa ceinture, puis il se mit à genoux sur le côté de la grande armoire et passa ses mains dessous.

Dalarisse comprit qu'il actionnait un mécanisme. Une partie de la paroi du mur se détacha sur le côté sans faire de bruit : un passage si bien dissimulé qu'il n'aurait pu le détecter à l'œil nu. L'ouverture dévoila un couloir sombre et étroit dégageant une odeur de renfermé.

Tessan se redressa et emprunta le passage sans vérifier s'il était suivi. Dalarisse échangea un regard entendu avec Keira et s'engouffra à sa suite.

Ils parcoururent ainsi une certaine distance, grimpant des escaliers à deux reprises. L'obscurité était totale et Dalarisse dut se diriger en tâtonnant. L'enfant semblait connaître parfaitement la géographie des lieux vu sa progression rapide et sans heurt. Ils finirent par déboucher sur une porte où Tessan activa à nouveau un mécanisme.

La paroi se détacha également et fit entrer la lumière dans le couloir. Le garçon se précipita dans le luxueux salon qui était derrière. Dalarisse le suivit d'un pas plus posé.

Ils étaient aux étages royaux. La finesse de la décoration et la richesse des matériaux ne trompaient pas. Dalarisse reconnut cette vaste pièce, qu'il avait déjà repérée de loin à cet étage. Il l'avait rapidement ignorée car elle ne représentait aucun intérêt. Isolée et éloignée des autres pièces de vie, elle ne contenait, par ailleurs, rien qui ait de l'importance. La pièce idéale pour un passage dissimulé.

La porte se referma derrière le Prince des Corbeaux, et il fit face à la princesse aînée Andarrian.

La princesse haussa les sourcils, feignant la surprise.

— Messire Delarma ! Vous ici !

Elle le saisit à nouveau par la tunique et vint l'embrasser alors que Tessan s'éclipsait dans un coin. La jeune femme finit par s'écarter.

— Nous sommes dans un salon annexe, certes isolé, mais dont les couloirs sont malgré tout des lieux de passage relativement fréquentés. Nous ne pouvons rester ici.

Dalarisse hocha la tête, mais ne répondit pas. Il n'avait aucune solution à proposer, il ne connaissait pas assez la fréquentation des étages royaux à cette heure de la journée et ne pouvait se permettre de prendre le risque de se faire apercevoir et d'en subir les conséquences sans pouvoir agir.

Cependant, il était tiraillé. Voir Adenalia, même une poignée de minutes, était la seule chose qui comptait désormais. Un besoin si fort qu'il arrivait, pour l'instant, à éclipser toutes les inquiétudes sur ce qu'il était en train de faire, comme désobéir et mentir à son maître ou mettre en péril la mission confiée par le Grand Roi, ainsi que l'extrême tension dans laquelle la délégation Tiemrine évoluait.

Ces derniers jours ne se résumaient qu'aux trois occasions où il avait pu la voir. Cela ne pouvait continuer ainsi. Les subterfuges de la princesse seraient déjoués un à un. Soultana et Solodan s'y emploieraient, fort bien aidés par Barian.

Adenalia se mordit les lèvres avant d'ajouter, l'œil brillant de malice :

— C'était le moment où vous deviez me confier que vous ne voyiez aucune solution et que vous vous en remettiez totalement à moi, ce qui aurait mis en valeur le fait que j'avais quelque chose à proposer et aurait flatté mon ego de jeune femme destinée à simplement se conformer aux attentes de la bonne société. (Dalarisse ouvrit la bouche pour protester, mais la jeune femme le coupa d'un sourire.) Suivez-moi.

Elle traversa le salon et vint se positionner près de l'une des deux colonnes en marbre incrustées dans le mur, et qui entouraient un imposant tableau. Elle désigna l'œuvre d'art d'un signe de tête.

— La Reine Melihya Etonya Andarrian, qui vécut dans ce palais il y a deux siècles. Une femme considérée par ses contemporains comme simple d'esprit, mais dont tous louaient la discrétion et l'exemplarité. D'autant plus qu'alors on prêtait à son mari, le roi, un certain attrait pour sa propre cousine qui passait un temps considérable à le « conseiller » en privé. Une vie que l'on pourrait imaginer bien terne pour quiconque ne sait pas que la reine, la nuit venue, s'adonnait à des activités d'un tout autre genre au cœur de ce plateau rocheux où les alcools et autres substances mystérieuses venaient rythmer les danses qu'elle s'offrait avec les nombreuses amantes qu'elle faisait venir de la ville.

Dalarisse haussa légèrement les sourcils, regardant tour à tour le visage enjoué de la princesse et celui, bien plus austère et renfermé, de l'ancienne reine. Le tableau avait une dimension étrange, large de plus d'un mètre et haut de deux, son cadre en or touchait presque le sol. La reine y était dessinée assise sur une chaise, près d'une fenêtre dont la lumière n'éclairait que la moitié de son visage. Sa posture, comme son regard, laissaient paraître une impression de discipline et de rigueur, mais également de soumission. La princesse continua :

— Le roi, après deux années d'un mariage glacial, voulut lui offrir un présent tant pour la distraire que pour satisfaire la cour royale qui s'offusquait en privé du traitement réservé à la reine et de l'image que cela pouvait renvoyer. La reine demanda alors à son mari qu'un portrait, peint dans ces dimensions précises, soit réalisé pour elle. Toute la cour vit en cela un bien maigre prix pour acheter le silence de la « pauvre femme ». Une demande étrange, donc, mais dont le roi se satisfit aisément. Il ignorait alors que la reine Melihya Etonya avait prévu d'utiliser ce tableau, symbole de sa soumission envers la situation, pour dissimuler des activités, dont une description, même basique, ferait rougir jusqu'aux oreilles tous ces nobles qui se gaussaient de sa timidité et de son manque apparent de caractère. La reine fit installer ce tableau ici, dans un salon reculé et ignoré par tous, ce qui ne manqua pas de soulever de nouvelles moqueries à son égard, puis elle... (Adenalia positionna avec précisions ses mains sur la colonne à côté et enfonça ses doigts en cinq endroits différents. Un bruit sourd mais discret de mécanisme se fit entendre et le tableau se détacha du mur sur sa droite, laissant apparaître un couloir sombre derrière lui)... fit construire ce passage secret qui s'appuie sur d'anciennes galeries naturelles et qui mène directement au réseau de grottes taillées dans le plateau rocheux sur lequel ce palais a été bâti. Réseau où la légende dit qu'il n'y eut pas, à l'époque, une Dame de plaisir de Sénam qui ne connut l'intimité de Sa Majesté.

Adenalia lui sourit en écartant un peu plus le tableau pour libérer la voie.

— Vous rougissez.

— Je... (Dalarisse ne pouvait qu'être admiratif de la finesse avec laquelle tous ces passages étaient dissimulés dans l'architecture du bâtiment. Ce dernier, par ailleurs, avait dû requérir nombre de subterfuges, pour avoir ainsi été bâti dans le secret.) Combien il y a-t-il de passage de la sorte dans ce palais ?

— Assez pour que deux de nos serviteurs ayant fait vœu de la discrétion la plus absolue soient chargés d'en entretenir les mécanismes régulièrement. M'accompagnerez-vous dans ce lieu secret, ou préférez-vous retourner à vos exercices de traduction ?

La jeune femme n'attendit pas la réponse et pénétra dans le couloir. Dalarisse jeta un coup d'œil à Tessan, qui n'avait d'attention que pour le jouet qu'il avait entre les mains, et la suivit prestement en refermant derrière lui.

Le couloir mena rapidement à une succession d'escaliers qui descendaient à travers le palais. Il n'y avait pas une seule ouverture vers l'extérieur, bien que parfois, au vu des bruits qui perçaient à travers le mur, Dalarisse devinât que la paroi était particulièrement mince. Ils avancèrent ainsi dans une obscurité globale. Seuls quelques interstices habilement taillés dans le mur apportaient suffisamment de luminosité pour se repérer. Le passage se faufilait avec discrétion à travers les étages, parfois non sans difficulté, au point que Dalarisse, comme la jeune femme, dut se tourner sur le côté pour pouvoir progresser à certains endroits.

Après une longue descente, ils finirent par arriver dans un espace large et aménagé, donnant sur une salle plus grande dont provenait une lueur blanchâtre. Cette première pièce ne possédait rien d'autre et invitait naturellement à avancer pour voir la suite, ce que fit aussitôt la princesse, portée par l'excitation de faire découvrir l'endroit au Tiemrin.

Dalarisse pénétra donc dans la grande salle sous le regard inquisiteur d'Adenalia.

Il s'agissait d'une grotte vaste et haute de plafond, dont l'espace était découpé par des stalagmites et des stalactites. D'épais tapis recouvraient le sol irrégulier et en atténuaient ainsi la rugosité. Des coussins de toutes tailles et de toutes formes étaient posés en nombre dans la salle, accompagnant pour certains d'entre eux des tables basses, des braseros et autres meubles et étagères, tous de bonne facture, sans être à la hauteur du luxe d'un palais. L'ensemble était imbriqué harmonieusement dans la pierre.

Un seul grand salon, simple et confortable, semblait être un détail dans l'ensemble. Mais ce qui captivait l'attention était sans conteste le grand mur qui répandait ses lumières changeantes dans toute la pièce.

Il était constitué d'une cascade qui jaillissait du plateau pour finir dans le lac en contrebas. Une cascade assez fine pour que l'on puisse distinguer les formes du paysage à travers elle, et pour que le soleil diffuse sa lumière tamisée par l'eau dans toute la grotte. L'ouverture donnant sur le mur était grande, aussi large et haute que la caverne elle-même. Le Prince des Corbeaux resta plusieurs secondes à contempler cet endroit et à s'imprégner de son atmosphère si atypique.

Il croisa le regard de la princesse qui affichait un sourire en coin satisfait.

— Il existe cinq autres grottes donnant ainsi sur les cascades, toutes reliées les unes aux autres par des galeries aménagées. Celle-ci est de loin la plus vaste. (La jeune femme s'avança dans le salon. Elle semblait parfaitement à son aise, évitant naturellement les aspérités de la roche.) On l'appelle le « Palais des Cascades », un lieu secret auquel seule la famille royale et quelques privilégiés ont accès. Il est utilisé ainsi depuis plusieurs générations et fut le seul lieu où nous nous sommes autorisés à avoir une vie de famille. Cet endroit renferme bon nombre de mes souvenirs.

Dalarisse s'avança également, observant les reflets de l'eau sur les murs du salon, respirant cet air humide que les encens disséminés ici et là rendaient agréable. Il se sentait bien ici. Adenalia vint se lover dans ses bras. Il avait rapidement surmonté cette barrière physique qu'il érigeait avec les autres... ou plutôt... la princesse avait détruit cette barrière en quelques instants. Désormais cela lui était naturel et cela lui était agréable. Il regarda autour de lui.

— Je n'imagine pas le roi Solodan en cet endroit.

— Il venait pourtant, trop rarement à notre goût, mais il venait quand il le pouvait. (Elle soupira.) Plusieurs personnes m'ont demandé s'il était, dans l'intimité, un autre homme que le roi que l'on connaît... Ce n'est pas le cas. Mon père confère, sans le vouloir, à ceux qu'il côtoie, cette sensation d'infériorité. Il semble toujours habité par un but, un objectif qu'on ne connaît pas mais qui est plus grand que ce qui se joue en ce moment. Même alors qu'il remplissait son rôle de père dans cette grotte, on pressentait toujours une idée qui le travaillait au fond de ses pensées, quelque chose d'autre dans lequel nous étions certes tous impliqués, mais quelque chose qui nous dépassait. Il était alors difficile, pour les enfants que nous étions, d'accorder la pleine importance à nos petits tracas. La mort de ma mère n'a rien arrangé.

— Pourquoi cela ?

— Ce fut une tragédie, terrible pour nous tous comme pour lui, mais au fond de ses yeux, dans les petits détails de son comportement lors de son deuil, on le voyait.

— Vous voyiez quoi ?

— Qu'aussi dur et triste que cela fût, il l'acceptait. (Elle se dégagea tendrement de son étreinte.) Alors que la perte de son amour aurait dû totalement bouleverser sa vie, il y avait encore, caché derrière tout cela, au fond de son esprit fissuré, ce quelque chose de plus grand et de plus important... Mais il suffit avec cela ! (Le ton se fit plus joyeux ; elle redressa le menton, son sourire espiègle retrouvé.) Je ne vous ai pas amené ici pour de telles pensées.

La princesse enleva ses chaussures et les jeta sur un ensemble de coussins avant de s'élancer en courant sur les nombreuses pierres qui constituaient l'architecture du salon. Dalarisse observa la princesse sauter avec agilité de roche en roche, faisant voler sa robe légère. Il évalua les risques de chute en fonction de la difficulté du chemin de pierre, de la connaissance du terrain et des aptitudes physiques de la jeune femme et se détendit en constatant la faible probabilité d'accident.

Adenalia finit par sauter en l'air et se réceptionna avec grâce sur le sol. Elle éclata de rire en voyant l'expression sur le visage de l'assassin.

— Qu'il y a-t-il ?

— Je ne vous pensais pas si agile.

Elle feignit de réfléchir en faisant la grimace avant de répondre :

—Ce n'est définitivement pas un compliment.

—Je…

Elle rit de nouveau et reprit sa marche, plus doucement, laissant sa main effleurer la cascade. L'eau n'était pas si forte, la chute devait être atténuée plus haut par un affleurement rocheux. Qui plus est, la jeune femme, pieds nus, puisque cela ne semblait décidément pas être inconvenant en ce royaume, semblait sûre de ses mouvements.

Adenalia se tourna vers lui.

—En parlant d'agilité, jeune homme, vous réussissez au bilbo-quet du premier coup? (Dalarisse ne trouva rien à répondre et se contenta de la regarder.) Tessan m'a tout raconté, non sans faire montre d'un certain enthousiasme. Je dois avouer avoir éprouvé de la difficulté à en être surprise. Cela doit fait partie de la formation classique des serviteurs Tiemrins.

—Ce n'est pas le cas.

La princesse lui adressa un regard insistant. Le tueur sourit.

—Je… vous voulez savoir comment…

—Pourquoi pas, oui.

—À l'âge de dix ans, j'ai… j'ai contracté une maladie dans le royaume d'Autraia. J'ai dû rester enfermé deux semaines dans une chambre d'auberge en attendant que la fièvre passe. Mon maître m'apporta un bilboquet afin que j'occupe une partie de mes journées.

—Vous n'aviez pas d'autre jouet?

—Le bilboquet n'avait pas pour but de m'amuser, il me permet-tait de conserver mon agilité et ma concentration, car la maladie m'avait beaucoup affaibli.

La princesse se força à sourire.

—Quoi qu'il en soit, vous êtes le nouveau héros de Tessan.

Adenalia se dirigea vers une alcôve naturelle sur le côté, donnant elle aussi sur la cascade. Des coussins étaient aménagés en cercle autour d'une table taillée dans la roche. Le Prince des Corbeaux la rejoignit, elle lui tendit un bâton forgé avec une sorte de crochet au bout et lui désigna un mécanisme incrusté dans le plafond.

— Poussez ici.

Dalarisse tendit le bâton et s'exécuta. Il déplaça ainsi une petite planche renforcée et astucieusement inclinée qui vint transpercer une partie de la cascade devant eux. Une fenêtre naturelle s'ouvrit ainsi dans le mur d'eau et dévoila une grande partie de Sénam en contrebas.

— Mon père a construit ce mécanisme pour moi et ma sœur lorsque nous étions petites. Nous passions de longues heures à interpréter ce qui se passait dans la cité sous nos yeux. Ne trouvez-vous pas cela magnifique ?

Dalarisse observa la ville et hocha la tête.

— Vous n'êtes pas proches, avec votre sœur.

La princesse se tourna vers lui en fronçant les sourcils.

— Proches ?

— Je sais que des sœurs se parlent et partagent du temps ensemble, je n'ai pas constaté de telles spécificités dans la relation qui vous lie.

Adenalia sourit en inclinant la tête sur le côté.

— Que les dieux aient pitié de celui qui vous a appris à mener une discussion. (Le tueur ne réagit pas et resta concentré sur le maintien du bout de bois en position, bien qu'il distinguât un mécanisme de blocage dans le coin.) Non, nous ne sommes plus proches. Nous avons reçu une éducation différente par des gens différents afin de remplir des rôles différents. Nous nous voyons rarement et je pense que notre dernière discussion sincère remonte à notre enfance, précisément dans cette pièce. Ma sœur a sa propre cour qui l'entoure, avec ses amies et ses prétendants. (Elle haussa les épaules) Moi, je me contente des livres et des visiteurs étrangers qui pourraient tenir un bâton en l'air toute la journée si on ne leur disait pas d'arrêter.

Le regard du Tiemrin alla du bâton à la princesse. Il referma prestement la fenêtre sous l'œil amusé de la jeune femme.

Adenalia revint dans la partie principale de la grotte, Dalarisse sur ses pas.

—Nous ne pouvons rester ici trop longtemps, je suis attendue, et si je ne m'abuse, vous l'êtes également par ceux que Keira maintient derrière la porte. (Elle se retourna et prit sa tête entre ses mains pour l'embrasser, puis elle posa son index sur son torse.) Mais je compte bien revenir ici avec vous !

Dalarisse eut un pincement au cœur, il ne voulait pas quitter ce moment. La princesse reprit :

—J'ai moi-même effectué quelques traductions des textes qui vous attendent dans le bureau. Keira vous les transmettra à votre retour, ce qui saura sans nul doute éconduire l'enquête des soldats qui vous escortent.

—Je... je suis impressionné.

—Par ces grottes ?

—Par l'astuce dont vous faites preuve pour que l'on puisse se voir.

—Agile et astucieuse... tenteriez-vous de me faire la cour, Dalarisse Delarma ? (Le sourire de la jeune femme s'estompa, le ton changea)... Mais vous craignez que cela ne suffise pas.

—Je le crains, oui. Le capitaine Barian (Dalarisse se retint d'ajouter « Solodan et Soultana ») trouvera le moyen de contrer ces séances de traduction.

Elle s'écarta de lui.

—Je sais cela, oui. De mon côté, mes proches sont très inquiets. Malgré mes efforts, beaucoup d'entre eux soupçonnent ou même devinent qu'il se passe quelque chose entre nous. Ils redoutent tous que cela ne vienne à se savoir dans un cercle plus large et que cela provoque une étincelle.

—Une étincelle ?

— Une étincelle, oui, un accroc dans les rouages complexes et parfaitement huilés de la politique et de la cour royale. Un problème, aussi petit soit-il, qui puisse amener d'autres problèmes bien plus grands : une étincelle qui pourrait provoquer un petit incendie. Tout est contrôlé et orchestré dans ce royaume, comme dans le vôtre d'ailleurs. Mon rôle et l'image que je dois renvoyer sont clairement définis, ils ne m'ont pas été imposés de force. Ils résultent d'une logique implacable que je comprends et accepte. Cependant votre existence leur pose problème. Il n'y a pas un jour qui passe sans que l'on m'interroge sur mon temps libre, sans qu'une personne de mon entourage ne me rappelle l'importance de trouver rapidement un prétendant parmi la noblesse Andarriane, ou sans que l'on évoque la situation extrêmement tendue avec le Tiemric. Vous n'imaginez pas la quantité de nouvelles activités qui me sont proposées ces derniers jours, tant pour s'intéresser à ce que je fais de mon temps libre en cas de refus, que pour s'assurer que je suis toujours en compagnie de personnes qui pourront rapporter mes activités... Ils craignent tous l'étincelle.

Dalarisse plongea son regard dans les yeux verts de la princesse, il n'y trouva ni doute ni détresse, malgré ce que son discours pouvait laisser penser. Il y avait toujours cette lueur farouche, une détermination forte derrière laquelle le Prince des Corbeaux sembla distinguer une logique, comme un plan que la princesse avait clairement en tête.

Il n'avait de toute façon aucun contrôle sur la situation ni de solution à proposer. Il maintint le silence, laissant la jeune femme continuer :

— Me faites-vous confiance ?

Dalarisse mit plusieurs secondes à répondre :

— Oui.

La princesse sourit.

— Remontons.

Elle se détourna de lui sans ajouter un mot et se dirigea vers l'endroit d'où ils étaient venus. Le Prince des Corbeaux la suivit et ils refirent en silence et en vitesse le chemin inverse jusqu'au salon où se tenait le portrait de la reine.

Adenalia échangea un code frappé avec Tessan pour s'assurer que la voie était libre, puis ils s'extirpèrent du couloir et la princesse, sans perdre de temps, alla actionner l'autre passage en chuchotant :

— Vous est-il possible de revenir ici même en fin de journée, peu avant l'heure du dîner ?

Dalarisse prit le temps de la réflexion. Revenir par la pièce où l'attendait Keira n'était pas possible, ces étages-là étaient désormais trop surveillés. Venir ici sans passage secret était tout simplement inenvisageable. Restait le Palais des Cascades ! Un tel endroit ne pouvait avoir un seul accès. La reine de l'époque avait fait venir des filles de la ville, il y avait donc un passage menant à un endroit discret, quelque part sur le plateau, ou directement sur la ville basse. Par ailleurs, si la famille royale passait du temps dans ces salons, ce n'était pas sans nourriture et boissons, qu'ils devaient faire acheminer par un moyen simple et discret. Ajouter à cela la nécessité d'avoir une autre issue dans le palais que celle donnant sur le salon de la reine, au cas où celle-ci serait non empruntable pour diverses raisons. Il tourna la tête vers la princesse :

— Où se trouve, dans les cuisines du palais, le passage menant au Palais des Cascades ?

La jeune femme le fixa, un sourire au coin des lèvres.

— Dans une réserve annexe... connaissez-vous une cuisinière au physique imposant du nom d'Élianda ?

— Je trouverai.

— Évidemment... Élianda a ma confiance, je la ferai prévenir et elle vous mènera au passage.

— Soit, je remonterai à travers le Palais des Cascades jusqu'ici et utiliserai le même code que vous.

— Vous... d'accord.

Dalarisse s'engouffra dans le tunnel en direction du bureau où les textes à traduire l'attendaient. Il se retourna une dernière fois.

— Le fait que je ne revienne pas des cuisines à mes appartements posera problème, je ne pourrai pas réitérer la même chose plus tard et ne pourrai même probablement plus sortir sans être suivi pas à pas.

Adenalia agrippa sa tunique et lui vola un baiser avant de répondre :

— Je m'occupe de cette partie-là.

*

Dalarisse reprit donc le chemin inverse et débarqua dans le bureau où Keira discutait vigoureusement à travers la porte avec Barian. Il referma le passage en jetant un coup d'œil sur la table : des parchemins avec les traductions des textes avaient été déposés par la servante.

Celle-ci posa sa main sur la clé qui était dans la serrure et interrogea le Tiemrin du regard. Dalarisse se tint debout à côté de la table et acquiesça.

La servante fit tourner la clé et Barian rentra dans le bureau, ignorant les deux jeunes gens, pour se diriger vers la table où étaient posés les parchemins.

Keira reprit :

— Ces conditions de travail ne sont pas acceptables !

Le capitaine Barian répondit en saisissant l'un des parchemins.

— Si ces conditions ne sont pas favorables à un travail de qualité, alors ce travail doit cesser. Autant que Sa Majesté la Princesse se fasse à l'idée de trouver un traducteur digne de confiance, car je serai toujours derrière l'épaule de celui-là. (Il désigna Dalarisse d'un geste du menton.) Désormais, je serai présent dans la pièce, et avant que vous avanciez le besoin de concentration du Tiemrin, sachez que ma hiérarchie saura gager de ma capacité à respecter le calme nécessaire à... (il reposa le parchemin sur la table) un tel travail.

La servante le défia du regard, défi qu'il releva quelques instants, puis il s'adressa aux gardes royaux qui attendaient sur le seuil en désignant le Prince des Corbeaux.

— Ramenez-moi ça.

Les soldats se décalèrent pour laisser au sein de leur troupe un espace pour Dalarisse qui les rejoignit sans un mot. Il fut reconduit jusqu'aux appartements par un chemin bien plus rapide que celui emprunté à l'aller.

L'atmosphère, dans la délégation Tiemrine, s'était légèrement adoucie. Les deux bourgeois se préparaient pour leur sortie autorisée et l'ambassadeur semblait souffler quelque peu dans ses combats diplomatiques. Dalarisse fut ignoré et il put rejoindre la chambre.

CHAPITRE 43

L e soir venu, Dalarisse profita de la marge de manœuvre que l'ambassadeur Hassmün avait obtenue pour aller s'enquérir aux cuisines d'un plat spécifique en compagnie d'un autre serviteur Tiemrin.

Il lut dans les yeux des soldats qui les voyaient passer le fait qu'ils sauraient relever son absence sur le chemin du retour. Le plan d'Adenalia se devait d'être bon.

Dalarisse laissa le serviteur à ses affaires et trouva son chemin à travers la forte activité qui régnait dans les cuisines pour alimenter la soirée qui venait de commencer dans le Grand Hall. Il repéra aisément Élianda qui était en train de donner des consignes à plusieurs porteurs de plateaux. Celle-ci le remarqua également sans le montrer. Lorsqu'elle eut terminé, elle se fit remplacer et partit en direction des réserves.

Le Prince des Corbeaux la suivit à distance et se laissa guider dans une succession d'entrepôts jusqu'à en atteindre un, isolé, au fond d'un couloir. Élianda actionna un mécanisme dans l'obscurité de la pièce et un passage se dévoila entre deux rangées d'étagères. Dalarisse s'y engouffra après un bref hochement de tête en direction l'imposante cuisinière.

Le chemin descendait dans le plateau pour atterrir dans une autre grotte du Palais des Cascades, elle aussi aménagée. Il ne s'attarda pas et traversa l'ensemble du complexe pour emprunter le passage menant au salon de la Reine Melihya Etonya Andarrian.

Il frappa le code, et la paroi s'ouvrit quelque temps après. Keira était seule dans la pièce. Ils échangèrent un regard entendu et la servante le mena avec discrétion jusqu'aux appartements de la princesse. Les étages royaux étaient en proie à une forte agitation au vu de la fête donnée ce soir dans le Grand Hall. Il s'agissait essentiellement des serviteurs qui s'affairaient prestement pour les derniers préparatifs de leurs maîtres. Ils évoluèrent ainsi sans se faire remarquer.

Bregel gardait seul la porte secondaire vers laquelle il se dirigea.

Dans les appartements de la princesse couvait également une certaine activité. Keira le mena sans hésitation jusqu'à l'un des salons principaux où se tenaient la princesse et quatre servantes qui s'affairaient autour d'elle.

Dalarisse eut une seconde d'hésitation avant de pénétrer, ne sachant pas si toutes ces jeunes femmes étaient dignes de confiance. Cependant l'attitude de Keira ne laissait pas de place au doute. Il avança d'un pas.

Adenalia se tenait debout, écartant les bras pour laisser deux servantes refermer dans son dos les liens de la longue robe blanche aux teintes jaunes et orangées qu'elle revêtait. Ses cheveux étaient attachés en un chignon complexe mettant en pleine lumière la finesse de son cou. Elle absorbait toute la pièce.

Le Prince des Corbeaux ouvrit la bouche mais ne trouva rien à dire. La jeune femme lui sourit :

— L'éloquence de votre regard me suffira.

Les servantes lui jetèrent de discrets coups d'œil et se remirent à leurs tâches ; elles ne semblèrent en aucun cas surprises par sa présence. La princesse avait étendu le cercle de ceux informés de leur relation. Celle-ci tint sa tête bien droite alors qu'une servante déposait autour de son cou un collier discret qui concentrait son ornement en un petit symbole doré, seul à ressortir sur la peau cuivrée de la jeune femme.

Adenalia reprit en Tiemrin (le changement de langue et l'accent qui l'accompagnait firent relever la tête à Dalarisse.)

— La fête a déjà commencé et la délégation des étages royaux ne se fera que peu attendre, comprenez donc que ce soit en pleins préparatifs que je vous accueille.

La princesse vérifia le placement de son bijou dans le miroir qui lui était tendu, puis hocha la tête et fit signe à l'une de ses servantes qui s'éclipsa aussitôt de la pièce.

Dalarisse observa de nouveau les jeunes femmes, mémorisant les visages de chacune. Il n'osait ni bouger ni dire quoi que ce soit, l'environnement lui étant particulièrement non familier. Adenalia sembla deviner ses pensées et rajouta, toujours en Tiemrin.

— Parlez sans crainte, Dalarisse.

Le Prince des Corbeaux hocha la tête, abordant sans détour le sujet qui le préoccupait.

— Il ne me sera plus possible d'emprunter le chemin par lequel je suis venu à vous. On me l'interdira sans nul doute, désormais.

— Sans nul doute, oui.

— Vous... vous avez parlé d'une solution...

— Oui... ainsi que de la nécessité de me flatter à cet égard.

Dalarisse rendit à la princesse le sourire qu'elle lui adressait, mais continua :

— Quelle est cette solution ? Comment allez-vous empêcher l'apparition de cette étincelle à la cour Andarianne ?

— Nous allons mettre le feu à la cour Andarianne.

— Nous...

Il tenta d'interpréter ce que voulait dire la jeune femme, mais elle le devança :

— Vous êtes invité à la fête de ce soir, pour m'accompagner.

— Par qui ?

— Par moi.

Un frisson parcourut Dalarisse dont les raisonnements s'activèrent à toute vitesse dans sa tête. La princesse voulait s'afficher publiquement avec lui, balayant ainsi les jeux de tromperies auxquels tous se livraient depuis plusieurs jours. Mais justement, il n'y aurait plus de jeu, les réactions seraient bien plus fortes, les conséquences également. Que ce soit pour lui ou pour elle, c'était de la folie.

— On ne peut pas...

— Nous ne maîtrisons pas toutes les retombées que cela aura, hum ? Non, en effet, cela peut mettre brutalement un terme à nos entrevues comme cela peut nous libérer. (Elle marqua une pause, les servantes continuaient de s'affairer autour d'elle.) Il n'y a pas eu, du haut de ma jeune vie, de décision plus folle et risquée que celle-ci mais je n'en imagine pas d'autre que je regretterais autant de ne pas avoir prise.

Le Prince des Corbeaux resta figé. Il comprenait, mais cela ne l'aidait pas à accepter. Jusqu'à présent il avait encore l'illusion de contrôler la situation, mais là, il ne l'avait plus. Adenalia tourna la tête vers lui, la lueur dans les yeux :

— Je vous ai suivi dans l'ombre, me suivrez-vous dans la lumière ?

Dalarisse prit une inspiration et ne répondit qu'à mi-voix :

— Oui.

Le sourire qui illumina le visage de la princesse ne l'apaisa en rien. Il continuait de calculer dans sa tête les conséquences de tout cela.

— Que devrais-je y faire ?

— Nettoyer le sol devant mes pas.

— Je ne suis pas qualifié pour...

Il identifia la plaisanterie et s'interrompit sous le regard appuyé de la princesse.

— Arrêtez de réfléchir, Dalarisse.

Le Prince des Corbeaux acquiesça et s'autorisa un léger sourire.

—Soit, allons à cette fête.

Adenalia leva son index alors que la servante, qui était partie, revenait avec un vêtement entre les mains :

—Un dernier détail, jeune homme. Il m'est aisé de croire que le noir intégral est particulièrement festif au Tiemric, mais en Andarrian, outre le fait que nous avons pris le goût de faire varier nos tenues d'un jour sur l'autre, nous aimons également revêtir quelques couleurs lors de nos soirées... ne serait-ce que pour indiquer que nous n'avons pas perdu un proche dans la journée. Cet habit vous ira bien en termes de dimensions, il me semble et... cela vous conférera une apparence plus joyeuse.

Dalarisse jeta un coup d'œil à la chemise d'un bleu foncé et au découpage travaillé que la servante déploya devant lui. Il revint à la princesse.

—Je ne pense pas que revêtir cela me fera paraître joyeux aux yeux de ceux que nous croiserons.

Adenalia fit une grimace amusée.

—À vrai dire, je ne pense pas non plus, mais je vais me permettre de clarifier un point : de nous deux c'est moi qui fait autorité en termes de goût vestimentaire, d'autant plus pour des fêtes ayant lieu au cœur du palais de mon royaume. Je vous laisse donc... (Dalarisse hocha la tête et retira aussitôt son haut noir en le faisant passer par-dessus ses épaules. Plusieurs servantes sursautèrent et détournèrent la tête, des gloussements et hoquets de stupeur accompagnèrent le geste du Tiemrin qui, torse nu, tendit son haut à la servante tout en s'emparant de la chemise)... rejoindre une pièce isolée pour vous changer.

Dalarisse regarda autour de lui.

—Qu'y a-t-il ?

La princesse retint son rire.

—En Andarrian, les hommes n'affichent pas ainsi leur nudité en présence d'une poignée de jeunes femmes, encore moins à la cour. Probablement une autre différence de culture entre nos deux royaumes, mais... (Elle parcourut du regard le torse finement musclé du Tiemrin sans se départir de son air amusé.)... il faut bien faire quelques concessions diplomatiques.

Dalarisse enfila la chemise qui correspondait effectivement à sa corpulence et s'appliqua à l'ajuster comme il se devait. Il releva ensuite la tête et reprit, en Andarrian, à l'attention de l'assemblée.

—Je ne voulais importuner personne.

Adenalia rétorqua dans la même langue.

—J'en suis sûre. Ne vous inquiétez pas, il n'y a point d'offense. (Elle se tourna ensuite vers la servante qui avait apporté le vêtement) Prévoyons également un pantalon pour la prochaine fois.

Cette fois-ci, les jeunes femmes ne purent contenir leurs rires. La princesse leur fit signe de quitter la pièce en accompagnant leur hilarité d'un sourire complice.

Dalarisse resta de marbre jusqu'à ce qu'ils ne soient plus que tous les deux. Il reprit alors :

—Vous n'avez pas répondu à ma question. Que devrai-je faire à cette fête ? Je ne sais pas danser et ne suis pas au fait des us et coutumes de la cour.

—J'aimerais bien savoir de quels us et coutumes vous êtes au fait, Dalarisse ! Quant à la danse, vous ne serez pas tenu d'y participer. Il nous suffit de descendre ensemble les escaliers royaux, il n'en faudra pas plus pour enflammer ce palais et prendre de vitesse ceux qui tentent de nous séparer. Allons-y, d'ailleurs, nous risquons d'être en retard.

Dalarisse n'eut pas l'occasion de répondre, la princesse, désormais parfaitement apprêtée, s'engagea dans le couloir et le mena jusqu'à la sortie secondaire de ses appartements où les attendaient Bregel.

La porte s'ouvrit et ils virent au loin un couple se déplacer en direction du salon qui se situait en haut des escaliers menant au Grand Hall. Le Prince des Corbeaux les observa et se tourna légèrement vers la jeune femme.

— Comment devons-nous... (Il désigna leurs bras) marcher ensemble ?

— Je suis une princesse native de ce royaume et vous un visiteur étranger venant du Nord, la tradition veut que je vous porte sur mes épaules.

Il la regarda, interdit, puis sourit.

— Vous mentez.

— Et vous progressez ! Je vous en félicite. (Elle saisit son avant-bras et enroula délicatement le sien autour.) Alignez-vous sur mon pas et essayez d'avoir l'air décontracté... ou tout du moins, laissez au repos un ou deux muscles.

Elle se pinça les lèvres en l'observant puis s'élança d'une démarche mesurée, Dalarisse la suivit, et Bregel, sur leurs pas, les accompagna jusqu'au salon.

Il y avait là quelques serviteurs prêts à subvenir aux besoins de dernière minute, ainsi que deux couples déjà présents, dont les hommes étaient des cousins du roi Andarrian. Le salon en soi n'était qu'une pièce de passage en direction du Grand Hall et ne contenait aucun meuble.

Ils pénétrèrent tous deux dans la pièce alors que Bregel restait en retrait. Les couples arrêtèrent aussitôt leurs conversations et se figèrent l'espace d'un instant. Puis leur savoir-faire reprit le dessus et ils les saluèrent tous deux aimablement sans rien ajouter, dissimulant non sans peine le choc qu'ils venaient de vivre et qui faisait dorénavant bouillir leurs pensées.

Un silence lourd s'imposa, bercé par le bruit sourd qui montait par la porte menant aux escaliers. Le Grand Hall était déjà plein et attendait la venue du roi.

Dalarisse chercha dans sa mémoire, mais ne trouva aucun moment de sa vie où il avait été plus mal à l'aise. Il sentit une tension dans le bras de la princesse et tourna la tête dans la même direction qu'elle. Un groupe d'une dizaine de personnes venait vers le salon, le roi Solodan à leur tête.

Le Prince des Corbeaux ne put s'empêcher de scruter son visage pour détecter sa future réaction. Le monarque Andarrian arriva dans la pièce et posa son regard sur lui. Le contrôle était parfait. Dalarisse ne ressentit dans ses yeux qu'un désintérêt total, bien qu'il ne pût en être réellement ainsi, comme si son regard passait sur un mur quelconque et continuait son chemin. Ce même regard glissa sur Adenalia, non sans s'accrocher une seconde de trop, puis Solodan continua son chemin et salua chaleureusement les deux couples déjà présents.

Les autres membres de son groupe ne surent faire preuve d'une telle maîtrise et la surprise se lut sur de nombreux visages. Ils saluèrent tous néanmoins la princesse, et certains s'essayèrent à faire de même avec Dalarisse, qui ne put que hocher brièvement la tête en guise de réponse. Les comportements se voulaient naturels, mais une tension était montée subitement dans la pièce. Le dernier couple de la délégation changea de direction pour s'approcher d'eux. Ce fut, cette fois-ci, Dalarisse qui se crispa. Il s'agissait de Mollede Soultana et de sa femme.

L'homme correspondait, de près, à l'image que l'on se faisait de lui en le voyant de loin : chaleureux et rieur. Il était grand, plus que la moyenne Andarriane, ses épaules étaient larges et son cou massif. L'épaisse barbe noire taillée qui recouvrait son visage accentuait son côté imposant. Cependant ses yeux noirs, brillants de malice, et le sourire qui occupait toute sa figure semblaient faire disparaître toute la menace que pouvait représenter un tel physique.

Il écarta les bras affectueusement en direction de la princesse.

— Adenalia, tu es magnifique !

La princesse inclina la tête et subit la contagion du sourire qui lui était adressé.

— Mollède !

Le ton de la jeune femme, comme son attitude, traduisait une réelle affection envers cet homme. Soultana l'engloba du regard :

— Les couleurs du jour te siéent à merveille, ma chère. Cependant, même vêtue de sombre, rien ne saurait te dissimuler tant tu es rayonnante. Tu embellis de jour en jour, et nous en venons à passer totalement inaperçus lorsque nous descendons ces escaliers face à toute la cour !

Trois phrases. Une allusion au fait qu'elle portait les couleurs du jour et, par opposition, que Dalarisse portait celles de la nuit. Une autre au fait qu'elle ne pouvait se dissimuler dans la pénombre comme, par exemple, en traversant ce palais la nuit, et une dernière quant au fait que toute la cour porterait son regard dans sa direction lorsqu'ils descendraient les marches, comme elle l'avait escompté en fomentant ainsi ce plan. Le tout était ponctué par une bonne humeur et un naturel déconcertant. Dalarisse ne put qu'apprécier le savoir-faire de cet homme.

Adenalia répondit sur le même ton enjoué :

— Vous exagérez, comme d'habitude, Mollède ! Gardez quelques flatteries pour votre épouse.

La femme de Soultana se pencha en direction de la princesse. Elle semblait partager la malice de son mari.

— Ma chère, il n'y a bien que dans ces soirées où l'on rencontre des jeunes femmes que j'ai espoir de l'entendre prononcer des compliments.

Soultana leva les yeux au ciel en feignant l'outrage :

— Que ne faut-il pas entendre, après toute une vie de labeur !

Ils rirent tous les trois et un couple situé non loin se joignit même à eux par le sourire. Dalarisse restait immobile. Soultana se tourna enfin vers lui, le sourire ne quittant pas son visage.

— Qui est donc, Adenalia, ce jeune homme sorti de nulle part et qui occupe à vos côtés cette place que tous jalousent ?

— Il se nomme Dalarisse Delarma.

Mollède plongea son regard rieur dans celui du Prince des Corbeaux.

— Ravi de vous rencontrer.

Dalarisse inclina la tête envers lui et sa femme en répondant en Andarrian.

— Moi de même, Monsieur.

— D'où venez-vous ?

— De la délégation du Tiemric.

— Ah oui ? (Il se tourna vers la princesse) Vous nous faites donc le plaisir, Adenalia, de participer à l'amélioration de nos relations avec ce royaume.

La jeune femme sourit, bien que l'ardeur avec laquelle elle tenait le bras du Tiermin ne trompât pas sur sa réelle nervosité. La femme de Mollede Soultana donna un coup d'épaule à son mari.

— Cesser donc d'importuner ces jeunes gens, Mollede. Il y a plusieurs centaines de personnes non loin de là que vous pourrez ennuyer à loisir toute la soirée !

Soultana haussa les sourcils théâtralement :

— Comprenez donc, jeunes gens, en témoignant du traitement que je subis par cette femme, que mes compliments ne soient distribués qu'avec parcimonie.

De nouveau un coup d'épaule de sa femme. Adenalia reprit :

— Toute la cour s'accorde pourtant à bénir les Dieux, Mollede, d'avoir su placer une telle épouse entre eux et vous. (De nouveau des rires, puis le ton d'Adenalia changea, se faisant plus inquiet.) Cependant, Mollede, je ne puis vous retourner de tels compliments, vos cernes ne trompent pas, vous semblez épuisé.

L'Andarrian haussa négligemment les épaules, jetant un bref coup d'œil à Dalarisse avant de revenir à la jeune femme :

— Le sommeil me fuit, ces derniers temps.

Sa femme lui tapota le bras en parlant sur le ton de la cachotterie :

— J'ai beau le prier de cesser le travail à la fin de ses longues journées, il est né têtu et le restera !

Adenalia inclina la tête.

— Vous devriez écouter votre femme, Mollede.

— Je ne suis pas encore épuisé à ce point-là, Adenalia.

Ils rirent à nouveau, alors que les portes s'ouvraient et que le groupe commençait à se diriger vers les escaliers. Mollède inclina la tête à leur encontre :

— Passez tous les deux une très bonne soirée, jeunes gens.

Puis il se dirigea avec sa femme à la suite du roi. Adenalia tourna la tête vers Dalarisse en prenant une forte inspiration :

— Allons-y.

Ils s'avancèrent pour fermer la marche du petit groupe qui passait les portes. Le brouhaha venant du Grand Hall s'intensifia alors que le roi Andarrian faisait son apparition en haut des escaliers.

Adenalia resserra plus fort ses doigts sur le bras de Dalarisse alors qu'ils entamaient eux-mêmes leur descente. Le Prince des Corbeaux sentit de l'hésitation ainsi qu'une diminution dans la clameur générale.

Il tourna la tête. Vu d'ici, le Grand Hall paraissait d'autant plus vaste. Il y avait toute la noblesse du palais ainsi qu'une partie de celle des villes environnantes, certaines venant d'autres royaumes, et parmi eux, bien entendu, les deux bourgeois de la délégation du Tiemric et l'ambassadeur Hassmün. En tout, un peu plus de trois cents personnes.

Trois cents personnes qui avaient les yeux braqués directement sur lui.

Dalarisse ne put retenir le frisson qui le parcourut, et ce n'est que parce que la princesse s'agrippait à lui qu'il continua d'avancer… Adenalia n'était pas non plus à son aise, sa démarche était plus rigide et sa respiration désordonnée. Elle pencha néanmoins la tête vers lui en chuchotant :

—Vous pensez qu'ils nous ont remarqués ?

Malgré sa crispation, un sourire naquit au coin des lèvres de Dalarisse. Ils arrivèrent finalement en bas des marches après une descente interminable et purent s'engouffrer dans la foule.

Les regards se voulurent plus discrets, mais ils accaparaient néanmoins l'attention sur leur passage. Dalarisse se contenta d'avancer au pas de la jeune femme en évitant de poser les yeux sur qui que ce soit.

Les musiciens entamèrent une musique entraînante et une armée de serviteurs jaillit de plusieurs entrées du Grand Hall en portant des plateaux. La fête reprit et le vacarme des conversations avec.

Adenalia fut alors abordée en continu par plusieurs personnes, voguant d'un groupe de discussion à un autre. Dalarisse la suivait sans un mot. Tous s'évertuaient à agir comme si sa présence au bras de la princesse était chose normale, mais aucun ne tentait d'engager la conversation avec lui ou même de croiser son regard trop longtemps.

La princesse était dans son élément et orientait habilement chaque discussion de sorte qu'il ne soit jamais importuné, ou que le sujet de sa présence ne soit pas évoqué. Dalarisse en vint à se détendre quelque peu, même s'il continuait de tenir le bras de la jeune femme comme du bois flottant au cœur d'une mer houleuse.

Au détour d'un groupe, il aperçut Varlin le long d'un mur de la salle parmi d'autres serviteurs. Ils échangèrent un long regard pendant lequel le Prince des Corbeaux ne put déceler ce qui se cachait derrière le visage de son confrère. Dalarisse le perdit de vue et fut embarqué par la princesse au sein d'un autre groupe.

Deux heures passèrent ainsi. La musique avait entraîné nombre de personnes sur l'espace réservé à la danse et les serviteurs se faisaient moins présents, cela leur laissait plus de répit. Adenalia profita de l'un de ces interludes pour s'adresser à lui :

—Il me reste une bonne heure de conversation devant moi. Nous devons repartir chacun de notre côté, et vous pouvez dès à présent, si vous le souhaitez, vous mettre en retrait. À moins que vous n'ayez pris goût aux palabres futiles et souhaitiez vous essayer à l'exercice en solitaire ?

—Non.

Elle lui sourit en tapotant tendrement son bras.

—Vous vous en êtes très bien sorti, Dalarisse. Non pas que je valorise ici le fait que vous n'avez pas prononcé un mot lors de ces conversations, mais vous avez supporté tous ces regards sur vous sans pour autant les subir.

—C'était peu de chose. Ils m'ont tous observé et sont passés à autre chose.

—Ils ne vont parler que de vous durant les cinq prochains jours, Dalarisse.

Il tourna la tête et observa l'expression amusée sur le visage de la jeune femme. Il haussa les épaules :

—Peut-être.

Elle délia son bras du sien et lui fit face en laissant lentement glisser sa main dans la sienne puis en la retirant.

—Ce fut la meilleure descente d'escalier que je n'aie jamais faite.

Il ne sut que répondre et inclina légèrement la tête. Adenalia recula d'un pas et s'apprêta à se retourner pour rejoindre un autre groupe.

—À demain.

—Attendez... je vous rends votre chemise.

Il accompagna son propos en feignant de commencer à la retirer. La princesse se tendit aussitôt et écarquilla les yeux en jetant rapidement des coups d'œil aux alentours. Dalarisse reposa ses mains et adressa à la jeune femme un regard appuyé.

Adenalia ouvrit la bouche, mimant l'outrance, et un sourire joyeux s'empara de son visage :

—Vous apprenez très vite, jeune homme !

—À demain.

Le Prince des Corbeaux se détourna d'elle et avança en circulant parmi les groupes de convives. Il avait besoin d'évacuer la tension qui l'avait habité tout au long de la soirée, et rejoindre la délégation Tiemrine n'était pas approprié pour cela.

Ignorant les nombreux regards qui l'accompagnaient sur son chemin, il se dirigea vers le balcon le plus excentré du Grand Hall. Comme attendu, il était moins peuplé que les autres.

Dalarisse vint s'adosser sur l'épaisse rambarde et inspira profondément l'air nocturne Andarrrian en faisant face à la vue vertigineuse sur Sénam et ses alentours. La poignée de convives venus ici échanger quelques confessions à voix basse, ne l'importuna pas.

Il se perdit dans ses pensées, se remémorant tous les évènements de la soirée. Il resta ainsi un long moment qu'il ne vit pas passer ; probablement plusieurs dizaines de minutes. Son instinct le ramena à la réalité par un léger picotement dans la nuque.

Les personnes présentes s'éclipsèrent toutes au même moment pour passer à l'intérieur. Dalarisse ne ressentit aucun danger immédiat mais se tint prêt à réagir.

Le balcon était vide et plongé dans le silence.

Des pas résonnèrent doucement sur les dalles en pierre. Un homme se plaça à ses côtés, face à la ville. Le Prince des Corbeaux s'appliqua à ne pas lui jeter un coup d'œil et feignit d'avoir encore l'esprit occupé par autre chose. Le nouveau venu ne portait aucun parfum, habitude pourtant spécifique aux nobles de ce pays. Il resta ainsi immobile pendant plusieurs secondes puis il s'exprima dans un Tiermin parfaitement maîtrisé :

—Je suis Solodan Andarrian. Ceci est mon royaume.

Dalarisse redressa aussitôt le dos et ne put se retenir de regarder l'homme à ses côtés, confirmant son identité. Il déglutit et inclina rapidement la tête :

— Je suis Dalar...

— Je sais qui tu es, mon garçon.

Le roi n'ajouta rien et imposa entre eux un silence laissant place, pour le Tiemrin, à de nombreuses interprétations. Dalarisse voulut répondre ou même agir de quelque manière que ce soit, mais il y avait quelque chose dans la posture du roi Andarrian qui le paralysait.

Il tourna la tête vers le Grand Hall. Mollède Soultana se tenait à l'entrée du balcon, indiquant, d'après sa façon de se tenir, que l'accès en était bloqué pour l'instant. Le Prince des Corbeaux regarda de nouveau la ville en contrebas, fixant un point imaginaire.

Solodan se tenait droit, les mains croisées dans le dos. Il maintint le silence un certain temps sans pour autant générer de malaise, un silence habilement conduit qui poussa Dalarisse à attendre les prochains mots que prononcerait le monarque sans pouvoir se concentrer sur autre chose.

Les mots vinrent.

— Lors de ma treizième année, je me rendis avec la délégation Andarriane aux accords de paix signés dans le palais d'été du royaume de Tradoajh. Ton roi s'y trouvait également. Mis tous deux à l'écart des discussions, nous disputâmes plusieurs parties d'échecs l'un contre l'autre. Je sortis vainqueur de chacune d'elles. Karl jouait alors sous l'influence totale de son cœur et non de sa tête. Il s'intéressait à la beauté de la victoire et non à la victoire elle-même. Les choses ont bien changé depuis.

Dalarisse tourna légèrement la tête vers le roi Andarrian pour pouvoir le regarder. Un sourire sans joie apparut sur le visage de Solodan avant qu'il ne reprenne :

— Les parties d'échecs continuent entre ton roi et moi, seulement les pièces ne sont plus en bois... L'homme qui se trouve derrière nous est mon ami. Le seul qui me traite comme son ami et non comme son roi. En bon ami, Mollède s'inquiète pour moi et s'emploie à me fournir ses conseils. Dernièrement, il m'a parlé de la présence dans ce palais d'un serviteur Tiemrin aux compétences diverses et variées. (Dalarisse eut un frisson qui lui parcourut toute la colonne vertébrale ; il aurait donné beaucoup pour se retrouver au centre du Grand Hall en train de tenir palabre avec n'importe quel groupe de nobles au lieu d'être ici.) Un serviteur dont le service habituellement irréprochable envers ses maîtres semble souffrir de quelques perturbations qui, elles aussi, évoluent sous l'influence de son cœur et non de sa tête.

— Majesté, je...

— C'est inutile, mon garçon. Adenalia côtoie plus de préten-dants que n'importe quelle autre femme des Huit Royaumes, mais elle n'en regarde aucun comme elle t'a regardé ce soir... Ainsi, comme je te le disais, Mollède m'a fait part de ses préoccupations grandissantes au sujet de ce serviteur et des problèmes sérieux que cela pose. Il estime que la meilleure solution à cela est celle qui consiste à faire tuer discrètement ce serviteur et à faire disparaître son corps ; or, l'erreur ne fait pas partie des habitudes de Mollede. Sa solution est la bonne.

Le Prince des Corbeaux ne bougeait plus. Les mécanismes de réflexion s'installèrent eux-mêmes dans ses pensées pour calculer les différents scénarios d'échappatoire à partir de ce balcon, mais une partie de son esprit restait accaparée par le monarque à ses côtés, sa propre respiration étant rythmée par l'attente de la suite. Solodan releva le menton.

— Le roi que je suis doit donc te faire tuer. Le père que je suis ne le fera pas.

Dalarisse se tourna entièrement vers Solodan, répétant pour lui-même dans sa tête les paroles qu'il venait de prononcer afin d'être sûr de les avoir assimilées. Il dévisagea le monarque qui resta impassible. Oh, pour sûr, il comprenait ce que le roi sous-entendait ainsi, mais... il y avait ce quelque chose dont Adenalia avait parlé dans le Palais des Cascades, cette sensation désagréable de ne pas saisir tout ce qu'il y avait dans la tête de cet homme.

Il ne trouva rien à répondre et resta ainsi immobile à regarder le monarque Andarrian, craignant que ce dernier n'ajoute quoi que ce soit qui invaliderait sa dernière déclaration. Il n'en fit rien.

Le roi se détourna de lui et repartit vers l'entrée du Grand Hall, Mollède le précédant de quelques pas. Solodan s'arrêta une dernière fois avant de franchir le passage :

— Karl n'acceptera pas de perdre une nouvelle partie d'échecs. La moindre de ses pièces sera sacrifiable pour parvenir à la victoire. Même toi, Dalarisse.

CHAPITRE 44

Hadaron tourna la page. Elle était vide. Il tourna les suivantes, vides également. Il feuilleta alors le reste du livre noir, sentant monter en lui la frustration. Il trouva enfin du texte après avoir passé plusieurs dizaines de pages et laissa échapper un soupir de soulagement.

— Pourqu... (Il releva la tête ; le Prince des Corbeaux ranimait le feu mourant), pourquoi toutes ces pages blanches, après la discussion avec le roi Solodan sur le balcon ?

Dalarisse s'adossa de nouveau contre l'arbre et sortit la flasque d'alcool de son manteau. Il but une gorgée et la remit à sa place, le regard plongé dans le feu devant lui. Hadaron pensa ne pas obtenir de réponse, mais elle vint alors qu'il s'apprêtait à le relancer :

— Je n'ai pas su comment l'écrire... alors j'ai laissé les pages blanches au fur et à mesure que les jours passaient.

Le jeune noble fixa longuement le tueur qui ne bougeait pas. Il désigna le livre.

— Que s'est-il passé durant cette période ?

— Dès le lendemain de cette soirée, les choses changèrent. La délégation Tiermine fut maintenue sous tension et particulièrement contrainte dans ses possibilités de mouvement, mais pas moi. Les gardes me laissaient passer. Je l'ai constaté dès que Tessan vint me chercher en fin de journée. Le capitaine Barian fut envoyé le jour même dans la garnison de Casalane, à une quinzaine de kilomètres de la ville. Certes, je n'aurais pas pu pas agir à ma guise en me rendant n'importe où, mais je n'étais plus bloqué pour me rendre dans les quartiers royaux jusqu'aux appartements de la princesse, pas plus que je ne fus suivi lorsque je me rendais aux cuisines pour accéder au Palais des Cascades. J'ai compris que des consignes avaient été données : tant que nous restions discrets, nul ne s'occupait de nous. Aussi sommes-nous restés discrets. (Dalarisse marqua une pause, perdant son regard pour un moment.) Cela dura un peu plus de trois mois. Nous ne sommes plus apparus en public, mais il n'y eut pas une journée ou une nuit pendant lesquelles nous n'avons pas été ensemble, que ce soit dans ses appartements, dans la bibliothèque ou dans le Palais des Cascades. Nous avons... nous avons parlé, longuement, ri plus qu'il ne me semblait possible, nous avons étudié des textes ensemble, souvent des nuits entières, nous avons fait l'amour... plus souvent que nous avons étudié, je dois dire. Nous avons été heureux, de manière totale.

Hadaron resta suspendu aux dires du Prince des Corbeaux, incapable de briser le silence. Il fallut une bonne minute au jeune homme pour rassembler le courage en lui. En noble bien éduqué, il connaissait l'histoire des Huit Royaumes, ou tout du moins celle écrite par le Tiemric, et il redoutait la réponse à la question qu'il voulait poser.

— Qu'est-il arrivé ensuite ?

— Nous n'étions pas faits pour vivre dans l'insouciance, elle comme moi, mais nous avions décidé de le faire. (Il inspira et reprit sur un rythme plus rapide.) Le sujet de mon apparition avec la princesse à la soirée ne fut jamais évoqué et la délégation n'aborda pas la question par la suite. Je fus totalement ignoré du jour au lendemain. Il y avait comme une décision commune à mon endroit, dont je soupçonne Varlin d'être l'instigateur auprès de l'ambassadeur. Varlin ne tenta pas d'en parler avec moi, d'ailleurs, mais je comprenais ses regards. Il récupérait les missions des Corbeaux et se les répartissait avec Günlbert, assurait la communication avec l'ambassadeur et me laissait ainsi une totale liberté. Je pus m'enfermer dans mon illusion, oubliant que tout ceci n'était pas normal, que tout ceci ne durerait pas, oubliant les conséquences. Adenalia balayait sans le vouloir les doutes ou les craintes lorsqu'elles apparaissaient dans mon esprit.

Le Prince des Corbeaux n'ajouta rien. Hadaron le fixait, le souffle court. Dalarisse désigna le livre d'un geste du menton puis replongea son regard dans le feu. Le jeune homme ne se fit pas prier et rouvrit les pages là où le texte recommençait.

CHAPITRE 45

— Dalarisse.

Le Prince des Corbeaux avait passé la nuit entière dans le Palais des Cascades et s'était endormi à peine revenu dans la chambre. Il ouvrit néanmoins les yeux à la mention de son nom. La lumière lui indiqua que la matinée touchait à sa fin. Il se redressa.

Varlin était assis sur le lit en face de lui. Ils échangèrent un long regard en silence. Le plus âgé des deux finit par détourner les yeux.

— C'est aujourd'hui...

Dalarisse ne bougea pas. Il ne savait pas exactement ce qui était prévu ni ce qui allait arriver, mais il comprit son acolyte sans qu'il n'ajoute rien. Aujourd'hui, cette vie insouciante avec la princesse prenait fin...

Il dut prendre plusieurs secondes pour accepter la nouvelle avant de demander :

— Que sais-tu ?

Varlin eut un sourire sinistre.

— Pas grand-chose au final. Le secret sur tout cela est probablement le mieux gardé des Huit Royaumes. Les missions ont augmenté ces derniers temps, les bribes d'informations à interpréter également. J'ai aidé à l'intégration d'une Précieuse et de deux serviteurs à la cour ces trois dernières semaines. J'ai également trouvé une cache pour quatre Corbeaux dans la partie haute de la cité. Günlbert a travaillé ces derniers mois pour faire rentrer, dans la ville, des Tiemrins, un par un ou par groupe de deux. Des hommes discrets et sans nul doute rompus au maniement des armes. L'atmosphère se fait de plus en plus lourde ici, elle sera bientôt insupportable.

— Comment sais-tu que c'est aujourd'hui ?

— Maître Kester vient de franchir les portes du palais. (Le Prince des Corbeaux se figea, Varlin écarta les mains.) Te prévenir avant n'aurait rien changé...

Dalarisse hocha la tête et ouvrit la bouche alors que son confrère se levait :

— Merci, Varlin.

Ce dernier se retourna et ils eurent de nouveau un échange de regards lourd de sens, puis il se détourna vers la salle.

Dalarisse se mit à réfléchir. Aller parler à Adenalia maintenant était risqué. Il ignorait comment Kester réagirait à la situation. Pour être honnête, il avait repoussé cette question dans une partie de sa tête pour ne pas avoir à la traiter. Son ambition de tout concilier avait été écrasée par la princesse.

Il allait de soi qu'il serait désormais fortement contraint par son maître. Il fallait prévenir Adenalia au plus tôt, car Kester n'hésiterait pas à l'envoyer en mission à l'extérieur de la ville, autant pour le sanctionner que pour l'éloigner de cette situation... anormale. Il trouverait un moyen de s'y rendre dans la soirée.

*

Kester ne se fit pas attendre longtemps. Les appartements de la délégation étaient agités, une grande table était dressée pour le déjeuner et les serviteurs s'activaient dans l'urgence. Les deux bourgeois discutaient vivement avec l'ambassadeur. Günlbert rentra apparemment plus tôt que prévu, son accoutrement indiquant qu'il venait de la ville. Dalarisse se joignit à eux dans la salle et resta en retrait.

Le Maître des Corbeaux apparut peu de temps après, escorté par deux soldats Andarrians qui l'abandonnèrent à l'entrée. Il pénétra dans la pièce et déposa son bagage sur une chaise à l'entrée de la salle en inclinant la tête.

—Messieurs. (Tous le saluèrent en retour, et Kester désigna la grande table au centre de la pièce.) Je vous en prie, prenez place.

Ils s'installèrent alors que le Maître des Corbeaux, tout en plongeant la main dans son sac, adressait un regard à chacun de ses élèves. Celui destiné au Prince des Corbeaux ne fut pas plus appuyé que eux réservés à ses deux confrères, mais Kester faisait partie de ces gens qu'on ne pouvait déchiffrer. Dalarisse s'assit comme les autres. C'était la première fois qu'il était ainsi en présence de son maître sans sentir cette relation de proximité et de confiance absolue. Il y avait une distance qui lui tordit subitement le ventre.

Kester tira une bouteille opaque de ses affaires et fit signe à tous les serviteurs de sortir et de fermer les portes derrière eux. Ils se retrouvèrent rapidement en silence autour de la table où le repas était servi, isolés du reste du palais.

Le Maître des Corbeaux prit son temps. Il passa derrière chacun d'eux et se saisit des verres pour y verser un vin d'un rouge sombre bien différent de ceux, légers, de l'Andarrian. Puis, lorsqu'il eut fait le tour de la table, il vint s'asseoir en face de l'ambassadeur et se saisit de son propre verre en faisant légèrement tourner le vin dedans.

—Il vient directement des vignes d'Hallsbrün, à côté de Tiem, et fut récolté il y a quatre années de cela. La meilleure année à ce qu'il paraît. (Kester contempla encore le vin qui redescendait lentement le long des parois du verre, puis il releva la tête.) Le Grand Roi a pris Casalane ce matin même à la tête de ses troupes. Trois autres armées pénètrent actuellement en Andarrian.

Le choc saisit les occupants autour de la table. Dalarisse jeta des coups d'œil à tous. La surprise se lisait sur les visages des Corbeaux et des bourgeois, ces derniers y ajoutant une joie immédiate.

L'ambassadeur afficha un sourire de circonstance ; il était déjà au courant de tout cela. Varlin fut le premier à réagir, fronçant les sourcils :

— Comment le Grand Roi a-t-il fait cela sans que l'Andarrian ne réagisse ?

— Voilà des années que le Grand Roi planifie cette invasion. Des centaines d'agents sont concernés. Chaque voie de communication et chaque responsable Andarrian de la région a été maîtrisé. L'effet de surprise est total, malgré quelques difficultés de dernières minutes.

L'ambassadeur s'arma d'une mine particulièrement inquiète.

— C'est-à-dire ?

— Nous avons assassiné le chef de garnison de Casalane, mais un capitaine Andarrian a mené une contre-charge avec le reste des soldats et de la population qui avait pris les armes. Malgré le rapport de force inégal, le Grand Roi a été repoussé pendant un temps… (Il sourit.) L'Andarrian ne saurait périr sans quelques faits honorables… La ville a finalement été conquise et les quelques défenseurs survivants et leur capitaine se sont réfugiés dans les montagnes environnantes. L'armée du Grand Roi s'est ravitaillée dans les entrepôts de Casalane et a repris sa marche ce matin. Elle devrait arriver cette nuit sur Sénam, juste avant la nouvelle de notre invasion. Comme je vous l'ai dit, les voies de communication jusqu'à Sénam sont totalement coupées, un exploit de logistique qui ne saurait durer plus d'une petite journée, mais cela est suffisant. (Kester leva son verre.) Voici venu, messieurs, le jour où le Tiemric va s'emparer de l'Andarrian. Pour le Tiemric ! Pour le Grand Roi !

Ils levèrent tous leurs verres et reprirent l'hommage. Dalarisse s'exécuta, tandis qu'il assimilait, d'une part l'immensité et la complexité d'une telle opération jamais imaginée dans toute l'histoire des Huit Royaumes, et d'autre part les conséquences que cela allait avoir sur lui et Adenalia. La guerre les ferait tous deux, au mieux expulser du palais, au pire emprisonner ou tuer. Il était plus qu'impératif qu'il parle avec elle au plus tôt.

Ils burent simultanément et reposèrent leurs verres. Par opposition à l'excitation presque euphorique des deux bourgeois et de l'ambassadeur, les autres Corbeaux cogitaient afin de digérer ces informations. Günlbert fut le plus prompt à prendre la parole :

— Quand bien même l'effet de surprise est là et l'avantage nettement pris, et même si Sénam tombe sous peu comme je semble le comprendre, la guerre ne fait que commencer. L'Andarrian va se soulever sous la bannière de n'importe quel membre de la famille royale. Cela épuisera nos ressources et les autres royaumes pourraient en profiter.

Kester acquiesça et répondit d'une voix parfaitement calme :

— C'est la raison pour laquelle nous avons fait en sorte de réunir le plus grand nombre possible de membres de la famille royale dans ce palais afin de les exterminer ce soir. Les autres, en province, se verront également enlever la vie dans la soirée par des agents positionnés autour d'eux depuis un moment. Il n'y aura plus aucun membre de la famille royale Andarriane vivant, susceptible de mener une rébellion demain matin. Nous allons détruire ce royaume en une nuit.

Le silence se fit. Même Frédérick et Romolde, au comble de leur excitation, en eurent le souffle coupé.

Dalarisse employait toute son énergie à contrôler sa respiration. Il s'enferma aussitôt dans un immobilisme complet de peur de sa propre réaction, ressentant comme un poids terrible chaque regard en coin que les autres lui adressèrent suite à cette annonce, comme s'ils témoignaient tous de la réalité qui le saisissait. La seule chose qu'il visualisait était le corps sans vie d'Adenalia. Son esprit repassa en une poignée de seconde toutes les morts qu'elle pouvait subir lors d'un tel assaut... il en connaissait tellement... *Non !*

Il voulut bondir de sa chaise, mais craignit de ne pas pouvoir porter son corps. Ses muscles étaient tétanisés, lourds. Ses poumons semblaient rétrécir. Il devait respirer. Il s'imagina les tirer avec ses mains pour les écarter et faire passer l'air. Il devait respirer. Il voulait parler mais ne savait que dire. Il voulait crier mais ne savait pas quoi crier. Il voulait agir mais... Il se concentra pour respirer, encore respirer. Il ne savait pas quoi faire... il ne savait pas quoi faire.

Il rassembla ses dernières forces et releva la tête, droit devant lui, tentant désespérément de croiser le regard de Varlin pour... pour y trouver une lueur humaine, comme dans les yeux d'Adenalia.

Varlin fixait la table, le visage fermé. Dalarisse retint un gémissement.

La tension monta dans la pièce, Frédérick tenta de la briser :

— Comment... comment tuer ceux présents au palais ? Comment passer toute la garde royale ?

Kester feint de ne pas percevoir ce qui se jouait autour de la table et répondit sur le même ton anodin :

— Voilà plus de deux mois que des agents, dont notamment Günlbert, aident à faire rentrer dans Sénam des soldats du Bataillon Royal de Tiem. Des hommes sélectionnés pour leur discrétion, leurs compétences, armes à la main, et leurs aptitudes à suivre les ordres. (Le bref silence que Kester laissa traîner derrière ces mots fut plus explicite que toutes les remarques qu'il aurait pu adresser au Prince des Corbeaux.) La plupart de ces hommes sont dissimulés dans les sous-sols de l'ancien forum abandonné de la ville haute. D'autres sont disséminés dans la ville basse. Ils sèmeront le chaos en temps voulu pour saboter toute préparation de défense à l'arrivée de l'armée de Tiem. Ceux du forum pénétreront le palais par des entrées spécifiques, ils en connaissent déjà les plans. Vous (il désigna Frédérick et Romolde) serez en charge d'en guider une partie dans les étages supérieurs. Nous autres, Corbeaux, allons avoir chacun plusieurs cibles définies et serons appuyés par ces hommes pour les atteindre. D'autres agents infiltrés à tous les étages, certains depuis des années, seront chargés de missions destinées à faciliter notre travail. La surprise et la brutalité de cette attaque les prendront de court, d'autant plus que votre travail, ces derniers mois, nous assure une planification extrêmement précise. (Des sourires naquirent sur les lèvres des bourgeois et de l'ambassadeur.) Nous allons passer le reste de la journée à finaliser les détails de ce soir, aussi je vous recommande de prendre des forces à ce repas. Cette nuit ne ressemblera à aucune autre.

Sur ce, Kester invita tout le monde d'un geste de la main à se servir dans les plateaux à disposition sur la table.

Dalarisse agrippa la table de ses deux mains. La douleur s'empara de son ventre et de sa tête. Il ne put retenir un léger râle.

Tous devaient probablement réagir, mais il ne put le percevoir ; il consacra toute son énergie à se redresser puis, sans un regard ni un mot, rejoignit la chambre des Corbeaux. Ce ne fut qu'une fois la porte franchie qu'il s'autorisa à trébucher et manqua de tomber sur son lit. La douleur disparaissait puis revenait par vagues. Il s'assit et posa ses mains sur ses cuisses, se concentrant pour garder le contrôle de sa respiration.

Il n'eut pas besoin de relever la tête pour savoir qui pénétrait à son tour dans la chambre. Kester vint s'asseoir en face de lui, les mains croisées.

Cela dura un moment, où ils restèrent ainsi en silence. Dalarisse profita d'une accalmie dans la douleur pour relever la tête et faire face à son maître.

— Je...

— Quand j'ai eu vent de tes agissements, Dalarisse, j'ai tout d'abord soumis le messager à un interrogatoire poussé, car je ne concevais pas une telle faiblesse de ta part. Pourtant, il me fallut me rendre à l'évidence.

— Je...

—C'est ainsi. Ce qui est fait est fait. Pour toi, il s'agit d'une erreur, une tache qui ne partira pas, mais qui sera éclipsée par cette longue carrière qui t'attend. Pour moi... pour moi c'est une blessure qui laissera sa cicatrice. (Il afficha un triste sourire.) Tu es la seule personne qui pouvait me blesser, Dalarisse, mais les blessures sont ce qu'elles sont ; si elles ne te détruisent pas, elles te construisent... Je me suis trompé sur ce qui s'est passé ici, je n'ai pas bien estimé la situation entre toi et la princesse, et je suis responsable de ce problème autant que toi. Une fois cet épisode passé...

—Je... je...

Kester inspira profondément.

—... une fois cet épisode passé, nous irons voir le Grand Roi, toi et moi. Nous préparerons l'avenir ensemble, car il ne fait aucun doute que tu seras l'un des piliers de l'Empire que nous construisons, puis nous parlerons de toi... Le Grand Roi te dira ce qui doit t'être dit.

—Maître, je...

—Parle.

La douleur revint plus vive encore. Le Prince des Corbeaux serra les dents et prit le temps de s'y habituer. Les images défilaient dans sa tête. Il déglutit pour reprendre de la force dans sa voix.

—Maître... faites-la renoncer à son royaume, je... je ne veux pas qu'elle meure.

—Je sais, Dalarisse. C'est pour cela que j'ai mis cette drogue dans ton vin.

Le Prince des Corbeaux écarquilla les yeux. Il voulut aussitôt se lever, mais ses forces l'abandonnèrent. Kester se leva sans hâte et vint le saisir avec douceur au niveau du torse. Une nouvelle vague de douleur s'empara de Dalarisse alors que son corps cédait. Le Maître des Corbeaux accompagna sa chute et l'allongea sur le lit.

Kester récupéra ensuite le livre noir dans les affaires de Dalarisse et l'agita avant de le ranger dans l'une de ses poches intérieures :

— Puisse cela expliquer en partie ce que tu as fait... (Kester revint s'asseoir à côté de lui sur le lit. Dalarisse ne pouvait plus parler.) Le poison te maintiendra au lit pendant une trentaine d'heures, le temps que l'Andarrian tombe et que je mette fin aux jours de celle qui t'a affaibli. Je la ferai tuer rapidement, par respect pour toi. Un soldat restera dans nos appartements pour garder l'entrée. À ton réveil, cet incident sera terminé. Tes pensées seront douloureuses, mais je serai là pour t'aider à les oublier.

Kester eut un dernier regard pour lui et retourna au salon.

Dalarisse sentit le poison le tirer dans un sommeil profond. Maintenant qu'il comprenait le mal qui le saisissait, il lutta autant qu'il put mais le délire le saisit et il sombra dans l'inconscience.

*

Des bribes de conversation lui parvinrent aux oreilles sans qu'il puisse en comprendre le sens. Dalarisse se réveilla à plusieurs reprises, constatant l'avancée de la journée en fonction de la luminosité. À chaque fois, son esprit se réembrumait avant qu'il ne trouve l'énergie de faire quoi que ce soit.

La panique monta en lui lors d'une énième prise de conscience, quand il vit que le soleil commençait à embraser l'horizon. Il puisa dans ses maigres forces et agrippa le bord de son lit. Il ne sut combien de temps il resta ainsi, utilisant toute sa concentration pour ne pas rebasculer sur le dos.

Varlin et Günlbert pénétrèrent dans la chambre. En les sentant venir, le Prince des Corbeaux tira un grand coup sur son bras et roula sur lui-même jusqu'à tomber du lit et atterrir lourdement devant eux.

Les deux Corbeaux le contournèrent sans un regard et continuèrent vers leurs affaires. Dalarisse releva la tête dans leur direction pour essayer de leur parler, mais seul un faible gémissement sortit de sa bouche. Ils le contournèrent de nouveau et quittèrent la chambre.

Il entendit peu de temps après la délégation quitter les appartements. La tuerie commençait, et, ironiquement, il replongea dans le sommeil.

*

Un incendie. L'odeur lui saisit les narines, le sortant de son inconscience. Dalarisse rouvrit les yeux. Le feu venait de la partie basse de Sénam. Il devait s'être déjà considérablement propagé pour que la fumée monte jusqu'ici. Le sommeil revint à la charge, il grinça des dents pour le repousser mais ne put résister.

*

De nouveau un réveil... Il ne sut combien de temps s'était écoulé depuis le dernier.

Des cris et des bruits de combats montèrent à ses oreilles, lui arrachant un gémissement de frustration. Il releva la tête et regarda en direction du balcon, avec l'idée sinistre et délirante de voir une dernière fois Adenalia au cas où elle serait jetée de la balustrade. Ses paupières se fermèrent et se rouvrirent aussitôt qu'un corps tombant dans le vide traversa son champ de vision. Il s'agissait d'un homme, et le cœur de l'assassin se remit à battre. Quelque chose attira son attention alors que sa tête retombait.

Il se redressa.

Un verre d'eau était posé sur la table de chevet de Varlin.

Le verre n'y était pas avant que les deux Corbeaux ne passent prendre leurs affaires. Varlin ne laissait pas ainsi des choses au hasard.

Varlin.

Ce verre était pour lui... Peut-être était-ce un piège, peut-être était-ce là l'occasion pour Varlin de devenir Prince des Corbeaux de la manière dont il le souhaitait, mais peut-être n'était-ce que de l'eau, et ses efforts pour l'atteindre auraient raison de ses dernières forces. La vision de l'horreur sur le visage d'Adenalia en train de chuter du balcon balaya ces questions.

Dalarisse grogna en lançant son bras devant lui tout en pliant le coude. La douleur assaillit son crâne, mais l'énergie suscitée par ce petit espoir lui fit tenir le coup. Il progressa en rampant, bien plus lentement qu'il ne le voulait, mais il devait garder des forces pour attraper le verre.

Après ce qui lui parut une éternité, Dalarisse eut le verre à portée de main. Il s'arrêta pour concentrer ses forces. Un haut-le-cœur le saisit et il se cogna le front au sol en voulant le contenir. Le poison luttait à sa manière contre son action.

Le sommeil revint le frapper de plein fouet. *Non !...* Dalarisse rugit intérieurement, et, se redressant sur une main, saisit le verre de l'autre pour le porter à ses lèvres.

Ce n'était pas de l'eau. Le liquide était transparent, mais l'odeur ne mentait pas.

Une nouvelle vague de douleur... Il tint le coup, puis, lorsqu'une accalmie se présenta, il but le contenu d'un seul trait.

Sa gorge s'enflamma. Son souffle fut coupé. Il roula sur le dos alors que des spasmes agitaient tout son corps. Sa respiration était bloquée, aussi crut-il que la fin venait.

Puis la délivrance.

Les spasmes diminuèrent alors que ses poumons se remplissaient d'air. Dalarisse mit plusieurs secondes à se remettre du choc, laissant les sensations de son corps revenir une à une. Lorsqu'il s'en sentit capable, il se redressa péniblement. Ses jambes ne lui firent pas défaut et il retrouva le contrôle de ses mouvements malgré les relents de douleur qui agitaient son crâne.

Dès qu'il fut libéré de ses derniers spasmes, il récupéra son poignard.

Les émotions défilèrent dans son esprit. Il ne tenta pas de les contrôler. La peur, la frustration... la colère. Il laissa cette dernière couler en lui. Il la laissa l'envahir.

Dalarisse pénétra dans la salle et se dirigea vers la sortie, accélérant le pas. Un soldat revêtant les couleurs Tiemrines surveillait effectivement la porte. Lorsqu'il tourna la tête vers lui, le poignard s'enfonça sous son menton pour remonter jusqu'au crâne.

Ombre-Mort retira sa lame, arma son arbalète et sortit des appartements pour débarquer en enfer.

*

Les couloirs du palais Andarrian étaient jonchés de cadavres : serviteurs, nobles, hommes, femmes, enfants et soldats. Les dalles de pierres blanches étaient maculées de sang. Les hommes du Bataillon Royal, arborant leur fidèle couleur bleue, semaient la panique en taillant à tout va dans la foule qui fuyait.

Des groupes d'Andarrians s'organisaient pour les repousser, mais le chaos orchestré en amont avait raison de la moindre stratégie. En pénétrant dans le couloir, Dalarisse vit devant lui une femme glisser dans sa course et s'écrouler en manquant de faire tomber le bébé qu'elle tenait dans ses bras.

Les deux soldats Tiemrins qui la pourchassaient lui tombèrent dessus. L'un d'eux enfonça son épée dans le ventre de la femme qui hurla de douleur et laissa glisser le nouveau-né à ses côtés. Ce dernier pleura jusqu'à ce que l'autre soldat lui broie le crâne avec le talon de sa botte.

Ombre-Mort inspira et entra dans la danse.

Les hommes d'armes reconnurent sa tunique de Corbeau et le saluèrent. Dalarisse égorgea le premier d'un geste circulaire du bras puis inversa la prise sur son poignard dans le même mouvement et le planta dans l'œil du second. Ils s'écroulèrent au sol alors qu'il s'élançait en courant en direction des quartiers royaux.

De sinistres images d'Adenalia traversaient son esprit et sa vision se couvrit d'un voile rouge, comme si sa conscience se mettait en retrait et assistait en spectateur au massacre que son corps perpétrait. Dalarisse ne sut combien de personnes il tua lors de sa traversée, à peine eut-il assez de conscience pour ne pas s'occuper des innocents qui s'écartaient suffisamment de son chemin, mais pour les autres, il ne se soucia ni des personnes ni du camp auxquels elles appartenaient.

Arrivé aux étages royaux, ses muscles étaient endoloris et sa tunique noire presque entièrement recouverte de sang. Aucun n'était le sien.

Les couloirs du quartier royal étaient déserts, mais de chaque porte s'élevaient des hurlements ou des bruits de combats. Trois soldats du Bataillon Royal le saluèrent quand il franchit la porte principale. Il ne fit pas attention à eux et se précipita à grandes enjambées vers les appartements de la princesse. Les scènes de viol et de massacre qu'il découvrait en passant devant les pièces le firent redoubler de vitesse.

Un dernier virage, et Ombre-Mort se retrouva en vue de la porte des appartements. Elle était ouverte, nul ne montait la garde.

Il se précipita et s'engouffra par l'ouverture. Le corps imposant de la vieille servante était étendu au sol. L'entaille de sa blessure possédait la précision d'un Corbeau. Dalarisse continua sa course.

Des bruits de lames s'entrechoquant parvinrent à ses oreilles. Il aperçut un combat, dans une pièce, entre Bregel et deux soldats du Bataillon Royal. Les regards du Corbeau et du garde royal se croisèrent furtivement. Il poursuivit sans ralentir et débarqua enfin à l'entrée des balcons, le cœur prêt à rendre les armes.

Elle était là.

Elle était vivante.

*

Dalarisse laissa échapper une longue expiration, les brumes sanglantes autour de son esprit se dissipèrent quelque peu et il reprit en partie le contrôle de lui-même.

Adenalia se tenait debout au niveau de l'un des bords les plus larges du balcon. Elle portait une robe de nuit légère, ses cheveux noirs tombaient sur ses épaules et sur sa poitrine qui se gonflait au rythme de sa respiration saccadée. La jeune femme tenait une épée de cérémonie dans sa main droite et défiait, par sa posture et son regard, ceux qui l'encerclaient. Keira et deux autres servantes se tenaient à ses côtés avec, dans les yeux, la détermination farouche de celles qui vont donner leurs vies. La lueur dorée des torches sur le balcon accentuait l'impression de rage qui émanait de leurs visages.

Face à elles se tenait Maître Kester, avec trois Corbeaux que Dalarisse n'avait jamais vus, une dizaine de soldats du Bataillon Royal, et Romolde Gottensalf, légèrement en retrait. Le vice dans les yeux du jeune bourgeois et de plusieurs soldats laissait présager de ce qu'il pourrait advenir de la princesse si elle était capturée vivante.

Il y avait plusieurs corps au sol, dont un soldat du Bataillon que Keira avait dû surprendre. Les autres étaient Andarrians et avaient péri sous la main experte des Tiemrins présents. Dalarisse profita de la pénombre de ce début de nuit pour s'approcher tout en armant son arbalète.

Kester écarta les bras en s'adressant à la princesse en Andarrian :

— Majesté, je vous en prie, accordez-vous une mort digne de votre rang.

— Ne parlez pas de dignité !

Les mains de la jeune femme tremblaient. Adenalia était sous le choc de l'attaque, mais son menton restait droit et le regard qu'elle portait sur Kester ne vacillait pas.

— Je me suis engagé à vous tuer rapidement, Majesté, et je le ferai. J'ordonnerai qu'il soit fait de même pour vos servantes si vous rendez les armes en l'instant.

Adenalia resta immobile, suspendant chacun à sa réaction, puis elle se mit légèrement de profil sans quitter Kester des yeux et raffermit la prise sur son épée. Elle échangea un regard entendu avec Keira et les deux femmes entamèrent un chant :

— Que notre musique s'élève et chasse mes démons, aujourd'hui je meurs, que mon âme coule en elle ! (Les deux servantes se mirent en position de combat et ajoutèrent leurs voix.) Que nos ancêtres nous voient, nous qui combattons, aujourd'hui je meurs, que mon acte soit éternel ! Que nos enfants se réjouissent...

Le Maître des Corbeaux soupira et fit signe à quatre soldats du Bataillon Royal qui n'attendaient que ça.

Ils chargèrent aussitôt, se répartissant les cibles.

Dalarisse sortit de sa contemplation et bondit en avant, laissant son naturel agir. La brume rouge n'obscurcissait plus son esprit, mais une seule idée régnait en maître, éclipsant nettement son instinct de survie : celle de rejoindre Adenalia.

Il rattrapa le soldat le plus proche de lui et le dépassa en lui assénant un violent coup de poignard en direction du visage. Il sentit sa lame perforer la gorge du soldat sans lui adresser un regard. Il passa ainsi devant le groupe de Tiemrins qui restaient en retrait, offrant à ces derniers l'opportunité de l'abattre dans le dos, mais peu importait : il lui fallait rejoindre Adenalia.

L'un des soldats attaqua Keira, un autre para la piètre attaque d'une servante et la décapita d'un grand coup d'épée avant de se diriger vers la suivante. Le dernier soldat contourna cet affrontement et fondit sur la princesse. *Rejoindre Adenalia...*

Ombre-Mort passa derrière l'homme d'armes qui pourfendait la dernière servante, bondit dans son dos et contourna sa tête dans un ample mouvement du bras pour passer le heaume épais et venir enfoncer sa lame dans son œil droit, pénétrant son cerveau. Le soldat du Bataillon Royal tressaillit et s'écroula au sol. Ombre-Mort arracha son poignard et pivota sur lui-même sans interrompre sa course. Il inversa sa prise sur son poignard et le saisit par la pointe de la lame pour le jeter sur le soldat qui l'avait contourné pour se précipiter sur Adenalia.

Le poignard le heurta au niveau de l'épaule avec suffisamment de force pour le faire dévier de sa course. Le soldat se tourna vers Dalarisse, et malgré la surprise de voir un Corbeau charger vers lui, leva son épée pour parer cette nouvelle menace. L'esprit du Prince des Corbeaux élimina les options consistant à le tuer à mains nues, compte tenu des lourdes protections du soldat, de sa course effrénée qui ne lui permettrait pas de mouvements assez précis, et du temps qui était compté avant que Keira ne soit dépassée et n'ouvre la voie au dernier soldat vers Adenalia.

La décision fut prise en une seconde. Ombre-Mort accéléra, sa main gauche vint saisir la poignée qui tenait l'épée et son bras droit vint s'enrouler autour du buste du guerrier Tiemrin. Le soldat fut emporté dans la course du Prince des Corbeaux et, non sans laisser échapper un grognement furieux, tourna avec lui comme dans une valse maladroite. Dalarisse fit ainsi deux tours complets, jusqu'à être assez proche du balcon, lâcha soudainement sa prise et laissa le poids trop lourd de l'homme en armure faire le reste. Ce dernier percuta le rebord du balcon et, entraîné par le mouvement, bascula par-dessus en laissant échapper un long hurlement. Dalarisse se retourna vers Adenalia.

Le dernier soldat avait infligé une blessure à la cuisse de Keira et l'avait ainsi repoussée plus loin au sol. Il ne prit pas le temps de l'achever et avança d'un pas décidé vers la princesse. Ombre-Mort reprit sa course au ras du sol pour récupérer son poignard. Le soldat Tiemrin désarma Adenalia dès sa première attaque et, dans un sourire glaçant, lui porta un coup d'estoc.

Le poignard du Prince des Corbeaux s'enfonça jusqu'à la garde dans son menton. Son épée perdit aussitôt la force qui la menait et ne put percer la peau de la jeune femme. Dalarisse retira sa lame dans une gerbe de sang et se retrouva debout aux côtés d'Adenalia.

Les jeunes femmes avaient progressivement arrêté leur chant au fur et à mesure du combat. Un silence étrange retomba sur le balcon.

Keira était à terre, les deux autres servantes étaient mortes ainsi que les quatre soldats qui avaient chargé il y avait une dizaine de secondes de cela. Seuls la princesse et Dalarisse étaient encore debout.

Le groupe de Tiemrins, en retrait, demeurait interdit, assimilant probablement ce qui venait de se passer. Adenalia se tourna vers lui et laissa son regard traîner sur sa tunique maculée de sang avant de remonter. Ombre-Mort détourna la tête, ne pouvant affronter ces deux iris verts qui avaient pris tout pouvoir sur lui.

— Dalarisse...

Le nom avait été prononcé à bout de souffle, presque murmuré. Le Prince des Corbeaux ne réagit pas. Il fallait rejoindre Adenalia et il l'avait fait. Il fallait qu'elle vive et elle vivait. Il ne savait plus quoi faire...

Elle désigna sa tunique d'un geste négligé de la main.

— Vous... vous aussi...

Sa voix se brisa. Dalarisse laissa ces mots le transpercer.

Kester fit un pas en avant. Les Tiemrins se reprirent et Ombre-Mort les sentit mettre la main sur leurs armes, prêts à l'action. Le Maître des Corbeaux leur fit signe d'attendre et s'adressa à la princesse aînée Andarriane :

— Oui, Majesté, lui aussi. Il est même le meilleur d'entre nous, plus connu sous le nom d'Ombre-Mort. (La princesse laissa échapper un souffle de stupeur en entendant le nom), je vois que vous connaissez sa sinistre réputation. Il est en mission ici depuis son arrivée.

— Dalarisse...

Il ne pouvait pas relever la tête. Kester continua :

— N'est-il pas dramatique, Majesté, que l'homme dont vous vous êtes éprise soit l'un des principaux acteurs de la destruction de l'Andarrian ?

— Dalarisse...

— C'est fini, Majesté, Sénam s'effondre. Cet homme a montré que votre sort ne lui était pas indifférent, malgré le fait qu'il soit en mission pour le Grand Roi. Puisse cela rendre ce qui va suivre moins douloureux, car vous me voyez contraint d'insister : il vous faut mourir cette nuit.

— Dalarisse...

La main de la jeune femme se posa sur sa joue. Il releva la tête. Des larmes coulaient sur le visage de la princesse, ses yeux plongèrent dans les siens. Il l'affronta enfin du regard, ne sachant si ses jambes sauraient le soutenir.

Elle semblait brûler de l'intérieur, ses émotions se bousculant les unes contre les autres. Il vit passer plusieurs lueurs. Certaines réchauffaient tout son être, d'autres pouvaient le détruire si elles perduraient au fond de ces yeux-là.

À travers les larmes, un léger sourire se dessina sur le visage de la jeune femme. Dalarisse expira.

Kester s'approcha de nouveau.

— Majesté, vous...

— Silence !

Elle ne détourna la tête qu'une seconde pour s'adresser au Maître des Corbeaux, mais le ton qu'elle employa le coupa dans son élan. Elle revint à Dalarisse et retira doucement sa main en reculant de deux pas.

— Vivez...

Un murmure rendu à peine audible par la voix soudainement cassée de la jeune femme... Kester fit un signe derrière lui, intimant d'attendre. La princesse reprit d'une voix plus forte :

— Il faut que vous continuiez à vivre, Dalarisse. (Elle balaya d'un geste rapide la dizaine d'hommes armés qui les regardaient.) Je vais mourir, mais ne mourez pas ainsi... je vous en supplie.

Le Maître des Corbeaux, désormais à quelques mètres d'eux, s'arrêta et fit apparaître un couteau de lancer dans sa main. Adenalia détourna un moment le regard vers la cité basse en proie au feu et inspira profondément avant de revenir au jeune Tiemrin. Elle écarta légèrement les bras.

— Tuez-moi... tuez-moi, vous, et pas ces monstres! ... Tuez-moi et continuez à vivre!

Ombre-Mort sentit une larme couler le long de sa joue. Il décrocha son arbalète et encocha un carreau en jetant un coup d'œil à Kester. Son Maître soutint son regard et hocha la tête, reculant d'un pas. Il resta ainsi à contempler Adenalia un moment. Celle-ci le fixait avec, dans les yeux, la détermination qu'il avait redouté de percevoir.

Dalarisse leva le bras et tira.

Le carreau vint s'enfoncer dans le crâne de Kester.

Le Maître des Corbeaux resta figé un instant, les yeux grands ouverts, puis s'effondra au sol.

*

Le temps sembla s'arrêter pour les soldats et les jeunes femmes, mais pas pour les trois Corbeaux, qui chargèrent immédiatement. Dalarisse se précipita sur la princesse en faisant voler son manteau entre lui et les tueurs. Adenalia restait immobile. Il la percuta au niveau du torse et la propulsa au sol.

Un couteau de lancer atteignit néanmoins la cuisse de la jeune femme et lui arracha un cri de douleur. Un deuxième projectile se logea dans les plis du manteau qu'il avait jeté, et le troisième vint lui entailler le visage, passant à quelques millimètres de son crâne.

Les Corbeaux seraient sur eux dans trois secondes, Dalarisse le savait et laissa Ombre-Mort réagir. Il roula sur le côté pour les faire dévier de leur trajectoire et réussit l'exploit de charger son arbalète dans le même mouvement.

Il se retourna, allongé dos sur le sol afin de forcer ceux qui le chargeaient à prendre des postures peu stables pour l'attaquer, et reprit son poignard en main tout en décochant son carreau.

Le premier Corbeau se jeta sur lui et reçut le projectile en plein cœur. Il s'écroula et laissa la place aux deux autres qui avaient, eux aussi, saisi leurs poignards. L'un d'entre eux abaissa son arme sur son ventre, Dalarisse lui lança l'arbalète au visage et se déhancha vigoureusement pour dévier l'attaque d'un coup de genou. Le Corbeau frappa la pierre blanche à quelques centimètres de son ventre et roula sur le côté, emporté par son élan. L'autre se jeta alors sur lui pour le poignarder au cœur. Ombre-Mort estima dans l'instant que le coup ne pourrait être dévié et plongea aussitôt sa lame dans le poignet du Corbeau, coupant les nerfs et lui ôtant toute sa force. Le poignard pénétra dans la chair du Prince des Corbeaux, mais n'atteignit pas les organes vitaux.

Le Corbeau s'apprêta alors à lui asséner un violent coup de tête, mais Dalarisse eut le réflexe de baisser son menton et encaissa le coup avec son front. L'impact résonna violemment dans sa boîte crânienne, mais l'assaut fut repoussé et lui laissa l'initiative. Il lâcha son arme et saisit le poignet presque déchiré du Corbeau qu'il tira vers lui tout en frappant violemment son coude avec son autre main, retournant ainsi complètement l'articulation de son adversaire. Celui-ci poussa un hurlement qui accompagna le bruit de craquement d'os, puis roula sur le côté pour se dégager. Dalarisse se tortilla pour se mettre à genoux alors que son assaillant faisait de même. Il fut le plus prompt et le frappa à la jugulaire du plat de la main. L'homme partit dans une série de soubresauts en portant les mains à son cou.

L'autre Corbeau, qui avait vu son coup dévié, revint à la charge dans le dos d'Ombre-Mort. Celui-ci le sentit venir et bondit sur le côté pour éviter le coup. Le poignard pénétra néanmoins légèrement sa chair au niveau des hanches et lui arracha un cri de douleur. Il concentra alors toute son énergie à repousser le bras du Corbeau avant que celui-ci ne tourne sa lame à l'intérieur de lui et ne crée une plaie qui ne pourrait se refermer. Il réussit à se dégager mais encaissa un violent crochet qui faillit le renverser. Un deuxième coup allait venir, aussi Dalarisse poussa-t-il de toutes ses forces sur ses appuis, et se propulsa en avant pour renverser son adversaire. Ce dernier fut pris par surprise et tomba en arrière. Ombre-Mort attendit le timing parfait et accompagna sa chute d'un violent coup de la paume de la main dans le nez du Corbeau. L'impact eut lieu au moment où l'arrière de la tête de son adversaire percutait le sol. L'arcade nasale s'enfonça dans sa cervelle et le tua sur le coup.

Ombre-Mort s'autorisa une seconde pour reprendre son souffle. La princesse s'était blottie dans un coin contre la rambarde et cria :

— Dalarisse !

Il n'eut pas besoin de regarder pour savoir que les six soldats du Bataillon Royal étaient sortis de leur stupeur et le chargeaient. Ses blessures lui arrachèrent quelques grognements lorsqu'il tenta de se redresser, il tendit le bras et tâtonna sur le sol jusqu'à mettre la main sur le manche de son poignard. Il n'eut pas le temps de chercher son arbalète du regard que la lame d'une épée s'abattit sur son cou.

Son instinct lui fit effectuer une roulade sur le côté, alors que la pointe lui effleura la nuque. Ombre-Mort utilisa son mouvement pour se remettre sur ses pieds mais il dut aussitôt sauter sur le côté pour éviter l'assaut d'un deuxième soldat et se retrouva contre la rambarde du balcon, face au vide et au lac tout en bas.

Les soldats continuèrent leur charge. Dalarisse attendit le coup d'estoc qui vint naturellement dans son dos. Il l'esquiva au dernier moment en pivotant sur lui-même et asséna un violent coup de talon dans le genou du soldat. La jambe se retourna sous l'impact et le soldat s'écroula au sol en hurlant.

Dalarisse se baissa ensuite pour passer sous la garde d'un second assaillant et leva son bras pour lui enfoncer deux doigts dans les yeux. L'homme cria en reculant et Dalarisse se fendit d'un coup d'estoc pour percer sa jugulaire avant de reculer. Trois nouveaux soldats remplacèrent les deux audacieux, cette fois-ci plus prudents dans leur approche.

Le Prince des Corbeaux, affaibli par ses blessures, tenta néanmoins de rester en mouvement pour éviter les différentes attaques, mais les soldats l'encerclèrent. Une lame l'atteignit aux côtes. Le choc faillit lui faire perdre l'équilibre, il tituba vers le bas mais un puissant coup de poing muni d'un gantelet vint percuter son visage, faisant gicler son sang dans les airs. Il fut ainsi propulsé par-dessus la rambarde et aurait peut-être basculé si une épée n'était pas venue s'enfoncer dans sa cuisse. Il eut un soubresaut et trancha la gorge de ce dernier assaillant d'un long mouvement circulaire du bras, puis tomba à genoux, les bras ballants, laissant échapper un râle de douleur qui fit glousser les soldats.

Il sentit son corps le lâcher quand des bruits de combats à l'épée ainsi que les cris rageurs de Keira et d'Adenalia vinrent à ses oreilles. À la voix de cette dernière, il ouvrit les yeux et vit qu'il n'y avait plus qu'un seul soldat du Bataillon Royal face à lui, s'apprêtant à l'occire.

La lame qu'il abattait allait le décapiter. Dalarisse se laissa tomber sur le côté pour éviter le coup et prit appui avec sa main sur le sol pour envoyer un ample balayage du pied vers son adversaire. Ce dernier, emporté par l'élan de son attaque, ne put rester en équilibre et tomba au sol en lâchant son épée.

Le soldat Tiemrin se redressa aussitôt pour récupérer son arme. Ombre-Mort lui envoya alors un violent coup de talon dans le visage, qui le propulsa en arrière, puis il bondit sur lui. Le soldat le frappa en pleine face mais Dalarisse tint le choc. Il posa ses deux mains sur le visage de son ennemi et enfonça ses pouces dans ses orbites. L'homme d'armes hurla en frappant frénétiquement avec ses poings, mais Dalarisse rentra la tête dans les épaules et redoubla de force, porté par la peur de ce qui arrivait actuellement à Adenalia.

Les coups ne cessèrent que lorsque les yeux explosèrent et que les doigts s'enfoncèrent plus profondément. Dalarisse retira ses mains et regarda alentour. Il n'y avait plus un soldat Tiemrin debout.

Bregel mettait fin à la vie d'un adversaire qu'il venait de désarmer, et qui était tombé à genoux, Keira se précipitait sur les blessés pour les achever un à un avec une expertise redoutable, un rictus rageur sur le visage. Adenalia accourait vers lui en boitant. Il se laissa rouler sur le sol, accusant le contrecoup des blessures reçues.

Le visage de la princesse apparut au-dessus de lui :

— Dalarisse ! Dalarisse… ne mourez pas !

— Je ne vais pas mourir… (La princesse passa ses mains sur les joues du Prince des Corbeaux et sourit à travers ses larmes.) Qu'y a-t-il ?

— J'avais raison.

Il n'eut pas le temps de répondre que la silhouette imposante de Bregel vint les recouvrir, l'épée tenue fermement à la main. Le soldat royal avait écopé de plusieurs blessures, mais aucune ne semblait grave.

— Majesté, le bourgeois s'est enfui. Ils vont revenir.

Elle hocha la tête en tentant de se relever, mais une grimace lui déchira le visage. Elle trébucha et tomba au sol en portant la main à sa cuisse. Le couteau de lancer y était toujours enfoncé.

Keira accourut à ses côtés, sa sinistre besogne étant terminée.

— Majesté !

La princesse s'assit sur le côté en se tenant la jambe. Sa servante inspecta l'endroit où le couteau était planté. Dalarisse observa ses propres blessures ; il était fortement diminué, mais si les plus sérieuses étaient traitées rapidement, il serait apte à avancer pendant un temps.

Un silence s'installa un instant autour d'eux alors qu'ils jetaient chacun des regards sur le balcon jonché de cadavres. Les trois Andarrians accusaient le coup de ce qui venait de se passer, et plus généralement, de ce qui arrivait à leur capitale cette nuit.

Dalarisse ne savait pas qu'il survivrait à cet affrontement sur le balcon, il n'y avait pas pensé. Désormais son esprit se remettait à fonctionner de lui-même et cherchait un plan.

Il inspira profondément et finit par rompre le silence :

— Il faut partir d'ici… et il faut faire vite.

Le soldat royal Andarrian et la servante se tournèrent vers la princesse. Adenalia hocha la tête et désigna sa cuisse :

— Je n'irai pas loin ainsi.

Keira se redressa aussitôt et courut vers les appartements. Dalarisse se tourna ensuite vers Bregel :

— Prends la tenue d'un soldat du Bataillon Royal, au moins la cape et le heaume, avec du sang dessus si possible, tu…

— Tu aurais un plan, assassin ?

— Oui. Et toi ?

Les deux hommes s'affrontèrent du regard. Adenalia fit un geste de la main.

— Bregel…

Le soldat inclina la tête à l'attention de la jeune femme et se dirigea vers les cadavres Tiemrins. Le Prince des Corbeaux et la princesse se retrouvèrent seuls. Elle laissa son regard traîner sur les servantes mortes en la protégeant. Dalarisse avait le sien braqué sur le corps de Kester.

Adenalia tourna la tête vers lui :

— Qui était-il pour vous ?

— … mon maître… et tout le reste.

La jeune femme détourna les yeux.

—Et vous... vous êtes Ombre-Mort...

Le Prince des Corbeaux hocha la tête en déglutissant. Adenalia inspira profondément.

—Je... je ne peux pas pardonner vos crimes... je ne le pourrai pas, je pense... mais je vous aime, Dalarisse. (Le Tiemrin secoua la tête, des larmes coulèrent sur ses joues.) Même si vous avez cette fâcheuse tendance à pleurer en toutes circonstances...

Il ne put retenir un sourire triste, et la princesse l'accompagna d'un gloussement qui ne produisit aucun son. Puis elle laissa échapper un sanglot et pleura :

—Tous ces morts...

—Adenalia...

—Non, Dalarisse, peu importe les raisons ! Une personne tuée est une personne tuée. (Il n'ajouta rien, le regard flamboyant de la jeune femme se saisit du sien. Sa voix se fit moins sûre) Que... que va devenir Ombre-Mort ?

Dalarisse sentit un frisson le parcourir, mais pas de ceux qui le glaçaient ces derniers temps, non, celui-ci était réconfortant, presque chaleureux, comme si les nœuds dans son esprit se déliaient. Il désigna d'un geste le balcon fleuri où ils s'étaient rencontrés la première fois.

—Ombre-Mort reste une étoile dans mon ciel.

Ils échangèrent un long regard, et la lueur dans les yeux d'Adenalia finit de défaire tous les nœuds.

Keira revient en courant, les bras chargés de ce qu'il fallait pour s'occuper des blessures. La princesse se tourna vers elle et suivit ses instructions. Le couteau fut retiré avec soin et l'entaille aussitôt traitée.

Dalarisse apprécia la compétence de la servante dans ce domaine : Adenalia souffrirait un moment mais n'aurait pas de séquelles. Plus important encore : elle pourrait se déplacer pour fuir le palais.

Bregel revint vers eux en arborant les couleurs de Tiem. Au vu de l'obscurité et du chaos régnant dans le palais, son déguisement ferait l'affaire. Dalarisse tendit son bras afin d'atteindre une partie du matériel que la servante avait apporté.

Keira lui jeta un regard en coin et se reconcentra sur la princesse. Elle aida cette dernière à se lever, ce qui lui arracha un gémissement de douleur lors de ses premiers pas. Le Prince des Corbeaux attrapa ce dont il avait besoin et leur désigna les appartements :

— Il vous faut des tenues de servantes et de quoi dissimuler votre visage.

Les deux jeunes femmes hochèrent la tête et se dirigèrent vers les appartements. Dalarisse s'évertua à déchirer suffisamment de tissu pour se faire des bandages. Ses blessures le lançaient et il fit tomber le matériel à deux reprises.

Bregel posa un genou à terre et prit en main la confection des bandages. Dalarisse dévisagea le soldat qui ne fit aucun effort pour cacher son hostilité.

— Merci.

— La princesse doit sortir d'ici vivante, et elle a besoin de toi pour cela, assassin. Tu auras tout loisir de mourir plus tard !

Le Prince des Corbeaux eut un sourire sinistre. Ses blessures aux côtes étaient les plus lourdes. Ils connaissaient tous deux leur affaire et agirent ensemble avec efficacité.

Dalarisse finit par mettre le manche de son poignard entre ses dents et fit un signe de tête à Bregel. Celui-ci nettoya les plaies, arrachant des gémissements sourds au Tiemrin, puis appliqua la lame de son couteau préalablement chauffé à la torche. Dalarisse partit en arrière et laissa échapper son poignard en criant.

Il se sentit perdre conscience, mais de puissantes claques du soldat royal lui ravivèrent l'esprit.

— Pas encore, assassin !

Il reprit son souffle et se redressa en grimaçant alors que le soldat le bandait au niveau du torse.

— De quoi te faire tenir jusqu'à la sortie du palais. (Le Prince des Corbeaux hocha la tête.) La princesse va vivre, Tiemrin, et elle va soulever l'Andarrian. Une vague comme jamais les Huit Royaumes n'en ont connu ! Pas un Andarrian n'hésitera à prendre les armes à son appel.

Dalarisse grimaça en se relevant, et s'appuya sur le soldat en lui murmurant :

— Tant qu'elle vit...

Bregel ne réagit pas et laissa le Prince des Corbeaux s'éloigner pour aller récupérer son arbalète, ses carreaux et des couteaux de lancer. Dalarisse s'approcha ensuite du corps de Kester et passa la main sous la tunique de son maître. Il en extirpa le livre noir qu'il lui avait confisqué et le reprit avec lui. Puis il fit glisser ses doigts sur le visage figé du Maître des Corbeaux et lui ferma les yeux.

Il se redressait lorsque la princesse et la servante revinrent. Elles arboraient les longs manteaux beiges des serviteurs lorsqu'ils sortaient en ville et avaient rabattu les amples capuches qui dissimuleraient une partie de leurs visages. Dalarisse approuva d'un signe de tête en les voyant.

Keira leva la main et désigna un point au loin.

— Majesté...

Ils se tournèrent tous vers la ville basse. Une gigantesque masse sombre se mouvait vers Sénam avec la lenteur cadencée propre à une armée, telle une marée qui allait recouvrir la ville. Des centaines de torches la parsemaient. Le Prince des Corbeaux se tourna vers Adenalia qui l'interrogea du regard.

— Le Tiemric est arrivé.

Les trois Andarrians restèrent figés, à contempler cette vision. Dalarisse connaissait ce genre de situation, où l'extraordinaire se produisait. Les gens perdaient leurs repères et leur rationalité, leurs raisonnements devenaient insensés et leurs actes, comme leurs réactions, n'étaient plus contrôlés. Le chaos régnait dans le palais et il s'alimentait de ce genre de comportements. Il éleva la voix :

— Écoutez-moi ! (Ils se tournèrent vers lui.) Il y aura un temps pour pleurer, puis pour réagir, mais pour l'instant il faut quitter ce palais, et pour cela vous devez mettre de côté vos émotions. Vos chances de survie sont minces, mais elles seront nulles si vous ne restez pas concentrés uniquement sur l'objectif.

Ils sortirent de leur torpeur non sans difficulté. Adenalia le regarda de nouveau.

— Votre plan ?

— La folie va régner ici et dans la ville quand l'armée va s'en emparer. Il faut nous fondre dans le décor, et le décor de cette nuit sera celui du massacre et des horreurs. Nous (il désigna Bregel et lui-même) sommes deux Tiemrins qui emmenons deux servantes Andarrianes avec nous pour les violer en juste récompense d'une série de tueries. Nous devrons feindre de vous traîner de force et il faudra jouer le jeu. (Les deux jeunes femmes hochèrent chacune la tête.) Cependant, la traversée du palais serait trop dangereuse, trop de gens nous connaissent et le bourgeois que vous avez vu a peut-être déjà donné l'alerte. Il faut passer par le Palais des Cascades et ressortir par les cuisines. Une fois en ville, nous pourrons jouer de l'obscurité pour ne pas attirer l'attention sur nous. Les armées Tiemrines vont laisser la population fuir la ville pour qu'elle aille encombrer les autres cités libres Andarrianes et épuiser leurs réserves de nourriture dans l'espoir de favoriser la capitulation. Il nous suffira de nous mêler à la foule. Bregel et moi-même reprendrons des accoutrements de citadins fuyant l'horreur. (La princesse acquiesça et s'apprêta à partir. Il l'attrapa par le bras.) Il faudra rester anonyme, Adenalia. Lorsque Tiem verra que votre corps manque à l'appel, ils vous chercheront partout. Il y aura un temps pour vous organiser, mais en premier lieu, il faut vous mettre à l'abri et demeurer dans l'ombre. Si le peuple découvre trop tôt que vous vivez, il se rebellera sans être prêt et sera massacré, et vous avec.

La princesse mesura ces paroles un moment puis hocha la tête.

— Téhérmis est une cité fortifiée où notre famille possède des amis de confiance, nous irons jusque là bas.

Ces mots semblèrent renforcer la détermination de la servante et du soldat royal, et une lueur puissante illumina leurs regards. Dalarisse espéra que cela les maintiendrait concentrés le temps de la fuite. S'ils tenaient le coup, survivre à cette nuit semblait possible.

Il leur fit signe de le suivre et se dirigea vers les portes. Ils jouèrent aussitôt leurs rôles, les deux jeunes femmes, tête baissée, Bregel les tenant sans douceur par le bras.

Ils débarquèrent tous les quatre dans l'enfer du massacre et furent accueillis par des cris d'horreur et des appels à l'aide désespérés. Dalarisse attrapa le bras d'Adenalia et la tira vigoureusement derrière lui. Il les mena d'un pas vif en direction du salon où se trouvait le tableau de Melihya Etonya Andarrian, s'efforçant de leur éviter les scènes que l'on pouvait deviner derrière les portes entrouvertes.

Ils tournèrent à un nouveau carrefour. Le Prince des Corbeaux raffermit sa prise sur la princesse en reconnaissant les bruits venant du couloir qu'ils empruntaient.

Un soldat du Bataillon Royal de Tiem, la culotte baissée, maintenait violemment une noble Andarriane face au mur, déchirant les restes de ses vêtements. Un autre Tiemrin tailladait à grands coups d'épée une servante et l'enfant qu'elle tentait vainement de protéger de ses mains levées.

La femme contre le mur hurla de plus belle lorsque l'homme la pénétra. Dalarisse sentit l'hésitation chez la princesse et la tension qui s'empara de son bras. Il tira fortement en avant pour qu'elle le rejoigne et rabaissa davantage sa capuche en jetant un coup d'œil à Bregel et Keira. Ces derniers avaient les mâchoires serrées, se concentrant sur leurs pas pour ne pas arrêter d'avancer. Le guerrier essuya rapidement une larme s'écoulant sur sa joue et croisa le regard du Corbeau qui lui fit signe de presser le pas.

Le corps de l'enfant roula devant eux. Dalarisse l'enjamba en regardant le soldat Tiemrin qui essuyait sa lame sur le cadavre de la servante. Ce dernier lui fit un salut jovial auquel le Corbeau répondit par un bref hochement de tête tout en poussant Adenalia devant lui.

Ils passèrent le tournant et arrivèrent dans le couloir menant au salon. La porte était ouverte, mais personne ne semblait occuper la pièce. Dalarisse sentit le groupe accélérer de lui-même.

Un jeune noble Andarrian sortir précipitamment d'une porte du couloir, deux soldats Tiemrins sur ses pas.

Dalarisse fit ralentir le groupe pour reprendre une marche qui se voulait normale.

Le garçon se retourna et tenta de frapper le premier homme d'armes avec un tisonnier. Le soldat attrapa son bras et lui décocha un violent crochet de son poing à gantelet. Le jeune homme partit en arrière et percuta le mur derrière lui. Le Tiemrin le suivit dans sa course et attrapa sa tête qu'il fracassa contre le mur à plusieurs reprises jusqu'à ce qu'un craquement indique que la boîte crânienne venait d'exploser.

Le soldat se redressa et se tourna vers le Corbeau en gloussant :

— Moins solide que j'le pensais, ces Andarrians !

Dalarisse continuait d'avancer en ignorant comme il le pouvait ses blessures et lui répondit par un sourire. Les deux soldats se positionnèrent sur leur chemin. Le second reluqua les deux jeunes femmes et s'exclama en regardant tour à tour Bregel et le Prince des Corbeaux :

— Z'avez trouvé un sacré bon butin là !... On partage à quatre ?

Dalarisse secoua la tête :

— Non, chacun ses prises.

L'autre soldat se positionna en face de lui.

— J'croyais qu'les Corbeaux n'étaient pas trop portés sur les femmes.

— Je suis une exception.

L'homme d'armes gloussa et releva légèrement la capuche d'Adenalia pour voir son visage.

— Une exception avec du goût, hein ? (Il fronça les sourcils en croisant le regard de la princesse) Hey... m'regarde pas comme ça ma belle, où j't'e brise sur ce carrelage. Baisse ces yeux tout de suite !

Dalarisse se tourna vers la princesse et comprit aussitôt que cela n'arriverait pas.

Deux soldats, et deux autres dans le couloir qu'ils venaient de passer... Probablement une dizaine de plus, qui pouvait accourir en une vingtaine de secondes. Il devait... Trop tard. ! Le soldat reculait sous l'intensité du regard de la princesse en saisissant son épée.

Ombre-Mort abandonna ses réflexions et se laissa agir. Il saisit son poignard et lâcha le bras d'Adenalia pour faire un pas en avant et leva sa lame vers le Tiemrin. L'autre soldat poussa un cri de stupeur et leva son arme. Dalarisse enfonça son poignard dans la gorge du premier soldat tout en envoyant un violent coup de pied dans la cuisse de l'autre pour le propulser contre le mur.

Les blessures de sa jambe arrachèrent un cri de douleur au Prince des Corbeaux, qui se laissa entraîner par la chute du soldat qu'il tenait contre lui. Sa vision se troubla lorsqu'il toucha le sol, mais il fut soulagé de voir Bregel venir enfoncer son épée dans le ventre du soldat surpris par le coup de pied. Dalarisse roula sur lui-même, encocha un carreau dans son arbalète et se concentra.

Il ne détecta pas de réaction depuis les chambres où les soldats devaient être trop occupés à leurs besognes. Pas d'hésitation non plus dans le viol de la noble du couloir précédent, à en croire le rythme de ses hurlements. Le deuxième soldat, qui avait tué les enfants, par contre, venait vers eux. Le bruit de ses bottes se fit plus pressant.

Ombre-Mort se concentra sur ce dernier et leva son arbalète en direction de l'intersection. L'homme franchit le tournant, le carreau lui transperça l'œil gauche et il s'écroula sur le côté.

Le Prince des Corbeaux se releva aussitôt en laissant échapper plusieurs grognements de douleur. Tout le groupe resta immobile en tendant l'oreille. Les sanglots criants de la femme, provenant du couloir, crispaient toujours plus le visage d'Adenalia qui bouillonnait de revenir sur ses pas. Dalarisse attrapa son regard et fit non de la tête, tout en se concentrant sur les autres bruits alentour.

D'autres soldats arrivaient à l'étage, en direction de là d'où ils venaient. Un nombre important, d'après les bruits de bottes résonnant sur le sol. Leur chef annonça gaiement qu'il ne devait plus rester rien de valeur lorsque le soleil se lèverait, déclaration saluée par les vivats de sa troupe.

Pas encore d'alerte par rapport aux évènements des balcons, mais plus aucune marge de manœuvre à cet étage. Ils devaient y aller.

Adenalia restait figée. Dalarisse la saisit par le bras avant qu'elle ne commette une erreur fatale et la tira fermement vers le salon au passage dissimulé.

Bregel y pénétra en premier et leur fit signe rapidement que la voie était libre. Le Prince des Corbeaux referma la porte derrière eux alors que le soldat royal Andarrian s'occupait de clore les autres ouvertures.

Adenalia laissa échapper plusieurs grognements de rage pendant que Keira activait l'ouverture du tableau. La princesse frappa le Tiemrin au torse lorsqu'il vint vers elle.

— Il y a d'autres moyens de gagner une guerre !

Elle venait de crier. Dalarisse se laissa pousser en arrière et se concentra sur des bruits d'alerte derrière les portes.

— On ne bâtit rien de solide sur de telles fondations !

— Silence...

— ... Non ! (Adenalia le frappa de nouveau) Vous avez...

Dalarisse l'attrapa vivement par le col, se retourna et la plaqua contre le mur. Elle s'apprêta à crier de nouveau. Il la gifla, retenant suffisamment sa force pour ne pas l'étourdir, mais en laissant suffisamment pour la choquer. Cela fonctionna.

Il approcha son visage et attrapa ses yeux avec les siens en détachant ses mots un par un :

— Si vous mourez dans ce palais, ils ont gagné. Si vous vivez, ils ont perdu.

Adenalia voulut rétorquer, mais ces mots saisirent son esprit avant qu'elle ne le fasse. Elle resta à le fixer de toute sa rage. Il reprit moins fort :

— Vous ne pouvez pas empêcher ça, mais vous pouvez empêcher qu'on l'oublie. Survivez.

La princesse le repoussa vigoureusement en laissant échapper un long grognement de frustration. Les larmes coulaient à flots sur son visage lorsqu'elle releva la tête. Elle se dirigea lentement vers le passage.

Dalarisse soupira intérieurement et fit signe à Bregel d'ouvrir la marche. Le soldat écarta le tableau et passa derrière, mais Adenalia s'arrêta en secouant la tête.

— Non, non, non...

— Adenalia...

— La salle du trône...

Keira la saisit par les bras.

— Ils sont morts, Majesté... Le roi comme vos frères ! Le Tiemrin a raison, il n'y a rien à faire cette nuit à part survivre.

— Non, pas...

— Majesté...

— Non... pas Tessan ! (Elle repoussa sa servante et se tourna vers le Corbeau.) Pas Tessan !

Dalarisse secoua la tête.

— Adenalia...

— Non! Il n'est pas dans cette guerre, il...

— Comme tous les...

— Non! Je l'ai envoyé ce soir! C'est... c'est moi qui l'ai envoyé à la salle du trône ce soir pour observer! J'ai juré de le protéger et je l'ai envoyé à la mort. J'ai...

Il la saisit par les épaules et la secoua:

— Adenalia, il faut survivre!

Elle le repoussa vivement.

— Pas sans tenir cette parole-là! Je ne mènerai aucune rébellion si j'arrive entièrement détruite à Téhémis!

— S'il était dans la salle du trône...

— Vous savez qu'il a su se cacher! (Ils s'affrontèrent du regard un moment.) Sauvez-le, Dalarisse.

Le Prince des Corbeaux détourna les yeux en soupirant. Ils n'avaient plus besoin de lui pour passer par le Palais des Cascades. Les probabilités que le Tiemric l'occupe étaient très faibles, et quand bien même, il n'y aurait alors plus rien à faire, même avec lui présent. Rejoindre la salle du trône, alors que Gottensalf avait donné l'alerte était particulièrement périlleux, d'autant plus avec ces blessures qui l'handicapaient. Tessan savait certes se cacher, mais l'attaque avait été faite par surprise et les attaquants étaient suffisamment expérimentés pour le trouver, notamment ceux assignés à un objectif tel que la salle du trône.

Il regarda de nouveau la princesse et comprit que, quoi qu'il dise, aucune autre option n'était envisageable. Il hocha la tête.

— Attendez-nous près de l'ancien forum. Le Bataillon Royal ne pensera pas à chercher quelqu'un là-bas.

Bregel acquiesça et s'engouffra dans le passage. Adenalia continua de le regarder et ajouta en chuchotant:

— Et ne mourez pas...

— Je ne vais pas mourir.

Elle se retourna et emprunta le passage, Keira sur ses pas. La servante prit soin de refermer derrière eux, laissant Dalarisse seul.

Le Prince des Corbeaux prit un autre chemin que celui emprunté pour venir jusqu'au salon et traversa tout l'étage royal sans se précipiter. Les soldats qui le croisèrent le saluèrent sans lui porter plus d'attention. Il descendit par le chemin le plus rapide en traversant le quartier des serviteurs.

Celui-là était également en proie aux scènes habituelles dans ce genre de pillage. Le chaos régnait encore. Un bon point pour lui...

Après ce type de massacre, la tension retombait et nombreux étaient ceux qui voulaient prolonger l'adrénaline et ne pas tomber dans cet état où ils devraient affronter ce qu'ils avaient fait. Certains usaient de l'alcool ou prolongeaient outre mesure le supplice de leurs victimes, mais beaucoup erraient en cherchant de quoi satisfaire leur soif de violence. Le signalement d'un traître au Tiemric à pourchasser représentait l'opportunité parfaite.

Ce qui n'était pas encore le cas dans les niveaux qu'il traversait...

Il continua et arriva à l'étage de la salle du trône. Ce dernier était bien plus calme, les Andarrians étant mourants ou déjà morts. L'attaque avait été minutieusement préparée. Cet étage avait été le premier pris d'assaut, et une fois nettoyé, les groupes avaient attaqué les objectifs suivants en laissant celui-ci en partie déserté.

Dalarisse choisit donc le chemin le plus court en enjambant les nombreux cadavres qui jonchaient le sol. Il restait trois intersections avant d'atteindre le couloir menant à la salle. Il tourna.

Varlin se tenait accroupi quelques mètres devant lui, achevant méthodiquement des blessés agonisant au sol.

Ombre-Mort s'arrêta et saisit son poignard. Varlin redressa la tête. Il ne sembla pas surpris de le voir ici. Un jeune noble rampa péniblement à ses côtés, il lui agrippa la tête d'une main et lui enfonça son poignard dans la tempe de l'autre. Il retira d'un coup sec et se releva.

Les deux Corbeaux se firent face, les tuniques recouvertes de sang et le poignard à la main.

Dalarisse n'était pas de taille à affronter cet adversaire-là dans cet état, cependant il savait au fond de lui qu'il n'en avait pas besoin. Il prit la parole en premier :

— Pourquoi ?

Varlin haussa les épaules.

— Pour que tu puisses choisir.

Il le fixa sans savoir quoi répondre. Un groupe apparut au fond du couloir derrière son comparse : Romolde Gottensalf, à la tête d'une troupe imposante de soldats du Bataillon. Il ne sembla pas avoir repéré le Prince des Corbeaux.

— Varlin ! Venez avec nous aux étages royaux, nous devons traquer Dalarisse !

Le Corbeau lui répondit sans se retourner :

— Pourquoi donc ?

— Il a tué Kester et les autres Corbeaux ! Il... (Le bourgeois écarquilla les yeux en remarquant la présence de Dalarisse plus loin et hurla.) Soldats ! C'est lui ! Tuez-le !

Les hommes d'armes se mirent en mouvement. Varlin plongea ses yeux dans celui du Prince des Corbeaux en sortant un deuxième poignard plus court de sa tunique.

— Ce qu'il dit est vrai ?

— Oui.

— Et la princesse ?

— Elle vit.

Dalarisse ne put s'empêcher de sourire à cette idée. Varlin laissa lui aussi un sourire se glisser au coin de ses lèvres et se retourna vers les soldats qui chargeaient, en leur faisant signe de le suivre.

Ombre-Mort recula en boitant, évitant soigneusement les cadavres autour de lui. Ses probabilités de survie étaient particulièrement faibles, mais son instinct lui imposa une position de combat. Un soldat dépassa Varlin et continua sa charge pour lui asséner un coup d'estoc au niveau du ventre.

Sa course n'était pas bonne, les corps au sol lui firent modifier sa trajectoire, rendant son élan trop fort et son coup trop peu précis. Dalarisse n'eut qu'à effectuer un pas de côté pour dévier le coup d'un geste vif de l'avant-bras. Le soldat voulut alors appuyer sa charge d'un violent coup d'épaule, mais le poignard qui se logea dans son œil mit fin à ses ambitions.

Dalarisse posa un genou à terre. Sa blessure aux côtes le relança vigoureusement, manquant de le faire flancher. Il ne tiendrait plus longtemps...

Les autres soldats entourèrent Varlin dans sa course vers lui. C'est ce moment que choisit ce dernier pour danser.

Un coup du poignard droit. Un autre du gauche. Il pivota de moitié. Coup d'épaule sur un troisième lui permettant de prendre appui. Nouveaux coups de poignard, toujours précis, toujours dans les failles des protections. Saisie de l'épaule qu'il tire vers lui pour appuyer sa rotation complète, coup de pied sur l'articulation du genou, prise d'appui sur l'homme qui tombe pour sauter, deux autres coups infligés dans son mouvement de rotation en l'air, esquive, nouveau coup et roulade en avant pour éviter l'attaque lointaine d'un soldat derrière le groupe.

Sept soldats morts.

Varlin se redressa à ses côtés. Les hommes d'armes du Bataillon Royal ralentirent, Romolde derrière eux, coupés dans leur élan par les corps de leurs camarades obstruant le chemin, mais surtout par ce qu'ils venaient de voir.

Les deux Corbeaux profitèrent de cette hésitation pour partir en courant dans l'autre sens. Le cri de charge des soldats indiquant qu'ils avaient repris leurs esprits finit par se faire entendre.

Dalarisse tirait sur sa jambe blessée pour suivre le rythme de son confrère et ses changements de direction. Ils ne prirent qu'un minimum d'avance, suffisante pour que Varlin se retourne et glisse son bras sous son épaule pour l'aider à avancer.

— Pourquoi es-tu encore là, si elle vit ?

— Je dois aller dans la salle du trône.

Varlin acquiesça et désigna une alcôve dans le couloir où ils étaient.

— Je vais les attirer.

Dalarisse ne se fit pas prier et accepta d'un grognement. Il jeta au loin la torche qui éclairait l'endroit et se mêla à l'obscurité alors que Varlin reprenait bruyamment sa course, ralentissant le pas pour être sûr d'être aperçu par ses poursuivants avant de tourner à l'intersection.

Le Prince des Corbeaux vit les soldats défiler devant lui pour disparaître au prochain tournant.

La voix de Gottensaf retentit ensuite dans le couloir. Ses pas résonnaient plus lentement, il ne courait pas. Des bottes de soldats l'accompagnaient. Ombre-Mort avait compté treize hommes passant devant lui. Faisant appel à sa mémoire de Corbeaux, il se rappela avoir détecté vingt-trois soldats accompagnant le bourgeois.

Treize derrière Varlin, et huit morts lors du premier affrontement, cela n'en laissait que deux. Il passa la main dans sa tunique, en sortit un carreau qu'il encocha et saisit un couteau de lancer. Puis il positionna son poignard entre les dents et attendit.

Les voix indiquèrent qu'ils tournaient dans le couloir. Ombre-Mort sorti de l'alcôve, lança son couteau dans la tête du premier et décocha son carreau dans celle du deuxième. Gottensalf resta interdit. Dalarisse força le pas en boitant : si le bourgeois fuyait immédiatement en courant il ne pourrait pas le rattraper.

Ce ne fut pas le cas. Romolde leva les mains devant lui :

— Dalarisse... non !

Ombre-Mort le plaqua contre le mur et lui enfonça son poignard sous le menton.

Le visage du jeune bourgeois se crispa, ses yeux se figèrent sur le Prince des Corbeaux qui retira sa lame et le laissa s'effondrer au sol.

Varlin devait désormais tuer ces treize soldats pour préserver sa propre réputation, et ce, sans compter sur l'effet de surprise. Dalarisse ne pouvait plus prendre le risque de lui venir en aide. Il ne s'en sentait d'ailleurs plus en état. Il retourna sur ses pas et atteignit le dernier couloir sans rencontrer personne.

*

La salle du trône était jonchée de corps, principalement des nobles, ainsi que quelques soldats. Aucun n'était de Tiem. La surprise avait dû être totale.

Solodan était assis sur son trône, le sang s'écoulant de plusieurs plaies mortelles sur son torse. Günlbert se tenait debout, face au monarque.

Dalarisse contempla un instant la scène puis avança prudemment dans sa direction en cherchant du regard le cadavre de Tessan parmi toutes les victimes. Il ne le trouva pas.

Il devait chercher plus précisément, mais était attiré malgré lui vers le roi Andarrian. Il voulait le voir de près.

Günlbert sembla sortir de sa torpeur quand le Prince des Corbeaux s'arrêta à ses côtés. Il se tourna vers lui et demanda d'une voix embrumée :

— Maître Kester ne t'a pas empoisonné ?

— Il l'a fait.

Dalarisse ne se prépara pas à une réaction hostile de son confrère, il resta concentré sur l'homme mourant, devant lui. Günlbert se tourna de nouveau vers le trône en reprenant :

— Varlin et moi avons éliminé tous les gardes jusqu'à cette salle sans donner l'alerte. Nous devions ensuite participer à l'assaut, Varlin s'occupant du champion de la garde royale Andarriane, moi de Mollede Soultana. C'est ce que nous avons fait. (Dalarisse jeta un coup d'œil sur sa droite : le corps imposant de Soultana ne possédait effectivement qu'une entaille précise accordant une mort rapide, un travail de Corbeau.) Kelufen, le capitaine du Bataillon Royal, s'est occupé de Solodan. Les autres soldats n'ont laissé personne sortir vivant. (Dalarisse regarda à nouveau parmi les corps, espérant que Tessan se soit réfugié sous l'un d'eux. Si le garçon n'était pas dans cette salle, le retrouver relevait de l'impossible vu son état et l'alerte que Gottensalf avait dû donner à tous avant de réunir un groupe pour le traquer.) Il... Dalarisse, il...

— Quoi ?

— Solodan... lorsque nous avons pénétré par les deux entrées... Il a été surpris par l'irruption, mais est resté assis sur son trône, impassible, alors que tous s'agitaient. Il a intimé aux siens de ne pas combattre, alors même que Varlin abattait sa cible. Ils ont obéi... puis il a demandé avec calme que les femmes soient épargnées et que les autres aient une mort rapide. Il y a eu un moment de flottement, Dalarisse, son ton et son attitude étaient troublants, même nos soldats ont hésité. Kelufen a retrouvé le premier ses esprits et a décapité le noble le plus près de lui, le massacre a alors pu commencer. Nous... nous n'avions pas d'autre mission précise, Varlin et moi, à part achever ceux que nous trouverions et dont les blessures n'étaient pas mortelles. (Il désigna le roi.) Cela ne devrait plus durer longtemps... j'ai voulu rester ici, je... (il secoua vaguement la main en direction de l'entrée) je n'ai pas envie de faire ça ce soir.

Le Prince des Corbeaux continuait de fixer Solodan. Celui-ci entrouvrit la bouche et laissa échapper un gémissement en levant la main sur sa droite en direction d'un plateau.

Dalarisse ne réfléchit pas et se saisit d'un verre de vin qu'il porta aux lèvres du monarque. L'homme déglutit douloureusement et finit par ouvrir les yeux. Une quinte de toux le saisit et lui fit expulser du sang de la bouche. Dalarisse voulut reculer, mais la main du roi lui prit le bras.

Solodan accrocha son regard et grimaça en murmurant :

— Échec et mat... il me semble (Dalarisse hocha lentement la tête.)... Adenalia ?

— Elle vivra.

Les épaules de Solodan s'affaissèrent. Il raffermit sa prise sur son bras.

— Merci.

— Non ! ... Non, tout ceci est de notre fait.

Le roi Andarrian recracha à nouveau du sang :

— Vous êtes... des pions... (Il regarda Günlbert avant de revenir à lui.) Je vous pardonne... je vous pardonne tout ce... tout ce que vous avez fait tous les deux...

Les Tiermins conservèrent un silence pesant. Günlbert détourna le regard, mais Dalarisse ne put détacher le sien. La voix de Solodan s'affaiblit, des spasmes annonciateurs que les Corbeaux connaissaient bien commencèrent à parcourir son corps.

— Il y a de meilleures vies à vivre...

Günlbert déglutit bruyamment et se retourna pour quitter la salle d'un pas pressé. Solodan retira sa main du bras du Prince des Corbeaux et eut un soubresaut. Le roi Andarrian poussa son dernier souffle.

Un sanglot étouffé résonna dans la grande salle en pierre. Dalarisse se redressa et en chercha l'origine du regard. Il repéra la silhouette recroquevillée d'un enfant sur une petite corniche plongée dans l'obscurité sous la voûte de la salle. Il laissa échapper un soupir de soulagement et s'approcha.

Tessan avait ses genoux resserrés contre lui et tenait fermement son bilboquet entre ses mains. Il avait les yeux fixés sur le roi Andarrian.

Dalarisse l'appela :

— Tessan, descends de là.

Le jeune garçon tourna la tête vers le Prince des Corbeaux.

— Vous allez me tuer.

— Non, je vais t'amener à Adenalia en évitant ceux qui veulent te tuer.

L'enfant resta sur ses positions en le défiant du regard. Dalarisse sentit l'épuisement le gagner ; il fallait encore tenir.

— Si tu restes là-haut, tu auras soif, puis faim, tes muscles vont s'endolorir et tu chuteras. La hauteur te brisera les os. Si elle ne le fait pas et si tu arrives à échapper aux soldats Tiemrins, tu seras seul sans savoir où trouver Adenalia. Tu dois descendre.

Tessan sembla réfléchir intensément. Il finit par caler le bilboquet entre ses dents et entreprit de descendre avec habileté la paroi en pierre. Il arriva au sol et fit face au Corbeau en essuyant ses larmes.

— Adenalia est vivante ?

— Oui. Viens avec moi.

Le garçon hésita de nouveau, mais finit par hocher la tête. Dalarisse repartit dans le couloir en s'assurant qu'il le suivait.

*

L'alerte le concernant était bien donnée, et quelques groupes de recherche se constituaient. Comme l'avait espéré Dalarisse, Tessan savait rester concentré. Ils traversèrent les étages avec lenteur, mais prudence, revenant sur leurs pas quand cela était nécessaire, profitant de l'obscurité et du chaos pour progresser.

Le Prince des Corbeaux tira sur ses dernières forces pour continuer à avancer, redoutant de s'effondrer avant d'atteindre la sortie. Ils atteignirent finalement les cuisines et Tessan s'arrêta en découvrant les corps des cuisinières qu'il connaissait.

Dalarisse se retourna vers le garçon qui raffermit sa prise sur son bilboquet, le corps tremblant. Ombre-Mort ne perçut aucun danger immédiat aux alentours. Les soldats allaient et venaient, mais plus dans cette direction. Cette zone aussi avait été entièrement « nettoyée ». Ils leur restaient deux ou trois groupes de soldats à éviter et ils seraient dehors.

Le Prince des Corbeaux posa une main sur l'épaule de l'enfant :

— Adenalia... (Tessan releva la tête vers lui)... Adenalia est vivante, il faut la rejoindre. Maintenant.

Le garçon frémit, mais sembla reprendre le contrôle. Il hocha la tête en laissant échapper des larmes.

Ils reprirent leur route.

Un groupe de soldats fut évité. Un deuxième aussi, sans difficulté. Un troisième se trouvait déjà trop loin. Ils franchirent la porte vers l'extérieur.

Dalarisse attrapa aussitôt le bras de Tessan et lui fit presser le pas jusqu'à ce qu'ils rejoignent la pénombre de l'autre côté de la rue. Il s'autorisa alors à apprécier le contact frais de la nuit Andarriane. Il avait réussi.

Le garçon se blottit contre lui, dépassé par ce qui se déroulait autour d'eux.

La ville haute cédait à la panique. Des feux prenaient ici et là, probablement lancés par des Tiemrins. Si seul le palais avait été attaqué, alors la population Andarriane aurait pris les armes pour porter secours à la famille royale. Créer un tel chaos au milieu de la nuit, entre les incendies et la venue d'une armée dans la ville basse rendait peu probable le fait que la population se rende compte de ce qui se passait réellement dans l'immense bâtiment avant que celui-ci ait été entièrement saigné.

Dalarisse n'attendit pas plus longtemps, il fit signe à Tessan de le suivre alors que des habitants autour d'eux s'activaient pour contenir les feux. Ils avancèrent d'un pas vif. Au bout d'une dizaine de mètres, le Prince des Corbeaux sentit la main de l'enfant se glisser dans la sienne. Tessan contenait comme il le pouvait ses sanglots et dit d'une petite voix :

— Il n'y a plus de musique... Sénam meurt...

Dalarisse acquiesça et les fit accélérer. L'ancien forum n'était qu'à quelques centaines de mètres.

Son esprit perçut quelque chose… Il ne sut quoi, mais leur fit emprunter une rue plus étroite afin de mieux distinguer les bruits à travers le vacarme. Il les entendit au bout d'une dizaine de secondes : des bottes de soldats… deux hommes, peut-être trois. Le pas était calme, trop pour un tel environnement. Par ailleurs, au son métallique qu'elles produisaient sur le pavé de Sénam, il sut que ces bottes étaient Tiemrines.

Dalarisse inspira profondément et lutta pour conserver la même cadence de marche sans rien laisser paraître de ce que cette découverte faisait naître en lui.

Des hommes du Bataillon Royal qui les avaient suivis discrètement, peut-être même depuis l'intérieur du palais… Dalarisse avait concentré le peu d'énergie qui lui restait à éviter les dangers devant eux, pas à ceux qui pouvaient venir de derrière.

Ils ne s'en prenaient pas à lui, car leur objectif était tout autre. Il manquait un membre de la famille royale Andarriane, et le traître reconnu qu'il était pouvait les mener à la princesse…

D'autres soldats arpentaient peut-être les rues annexes pour la retrouver. Adenalia devait partir au plus vite.

Il chuchota en accentuant la pression sur la main du jeune enfant :

— Au détour de la prochaine rue, tu vas rejoindre la foule, seul. (Tessan leva un regard inquiet vers lui.) Adenalia est près de l'ancien forum avec Bregel et Keira, habillée en servante du palais. Tu… (Dalarisse déglutit) tu vas parler à Bregel et lui répéter exactement ce que je vais te dire. (L'enfant hocha la tête, la panique semblant prendre naissance au fond de ses yeux.) Je vous retrouverai quoi qu'il advienne, mais il faut partir maintenant et ne pas m'attendre. (Ombre-Mort lâcha la main du garçon et continua à marcher à ses côtés jusqu'au prochain passage qui menait à la grande rue, où plusieurs familles fuyaient les incendies.) Dis-lui également de contraindre la princesse à partir par tous les moyens possible. Insiste bien sur ce dernier point.

Tessan hocha la tête et partit en courant sans un regard. Dalarisse continua d'avancer sans changer de cadence, mais le départ du garçon avait agité ses poursuivants. Le bruit des bottes s'accéléra. Dalarisse arma son arbalète avec le dernier carreau qui lui restait et saisit son poignard. Il devait donner du temps d'avance à Tessan.

Il se retourna en tentant de dissimuler les blessures qui le tiraient de toute part.

Le Capitaine Kelufen et un soldat du Bataillon se dirigeaient vers lui d'un pas vif. Ils dégaînèrent leurs épées en approchant à quelques mètres. Kelufen cria pour couvrir le bruit alentour.

— Corbeau! Où est la princesse?

La violence qu'il sentit derrière le regard du capitaine Tiemrin lui fit penser à ce qui arriverait à Adenalia si elle ne s'échappait pas. Cela le fit vaciller et il chancela sur place pour éviter de tomber au sol.

Les deux hommes s'approchèrent encore et Kelufen reprit:

— Corbeau! Tu...

Dalarisse puisa dans ses dernières forces et leva son bras, espérant viser juste. Le carreau transperça le crâne du capitaine qui fut projeté en arrière sous le regard hébété de son soldat.

Ce dernier se reprit vite et chargea le Prince des Corbeaux qui tenta maladroitement de se mettre en position de combat. Il put esquiver de justesse la première attaque, mais la deuxième lui lacera le dos de part en part, le propulsant au sol dans un grand cri de douleur.

Le soldat le tourna face au ciel et se positionna au-dessus de lui.

— Où est la princesse?

Dalarisse ferma les yeux. Le soldat lui enfonça sa lame dans les côtes, lui arrachant de nouveaux cris et le ramenant à lui. Il retira sa lame dans une gerbe de sang et se pencha plus encore pour appuyer sur la plaie ouverte de son autre main.

— Où est-elle ?

Le Prince des Corbeaux hurla sous la pression. Le soldat insista à plusieurs reprises, le faisant se contorsionner sous la douleur. Dalarisse ne se concentrait plus que sur une chose : ne pas lâcher son poignard.

Le soldat marqua un temps de pause alors qu'il gémissait au sol sous lui.

— J'vais t'le demander une dernière fois, Corbeau ! Où...

Ombre-Mort lança son bras dans un mouvement circulaire. Il sentit la pointe aiguisée de son poignard percer la chair. La fin de la phrase se perdit en gargouillis et le soldat s'écroula sur lui. Les spasmes qui secouaient son corps indiquaient que sa lame avait visé juste.

Mais le contentement fut de courte durée, car la douleur prit possession de tout son corps, une souffrance que son esprit ne put supporter plus longtemps. Il sombra dans l'inconscience.

CHAPITRE 46

Hadaron referma le livre. Le feu mourait et rendait la lecture difficile, mais ce n'était pas que cela, il avait besoin de souffle.

Il prit son temps pour retrouver le contrôle de sa respiration, puis il posa le livre à ses côtés et se leva pour aller ranimer le feu. La nuit touchait à sa fin, mais le sommeil était pour l'instant balayé par la tension que le récit alimentait en lui.

Dalarisse le suivit lentement du regard, n'esquissant pas le moindre geste pour venir l'aider. Il ne dormait pas, évidemment.

Le jeune homme se concentra sur le feu et dut s'y reprendre à plusieurs reprises avant d'obtenir un résultat satisfaisant. Il revint s'asseoir et saisit aussitôt le livre qu'il tint entre ses mains.

Il résista une poignée de secondes supplémentaires, les mains serrées sur le cuir noir, puis il inspira et demanda d'une voix trop forte :

— Adenalia, elle vit ? Vous l'avez sauvée ?

— Non.

Hadaron laissa échapper un soupir. Il regarda de nouveau ce maudit livre pendant un long moment puis l'ouvrit, tournant rapidement les pages pour revenir là où il s'était arrêté.

CHAPITRE 47

Dalarisse entendait des sons, et même des voix de temps en temps. Tout semblait trop lointain pour qu'il comprenne. Il voyait Adenalia, dans sa bibliothèque ou sur les balcons, parfois vêtue, parfois non. Il l'appelait ou essayait de la toucher, mais il ne se passait rien, elle finissait toujours par s'effacer.

Lorsqu'il rouvrit les yeux pour la première fois, tous ses sens semblèrent se réveiller en même temps. Des odeurs de plantes lui saisirent les narines, les bruits se firent plus distincts. L'atmosphère semblait être celle d'une petite pièce. Dalarisse voulut se redresser pour le confirmer, mais la douleur s'empara de lui. Elle monta comme une vague massive qui envahit ses sensations. Il voulut hurler pour évacuer sa souffrance, mais seul un râle presque insonore s'échappa d'entre ses lèvres tremblantes.

Une voix se fit distincte à travers la brume de douleur. Il reconnut Hallem Adourabh, l'érudit de Sénam. Le vieil homme lui parlait, mais il ne put comprendre ses mots et sombra dans l'inconscience.

Dalarisse évolua alors dans un monde de souffrance… Il y avait des moments où son corps le tirait de toutes parts, où il pouvait distinguer les zones où il souffrait le plus et la manière dont la douleur le saisissait. À d'autres moments, la douleur était trop forte et emportait toute raison.

Le Prince des Corbeaux en venait à maudire les moments où il reprenait conscience. Néanmoins il finit par percevoir une amélioration.

Les périodes d'intense douleur se firent moins fréquentes, il put analyser ses sensations plus longuement et confirma le progrès de son état.

Dalarisse réussit alors à rassembler ses forces pour se procurer de rares moments de lucidité. Le vieil érudit se trouvait toujours à son chevet lors de ses réveils. Il le força à avaler des bouillons au goût atroce, que son corps tentait de renvoyer. Le Prince des Corbeaux sentit petit à petit ses forces revenir.

Hallem Adourabh continuait de lui parler lors de ses moments d'éveil, comme pour tirer son esprit vers lui. Au milieu d'une nuit, Dalarisse finit par reprendre réellement conscience. Son dos lui occasionnait de vives douleurs et sa peau tirait sur chacune de ses blessures, mais il put recommencer à bouger. Après plusieurs tentatives, il finit par se redresser fébrilement en s'aidant de ses coudes.

Il se trouvait dans une pièce étroite et sans fenêtre, presque entièrement plongée dans le noir s'il n'y avait pas eu cette faible lueur venant de la porte. Diverses odeurs dansaient dans l'air et il reconnut parmi elles celles d'excréments et de breuvage aux plantes. Quelque chose bougea sur sa droite :

— Bonjour à toi, Ombre-Mort.

La voix d'Hallem Adourabh… Dalarisse employa ce premier moment où il retrouvait son esprit pour se remémorer ce qui s'était passé. L'attaque du palais. Son dernier combat…

— Adenalia… (Sa voix était très faible, néanmoins le silence total de la pièce la rendait audible.) Que… que se passe-t-il ?

— Tu es blessé. Des blessures qui auraient probablement dû entraîner ta mort, mais il semble que tu n'en avais pas envie.

— Depuis… combien de temps ?

— Cela fait un peu plus de trois semaines.

Un frisson le parcourut. Les évènements se faisaient plus précis dans sa mémoire.

— Adenalia… je dois…

—Tu dois te reposer, tu es incapable de tenir debout.

Dalarisse tenta de se relever, mais constata que l'érudit avait raison. Il grogna de frustration et se laissa faire par le vieil homme qui le rallongea.

Hallem alluma une bougie dans un coin de la pièce et revint observer ses blessures. Il hocha la tête, satisfait, puis il se dirigea vers la porte :

—Il te faut manger.

—Adenalia...

—Adenalia, oui... Il te faut aussi nourrir ton corps, jeune homme, où tu ne seras pas en mesure de te lever.

Dalarisse ne protesta pas. L'érudit quitta la pièce et revint une minute plus tard avec un plateau contenant un pain maigre et un bouillon.

Hallem posa la nourriture à ses côtés :

—Les temps sont durs en cette cité, je n'ai pas plus consistant à te proposer.

Il le nourrit comme on le fait avec un jeune enfant. Dalarisse se laissa faire et apprécia à sa juste valeur la douleur que lui procura l'ingurgitation, bien moins vive que celle qu'il avait connue ces derniers jours.

Le vieil homme retira le plateau et répondit aux questions que Dalarisse peinait à retenir :

—Sénam est tombée et tout l'Andarrian avec. Le Tiemric occupe le pays, plongeant les Huit Royaumes dans le chaos.

—Pourquoi... pourquoi le peuple Andarrian ne s'est-il pas soulevé ?

—Il n'en a pas eu le temps, tout s'est fait trop vite. Les cités sont tombées les unes après les autres, la famille royale a été décimée avec tous les occupants du palais, l'espoir et la colère n'ont pas eu le temps de naître... Le choc est encore trop fort.

—Non ! Adenalia est vivante ! Elle est à Téhérmis.

Le corps de Dalarisse lui fit rapidement payer cet excès d'intensité. Il grimaça en attendant que la souffrance s'atténue. Hallem l'aida à se rallonger.

—Téhérmis est tombée un jour après Sénam. Si ce que tu dis est vrai, alors il n'y a plus d'endroit sûr pour elle en Andarrian.

—Je vais la retrouver.

—Puissent les dieux t'entendre, Ombre-Mort.

Dalarisse eut un soubresaut et vomit de la bile sur le côté du lit où il se trouvait. Le vieil homme lui essuya la bouche.

—Comment suis-je arrivé ici?

—Tu as été ramassé avec d'autres blessés et transporté dans une maison de soins improvisée. Vu le peu de moyens à disposition, et tes origines apparentes, ils voulaient laisser la mort te prendre. Je t'ai trouvé avant elle et je t'ai amené ici, dans la cave d'une maison de la ville haute qui a brûlé dans l'incendie. Je t'aurais volontiers offert l'hospitalité de ma demeure si les troupes de ton roi ne l'occupaient pas.

—Comment avez-vous su que c'était moi?

—Je t'ai choisi au hasard parmi tous les Tiemrins vêtus comme des Corbeaux qui prononçaient le nom d'Adenalia en délirant... (Le vieil homme posa la main sur son front et poussa un grognement satisfait.) Il y avait deux soldats d'élite de Tiem morts à tes côtés, cela a fait parler et a attiré mon attention.

Dalarisse hoche la tête.

—Pourquoi m'avoir soigné?

—Parce que je sais soigner.

—Pourquoi m'avoir soigné, moi?

—Parce que je sais soigner, Tiemrin. Comment Adenalia peut-elle être vivante?

—Je l'ai aidée à fuir.

Hallem sourit en secouant la tête:

—Une fissure, la plus fine soit-elle, laisse passer la lumière...

—Je ne souhaite pas...

—... «pas entendre mes discours philosophiques. », oui, tu me l'as déjà dit lors de notre première rencontre. Tu me le redis maintenant, alors que ton monde s'est écroulé sous tes propres coups. Peut-être ne comprends-tu pas le sens du mot «philosophie», hum ?

—Je...

—Laisse, jeune homme. Je ne souhaite pas te fatiguer davantage. Tes ambitions nécessitent des forces. Dors. Je te réveillerai pour manger de nouveau.

Dalarisse tenta une nouvelle fois de se redresser, mais il en fut incapable. Il accepta l'injonction de son hôte et sombra dans le sommeil.

Le Prince des Corbeaux récupéra suffisamment de forces au bout de deux jours qui lui parurent durer une éternité. Il se contentait de manger et de puiser dans sa mémoire de la géographie Andarriane, pour imaginer dans quelle direction la princesse aurait pu aller, sachant Téhérmis conquise. Il n'échangea pas un mot avec l'érudit jusqu'au moment où il put se lever sans trop de difficultés.

Hallem apporta alors, sur un tabouret au coin de la pièce, son livre noir, son poignard et le reste de son équipement. Dalarisse s'habilla non sans quelques difficultés sous le regard impassible du vieil érudit.

Lorsqu'il fut prêt, le Prince des Corbeaux se tourna vers lui.

—Qu'allez-vous devenir, Hallem ?

—Les soldats sont à ma recherche. Ils finiront par me trouver, ou je me laisserai prendre afin d'apaiser les tensions avec la population et éviter de nouveaux morts. Ils me passeront alors au fil de l'épée.

—Pourquoi cela ?

—La plume est le véritable ennemi du conquérant. Mes mots seraient trop dangereux pour l'occupant.

—Pourquoi restez-vous ici alors ? Partez avec moi.

— Bah, la mort n'est que la destination. Par ailleurs je ne survivrai pas à un voyage dans ces conditions.

Le Prince des Corbeaux fixa le vieil homme qui ne laissa rien transparaître.

— Je vous remercie de m'avoir soigné.

— J'accepte tes remerciements.

Dalarisse lui jeta un dernier coup d'œil puis s'engouffra dans la nuit de Sénam.

La capitale Andarriane n'était plus la même. Le jeune Tessan avait raison, la cité telle qu'il l'avait découverte à son arrivée était morte.

Il quitta Sénam sous les drapeaux Tiemrins, dressés en lieu et place des Andarrians.

*

Ombre-Mort s'élança dans sa quête avec la plus grande célérité, écumant les régions à la recherche d'indices et se contentant du minimum de sommeil et de nourriture. Il remonta progressivement les différentes pistes, laissant sur son passage les corps des Tiemrins dont il extrayait ses informations.

L'Andarrian était encore en proie aux affrontements en de nombreux endroits, mais la population semblait progressivement se résigner au désespoir. Il comprit vite, en récoltant ses informations, que des agents et des patrouilles de Tiem parcouraient le pays le plus discrètement possible à la recherche de la princesse.

À la suite de l'un de ses « interrogatoires » auprès d'un nouveau groupe de Tiemrins qu'il avait rattrapé, Ombre-Mort finit par apprendre que Frédérick de Radenks menait l'un des groupes de recherche en direction du royaume d'Évistée. Il analysa chaque piste et choisit de suivre celle-ci.

Le fait que les recherches Tiemrines étaient toujours aussi actives indiquait qu'Adenalia n'avait pas été retrouvée, mais les moyens mis en œuvre et les mois qui s'écoulaient ne laissaient que peu de chance à la princesse. L'étau semblait se resserrer.

Le Prince des Corbeaux découvrit plusieurs Andarrians exécutés sur la piste qu'il remontait, il en déduisit qu'ils avaient vu la princesse et que les soldats ne désiraient pas laisser de témoins. Cela indiquait qu'il était sur la bonne piste, mais que les soldats l'étaient également. Il repéra par ailleurs plus d'indices et avec plus de facilité. Il espéra qu'il s'agissait là du fait d'Adenalia, mais il ne pouvait expliquer pourquoi ceux qui la poursuivaient les avaient laissés sur leur chemin.

Le rythme qu'il s'imposait et l'efficacité dont il faisait preuve pour récolter les informations lui permirent de gagner peu à peu du terrain sur les Tiemrins, et enfin, de les rattraper.

*

Un soir, au cœur d'un village non loin de la frontière avec le royaume d'Évistée, il vit Frédérick de Radenks et trois soldats manger à une table dans la salle principale d'une auberge. Ils étaient tenus à l'écart par la population locale qui semblait plus effrayée qu'énervée par leur présence.

Dalarisse savait instinctivement qu'il touchait au but. Le groupe de Frédérick était sur la bonne piste. Il ne s'attendait pas à les rattraper si tôt, mais ne tergiversa pas plus et pénétra dans l'établissement à peine les eut-il aperçus.

Le jeune bourgeois le vit entrer et écarquilla les yeux. Il voulut prévenir les soldats, mais n'en eut pas le temps. Ombre-Mort tua les trois hommes avant qu'ils aient pu se lever de leur chaise. Il saisit ensuite le bourgeois par le cou et le plaqua contre le mur. Les occupants de l'auberge s'enfuirent en courant, laissant les deux hommes seuls.

Frédérick semblait épuisé par ces mois de poursuite. De lourds cernes couvaient sous ses yeux et une barbe foisonnante vieillissait son visage aux traits tirés par la fatigue. Il tremblait littéralement de peur.

Ombre-Mort plaqua la lame de son poignard sous sa gorge et détacha chaque mot.

— Où est-elle ?

— Dalarisse… attends ! Ne me tue pas maintenant… (La lame s'enfonça légèrement dans la peau du jeune bourgeois) Non ! J'ai… j'ai tout fait pour la sauver !

— En guidant un groupe à sa recherche ?

— Le Grand Roi m'y a obligé, j'étais le seul à l'avoir suffisamment vue pour reconnaître son visage même déguisé. J'ai… (il reprit son souffle, la lueur dans ses yeux n'était pas celle, terrorisée, de ceux qui mentaient pour éviter la mort à tout prix, aussi Dalarisse le laissa-t-il continuer)… j'ai tout fait pour qu'elle s'enfuie, Dalarisse, je te le jure par les Dieux. Je menais le groupe, des soldats, des brutes qui m'ont laissé prendre les décisions. J'ai fait en sorte de traîner autant que possible, je voulais laisser le temps de…

Le Prince des Corbeaux enfonça de nouveau sa lame et fit couler le sang. Frédérick ne se débattit pas.

— Dalarisse ! Je savais que tu nous suivais, je t'ai laissé des indices ! J'ai eu de la chance, j'ai accroché la bonne piste dès le départ. J'aurais pu la retrouver au bout de trois mois, je ne l'ai pas fait ! Crois-moi, je t'en supplie ! J'ai tout fait pour retarder l'inévitable ! J'ai compris rapidement…

Le Corbeau reconsidéra toutes les incohérences dans la poursuite des Tiemrins et les indices grossiers qu'il avait trouvés en chemin. De Radenks semblait dire vrai. Il recula sa lame de quelques millimètres et Frédérick put reprendre son souffle.

— Comment savais-tu que je vous suivais ?

— Nous avons reçu des alertes. Des groupes disparaissaient, les pistes étaient toutes remontées, les gens mouraient… les choses étaient telles qu'il ne pouvait s'agir que de toi. Je pensais que tu étais mort à Sénam, cette nuit-là...

— Où est-elle ?

Les larmes se mirent à couler sur le visage de Frédérick, sa voix se brisa à plusieurs reprises avant qu'il puisse répondre

— Nous les avons retrouvés juste aux abords de la frontière. La princesse, sa servante et l'enfant. Le soldat s'était séparé d'eux plusieurs mois avant pour nous confondre. Cela a marché un temps...

— Où est-elle !

— Dans une ferme... à trois kilomètres du village au sud-est d'ici. Je... je suis reparti aussitôt.... je suis tellement désolé...

Des larmes coulèrent sur le visage de Dalarisse. Frédérick éclata en sanglots.

— Oh Dalarisse...

Le Prince des Corbeaux relâcha sa prise qui s'effondra au sol, et recula.

— Je te crois.

Frédérick laissa son souffle lui échapper. Il tenta de se relever :

— Dalarisse, tu dois...

— Tous ceux qui ont fait ça vont mourir, toi y compris, Frédérick. Tu voulais vivre une vie d'homme... tu as vingt ans pour cela.

Ombre-Mort se retourna et repartit dans la nuit.

TROISIÈME PARTIE

CHAPITRE 48

Hadaron tourna la dernière page et referma le livre qu'il tint un instant dans ses mains. Il inspira profondément et regarda autour de lui. Le jour se levait et redonnait vie à la forêt environnante.

Dalarisse le fixait du regard. Le jeune homme le lui rendit un moment, tentant de lire ce qu'il y avait derrière ces yeux d'un bleu glacial. Il désigna le livre en parlant d'une voix brisée :

— Que se passe-t-il ensuite... à la ferme ?

— Cela importe peu, elle est morte et...

— Dites-moi ce que vous avez trouvé à la ferme ! (Hadaron se leva et jeta le livre vers le Prince des Corbeaux qui l'attrapa au vol.) Par les Dieux ! Vous ne pouvez pas me faire lire ceci sans me dire la fin !

Dalarisse rangea le livre avec précaution dans ses affaires, puis inclina la tête en faisant signe au jeune homme de s'asseoir. Hadaron s'exécuta sans lâcher le Prince des Corbeaux des yeux. Ce dernier se pencha légèrement en avant ; il sembla chercher ses mots un moment :

— J'ai rejoint aussitôt la ferme, en pleine nuit. Une dizaine de soldats s'y trouvaient. Ils sont tous morts, sauf un que j'ai gardé pour l'interroger. (Il marqua une pause.) J'ai trouvé en premier le corps de Keira, la dame de compagnie. Elle avait été violée puis torturée de longues heures jusqu'à la mort sous les yeux de la princesse, probablement pour la briser elle-même, et sans nul doute pour le plaisir. Son corps avait été démembré et aligné contre un mur, les jambes, les bras, le torse et la tête... J'ai ensuite trouvé Tessan. Il avait été attaché à un poteau et laissé ainsi, sans eau ni nourriture. Au moins avait-il eu la chance qu'ils n'aient pas de penchant pour les enfants... Puis je me suis retrouvé face à la grange, en sachant ce que j'y trouverais. Le savoir n'a rien changé. (De nouveau une pause.) Elle était nue, étendue sur le sol en terre, les articulations rompues, les os brisés et la tête déformée par les coups. Elle avait été violée et torturée un jour et une nuit durant, d'après les dires de celui que j'avais maintenu vivant, un coup trop puissant à la tête l'avait emportée. Je suis resté à ses côtés je ne saurais dire combien de temps. Elle dégageait une odeur lourde et repoussante, je devinais encore ses traits et sa silhouette, mais tout avait été ravagé... Elle n'était plus là.

L'intonation dans la voix indiquait que le récit était terminé. Le jeune noble laissa échapper plusieurs larmes et s'efforça de chasser les visions que cette description amenait dans son esprit. Il leva les yeux.

—Je suis désolé...

Le Prince des Corbeaux inspira profondément.

—Ainsi sont les choses. Je n'aurais pas pu la rattraper plus rapidement, je ne pouvais pas la sauver. Ces quelques mois vécus dans le palais avec elle... je ne les mérite pas, mais ils suffisent... ils suffisent.

*

Hadaron se prit la tête entre les mains et resta ainsi de longs instants jusqu'à ce que ses larmes disparaissent. Il se redressa et fixa le Corbeau, se demandant, sans vouloir vraiment le savoir, ce que Dalarisse avait fait depuis toutes ces années. Ce qu'un homme comme lui pouvait devenir après tout ça...

Le jeune noble détourna le regard et écarta les mains :

—Pourquoi... pourquoi me faire lire tout ceci ?

Le Prince des Corbeaux tendit instinctivement sa main vers la flasque, dans la poche de son manteau, mais se ravisa.

—Je ne voyais aucune raison pour Frédérick de Radenks, de faire durer pendant des mois la poursuite d'Adenalia. Je ne comprenais pas non plus pourquoi Adenalia avait emprunté tel chemin et passé par tel ou tel endroit pendant sa fuite. Il y avait des éléments étranges dans la poursuite, qui ne prenaient pas sens dans mon esprit. La révélation m'est venue quand j'ai croisé ton regard, ton vrai regard, pas celui morne et sans éclat de notre première rencontre. (Dalarisse marqua une pause et Hadaron sentit un frisson qu'il ne comprenait pas encore lui parcourir le dos.) Adenalia était enceinte. Frédérick l'a su rapidement en relevant certains indices. Il lui a laissé le temps de livrer son enfant au monde en faisant durer la poursuite durant les mois nécessaires à cela, puis il a récupéré le nouveau-né avant que les soldats ne s'emparent de la princesse. L'enfant était probablement dans sa chambre, à l'étage, quand je l'ai retrouvé dans l'auberge. Frédérick de Radenks est reparti dès que je suis allé à la ferme. Il a rejoint le Tiemric, s'est fait anoblir comme prévu, a trouvé la femme qu'il désirait et élevé cet enfant comme s'il s'agissait du sien.

Hadaron tenta de refuser de comprendre, mais Dalarisse ne lui laissa pas cette chance.

—Tu es mon fils et celui d'Adenalia. Tu es le dernier représentant de la famille royale Andarriane.

—Non! Cela ne se peut! Vous mentez!

—Réfléchis.

—Non!

Hadaron se redressa. Sous l'effet de la colère, ses mains tremblaient. Dalarisse ne bougea pas.

—Pourquoi alors Barian, le capitaine Andarrian, logerait-il dans la forêt à proximité du château où tu vis?

—L'ermite? Cela n'a rien à voir! (Hadaron pointa le Corbeau du doigt.) Vous tentez de trouver une autre fin que celle, tragique, de votre histoire!... Je suis désolé, je vous l'ai dit, mais ne me mêlez pas à tout ça!

—Je ne fais que t…

—Balivernes!

Hadaron ne tenait plus en place. La nuit avait été rude, la colère l'envahissait par vagues. Il aurait voulu se jeter sur Dalarisse et le rouer de coups, mais la lecture du livre ne l'avait pas vraiment enhardi à ce sujet.

Le Prince des Corbeaux se leva à son tour et le jeune homme recula d'un pas.

—Le comte t'a-t-il déjà parlé de ta mère biologique?

—Il… c'était une bourgeoise vivant à la frontière de l'Andarrian et d'Évistée…

—À la frontière…

—Elle est morte en accouchant. Il l'a connue lors… (Hadaron soutenait vigoureusement le regard du Corbeau, mais la colère égarait son esprit)… lors de la campagne contre l'Andarrian.

—Il te l'a décrite?

—Oui! Elle avait des cheveux sombres, des yeux verts… cette histoire est vraie! Vous vous basez dessus pour réinventer la vôtre!

Dalarisse laissa cette dernière phrase flotter un moment dans les airs sans détourner ses yeux de ceux du jeune homme. Hadaron recula de quelques pas.

—Tu peux choisir de nier, mais tu connais désormais la vérité.

—Vous… vous devrez rendre des comptes à mon père dès son arrivée! Pour ces mensonges et pour tout le reste!

—Je vais voir Frédérick en ce jour, oui.

Hadaron écarquilla les yeux en se remémorant les derniers mots échangés entre le comte et Dalarisse dans le livre. Il resta tétanisé un moment, puis il partit en courant à travers la forêt sans savoir réellement ce qu'il fuyait.

CHAPITRE 49

Frédérick de Radenks tapota l'encolure de son cheval en voyant l'imposante silhouette de son château se dessiner au loin dans la campagne Tiemrine. Les dix soldats qui l'accompagnaient attendaient à ses côtés. Il leur adressa un bref regard et se concentra sur les terres qui s'étendaient devant lui. Cette vision familière aurait pu l'emplir de joie si cette lettre ne lui était pas parvenue...

Le messager les avait rattrapés au détour d'un relais de voyage, chevauchant une monture épuisée par la course qu'on lui avait imposée. Il avait demandé expressément à voir le comte de Radenks sans prendre la peine de se reposer. Frédérick l'avait fait venir dans la chambre qu'il avait louée pour la nuit et avait insisté pour que nourriture et boissons fussent apportées au jeune homme. Ce dernier l'avait remercié et s'était dépêché de lui présenter une lettre cachetée du sceau royal.

— Le Grand Roi a insisté pour que ce message vous parvienne au plus vite, Comte de Radenks.

À la vue de l'emblème royal de Tiem sur la cire rouge, Frédérick avait craint que Karl I fût revenu sur l'un des accords commerciaux qu'il avait passés avec lui pour subvenir aux besoins des habitants de son domaine pour l'hiver. La vérité était tout autre.

Il n'y avait qu'une poignée de mots écrits rapidement au centre du papier : « Ombre-Mort réside dans votre château depuis plusieurs semaines. Le capitaine Kornebur vous rejoint au pont de Langvin avec une force armée ». Le texte n'était pas signé.

Frédérick avait jeté la lettre dans le feu de cheminée qui chauffait la pièce et avait regardé le papier se consumer jusqu'à ce qu'il ne soit plus que cendre. Il s'était ensuite assis prestement en sentant ses jambes lui faire défaut.

*

Le capitaine Kornebur arrivait au loin sur son épaisse monture. Frédérick l'observa tout en saisissant la gourde sur sa selle pour se désaltérer. *Dalarisse...* Ce nom pesait dans son esprit depuis deux décennies. Il avait fini par l'éclipser de ses pensées depuis de longues années déjà, mais il était toujours là, caché sous le reste. L'homme en noir, celui qui apporte la mort. Toujours présent telle une sentence qui s'abattrait inexorablement, un poids dont l'existence de Frédérick ne s'était jamais défaite.

Le comte avait effectué de brefs calculs une fois que le message lui était parvenu. Dalarisse s'était présenté à son château vingt ans exactement après qu'ils se soient quittés. Une précision qui avait glacé le sang du noble.

Ombre-Mort était dans sa demeure, il avait logé entre ses murs, et probablement soupé en compagnie de sa famille et... il avait rencontré Hadaron. À cette dernière pensée, le comte sourit, un sourire empreint à la fois de tristesse et de soulagement. *Il est temps que tout cela finisse...*

Il ne voulait pas mourir, non. Il avait même terriblement envie de vivre et de continuer à faire ce qu'il faisait, mais l'idée d'ôter ce poids en lui le séduisait même si les conséquences étaient funestes.

Quand il avait rencontré Kornebur et la centaine de soldats à Langvin, le capitaine avait voulu le rassurer en parlant de la mission qui lui était confiée. Frédérick comprit rapidement qu'aussi compétent et brave qu'il soit, Kornebur ne savait pas à qui il avait affaire.

Le plan était pourtant simple : les soldats investiraient le château et le fouilleraient de fond en comble, méthodiquement. Kornebur estimait qu'Ombre-Mort resterait caché à l'extérieur de la demeure. Ils contrôleraient alors chaque accès du Château et attendraient des renforts pour ratisser la région. Frédérick avait discuté de longues heures avec le capitaine pour dessiner les plans de sa demeure, les différentes entrées et sorties ainsi que les moindres cachettes.

Kornebur était un officier compétent, la planification de la fouille du château et de sa sécurisation ne semblait point souffrir de lacune. Cependant le capitaine s'attendait à affronter Ombre-Mort et sa légende, un puissant tueur dont les capacités martiales seraient « diminuées » selon ses termes, par vingt années de plus. Frédérick avait connu Dalarisse, l'homme, et cela l'effrayait bien plus.

Le capitaine arriva à ses côtés et fit stopper sa monture :

— Nous avons fouillé l'ensemble du château. Ombre-Mort ne s'y trouve pas. Votre famille vous attend, Monsieur le Comte.

Frédérick le remercia et feignit de partager sa satisfaction. Il remonta cependant en selle avec la joie réelle de revoir les siens. La dizaine de soldats qui l'entouraient fit de même et ils allèrent bon train jusqu'à l'entrée de l'imposante bâtisse.

*

Hadaron attendait en retrait, laissant le reste de sa famille et des occupants du château accueillir le Comte comme il se devait. La manœuvre militaire de la journée avait eu raison de la gaieté que procurait le retour du maître du domaine, mais ils étaient néanmoins tous heureux que les choses reviennent en ordre. De plus, les nouvelles qu'apportait Frédérick de Radenks furent chaleureusement accueillies, car tous avaient une famille dans la région susceptible de souffrir de la faim dans les mois à venir.

Lorsqu'il avait quitté la compagnie de Dalarisse, tôt ce matin, il était rentré directement au château. Kornebur et ses hommes venaient juste de débarquer, l'officier s'entretenait avec la comtesse. Hadaron avait pris alors de quoi manger en cuisine et s'était isolé dans sa chambre, laissant les émotions et les pensées se livrer bataille en lui. Il ne fut dérangé que par les soldats venus vérifier sa chambre en fin d'après-midi, puis par l'annonce faite que le comte arrivait.

Il était alors descendu, le visage fermé, sans qu'une trêve n'ait été trouvée dans son esprit.

*

Le comte descendit de monture et embrassa chaleureusement sa femme avant de prendre ses enfants dans ses bras. Il salua ensuite chaque personne une à une, accordant à chacun un mot attentionné.

Hadaron le voyait ainsi déambuler au milieu de ses gens tout en restant à l'écart. Frédérick jetait de brefs regards dans sa direction alors qu'il recevait les salutations, mais ne s'attarda pas plus.

Le maître du domaine appela ensuite au silence.

—Il semblerait qu'un criminel ait logé entre ces murs en mon absence et à votre insu. Le capitaine Kornebur ici présent s'est assuré que cet homme était désormais en fuite. Il sera poursuivi par les forces du Grand Roi jusqu'à ce qu'il soit retrouvé. Les soldats du capitaine Kornebur resteront quelque temps encore pour veiller à notre bien-être. Nous sommes désormais en sécurité et pouvons regagner notre demeure.

Il ponctua cette dernière phrase d'un signe d'invitation de la main à rejoindre l'intérieur du bâtiment. Les habitants du château ne se firent pas prier et rentrèrent rapidement dans la bâtisse. Hadaron ne bougea pas. Le comte congédia les soldats à proximité et s'avança dans sa direction.

Le jeune noble ne put s'empêcher de s'imaginer ce visage fatigué à la barbe grisonnante avec vingt ans de moins, au cœur de la cour Andarriane. Hadaron se reprit et salua le comte d'un hochement de tête. Il s'imagina tout dire, tout raconter en l'instant, au lieu de cela il conserva le silence en bouillonnant de l'intérieur.

Frédérick s'arrêta en face de lui et le scruta de la tête aux pieds.

— En voilà un beau jeune homme ! Tu as changé depuis mon départ...

— Beaucoup de choses ont changé depuis votre départ.

Le sourire disparut du visage du comte et son regard se voila. Il détourna les yeux de ceux du jeune noble.

— Nous aurons l'occasion d'en parler...

— Quand ?

— ... en temps voulu, Hadaron. Pour l'instant, il me tarde de regagner ma demeure et de profiter de ma famille. Nous parlerons de tout cela demain, toi et moi.

Le comte ne laissa pas le temps au jeune homme de répondre et pénétra dans son château.

*

Frédérick passa tout le dîner à répondre aux questions et à narrer le contenu de son voyage. L'harmonie était retrouvée autour de la table.

Aucun mot ne sortit de la bouche d'Hadaron. Il n'accorda d'ailleurs aucun regard aux gens présents autour de lui. Son comportement fut remarqué, mais personne ne releva le fait à voix haute. Les querelles entre le comte et lui étaient habituelles et ne représentaient plus un sujet d'intérêt pour les habitants du château.

Cependant, à la fin du repas, alors que tous accompagnaient avec joie le comte au salon, Hadaron voulut emprunter un autre chemin pour regagner directement sa chambre. Katerine de Radenks lui barra le passage, le toisant de son regard inquisiteur.

— Qu'y a-t-il, Hadaron ?

— Rien d'important, mère, je suis éreinté.

Le jeune homme feignit la fatigue et voulut continuer dans le couloir. La noble dame n'eut besoin que de sa voix pour l'arrêter.

— Garde ce mensonge pour d'autres que ta mère.

—Vous...

—Ne pas accueillir ton père avec joie est une chose, ne pas te réjouir intérieurement de son retour en est une autre. Regarde-moi quand je te parle !

Hadaron se tourna vers elle et plongea ses yeux dans les siens. Quelque chose s'était débloqué en lui après la nuit qu'il venait de passer. Il ne savait identifier de quoi il s'agissait, son esprit restait perdu entre trop d'émotions différentes, mais il avait cette sensation de portes qui s'étaient ouvertes et d'autres qui s'étaient fermées.

Sous le regard faussement dur de la comtesse, il fut pris d'un frisson intense. Des souvenirs et des images de son enfance l'envahirent durant de longues secondes pendant lesquelles Katerine de Radenks attendit patiemment qu'il parle.

Le jeune noble sourit. Un sourire profondément sincère.

—Puis-je vous embrasser, mère ?

La surprise saisit le regard de la noble, les traits de son visage se détendirent.

—Bien sûr...

Hadaron s'approcha d'elle et la serra fortement dans ses bras, savourant l'odeur maternelle qui envahit ses narines. Il la libéra de son étreinte et lui sourit de nouveau :

—Ne vous inquiétez pas, mère.

Il partit dans les couloirs sans se retourner et rejoignit sa chambre d'un pas vif pour s'allonger sur son lit.

*

Le sommeil le gagna alors rapidement... un sommeil qui ne sembla durer qu'une poignée de secondes, car le jeune noble fut réveillé peu à peu par une voix insistante :

—Maître Hadaron !

Il ouvrit les yeux et vit la jeune Jerna aux abords du lit. Hadaron se releva doucement et se frotta le visage. La luminosité avait diminué et il estima qu'il n'avait dû dormir qu'une heure ou deux. Jerna attendait debout sans un bruit. Il se tourna vers elle et ne rendit qu'un regard froid au grand sourire qu'elle affichait.

—Quoi?

—Monsieur le comte demande à vous voir, il est dans son bureau.

Le jeune homme mit plusieurs secondes à intégrer ce qu'elle venait de dire, puis il se leva soudainement et enfila ses chausses en adressant un bref coup d'œil à la jeune femme.

—Tu es rentré dans ma chambre sans autorisation.

—Je vous demande pardon, Monsieur.

Jerna parlait sur un ton détaché et sembla ne pas souffrir de cette énième remontrance. Hadaron eut tôt fait de se revêtir et se tourna vers elle.

—Tu es... étrange. Qu'y a-t-il?

Elle lui offrit son plus beau sourire.

—Maître Dalarisse m'a donné suffisamment d'argent pour que je quitte le service de Monsieur le Comte et que je parte rejoindre ma mère dans le Sud.

Hadaron haussa les sourcils.

—Dalarisse... Vous partez?

—Oui, Monsieur, dès que possible.

Le jeune homme voulut questionner la servante, mais l'envie de parler avec son père était trop pressante. Il décida de remettre cette discussion à plus tard et renvoya la jeune femme.

CHAPITRE 50

Frédérick était plongé dans les parchemins entassés sur son bureau. Il n'avait pas vraiment la tête à cela, mais il devait s'occuper l'esprit. Les portes de son bureau s'ouvrirent et Hadaron pénétra dans la pièce. Frédérick fronça les sourcils.

—Je dois me plonger dans ces comptes rendus, Hadaron, j'ai dit que nous parlerions demain.

—Vous m'avez pourtant fait mander par Jerna.

Frédérick resta interdit un instant. Il reposa son parchemin sur le bureau et regarda le jeune homme dans les yeux.

—Je n'ai rien fait de tel.

Il se redressa brusquement et fit le tour de son bureau. Frédérick hésita un moment à faire appeler les gardes qui étaient en poste plus loin au détour d'un couloir, mais il savait au fond de lui la chose inutile. Cependant, il ne pouvait se résoudre à attendre, inactif. Il fit signe à Hadaron en se dirigeant vers la salle d'armes :

—Suis-moi.

Le jeune homme s'exécuta sans comprendre et ils pénétrèrent dans la grande pièce. Le comte se dirigea vers plusieurs épées sur un présentoir. Il en choisit une qu'il tendit à Hadaron. Le jeune homme l'essaya alors que Frédérick embrassait la salle du regard pour choisir une arme. Il avait conscience de la futilité de la chose, mais le contact d'un tel objet l'aiderait à garder son calme. Du moins l'espérait-il.

Quelque chose accrocha son attention. Il connaissait cette pièce par cœur pour l'avoir longuement parcourue en se changeant les idées entre deux réflexions : la place de chaque arme, l'éclairage en fonction de l'avancée de la journée. Il lui suffisait d'un regard pour percevoir un changement. Et il y avait bien un changement.

Il s'approcha de l'armure de Chevalier de Tiem allongée au centre de la pièce sur son présentoir. Une armure bien moins lourde qu'il n'y paraissait, mais pour autant impossible à utiliser, tant se mouvoir avec était difficile. Frédérick s'y était essayé une fois par curiosité et l'avait rapidement remise sur ce présentoir afin qu'elle y reste telle quelle.

Sauf qu'elle n'était pas telle quelle... Quelques jointures avaient été défaites et la position du coude gauche avait légèrement changé.

Son sang se glaça quand il comprit.

Dalarisse s'était caché dans cette armure durant la fouille minutieuse de cette partie du château. Le moindre recoin avait effectivement été contrôlé par les hommes de Kornebur, mais personne n'aurait pensé à regarder à l'intérieur de l'imposante tenue de parade. Il avait dû attendre, immobile, puis lorsque les portes s'étaient refermées, il s'était défait de l'armure, l'avais remise en place et s'était réfugié dans un coin d'ombre du bureau ou d'une pièce annexe, attendant... Il frémit, attendant qu'Hadaron les rejoigne.

Frédérick de Radenks laissa échapper un sourire sans joie. Il releva la tête en direction du bureau et retint son souffle.

Ombre-Mort se tenait au centre de la grande pièce, tout de noir vêtu.

Le comte ne put quitter des yeux son visage. La force était toujours là, et comme il l'avait tant imaginé, ce regard bleu ciel qui vous laissait sans volonté.

— Bonsoir, Frédérick.

Hadaron tressaillit et se retourna, arme à la main. Il ne put retenir un hoquet de stupeur en le voyant, mais se plaça néanmoins fébrilement devant le comte.

Frédérick lui posa la main sur l'épaule et murmura :

— Repose cette épée, Hadaron. (Il devança le jeune homme et fit face au Corbeau.) Bonsoir, Dalarisse.

Le comte continua d'avancer et contourna lentement Ombre-Mort sans lui tourner le dos pour se diriger vers son bureau. Hadaron revint à son tour dans la pièce et se positionna sur le côté, à distance d'eux, sans lâcher son arme.

Les trois hommes restèrent ainsi immobiles un moment, dans un calme qui n'était qu'apparent.

Frédérick chercha en lui le courage de briser le silence. Le regard implacable braqué sur lui ne l'aidait en rien. Il se sentit, l'espace d'un instant, comme le jeune homme insouciant et sans réelle assurance qu'il était vingt ans avant.

— Combien... ceux qui ont organisé ça, que...

— Ils sont morts, à l'exception de toi, de Sirmund et du Grand Roi.

Le comte déglutit.

— Tous... Les tuer ne changera rien... me tuer ne la ramènera pas, Dalarisse.

— Non, en effet. Il n'y a pas de justice inhérente au monde des hommes, Frédérick, il n'y a que des gens qui agissent. Ils savaient ce qu'ils faisaient, ils espéraient juste que personne ne survivrait.

— Et ils espéraient encore moins que ce soit toi... (Le comte secoua la tête.) Honte sur nous tous, Dalarisse. Je ne sais pas ce que je mérite et je comprendrais que tu me tues, mais saches que cela ne soulagera pas ta peine...

— Je n'ai plus de peine en moi, Frédérick, pas plus que je n'ai de haine. J'agis en conséquence de leurs actes.

Le comte ne répondit rien. Il tenait le dossier du siège de son bureau pour éviter de trembler et, inconsciemment, pour se protéger du tueur qui lui faisait face. Il redoutait à tout moment que la main de Dalarisse ne se lève et que la mort n'arrive.

Frédérick déglutit de nouveau et il pensa à Katerine, il... Non, il vit Hadaron du coin de l'œil. Il devait faire attention à la dernière image qu'il laisserait dans son esprit. S'il devait mourir, il devait le faire dignement. Au moins, Ombre-Mort disparaîtrait de sa demeure une fois sa besogne accomplie.

Le jeune homme ressentait lui aussi la lourde atmosphère du bureau. Sa poigne se raffermit sur le manche de son épée. Frédérick leva une main vers lui.

— Quoi qu'il advienne, Hadaron, reste en vie, je t'en supplie.

Ombre-Mort continuait de le fixer. Il possédait la tension qui imprégnait la pièce et ne la libérait toujours pas.

À travers le silence, Frédérick entendit des ordres criés en bas par les soldats et espéra secrètement qu'ils avaient remarqué la situation. Il imagina une dizaine de gardes ouvrant violemment la porte et bondissant sur l'assassin, il...

— Dis-lui.

Le comte figea sa respiration. Le ton employé ne laissait ne pas de place au doute, mais il fut néanmoins pris par surprise :

— Lui... je...

— Il connaît la vérité mais ne peut pas l'accepter. Dis-lui qui il est. Dis-lui au nom de ceux qui sont morts pour qu'il puisse exister.

Frédérick ferma les yeux un instant. Lorsqu'il les rouvrit, Hadaron s'était retourné face à lui.

— Père...

Le comte inspira. Il ne trouva pas en lui d'autre moyen de continuer que par la plus simple des réponses :

— Tu es le fils de Dalarisse et d'Adenalia Andarrian.

Les jambes du jeune homme faillirent lui faire défaut. Il chancela puis s'avança vers le bureau, la fureur dans les yeux mais la voix fébrile :

— Vous mentez... Je suis Hadaron de Radenks ! Ceci est ma famille !

Des larmes perlèrent sur les joues du comte.

— Nous sommes ta famille, Hadaron, et je t'aime comme mon fils... mais tu n'es pas un...

— Taisez-vous! (Le jeune homme tourna sur lui-même, perdant le contrôle de sa respiration sous les regards attentifs de Frédérick et de Dalarisse.) Pourquoi? Pourquoi avoir fait ça?

— Il le fallait, Hadaron. Si le Grand Roi avait appris qui tu es, il aurait fait ce qu'il fallait pour te faire tuer. Tu n'étais qu'un nouveau-né, je ne pouvais te laisser ni dans la nature, ni entre les mains de... (Frédérick jeta un coup d'œil à Dalarisse)... Je n'ai pensé qu'à te protéger.

— Non! (Il se tourna vers le Prince des Corbeaux en brandissant son épée.) Je ne suis pas votre fils! Je ne suis pas ça!

Hadaron agita sa lame comme s'il était prêt à attaquer. Dalarisse écarta légèrement les bras.

— Je ne te ferai pas de mal mais je ne te laisserai pas me tuer.

— Et moi, je ne vous laisserai pas tuer mon père!

— Je ne vais pas le tuer.

Dalarisse restait impassible. La colère s'évanouit dans la voix d'Hadaron. Il baissa son arme:

— Non?

— Non.

Frédérick redressa la tête, s'efforçant de bien saisir ce qui venait d'être dit:

— Non?... Pourquoi non?

Dalarisse désigna Hadaron du menton sans quitter le comte du regard:

— Pour qu'il puisse choisir.

Les deux nobles restèrent figés un moment, suspendus au sens des propos d'Ombre-Mort. Ils échangèrent un long regard durant lequel nul ne sut quoi ajouter. Dalarisse reprit:

— Je quitte cette demeure et ne reviendrai pas.

Frédérick sortit de sa torpeur. Entre ce qu'Hadaron vivait à l'instant et le fait qu'il allait survivre à cette confrontation, son esprit était en ébullition. Il tendit la main, comme s'il pouvait retenir ainsi le Prince des Corbeaux :

—Attends. (Dalarisse avait entamé son retrait, il s'arrêta.) Les hommes de Kornebur, ils…

—Ils tentent d'empêcher de rentrer, pas de sortir. Par ailleurs, certains d'entre eux s'intéressent à un départ d'incendie non loin du château et à l'ombre fugitive qu'ils ont aperçue à proximité.

—Qui…

—L'ermite qui vit dans la forêt… Barian, le «capitaine de la charge ».

Le comte fronça les sourcils.

—Pourquoi ?

Dalarisse laissa son regard dériver vers le jeune noble.

—Il a de nouveau un roi à servir.

Hadaron s'arrêta de bouger. La phrase resta suspendue dans l'air. Le jeune noble adressa au comte un regard troublé dans lequel ses pensées bouillonnaient. Il se retourna vivement vers Dalarisse :

—Que…

Le Prince des Corbeaux n'était plus là.

—Non !

Hadaron se précipita dans le couloir. Vide. Il laissa choir son arme en s'élançant.

—Vous ne pouvez pas partir comme ça ! Je veux vous parler !

Le jeune noble déambula dans les escaliers et appela :

—Dalarisse !

—Je suis là.

Hadaron sursauta. La silhouette du Prince des Corbeaux se dessina dans l'ombre.

—Dalarisse… que vais-je faire ?

—Ce que tu choisiras de faire.

—Je... Et vous? Qu'allez-vous faire?

—Je vais tuer le Grand Roi.

Hadaron marqua un temps, stupéfait.

—Vous allez tuer le Grand Roi?

—C'est ce que j'ai dit.

Le jeune noble resta silencieux quelques instants.

—Et.... et après? (Il inspira profondément.) Vous reverrai-je?

—Je serai présent.

À travers toutes les émotions qui s'agitaient en lui, Hadaron sentit le soulagement dominer les autres.

Dalarisse lui jeta un dernier regard et repartit dans les ombres du château.

CHAPITRE 51

— **M**ajesté !

Karl ouvrit les yeux. Sirmund frappa de nouveau à la porte de sa chambre. Le Grand Roi se redressa et s'étira non sans grimacer.

— Un instant, vieillard.

Il se leva de son lit et remit une bûche dans la cheminée. Le temps se faisait plus froid et ses articulations plus rigides. Il saisit un tisonnier.

— Tu peux entrer.

Deux gardes royaux ouvrirent les grandes portes de sa chambre et Sirmund pénétra à l'intérieur. Il salua son roi et se tint debout pendant que celui-ci tentait de raviver le feu en soufflant dessus. Le conseiller grimaça en entendant les genoux de son maître craquer.

— Sire... vous devriez laisser les serviteurs s'occuper de cela.

— Et ils feront la guerre à ma place ? (Karl I se redressa en grognant.) Le jour où j'aurai besoin d'une nourrice, j'en prendrai une bien moins laide que toi, Sirmund. Quelles sont les nouvelles ?

Le sourire disparut sur le visage du conseiller.

— Le comte Frédérick de Radenks nous informe qu'Ombre-Mort a échoué dans sa tentative d'assassinat et que son château est sécurisé.

— Le rapport de Kornebur ou de la Précieuse corroborent ses dires ?

— Je ne les ai pas encore reçus.

Le Grand Roi laissa échapper un sourire. Sirmund fronça les sourcils.

— Vous pensez qu'il m...

— Évidemment qu'il ment! Je me demande juste pourquoi.

Le vieux conseiller s'humecta les lèvres.

— Avez-vous envisagé qu'il n'est peut-être plus aussi redoutable qu'il ne fut, Sire?

— Non. Et tu devrais en faire autant. (Karl expira.) Quoi qu'il en soit, Radenks est un précieux serviteur du royaume, sa survie est une bonne chose. De quand datent ces évènements?

— Une semaine, Sire. Le message n'a été envoyé qu'il y a quelques jours, probablement le temps de s'assurer que le château était bel et bien sécurisé.

Le visage du Grand Roi s'assombrit.

— En chevauchant à bride abattue, il est possible de rallier Tiem durant ce temps. Dalarisse est ici.

Sirmund s'efforça de retenir une nouvelle protestation. La foi de son monarque envers Dalarisse semblait prévaloir sur sa légendaire rationalité. Cela l'inquiétait vivement, mais il se contenta néanmoins d'un acquiescement sans conviction en guise de réaction.

— En plus, des bataillons sont déployés pour surveiller les routes et des agents sont alertés partout dans le royaume, les meilleurs chasseurs de prime sont sur ses traces. La garde royale au complet ainsi qu'un régiment de la milice de Tiem surveillent ce palais. J'ai pris soin de faire contrôler chaque fenêtre et chaque porte menant à vous. Il ne peut vous atteindre et ne pourra échapper longtemps à ses poursuivants. Le temps joue pour nous, Sire. Je dors tranquillement en toute connaissance de cause, vous pouvez faire de même.

— Ni toi ni moi ne dormons tranquillement depuis cette lettre, mon ami. Qu'en est-il de Varlin?

— Il... il est resté très courtois, mais nous n'avons pas obtenu les réponses que nous souhaitions. Je ne pense pas que la torture soit utile contre cet homme, j'ai donc recherché d'autres leviers. La famille voisine de sa demeure, qui a racheté ses biens, est originaire de Polarné, ils semblent irréprochables, mais mon agent a une intuition à leur sujet. Il y a probablement quelque chose à obtenir d'eux contre lui.

Le Grand Roi eut un sourire satisfait en voyant le feu reprendre vigoureusement face à lui. Il agita la main en direction du vieux conseiller :

— Fais donc cela... et fais-moi parvenir du vin et un repas, je resterai ici ce soir. Préviens-moi s'il y a du nouveau.

— Oui, Sire.

Sirmund hocha la tête et quitta la chambre.

*

Le Grand Roi avait raison. Voilà des nuits que le sommeil le fuyait. Sirmund repassait toutes les possibilités dans sa tête et ajustait les tours de garde et les moyens de surveillance au petit matin. Cela faisait des semaines qu'il se préparait à contrer le Prince des Corbeaux. Il ne voyait point de faille à son organisation, mais entendre parler ainsi d'Ombre-Mort par son roi lui faisait oublier toute certitude. Il avait pourtant lui aussi connu l'époque où Ombre-Mort travaillait pour eux. Il avait même été le commanditaire d'un grand nombre de ses missions. Certes, ce tueur était à part, mais il pouvait mourir comme tout le monde. *Il devait mourir !*

Sirmund commanda nourriture et boissons pour son roi, passa en revue les postes clés de surveillance puis, quelque peu apaisé par la vigilance impeccable des soldats rencontrés, finit par quitter le périmètre de sécurité et continua son chemin dans le palais.

Il n'y avait aucune festivité depuis plusieurs jours à la cour Tiemrine. L'hiver approchant, nombre de nobles rentraient dans leurs domaines. Ceux qui restaient, une vingtaine de familles résidant à l'année dans l'immense palais, étaient rendus nerveux par la présence accrue de soldats et préféraient demeurer dans les salons privés.

Les couloirs étaient déserts, leurs éclairages avaient été triplés, rendant l'effet d'autant plus fort. Une autre mesure du conseiller afin de rétrécir les zones d'ombre.

Sirmund secoua la tête. Cette situation devait finir rapidement. Les ressources employées pour Ombre-Mort étaient importantes et le Grand Roi n'était plus concentré sur les affaires du royaume. Il se mit à espérer, comme son maître, que la dernière guerre contre Évistée viendrait bientôt.

Il voulut se changer les idées et se rappela cette adolescente de la rue que l'on avait enfermée pour vol ce matin même. Il revit les courbes déjà fermes de la jeune fille et d'obscènes pensées lui traversèrent la tête. Il décida de se rendre à la prison royale juxtaposée au palais, le sourire aux lèvres.

Il fit signe à un soldat royal qui venait de finir son service de le suivre. Malgré le fait qu'il empruntait un tunnel souterrain menant directement à la prison, il préférait avoir une escorte. *Par les Dieux! L'humeur du Grand Roi déteint sur moi!* L'homme d'armes ravala sa colère d'être ainsi requis après un service déjà fastidieux. Mais personne, parmi la garde, ne souhaitait s'attirer les foudres du redoutable conseiller. Il le suivit, la main sur le pommeau de son épée.

Le vieil homme emprunta l'obscur souterrain et sentit monter l'excitation en lui. Les jeunes filles de la rue avaient sa préférence pour leur férocité. Elles se débattaient longuement et farouchement, lui promettant une vengeance terrible. Les briser lui procurait plus de plaisir que le viol en lui-même, ou même la mort, parfois originale, qu'il leur donnait par la suite.

Alors qu'ils avançaient d'un pas soutenu dans le tunnel, le conseiller entendit le sifflement d'un couteau à ses oreilles. La lueur de la torche chancela. Il se retourna pour voir le garde s'écrouler au sol. Il regarda de nouveau devant lui et vit une silhouette noire sortir de l'ombre.

Sirmund ouvrit la bouche, mais n'eut pas le temps de prononcer une syllabe qu'un violent crochet vint le saisir à la mâchoire. Le choc le projeta contre le mur, une poigne ferme l'attrapa au torse et le maintint debout. Un regard de glace le fixa contre la pierre.

—Toi...

Ombre-Mort sortit son poignard et le positionna contre le ventre du vieil homme. Ce dernier déglutit et la panique l'envahit quand il se remémora les dernières paroles du prisonnier Bregel.

—Non, attends! Attends! (Le Corbeau resta immobile.) Tu ne pourras pas passer mon périmètre, les soldats se connaissent tous depuis des années et il n'y a aucune faille. Abandonne cette folie, je...

La pointe de la lame s'enfonça légèrement dans son ventre. Le Prince des Corbeaux approcha son visage du sien.

—Ce couloir ne sera pas emprunté cette nuit, tu as tout ton temps pour mourir.

—Non, arrête! Tu... (Dalarisse enfonça un peu plus sa lame et la fit découper avec fermeté le ventre sur la largeur)... sale monstre...

Le conseiller écarquilla les yeux sous l'effet de la douleur. Sa voix était coupée. Il mit les deux mains sur son ventre, mais il était trop tard. La plaie n'étant ni trop profonde ni trop grande, ses boyaux se déverseraient lentement sans qu'il ait la possibilité de les retenir ni même de mourir rapidement.

Ombre-Mort éteignit la torche puis partit dans le couloir en direction du palais.

Le vieil homme ne put que grogner à son encontre, car déjà la souffrance lui prenait tout son souffle. Il regarda en direction de la prison, mais il savait également que personne ne viendrait cette nuit...

La douleur s'empara pleinement de lui, le saisissant en profondeur et lui obstruant l'esprit. Il tenta de hurler mais il ne produisit qu'un râle étouffé.

CHAPITRE 52

Karl I jeta un coup d'œil par la fenêtre. La nuit était déjà bien avancée. Il grogna et se resservit sur le plateau de nourriture qu'on lui avait fait parvenir.

Il y avait devant lui plusieurs cartes et une dizaine de rapports venant du front. Travailler sur la campagne militaire occupait au moins son esprit, mais l'invasion de l'Évistée ne l'aidait pas à oublier Dalarisse, loin de là.

Un conseil de nobles éreintant l'attendait demain matin, il lui fallait dormir et forcer le sommeil. *Forcer le sommeil.* Il eut un sourire amer. «Soumets donc les choses ainsi, Karl, tu obtiendras presque tout ce que tu veux et ce presque obtiendra ton malheur».

Le Grand Roi s'assit sur le bord de son lit. Le temps était décidément aux fissures...

Du mouvement se fit entendre depuis le couloir. Karl retint un battement de cœur. On tambourina sur la porte de sa chambre. La voix de Torlen se fit entendre :

— Mon roi ! Mon roi ! Il est mort ! Les gardes l'ont tué !

Dalarisse... Karl prit soin de ne pas se presser, souhaitant ne pas donner trop de matière à l'inquiétude de son jeune protégé. Il mima le grognement de celui qui se réveille et vint ouvrir la porte. Torlen affichait un air ravi. Le jeune homme dut reprendre son souffle avant de continuer.

— Il est mort, Majesté, c'est terminé !

Le Grand Roi hocha la tête et enfila prestement une longue cape doublée de fourrure avant de revenir à la porte.

— Je n'ose y croire. Montre-le-moi.

Torlen ne se fit pas prier et emboîta avec enthousiasme le pas de son roi. Quatre gardes royaux les encadrèrent.

Les soldats qu'ils croisèrent en chemin partageaient le même sourire que son jeune protégé. La nouvelle avait déjà fait le tour de la garde. Voilà des semaines que l'assassinat préoccupait leurs pensées, et le soulagement se voyait naturellement sur leurs visages. Le Grand Roi conserva une mine grave en avançant d'un pas pressé.

— Que s'est-il passé ?

— Il a été repéré deux étages en dessous. Il était très proche, Majesté, c'est incroyable ! Il avait franchi une grande partie du périmètre de sécurité. Je n'aurais pas cru cela possible. Quatre soldats l'ont poursuivi dans les escaliers puis à l'étage d'en dessous. Ils l'ont rattrapé, mais il s'en est fallu de peu qu'il ne les tue tous... avec un simple poignard et une arbalète ! Ils ont réussi à le coincer. Seul un soldat a survécu. Il a alerté les autres. J'ai pris soin de faire transporter les corps dans la caserne du palais, car le bruit a réveillé certains occupants, je voulais éviter aux nobles une vision macabre.

Karl I vit plusieurs curieux glisser un œil par leur porte entrouverte sur son passage.

— Tu as bien fait.

Ils descendirent en direction de la caserne qui se trouvait au premier étage du palais. Le capitaine de la garde les retrouva sur le chemin et adressa un regard noir aux quelques hommes d'armes qui s'étaient joints au convoi au cours de la traversée du palais :

— Retournez à vos postes, bougres d'idiots ! (Les soldats firent demi-tour sans demander leur reste. Le capitaine salua son roi.) Sire...

— Volkein ?

— Sire... je me dois d'émettre des réserves.

Le Grand Roi acquiesça et se tourna vers Torlen.

— Trouve-moi Sirmund.

Le jeune homme hocha la tête et s'en retourna. Le capitaine Vorkein se cala sur la démarche du Grand Roi.

— Sire...

— Dis-moi.

— Le corps est transpercé de plusieurs coups. L'un des soldats lui a enfoncé une torche dans la figure, son visage est partiellement brûlé, mais l'on peut néanmoins être sûrs qu'il s'agit d'un homme relativement âgé. Cependant, en plus d'être défiguré par les brûlures, il a reçu un coup puissant au visage, nous ne pouvons donc être certains qu'il s'agit bien de notre homme. Il faudra nettoyer le corps et faire appel à des gens qui l'ont vu ces derniers temps pour l'identifier clairement. Sans possibilité de certitude immédiate, j'ai fait maintenir l'état de garde, Sire.

— Je n'en attendais pas moins de ta part, Volkein, bien qu'entre nous je ne pense pas que deux assassins de sa trempe aient décidé de me tuer la même nuit.

Le capitaine laissa un sourire lui échapper un bref instant.

— Je vous rejoindrai volontiers sur ce point, Sire, mais...

— ... mais tu ne prends aucun risque et tu as raison.

Les deux hommes et leur escorte pénétrèrent dans la caserne. La quinzaine de soldats présents adressa un salut impeccable à son monarque.

Plusieurs tables avaient été vidées pour y déposer les corps. Il y avait là trois gardes royaux dont les têtes étaient recouvertes d'un voile noir, et une dernière table était entourée par les hommes d'armes.

Les soldats s'écartèrent de celle-ci sur un signe de leur capitaine. Ils formèrent un cercle autour d'eux. Karl inspira et posa ses yeux sur le cadavre allongé devant lui.

Les habits noirs étaient maculés de sang en plusieurs endroits, mais on ne pouvait s'y tromper : il s'agissait bien là de la tenue d'un Corbeau. Le corps avait été fouillé et l'équipement déposé à ses côtés.

Il y avait là trois couteaux de lancer, une arbalète de poing digne d'un chef-d'œuvre d'ingénierie accompagnée d'une dizaine de carreaux, une flasque d'alcool entièrement vide, un poignard de Corbeau à la lame encore ensanglantée et un livre noir. Le Grand roi laissa ses doigts glisser sur la crosse de l'arbalète puis sur le poignard qu'il prit fermement en main sous les regards attentifs des hommes autour de lui. Il l'observa sous plusieurs angles puis le retourna afin de scruter le pommeau à un emplacement précis que peu de gens connaissaient. Il y avait gravé le mot « Dalarisse » en caractères si petits qu'un œil non averti ne l'aurait pas décelé.

Karl reposa l'arme et saisit le livre qu'il ouvrit à la première page. Il était écrit « Prince des Corbeaux ». L'écriture atypique était la même que celle de la lettre qu'il avait reçue. Le monarque ouvrit le livre au milieu et lut quelques phrases. Il resta un moment, le regard perdu sur les pages, puis il le referma d'un geste vif et le glissa dans la poche de sa propre tunique.

Les soldats, tout autour, retenaient leur souffle. Même le capitaine Volkein peinait à dissimuler son excitation.

Karl souleva le voile noir qui recouvrait la tête. Le visage était effectivement déformé : la peau du visage et d'une bonne partie du crâne était brûlée. Un coup d'épée avait été porté au milieu de la figure, arrachant une partie du nez, découpant une joue et faisant sortir l'œil droit de son orbite. Le crâne avait été atteint, causant probablement la mort. Le roi soupira et remit le voile en place.

Des murmures circulèrent parmi les hommes d'armes. Le Grand Roi se tourna vers le capitaine Vorkein et laissa traîner un silence maîtrisé :

— Qui est donc l'homme, capitaine, qui a tué Ombre-Mort ?

Des vivats enjoués ponctuèrent aussitôt la question, et même le visage fermé du capitaine fut contaminé par le sourire. Vorkein désigna un soldat sur le côté qui s'approcha sur son injonction.

Le Grand Roi l'observa. Un beau jeune homme aux traits forts mais harmonieux, dont l'uniforme était soigneusement entretenu, et la démarche celle d'un bretteur. Le soldat lui rendit son regard, un regard dur qui contrastait avec la beauté de son visage, le genre de regard que Karl savait apprécier.

—Comment cela s'est-t-il passé, soldat?

—Nous étions quatre au poste de garde, à un croisement, Majesté. J'ai regardé au bon endroit au bon moment, et j'ai vu la silhouette de l'assassin passer entre les ombres. Je me suis élancé en criant, les trois autres m'ont suivi. Il se déplaçait vite, Majesté, nous avons eu des difficultés à le suivre. Plusieurs portes sont verrouillées la nuit, afin d'éviter les accès, il s'est retrouvé bloqué face à l'une d'elles. Nous l'avons attaqué avec précaution, mais... il était terrifiant. Il a tué l'un d'entre nous avant que l'on ait pu porter la moindre attaque, et cela sans même une épée. Le sergent Barle a pu le contenir pendant que je me munissais d'une torche et que Sigmun... le soldat Sigmun je veux dire, le contournait. Nous voulions attendre l'aide des autres soldats qui arrivaient, mais il ne nous en a pas laissé le temps. Nous lui avons causé plusieurs blessures sans pour autant l'arrêter. Sigmund est mort, le sergent juste après, mais j'ai pu saisir cette occasion pour plonger le bout de ma torche dans son visage. Le choc et la douleur l'ont laissé sans défense l'espace d'un instant, je l'ai alors frappé à la tête d'un coup puissant. Il est mort quand ma lame a fendu son crâne, Majesté.

Karl regarda tour à tour le corps étendu devant lui et le soldat qui peinait à dissimuler la fierté dans son regard. Il adressa un signe de tête au jeune homme à la fin de son récit.

—Soldat, c'est un honneur d'être servi par des hommes comme toi.

—L'honneur est pour moi, Majesté.

— Quel est ton nom ?

— Tessan, Majesté.

— J'ai besoin d'homme comme toi, Tessan. (Karl marqua un temps puis s'adressa à Volkein en tout regardant le jeune soldat.) Qu'on donne ses cinq cents couronnes d'or à l'homme qui a sauvé la vie de son roi !

Les soldats laissèrent cette fois-ci totalement exploser leur joie et félicitèrent gaillardement le jeune homme. Le Grand Roi s'éloigna de l'attroupement avec le capitaine Volkein.

— J'ai vu les blessures, Sire, il dit vrai, l'assassin était redoutable.

— Je n'en doute pas. Qui est ce soldat ?

— Un jeune homme originaire du sud. Il s'est engagé il y a trois ans dans l'armée. Il est doué et loin d'être bête, Sire, je l'ai intégré dans la garde royale depuis un an. Son parcours est exemplaire, je comptais le nommer sergent d'ici peu.

Le roi Tiemrin hocha la tête.

— Qu'il vienne me voir demain, j'aimerais le féliciter plus intimement. Tu le nommeras par la suite.

— Oui, Sire.

— Occupe-toi des corps des soldats comme il se doit, et mets celui de l'assassin dans un endroit sûr. Sirmund souhaitera le voir.

Vorkein s'inclina. Le Grand Roi jeta un dernier regard vers la joie des soldats puis s'en retourna avec son escorte dans le couloir et quitta la caserne.

Karl remonta ainsi les étages du palais jusqu'à sa chambre. Son visage arborait une expression plus sereine qu'à l'aller, ce qui contamina tous les soldats qu'ils croisèrent. Il arriva dans sa chambre et fit refermer les portes derrière lui.

Le roi Tiemrin se dirigea directement vers le plateau encore sur la table et se saisit de la bouteille de vin et du verre à ses côtés. Il remplit un verre qu'il descendit d'une traite. Puis il se servit à nouveau et abandonna la bouteille pour venir s'asseoir sur son lit.

Il resta ainsi un moment, le verre entre les mains, le regard perdu dans la robe du vin. Un frisson finit par le parcourir, remontant du bas du dos jusqu'à la nuque. Il inclina la tête sur le côté et s'imprégna de la pièce durant plusieurs secondes.

Un sourire sans joie se dessina sur le coin de sa bouche.

— Comment as-tu fait ?

La silhouette de Dalarisse émergea des ombres d'un recoin.

— L'annonce de ma mort a temporairement créé des brèches dans le dispositif, suffisantes pour que j'atteigne votre chambre.

Le Grand Roi resta figé dans la même position. Le Prince des Corbeaux n'avança pas plus. Ils demeurèrent ainsi un moment en silence. Karl réfléchissait. Les rides de son front finirent par se défaire lorsqu'il reprit la parole :

— Le corps, en bas, est celui de Varlin, le seul Corbeau de ton âge déjà présent sur les lieux et capable de tuer ainsi plusieurs soldats. Il faisait partie du plan.

— En effet.

L'esprit du Grand Roi continuait de s'activer vigoureusement.

— Mais comment être sûr qu'il mourrait ? Et surtout ainsi, avec un visage méconnaissable… Oh… (Un sourire malin illumina le visage du monarque.) Le soldat qui l'a attaqué est avec toi ! Il n'a pas le physique du sud du Tiemric. Il est Andarrian, n'est-ce pas ?

— C'est exact.

— Et tes affaires… c'est ce Tessan qui les a fait parvenir à Varlin. Il s'est laissé enfermer ici dans le palais par nos soins à un étage qui lui permettrait de franchir une grande partie du périmètre, attendant que tu arrives à Tiem… (Ombre-Mort ne répondit rien, mais le roi n'avait pas besoin de confirmation.) Tout ceci est astucieux.

— Merci.

— Ainsi, Varlin, pour le dernier acte de sa vie, a accepté de se sacrifier pour que tu te retrouves ici avec moi. Hum… je ne peux pas vraiment le blâmer, mon dernier acte aura été de donner cinq cents couronnes d'or à l'Andarrian qui aura aidé à me tuer… Car il s'agit bien de cela, n'est-ce pas, tu vas me tuer ?

— C'est déjà fait.

Karl haussa les sourcils. Il regarda rapidement autour de lui mais se refusait encore à tourner la tête vers le Prince des Corbeaux. Ses yeux se posèrent finalement sur le verre qu'il tenait.

— Ah… (Il inspira profondément.) Il est désolant d'être trahi par un si bon vin.

Le roi voulut lever le verre pour l'approcher de son visage mais son geste se fit hésitant, fébrile. Il grogna, alors qu'une lourdeur s'emparait de tout son corps.

Le Prince des Corbeaux s'approcha du monarque :

— La paralysie des membres est le premier effet de ce poison. (Il s'empara du verre et le posa sur la table de chevet royale.) D'abord les bras et les jambes, puis le bassin et enfin la tête et la poitrine. Il n'y aura pas de douleur physique.

Karl évitait toujours le regard du Corbeau et se laissa choir sur son lit. Dalarisse accompagna son mouvement et l'aida à s'allonger. Il en profita pour récupérer son livre noir qui dépassait d'une poche de la tunique du roi.

— Il existe un antidote ?

— Pas dans ce royaume, Grand Roi.

— Alors inutile d'appeler la garde. Je préfère mourir en ta compagnie.

Dalarisse s'assit à ses côtés et observa les traits du monarque Tiemerin. Ce dernier fixait le plafond de sa chambre.

— Comment repartiras-tu ?

— Tessan se chargera de distraire les gardes sur un passage déjà convenu. Sa popularité et sa capacité à distribuer des pièces d'or m'ouvriront un chemin suffisant.

— Un assassinat des plus discrets, donc. Est-ce pour me punir ? Pour donner au conquérant et au chef de guerre que je suis une fin semblant naturelle, celle d'un vieillard dans son lit, mort à la veille de devenir Empereur?

—Non. En procédant ainsi, il n'y aura pas de traque à mon encontre. Ils continueront de penser que je suis mort dans ces couloirs. Ombre-Mort disparaîtra avec vous.

Karl laissa le silence s'installer entre eux un moment puis rassembla ses forces et tourna enfin la tête vers Dalarisse qu'il découvrit à la lueur du feu de cheminée:

—Oh... ce visage...

Le Prince des Corbeaux soutint le regard royal, mais celui-ci sembla chanceler. Une larme s'écoula sur la tempe du Grand Roi qui détourna la tête. Sa respiration se fit plus forte et irrégulière, Dalarisse crut que les derniers instants étaient arrivés, mais Karl retrouva un certain calme et reprit:

—Nous disparaîtrons, oui... mais au printemps le Tiemeric marchera sur Évistée et des Huit Royaumes naîtra un Empire, tel que cela doit être.

—Pourquoi? Pourquoi tout cela?

—Parce que le monde est vaste... et qu'on ne tord pas l'histoire sans faire couler le sang. (Karl laissa un long soupir lui échapper.) Ombre-Mort est ma création, Dalarisse, tu n'es pas ça... Tu es ce que cette princesse a vu en toi... et Pogrême avant elle. L'amour d'une femme comme elle...

—Que connaissez-vous à l'amour?

Karl se tut. Il demeura ainsi immobile sous le regard glacial du Prince des Corbeaux. Le temps défila dans la chambre. La voix du roi Tiemrin brisa l'instant. Elle se faisait plus faible au fur et à mesure que le poison agissait:

—J'ai aimé...

—Kester a tué votre femme sur votre injonction.

—... certes... une femme de raison et non de cœur. J'ai aimé, Dalarisse... mais on ne construit pas un Empire... avec des sentiments.

Le Prince des Corbeaux observa son souverain. L'articulation se faisait difficile, seules quelques parties du visage restaient actives. La poitrine se soulevait avec peine. La mort venait.

—Sais-tu... sais-tu que Dalarisse (le roi déglutit douloureusement.)... signifie soleil... en ancien Évistéen ? Drôle de nom... (une nouvelle larme perla aux abords des yeux du roi, sa voix devenait presque inaudible)... drôle de nom... pour... Ombre-Mort...

Dalarisse ne quittait pas son roi des yeux. Sa propre respiration se fit moins calme.

—J'ai un fils, Grand roi.

—Un fils...

—Oui. Il est également le fils d'Adenalia.

—... avec la fille de... Solodan... ?

La bouche de Karl s'élargit laborieusement. Dalarisse crut voir un sourire se dessiner, puis les lèvres figées laissèrent échapper un dernier souffle.

Le Grand Roi était mort. Dalarisse était seul.

CHAPITRE 53

Tessan s'éclipsa de la taverne de la caserne royale qui ne désemplissait pas malgré l'heure. La propension du jeune homme à dépenser son or en boissons au profit de tous avait réuni plusieurs dizaines de soldats dont peu tenaient encore debout. La fête avait été joyeuse, traduisant le soulagement général. Tessan l'avait généreusement alimentée.

Il avait reçu les félicitations de chacun et avait dû raconter de nombreuses fois le récit de sa nuit, prenant soin de jouer le jeu et de contrôler la quantité d'alcool ingurgitée. L'état d'ébriété des soldats ne leur permit pas de remarquer son départ.

Le jeune homme se faufila dans le dortoir où il logeait et déposa sur sa couchette les sacs de pièces d'or que le capitaine Vorkein lui avait remis en main propre. Il se débarrassa de ses affaires de soldat et souleva deux lames de parquet situées sous son lit avec la lenteur et la discrétion nécessaire pour ne pas réveiller les quelques hommes endormis dans la pièce.

Tessan en sortit une chemise de lin blanc ainsi qu'une tunique verte aux liserés d'or qu'il revêtit. Il retira ensuite du compartiment dissimulé un pantalon sombre qu'il enfila, puis se saisit d'une longue épée dans un fourreau. Il laissa ses yeux caresser le pommeau de l'arme à travers l'obscurité... une tête de dragon Andarrian en argent sertie de deux rubis rouges en guise de regard... Il l'attacha à sa ceinture et retira de sa cachette un sac de voyage et un long manteau gris sombre. Le guerrier Andarrian finit de s'habiller et prit soin de ne pas laisser dépasser le pommeau des pans de son manteau. Il rangea enfin ses habits de soldat dans la cachette et remit les lames du plancher en place.

Tessan se débrouilla pour n'être vu de personne et quitta la caserne juxtaposant le palais Tiemrin à la faveur de la nuit, sans un regard en arrière.

Dalarisse avait atteint la chambre. Il avait laissé le signal convenu pour le confirmer. Le Grand Roi était mort, comme tous ceux qui avaient participé à la nuit de la destruction de Sénam. Tel était le serment qui avait été fait.

Le jeune homme s'arrêta un instant et inspira l'air nocturne de la capitale Tiemrine. Il prit le temps de mettre de l'ordre dans les pensées qui fusaient dans son esprit puis s'engouffra dans les larges rues de la cité pour gagner sans détour la demeure de Pogrême, la « Plume de Tiem ».

*

Le bâtiment était imposant, dressé sur trois étages et construit de sorte à laisser la place à un grand jardin tout le long de la bâtisse. Le tout était entouré d'un haut mur qui isolait cet endroit du reste de la ville. Tessan pénétra dans la petite cour intérieure et frappa à la lourde porte.

Un bruit de pas se fit rapidement entendre, suivi du jeu d'une clé dans l'épaisse serrure. Une femme mûre à la forte corpulence ouvrit la porte. Elle l'observa de la tête au pied :

— Qui êtes-vous ?

— Tessan est mon nom, je suis ici pour voir Pôgrème.

— Il dort.

Le jeune homme offrit un sourire charmeur que la vieille femme s'appliqua à ne pas relever.

— Pourquoi ne pas le réveiller, la discussion que je dois avoir avec lui s'en trouverait plus aisée.

— Pourquoi le dérangerais-je ?

— Parce que je suis l'élève de Dalarisse.

— Je ne connais pas ce nom

Tessan déposa ses bagages au sol et écarta les bras sans se départir de son sourire.

— J'ai toute la journée devant moi.

La femme renifla bruyamment et continua de fixer le jeune homme durant plusieurs secondes. Elle referma la porte et la verrouilla à nouveau.

L'attente ne fut pas longue. Tessan reprit en main ses affaires lorsque la porte se rouvrit.

— Vous pouvez entrer.

— Je vous en remercie.

Le guerrier Andarrian suivit son aimable guide jusqu'à une grande salle qu'un feu de cheminée naissant éclairait. Elle lui désigna un fauteuil et quitta la pièce.

Tessan retira son manteau et son arme qu'il installa sur une chaise contre le mur. Il déposa les sacs de pièces d'or à côté et vint s'asseoir à la place qui lui avait été désignée.

La pièce était grande, sans nul doute une pièce de vie au vu des meubles modestes mais confortables qui s'y trouvaient. La fortune n'était pas présente et l'on aurait même pu la penser austère si le mobilier, par ses écorchures ici et là, et son espacement, ne trahissait la présence de nombreux enfants chaque jour en son sein. La richesse ici était tout autre...

Tessan se laissait aller à imaginer les enfants de cet orphelinat en train de courir dans la pièce lorsque Porgrême arriva.

Le jeune homme se leva aussitôt et salua en inclinant le buste. L'érudit lui fit un bref signe de la main, lui intimant de se rasseoir et gagna lui-même un grand fauteuil situé dans un coin de la pièce.

Il était vieux, très vieux. Sa démarche était lente, mais néanmoins sûre. Bien que l'âge semblât avoir tassé son corps, Tessan devinait une épaisse carrure sous la toge qu'il portait. L'homme dégageait une force, même à travers la faible luminosité de la pièce.

Pogrême s'installa dans le fauteuil qui semblait avoir épousé parfaitement ses formes avec les années. Un emplacement qui lui donnait vue sur toute la salle tout en restant à distance des «couloirs de courses» qui se dessinaient dans la pièce.

L'érudit posa sur lui des yeux noirs, vifs et pétillants qui contrastaient avec la blancheur de ses sourcils et de sa longue barbe. Un de ces regards entraînants, qui semblait contenir sans cesse de la malice, mais dont on redoutait l'instant où celle-ci disparaîtrait.

Tessan attendit sans broncher, alors qu'il était observé de la tête au pied. Le regard de Progrême se tourna ensuite vers le feu naissant et il resta ainsi à l'examiner silencieusement. Le guerrier Andarrian s'appliqua à ne pas troubler l'instant et rejoignit l'érudit dans sa contemplation.

La «Plume de Tiem» prit la parole au bout de quelques instants. Sa voix était caverneuse, mais sa diction la rendait parfaitement audible.

—Que fais-tu ici, Tessan, élève de Dalarisse?

Le jeune homme prit une inspiration.

—Le Grand Roi est mort cette nuit. Dalarisse l'a tué.

Tessan observa le visage ridé de son interlocuteur pour détecter une réaction à ces mots, mais il n'en obtint aucune. Pogrême resta immobile un moment, le regard perdu dans les flammes, puis il laissa échapper un long soupir et tourna la tête vers lui:

—Où est Dalarisse?

—S'il venait à survivre à l'assassinat, il se rendrait sur une colline fleurie en Andarrian auprès d'une tombe que seule la nature profane. Mais peut-être est-il mort en tuant le Grand Roi. Peut-être est-ce la raison pour laquelle j'ai avec moi la récompense pour sa mort.

Tessan désigna les sacs d'or qu'il avait déposés près de la cheminée. Pogrême n'y jeta pas un regard.

—A-t-il fait de toi un Corbeau?

—Non. Il a fait de moi un homme libre... avec quelques notions à l'épée.

Le sourire désinvolte du jeune homme ne trouva pas d'écho. Tessan attendit une relance qui ne vint pas et se laissa aller à l'observation plus en détail du salon dans lequel il se trouvait.

—Dalarisse m'a parlé de cette pièce... de cette cheminée et du fauteuil dans lequel vous vous trouvez.

Progrème désigna une chaise et une petite table modeste dans un coin de la pièce.

—Il s'asseyait là toute la journée, dévorant les biscuits au miel et les parchemins que je lui apportais. Un emplacement isolé avec une vue sur chaque entrée. Je ne pouvais jamais le surprendre en rentrant dans la pièce. Aucun enfant n'y arrivait. Même le texte le plus entraînant ne savait accaparer toute son intention.

—Je veux bien le croire...

—Tu n'as pas répondu à la première question que je t'ai posée.

Le jeune homme acquiesça et désigna les sacs de pièces d'or:

—Je vous laisse ces sacs. Une partie doit revenir à un couple de marchands d'épices à l'est du quartier de Brunebourg, et une autre à la fille de Bregel, le combattant des arènes clandestines. Le reste à votre convenance.

—Romie.

—Pardon?

—La fille de Bregel se nomme Romie. Son père est ressorti du palais en plusieurs morceaux à destination des chiens errants.

Tessan eut un sourire sans joie.

—Lui donner l'or que nous avons récupéré en tuant une autre personne ne rachète rien, je sais cela. Je...

Pogrème leva une main impérieuse.

—Ne te fatigue pas, jeune homme, je prends ton or et les instructions qui vont avec. J'ai passé l'âge des justifications.

Le guerrier Andarrian acquiesça et s'enfonça un peu plus dans son fauteuil en considérant de nouveau le salon. Les yeux du vieil homme restaient braqués sur lui, mais sans qu'un poids accompagne le regard.

L'atmosphère de la pièce était apaisante. Il n'aurait sur dire pourquoi, mais il le ressentait pleinement. Il devait repartir sous peu, mais désirait rester encore pour s'imprégner de cette sensation. Il imaginait sans peine un effet similaire chez les enfants qui évoluaient entre les murs qui isolaient le bâtiment. Cette pièce était centrale à la vie en ce lieu.

La « Plume de Tiem » le sortit de ses pensées :

— Que vas-tu faire désormais, en tant qu'homme libéré de l'assassinat du Grand Roi ?

Tessan retrouva de l'entrain aux coins des lèvres et ses yeux s'illuminèrent lorsqu'il se tourna vers Pogrême.

— J'ai un roi à servir. Je quitte Tiem dès aujourd'hui afin de le rejoindre.

— Un roi Andarrian ?

— Oui, le fils de Dalarisse et de la princesse Adenalia Andarrian.

Pour la première fois, le vieil homme n'eut pas la réplique immédiate. Tessan ne pouvait distinguer à travers la faible luminosité les raisons de son hésitation, mais son annonce avait provoqué ses effets. Le jeune homme s'en réjouit intérieurement.

Pogrême rit soudainement... un rire saccadé et sans grande force. Tessan écarta les mains :

— Trouvez-vous cela ridicule ?

— Oh non, jeune homme ! Servir un roi est une bien noble vie si tu le fais avec passion et raison. Le sang d'un roi ne le rend pas meilleur, il lui donne simplement accès au titre. Un serviteur, par ses actes, mérite le roi qu'il a, autant que le roi mérite, par ses actes, ses serviteurs. N'oublie pas cela, Tessan, élève de Dalarisse. (Le vieil homme soupira.) Un tel roi aura bien besoin de tes quelques notions à l'épée, la mort de Karl ne mettra pas fin aux ambitions de Tiem. Des tueurs par dizaines seront envoyés à sa poursuite.

— Alors ils mourront par dizaines.

Le ton était empli de détermination. Le vieil érudit ne répondit rien à cela et tourna légèrement la tête pour contempler le feu.

Ils demeurèrent ainsi un moment. Le guerrier Andarrian hésita plusieurs fois à poser la question qui le taraudait. Il se lança au détour d'une dernière pensée :

— Est-il vrai que vous n'êtes pas originaire des Huit Royaumes ?

Pogrême se redressa sur son fauteuil. Tessan distinguait mieux ses traits sous cet angle. Il le vit perdre son regard alors qu'il réfléchissait. Le jeune homme comprit qu'il mesurait le fait de lui répondre ou non, et qu'il y avait donc des implications découlant de cette réponse. L'excitation le saisit alors et il se pencha lui-même en avant, tenu par ce silence qui précédait la prise de parole du vieil homme. Celui-ci inspira et se tourna de nouveau vers lui :

— Cela est vrai, oui, je viens d'une terre se situant par-delà un océan. Je suis arrivé dans les Huits Royaumes il y a plus d'un demi-siècle avec déjà, dans mes bagages, un certain nombre d'années. J'ai débarqué sur la côte Tradoajhine pour gagner aussitôt un palais où se concluaient des accords importants entre Tiem et Sénam. Je détenais des informations que nul n'avait sur ces terres et une requête dont j'estimais la charge insupportable pour un seul homme. J'étais donc prêt à épauler celui auquel se destinait ce fardeau, prêt à y dédier le reste de ma vie comme tu t'apprêtes à le faire pour ce roi Andarrian. En réalité, je ne savais pas à quoi m'attendre... Karl et Solodan s'affrontaient autour d'un jeu d'échecs à l'ombre d'un arbre. À peine entrés dans l'adolescence, ils étaient considérés comme trop jeunes pour participer aux discussions qui se tenaient en ces lieux... C'est à eux que j'ai destiné mes informations, à eux que j'ai transmis, non sans un soulagement honteux, le fardeau que je portais seul. Ils m'ont soumis à la question des heures durant, s'assurant de comprendre et, finalement, d'accepter ce que je leur disais. Le constat était simple pour nous trois, alors que le soleil fuyait l'endroit où nous nous trouvions. (Pogrême s'humecta les lèvres et s'éclaircit la voix.) Les Huits Royaumes, toujours occupés à se faire la guerre les uns aux autres, devaient s'unifier sous la direction d'un chef qui saurait leur donner suffisamment de puissance. Ce dirigeant se trouvait bien là, sous mes yeux, mais je ne savais duquel, entre ces deux jeunes garçons, il s'agissait. J'aurais cru la décision aisée pour moi et mon esprit, que je considérais déjà à l'époque comme particulièrement affûté. Ce ne fut pas le cas. Je me retirai néanmoins en leur annonçant que le lendemain j'aurais fait mon choix pour accompagner l'un d'entre eux.

Pogrême marqua un temps d'arrêt et sembla à nouveau voyager parmi ses souvenirs. Le guerrier Andarrian se refusa à esquisser le moindre geste de crainte de le couper dans son élan. Le visage du vieil homme se para d'un étrange rictus et il reprit :

— À l'aube du jour suivant, Solodan est venu seul me trouver dans la modeste chambre qui m'avait été allouée au fin fond d'un bâtiment annexe. Il aborda sans détour le sujet qui m'avait empêché de dormir toute la nuit. Il me dit qu'il avait une vision plus large et une intelligence plus vive que Karl, qu'il saurait régner avec plus de sagesse et que l'Andarrian était mieux perçu par les autres royaumes que le Tiemric. Au vu des heures que j'avais passées en leur compagnie la veille, je ne pouvais lui donner tort. Il ajouta que si Karl affichait une telle force de détermination susceptible d'impressionner quelques-uns, c'est qu'une rage le consumait de l'intérieur et le faisait parfois agir de manière excessive et brutale… Il me dit enfin que pour parvenir à ce que je demandais, il fallait être prêt à tout sacrifier pour arriver à ses fins et qu'en cela, seul Karl était capable de réussir.

Tessan était figé. Les mots du vieil homme envahissaient son esprit, s'accrochant à ses pensées et instillant une sensation étrange. Pogrême soupira.

— Du haut de ses treize ans, le jeune Solodan venait de concéder la défaite dans une guerre qui n'avait pas encore eu lieu, abdiquant avant son couronnement dans un conflit centenaire entre son royaume et le Tiemric au nom d'une cause gagée par quelques mots échangés la veille. Il quitta ma chambre à la fin de sa phrase. Moi qui pensais amoindrir le poids sur mes épaules en leur transmettant ces informations, je repartais avec une charge tout autre, dont je ne saurais me défaire. Solodan avait raison. Une heure plus tard, j'informais Karl que je l'avais choisi. Je l'ai suivi à Tiem, je l'ai accompagné jusqu'à la couronne, sachant me faire discret, puis je l'ai conseillé quelque temps par la suite, avant de me mettre en retrait au profit d'autres, plus jeunes et mieux placés, laissant l'Histoire se faire. Je n'ai plus revu Solodan, mais il m'est arrivé de correspondre avec lui. J'ai eu encore quelque temps des yeux et des oreilles bien placés à la cour, aussi ai-je pu l'informer de ce moment d'égarement qui autorisa l'amour sans raison d'un roi qui ne le voulait pas, de ce fils né, qui, destiné à la disparition, se retrouva soleil parmi les ombres. (Le guerrier Andarrian était parcouru de frisson.) Solodan savait pour Dalarisse avant que celui-ci ne mette les pieds à Sénam. (Le vieil homme haussa les sourcils, un sourire se dessinant aux coins des lèvres.) Ainsi, celui prêt à tout sacrifier dut sa perte à la seule chose qu'il n'avait pas sacrifiée, et celui prêt à renoncer à tout refusa de céder sur un seul combat insignifiant aux yeux de l'Histoire, celui pour sa fille. Deux accrocs à la raison menant à un résultat dont seuls les Dieux ont le secret. Le roi que tu t'apprêtes à servir, jeune homme, possède donc un héritage plus dense qu'il n'y paraît.

Tessan fixa le vieil homme, incapable de bouger ou de parler. Pogrême se leva avec raideur et gloussa :

— Une réponse dépassant quelque peu le cadre de ta question, hum ?

Le guerrier Andarrian se leva lui aussi sans pour autant retrouver son souffle. La « Plume de Tiem » désigna l'entrée de la main.

— Va maintenant, Tessan, élève de Dalarisse. Va embrasser cette liberté et pardonne au vieillard que je suis de ne pas avoir allégé ton esprit pour ce voyage.

Tessan déglutit et inclina la tête pour saluer le vieil homme, ne trouvant rien à dire. Il saisit son équipement, adressa un dernier regard à Pogrême qui s'était tourné vers le feu et quitta le salon.

La femme qui lui avait ouvert l'accompagna jusqu'à la sortie. Le jeune homme se retrouva seul dans la petite cour intérieure. Il resta immobile, faisant le tri dans ses pensées alors que le soleil s'annonçait dans les lueurs du ciel Tiemrin.

Le tintement timide d'une cloche le sortit de ses réflexions. Le bruit se fit rapidement moins espacé et plus fort.

Tessan reprit alors sa route. Des habitants apparaissaient à leur fenêtre et ouvraient leur porte, jetant tous un regard curieux en direction du palais et de sa cloche qui ne sonnait qu'en de très rares occasions. Plusieurs sortirent dans la rue et des rumeurs commencèrent à circuler.

Le jeune homme circula parmi eux, maintenant son visage impassible.

Il s'enfonça dans les rues au rythme des sons de cloche, faisant écho, en lui, aux musiques qui, jadis, berçaient Sénam.

CHAPITRE 54

L'annonce de la mort du Grand Roi se répandit à toute vitesse dans les Huit Royaumes. Partout les hommages furent rendus à travers de somptueuses cérémonies officielles, parfois sincères, parfois non.

Tiem s'organisa avec l'efficacité qui faisait sa réputation. Plusieurs débuts de révoltes furent fermement réprimandés, les gouverneurs des différentes régions de l'Empire naissant redoublèrent d'ardeur pour maintenir l'ordre et accélérer la mainmise qu'ils avaient sur leur secteur, attendant que la succession du Grand Roi se prépare.

Le château des Radenks fut également ébranlé par l'annonce. Frédérick ne put se retenir d'échanger un regard entendu avec Hadaron lorsque le messager fit son annonce dans le salon en fin de journée. Le jeune homme quitta la pièce alors que le choc continuait de saisir les autres occupants.

Il ne réapparut que le soir après le dîner. Son absence devenait habituelle. Il se faisait bien moins présent ces derniers jours. Les habitants du château estimaient que les derniers évènements, avec les révélations sur son ex-maître d'armes, l'avaient profondément troublé.

Hadaron se tint à l'entrée. Il rendit le salut à ceux qui le remarquèrent puis fixa des yeux le comte et la comtesse. Le couple échangea un regard entendu. Katerine de Radenks les excusa et ils se levèrent tous deux pour se diriger vers le jeune homme. Celui-ci s'en retourna et les conduisit dans un couloir que nul n'aurait osé emprunter à cet instant.

Frédérick et Katerine le suivirent sans un mot, la comtesse se laissant guider par le comte qui ne montrait rien du trouble que cela aurait dû susciter également chez lui. Hadaron s'arrêta et leur fit face. La transformation physique avait commencé à opérer chez lui, mais le véritable changement n'était pas là. La détermination sur son visage et le regard qu'il porta au couple n'étaient plus ceux du jeune nobliau d'il y avait quelque temps.

—Je pars.

Katerine de Radenks mit la main devant sa bouche pour étouffer un hoquet de stupeur. Elle adressa un regard inquiet à son époux et se rapprocha du jeune homme.

—Tu pars? Mais pourquoi Hadaron? Que se passe-t-il?

—Je vais en Évistée. Mes bagages sont prêts, je quitterai le château demain dès l'aube. Je souhaite que mon départ reste secret, vous trouverez une excuse qui convient, j'en suis sûr.

La voix du jeune homme était exempte de doute, un ton sans conteste qui retenait pour l'instant la colère de la comtesse.

—Tu ne peux pas partir maintenant, Hadaron, je suis ta mère et...

—Vous êtes ma mère et vous le serez toujours. (Il soupira. La fermeté qu'il voulait afficher était mise à rude épreuve par le visage plein d'incompréhension qui lui faisait face.) J'ai une vie à mener dans une direction qui n'est pas celle-ci.

Frédérick s'approcha. Ses yeux contenaient une part de tristesse, mais le sourire qui ornait sa bouche était sincère.

—Pourquoi l'Évistée?

—C'est le dernier royaume libre.

Les deux hommes échangèrent un regard lourd de sens que la comtesse ne sut interpréter. Elle les dévisagea tour à tour et l'agitation monta plus fortement en elle. Le comte posa une main sur son épaule.

—Je te dirai tout.

Elle se retint de rétorquer et se tourna de nouveau vers Hadaron dont la voix était étouffée par l'émotion:

—Je vous aime.

Katerine de Radenks le prit aussitôt dans ses bras, murmurant à son oreille les tendresses que seule une mère détenait. Frédérick attendit son moment et l'étreignit vigoureusement avant d'ajouter :

—Vivre est déjà un moyen de mériter tout ce qui a été fait pour toi, Hadaron.

Le jeune homme acquiesça lentement et grimaça en entendant les sanglots étouffés de la comtesse. Il s'en retourna au plus vite.

*

L'obscurité se faisait moins forte alors que l'aube pointait sur son domaine. Frédérick put distinguer sans peine Hadaron qui sortait de l'écurie avec trois des chevaux qu'il possédait. Ils étaient tous équipés pour le voyage et le comte ne put s'empêcher de remarquer l'épée attachée à l'une des selles.

Le jeune homme s'arrêta dans la cour et se mit à attendre. Il ne suffit que d'un bref instant pour que Jerna, chaudement vêtue, sorte discrètement du château et le rejoigne. Hadaron l'aida à grimper sur sa monture et saisit les rênes des deux chevaux pour se diriger vers la sortie.

Le comte de Radenks vit une silhouette sortir de l'ombre. Il ne put retenir un sourire en voyant Katerine de Radenks tendre à Hadaron un grand paquet de provisions pour le voyage. Le jeune homme l'embrassa une dernière fois et prit la route. Il s'arrêta juste devant les portes du château, alors que la comtesse rentrait après un dernier regard douloureux.

Frédérick les vit attendre de longues minutes. Un vieil homme finit par arriver d'un pas enjoué en direction des jeunes gens. Le comte reconnut l'ermite à sa démarche lente et fébrile. Il portait, non sans difficulté, son épée de capitaine à la ceinture. Hadaron échangea quelques paroles avec lui et l'aida également à se mettre en selle puis monta à son tour.

Jerna et Barian partirent au pas et disparurent du champ de vision du comte. Seul Hadaron resta. Il fit tourner sa monture et regarda en direction des fenêtres. Il finit par détecter la silhouette de Frédérick et le salua d'un hochement de tête que le comte s'empressa de lui rendre avant qu'il ne fasse tourner ses rênes et ne talonne les flancs de son cheval.

Le dernier des rois Andarrians s'élança sur la route.

ÉPILOGUE

L a nuit venait de tomber sur Tiem quand Dalarisse frappa le bois épais à trois reprises. La porte n'avait pas changé. L'endroit tout entier semblait, d'ailleurs, figé dans le temps. Des souvenirs lui revinrent en mémoire.

Des bruits de pas se firent entendre et il recula instinctivement, son esprit relevant les endroits où il pouvait se dissimuler en peu de temps.

La clé tourna dans la serrure, la porte s'ouvrit et un vieillard apparut, un bougeoir à la main. Il plissa les yeux pour distinguer l'inconnu devant lui à travers la pénombre.

Le Prince des Corbeaux fut scruté de la tête aux pieds et resta figé sur place, le regard braqué sur le sol.

Pôgrème se mit sur le côté en guise d'invitation à rentrer.

—Et alors, Dalarisse, tu vas rester devant ma porte toute la nuit ?

REMERCIEMENTS

Je tiens à remercier mes amis pour leur soutien indéfectible dans ce projet de livre. Nicolas et Pierre, mes compagnons de jeu de rôle depuis vingt ans, pour avoir entretenu mon envie de faire lire mes histoires. Bru, qui a pu trouver les bons encouragements au bon moment. Quentin, pour avoir su dessiner un silence lourd sur cette couverture.

Merci également à Anne Guervel, chargée de la correction et de la mise en page, qui m'a m'accompagné avec beaucoup de patience, de professionnalisme et de bienveillance afin de mener ce projet au bout.

Merci à Axel de Coupigny, le géant qui écrase les doutes en avançant.

Et à toi, Ivana, ma rose en plein vol.

Printed in France by Amazon
Brétigny-sur-Orge, FR

20871759R00294